地火明夷

三

海啸之卷

以天下为己任，
意气风发，
只觉为天下苍生开创一个全新的时代者，
舍我其谁。

燕垒生『天地人』三部曲之

地火明夷

三 海啸之卷

燕垒生◎著

北京联合出版公司
Beijing United Publishing Co., Ltd.

地火明夷

目录

第一章 险死还生

三月初三，是踏青节。这一天共和国各部全都放假一天，让人们沐浴更衣，踏青扫墓。

可是影忍南天官南斗却不能休息。他从下午便来求见大统制，但在荷香阁外的小厅里等候半天，大统制仍然未归，他心中越来越焦躁不安。影忍南北两部，北斗失陷于西原，现在自己临时担当两部天官之职，一时间已有些手足无措。偏生在要向大统制汇报紧急情况的时候，大统制又长时间不接见自己，让他更加不安。

自他晓事以来，向来将大统制视若神祇，大统制每一句话都是真理，大统制的每一个举措都无比正确。每当自己有要事禀报，大统制也立刻让自己谒见，可这一次，自己已经等了大半晌，大统制居然还没回荷香阁。决断力过人的大统制，难道也会因为什么事而举棋不定?

南斗不敢再往下想。一定是自己来得不是时候，大统制是不可能顾此失彼的。

天渐渐暗下来了。正当南斗觉得今天大统制恐怕不可能再见自己时，有个人出现在小厅门口。

“南斗大人。”

他是大统制的文书伍继周。南斗连忙站起身，道：“在。”

“大统制有请。”

虽然这只是一句套话，但南斗还是一阵激动。高高在上的大统制，每次接见自己这么个微不足道的小人物，都让伍继周用个“请”字，当真是礼贤下士。他连忙走过去，刚到伍继周跟前，却是一怔。眼前的伍继周脸色非常不好看，身为大统制的文书，他一向精力充沛，但现在的伍继周面色苍白，仿佛三天没睡一样。只是南斗向来不是个多嘴的人，也不多说一句，跟着伍继周走到荷香阁前。

到了门前，伍继周沉声道：“大统制，南斗大人到。”

“让他进来吧。”

伍继周轻轻推门，门“吱呀”一声开了，伍继周示意南斗走进去。南斗一走进荷香阁，门又“咔嚓”一声关上了。

“南斗。”

南斗下意识地伏在地上。共和国早已废除了叩拜礼，唯一的例外便是影忍。影忍内部，北斗七星、南斗六星见南北天官要行叩拜礼，两部天官面见大统制同样行叩拜礼。南斗行了一礼，大统制才说：“起来吧，坐下。”

南斗坐在一边的椅子上，不敢抬头去看大统制。他正准备开口，大统制已将一张纸推了过来：“看一下这名单，记住。”

纸上写着六七个名字，打头的是吏部司司长顾清随，接下来几个也都是各部的高官。南斗的记忆力极好，过目不忘，看了一遍，又默念了一遍，道：“记住了，大统制。”

“这几人要严密监视，一旦这些人私下密议，便立刻前来汇报。”

这些人要有异动？南斗心里飞快地转着。但他已经习惯了多做少想，只是低声道：“遵命。”

纸片又收了回去，南斗马上闻到一股焦味，定是大统制将这纸片在灯上烧了。他正待开口，忽然听得大统制又道：“一旦这几人联络他人，你也要立刻向我汇报。”

南斗不由怔了怔。顾清随本身是吏部司最高长官，是共和国排名前十位的高官，加上现在暂领国务卿事，实际上是共和国的第二号人物。这个人如果也不再可信，岂不是动摇了共和国的根本？他虽然一向告诫自己不要多想，只要按大统制的话去做便可，但此时已由不得自己不想了。

“你要见我，有什么事吗？”

大统制突然又问了一句。南斗连忙站起来道：“禀大统制，天机前天例行检查，一直未来汇报。”

天机是南斗手下负责监视的人。因为他监视的都不是最重要的人，所以难免有点应付了事。毕竟，每十天报上一份几乎一模一样的报告，连南斗都看得有点烦了。本来前天应该是天机汇报的日子，但他没有出现。南斗开始还觉得可能是天机一时延误，本来这也是失职，但南斗觉得大家同事一场，又不是什么大不了的事，若是为这点小事向大统制禀报实在有点没事找事，因此没去注意。谁知到了昨天，天机仍未出现，南斗才觉得不妙，立刻向本部诸人查探。但影忍本来就是个秘密机构，各人做各人的事，相互之间极少联系，竟没人知道天机在哪里。等南斗派人四处查探，发现天机竟如同蒸发一般无影无踪，才明白出事了。现在来禀报，已经晚了两天，他担心大统制会震怒。谁知大统制听了后只是“哦”了一声，道：“再去找，找到后严罚。”

南斗松了口气。本来他觉得自己恐怕难逃失职之过，没想到大统制只是这么一句轻描淡写的话便发落了。他正待告辞，忽听得大统制又道：“此人监视的是哪几个人？”

南斗道：“是魏上将军、前金枪班程班长、前礼部俞副司长、莫次帅家属……”南斗六星每个人要监视的少则六七个，多则十来个，加起来足有四五十人，何况天机监视的尽是已致仕的官员，有几个多年不曾在公众前露面了。南斗虽有过目不忘之能，要想起这些来也不甚易。报了六个，突然想起来了，道：“对了，还有郑国务卿。”

这最后一句话仿佛一根尖刺，一下刺在了大统制心底。尽管他的涵养已到了山崩地裂于前而不变色，仍是差点站起来。

一定是他！

大统制的心里突然有些苦涩。郑昭。对这个身怀秘术的人，大统制从来不曾掉以轻心过，但两人因远征之事决裂，他又因为此事无暇顾及，现在一定有变故了！

一想到这里，大统制心里升起从未有过的危机感。郑昭是一个极为得力的助手，但一旦反目，就是最为可怕的敌人，因为天底下再没有旁人比这个人了解自已更多。他忽地站了起来，喝道："立即召集人手，去郑昭府查探！"

南斗半晌不曾听得大统制的声音，正不知大统制在想些什么，忽然听得大统制站了起来，他吃了一惊，本能地抬起头道："是。"

大统制沉吟了一下，低声道："如果雾云城没有踪影，你带一队人即刻南下，责令去东阳城的沿途驿站加紧盘查过往人等。凡是渡江南下之人，都要加意盘查。"

南斗的心一下沉了下去。他有点惴惴地道："查郑国务卿吗？"

大统制缓缓点了点头："正是。"顿了顿，又道，"另外，你们查探之时，万万不可落单。郑昭……"大统制似乎有点欲言又止的意思，想了想又道，"此人有妖术在身，能控制旁人心智。若见同伴举止有异，立即格杀勿论。"

对于最后这四个字，南斗感觉难以置信，他破天荒地抬头，反问了一句："格杀勿论？"

大统制脸上已蒙上了一层黑影。他缓缓点了点头，道："去吧，不能再延误时机了。"

南斗一走，大统制颓然坐倒在椅子里。

郑昭。郑昭。他默默念叨着这个名字，每念一遍，心底的怒火就升得更高。如果没有猜错的话，郑昭肯定早已恢复知觉了。此人吃了一次大亏，却也知晓了自己的大秘密，竟然隐忍至此，实在可惊可怖。只是，他到底是从哪里得到风声的？

大统制不禁有些迷惘。

让他有点手足无措的是，前几天议府居然以顾清随为首，几个司的司长联名向议府提出了对大统制的不信任案。顾清随暂领国务卿以来，因为能力不及郑昭，他忙得焦头烂额，叫苦不迭。远征军失败的消息一传来，顾清随险些瘫倒在地。毕竟，出动这样一支庞大的远征军，兵员的调度，给养的保证，以及种种善后事宜，让他疲于应付。而远征失败，要解决留下的烂摊子已超出了顾清随的能力。一旦民怨沸腾，顾清随很有可能被当成罪魁祸首，推出去顶罪，以平民愤。也许，顾清随正是看到了这样的前景，才铤而走险的吧。

议府当然有权提交不信任案，这是共和国的国法所规定的。只是在大统制看来，在自己当政期间，这条法律形同虚设。因为举国上下都视大统制为神明，连自己不小心用错了一个词，都会让文校专门发文说这种用法是正确的。要说有人会否定大统制的政绩，那简直是不可思议的举动。只是，这个不可思议的举动当真发生了。顾清随自是明白自己走投无路的处境，附和他的那些人却是都得了失心疯不成？

一定是有人指使！当时大统制便这样想。原先在共和国里有可能挑战自己权威的，充其量只有三个人。但一个已经人头落地，另一个一年来一直人事不知，无异于行尸走肉，因此大统制最关注的是最后一个。不过，眼下看来，顾清随背后的其实是郑昭才对。郑昭一定想要南逃，所以才让顾清随上书来绊着自己。

郑昭，我一念之慈，没有把你杀掉，结果却是如此。大统制的手不自觉地攥紧了，以至于指节处都变得发白。尽管他早就有这样一个信念：凡事若不做绝，则不如不做。只是对于丁亨利和郑昭这两个几乎可以称得上朋友的左膀右臂，却一直无法做绝。事到如今，大统制觉得自己终于彻底放下了一切。

他冷冷地看向南墙。尽管那儿只是一面挂着字画的墙，但大统制的视线仿佛透过墙壁，直达远方。

就在大统制往南边看来的那一刻，坐在车中的郑昭忽地打了个寒战。郑夫人也觉察到了丈夫的异样，掖了掖郑昭的外套，小声道：“冷吗？”

郑昭摇了摇头。尽管春寒料峭，但他身上穿得不少，照理不该觉得冷。只是，这一阵莫名的寒意来得如此突然，简直有种妖异之感。他撩起车帘往外看了看，也小声道：“行了，我去替替司楚。”

他们一家三人逃出雾云城，已是第三日。郑昭警觉之极，这三日里已变换数次。首先三人分头而行，然后他去车市买了辆旧车，再与夫人和郑司楚两人碰头。当年郑昭还是五羊城三士中的说士时，走南闯北惯了，本来就是追寻踪迹的大行家，自信如此行事，就算大统制派人来追杀，也定然无法追踪下去。

他拉开大车的前窗，小声道：“司楚。”郑司楚正在赶车，听得父亲的声音，回头道：“父亲，怎么了？”

“我来替你一阵。”

郑司楚道：“我还不累，父亲，你歇着吧。”

郑昭看了他一眼，小声道：“快到于意镇了，你这样子会让人起疑心的。”

于意镇是雾云城南下路上的一个大镇，距东阳城只有两百多里。郑司楚已换了套旧衣服，但那股英锐之气却遮掩不住，的确不太像一个寻常车夫。路上过往行人不多，但到了那些大镇子上，便很难不让人注目。郑司楚心想也是，便不再推辞，带住马停下车，和父亲换了个位置，自己进车厢里歇息。

一坐在赶车的位置上，郑昭又扫视了周围一眼。车是买的旧车，他的骑术甚精，赶起车来也比郑司楚更熟练，而且他脸上的面具亦不曾除去，配上一身旧衣服，十足是个风尘仆仆的车夫。

大车在路上不紧不慢地走着。天快暗下来时，已到了于意镇。他们找了家客栈住下，让马匹也歇息一下。因为对外宣称是母子外出，郑昭则是雇的车夫，所以郑司楚与郑夫人一间客房，郑昭则睡楼下的大通铺。郑昭心细如发，吃饭时亦自己坐在下面扒了两碗，十足就是个车夫模样，没露丝毫破绽。

吃完饭，郑昭在大通铺上躺下来。睡大通铺的都是些脚夫之类的人，幸好天不算热，还没什么汗臭。饶是如此，郑昭仍然觉得身上痒痒，不是个滋味。从雾云城一路南下，路上毫无波折，顺利得出奇。但郑昭知道，顺利只是暂时的，最难的便是渡江。要在路上拦截自己，几乎不可能，大统制一定也想到了此点，所以与其在沿途分散力量，不如就在东阳城严防渡江之人。这一路上，郑昭一直在思忖如何渡江，可是总想不出有什么万全之策。也许，仍然只能化整为零，分头渡江？想来也唯有此策最有把握。

正在想着，外面忽然传来一阵喧哗。他不知出了什么事，从床上坐了起来，却见几个身着卫戍制服的人站在门口，边上有个脚夫模样的汉子从床上爬起来，嘴里嘟嘟囔囔地道："又要查铺了，真是要命。"郑昭心中一动，道："老哥，这几天老在查吗？"

那汉子只怕常在路上走，一脸的不高兴，道："可不是嘛。听说逃了几个杀人重犯，我这几天投宿过三回客栈，就被查了三回。"

那几个卫戍已一个个查了过来，也许因为天天如此，所以他们查看得并不认真，到郑昭跟前，也只是随意看了看便过去了。但查到边上一个年轻人时，其中一个卫戍忽然从怀里摸出一本小册，翻开来对了对。郑昭眼尖，扫了一眼那人拿的像册，心里不禁一沉。

像册上，左边那个老者正是自己，另一个便是郑司楚。

一定是大统制手下的南北天官出动了！郑昭只觉眼前一阵晕眩。大统制的手下动作竟然如此之快！自己刚到，像册居然比自己更先到。好在大统制千算万算，终究算不到自己有人皮面具，可是夫人和司楚却仍是原先的样貌，究竟该怎么办？

那卫戍打量了一阵这年轻人，觉得此人不像郑司楚，哼了一声，正待转过去，另一边铺上有个人突然翻身下榻，猛地向门外冲去。这人跑得如此突然，边上另一个人愕然道："老五，你怎么了？"想必是他同伴，却不知他为什么突然要逃走。那几个卫戍立时拔刀追了过去，喝道："站住！"可是这人却似不顾一切，连衣服都没穿整齐，就夺门而出。

这变故实在太过突然，旁人全都惊呆了。两个卫戍追了出去，那拿像册的却不追，拔刀指着方才喊叫的那人道："你叫什么名字？干什么的？"

那个人已吓得呆了，结结巴巴道："我……我姓李，那是我五弟，我们是给人赶货的。我们……我们都是好人啊！"

那卫戍喝道："好人跑什么！"说着手上已掏出一根法绳，一把扣住了那人手腕。那人叫屈道："我也不知老五跑什么，我们都是本分的生意人，不是坏人呐！"

这一通混乱，郑夫人与郑司楚在楼上亦听到了。郑司楚侧耳听了听，小声道："母亲，我去看看。"郑夫人不知出了什么事，小声道："司楚，小心点。"

郑司楚点了点头，转身到门边，先听了听，又拉开一条缝，见楼下人头攒动，挤了不少看热闹的人，几个卫戍拉着一个大呼小叫的人出门。这时一个店伙计走过来，司楚叫住他问道："大哥，出什么事了？"

那店伙计苦着个脸道："卫戍铺来抓人，没想到是李家兄弟犯了事，倒霉。客官，你们好生歇息，不干你们事。"那李家兄弟住这店不止一回了，他也知道那两人底细，没想到偏生是这两人出了事。而住店客人出事，开店的当然也脱不了干系，实在是"闭门家中坐，祸从天上来"。

郑司楚暗自松了口气。方才他还以为是父亲被查出来了，一时间不知该如何是好。但听得抓的是不相干的人，这才如释重负。

看来，是上天在眷顾自己。

他看着几个卫戍拉那人出去，这时客栈重又关上了门，看热闹的也各回房中歇息。不过，因为出了这事，住客有了谈资，纷纷谈论。有个多嘴的大嗓门一边咂嘴，一边摇头道："想不到李家兄弟暗地里在做不公不法的事，当真是知人知面不知心啊。"边上有个人打抱不平道："老鸹，什么事还不知道呢，你别乱说，李家兄弟一向本分。"那人道："好人跑什么？一定是背地里做了亏心事！"人群中，郑司楚看见父亲也夹在里面。他见父亲连看都不看自己，一副事不关己的样子，忖道："父亲当真镇定。"

大统制到底为什么要对自己一家不利，郑司楚实在想不出来。也许，父亲知道了一些不该知道的事？他想起了丁帅。位居共和国军人之首的丁帅，一样要出逃，是不是也知道了什么大统制无法容忍的事？

一瞬间，郑司楚觉得这世界仿佛沉入一片浓厚的迷雾中，浓得什么都看不清。现在去问父亲，他一定不会说。如果到了五羊城，也许他会说吧。

他回到房里，掩上了门，又不禁向北边望了一眼。

再见了……也许是永别，过去。

第二天天还没亮，郑昭便已挂好马匹，将大车赶出来了。买了点糕饼当干粮，一家人重又上路。赶路的人行色匆匆，倒也并不奇怪。

上了车，仍是郑昭赶车。待出了于意镇，郑司楚满腹狐疑再也忍不住，拉开前窗，小声道："父亲。"

郑昭坐在前面驾着车，也不回头，只是道："你先歇着吧。明天就能到东阳城了。"

到了东阳城，就该设法渡江了。郑司楚知道父亲正在想着如何过江，但他实在忍不下去，道："父亲，大统制为什么要对您下手？"

郑昭手中的鞭子颤了颤，回过头道："司楚，现在不是说这话的时候。"

现在确实不是说这话的时候，但郑司楚仍然道："父亲，您醒来的时候，说您昏过去都是因为大统制。那时您是被大统制下毒了？"

这个问题郑司楚一直想问，但一说出口，换来的却是郑昭的沉默。半晌，才听郑昭道："司楚，到时我会告诉你的。现在你只须记住……"他还没说出要郑司楚记住什么，忽然急道，"小心，有人追来了！"

郑司楚虽然在车中，但侧耳倾听，也听得远处传来一阵马蹄声。这条路是去东阳城的大路，平时过往人不算少。虽然这一段路上没人，但只怕从来没人会在大路上疾驰。他道："是追我们的？"

"静观其变。"

郑昭说得很沉稳，只是心中也觉得不妙。昨天，他用摄心术控制住了那李家老五，让其夺门而出，将卫戍引了出去。然而那只是权宜之计，当卫戍拷问明白李家兄弟全然无关时，假如有多智之人，当能明白客栈中旁人定然可疑。因此昨晚他一夜都没睡好，担心什么时候又会有人找上门来。侥天之幸，昨晚不再有人来，但现在终究还是赶上来了。他道："司楚，你和你妈准备好武器，万不得已，我们就得动手。"顿了顿，郑昭又小声道，"到时手下不要留情！"

郑夫人虽是女子，却也曾为将，武功不差，相比较而言，郑昭倒是武力最弱的一个。郑司楚不再说话，从车座下取出两柄短剑，交给母亲一把。此时远远地听得有人叫道："前面的车子，站住了！"

郑昭停住了车。片刻，便听马蹄声如疾风骤雨，已到跟前。一到车边，马匹立时停住，郑司楚在车中听得清楚，忖道："不妙。"这些人驭马之术甚是高明，看来不是等闲之辈，不知父亲能不能应付过去。却听郑昭大声道："几位大爷，我们是棣华堂刘家的，去东平城省亲，有什么事吗？"

棣华堂是一个有名的药铺。共和国药铺不少，最大的有三家，号称"三堂"，其中雾云城回春堂最大，五羊城保和堂第二，东平城棣华堂第三。棣华堂东主姓刘，当初因为劳军有功，受到过表彰，先前郑昭昏迷不醒的时候，戚海尘开的成药中便有棣华堂出品。

那几人中有个领头模样的道："是棣华堂的？我们是卫戍铺的，你怕什么？"

郑昭抹了下额头，赔笑道："我还以为是碰上剪径的了。我们舅老爷交代，路上不能出岔子，刚才几位大爷真把我这条老命都吓掉了。"

"老爷""太太"这一类称呼，共和国早就已经废除了，但对于老年人来说，过去的称谓叫惯了，向来改不了口。现在郑昭打扮成一个六十多岁的老车夫模样，这样说来反倒合情合理。那人看来也并不曾起疑，道："哦，车里是什么人？"

"是我家舅老爷的表妹跟表外甥。几位大爷，要不要查一下？"

那人点点头道："好，你让他们开门。"

郑昭跳下车，嘴里絮絮叨叨地道："表舅姑，这几位卫戍大爷要查问，麻烦你们让他们看看。”说着便去拉车门。正在这时，那几人中有一个人的坐骑忽然发出一声嘶吼，在原地不住打转，马上骑者拼命拉着缰绳。这一下变故很是突然，与郑昭说话的那人也不由一愣，郑昭却猛地拉开车门，喝道：“杀了！”

郑司楚一直从车帘缝隙间看着外面。听得父亲与那人搭话，他也在打着主意。这几人到底想干什么？是例行检查吗？听得父亲忽然一声厉喝，车门已猛地开了，他下意识地向车外一跃，飞身向那个靠得最近的扑去。

外面，有五个人。母亲自保有余，但让她出手不太现实，而父亲只怕根本对付不了一个，最好的办法就是痛下杀手，杀一个是一个。虽然父亲说不要留情，只是他生性实在不愿妄杀无辜，当短剑眼看要刺入那人咽喉时，他的手不自觉地一软，已变剑为掌，一掌削向那人脖颈。那人骑在马上，而郑司楚是从车上扑下，两人高度相仿，车中突然扑出一个持剑之人，那人全然不备，被郑司楚一掌削中脖子，“砰”一声摔下马来。

若是常人，郑司楚这一掌足以让他立时昏倒。但这人的脖子却硬得出奇，人是摔下马来，却不曾昏倒，厉声道：“就是他们！动手！”

这不是寻常卫戍！郑司楚心中雪亮。这些人，一定是大统制直接派出来的好手。他懊恼不已，父亲明明让自己痛下杀手，可自己还是心软了一下，只怕反要害了自己一家性命。

此时他已落到地上，眼见那人中了自己一掌仍然不昏，立时抢上前，短剑再次刺去，这回再不留情了。但刚抢上一步，边上忽地人影一闪，有个人已飞身从马上一跃而下，挡住了他的去路，手上握着一柄尺许长的三尖叉。

三尖叉这种武器，军营中根本没人使用，卫戍中却有不少人爱用。因为这种武器可格可挡，是近身防守的利器，据说是刀剑的克星。郑司楚在军中时，虽然与人以刀剑相搏不止一次，但还从来没有与用三尖叉的人斗过。他连冲了两次，都被那人的三尖叉挡住了，但那个使三尖叉的只觉郑司楚短剑沉重，尽管三尖叉能克刀剑，但斗下去显然是克不住的，急叫道：“天同，快来帮忙！”

他话音刚落，又有一人翻身下马。这五个人并不长于马上击刺之术，但步下拳脚刀剑之术极精。原本觉得这一趟差事只怕找不到，不怕斗不过，但见郑司楚出手如电，虽然只是一柄短剑，这用三尖叉的天相居然不是他对手，全都大吃一惊。先前被郑司楚一掌击落马下的那人名叫天府，已一个鱼跃翻身而起，喝道：

"七杀，你去捉车上的！天梁……"谁知他还没分派停当，边上忽地有一个人疾冲过来，连人带马猛地撞向天府，却是方才那带不住马的天梁。天府全无防备，而天梁冲得也极是凶猛，似乎根本不以为意，马将天府踏在蹄下，天梁自己也从马背上直直摔了下来。

这时那七杀见天同与天相两人缠住了郑司楚，自己正冲向车中，没想到同伴中的天梁居然突然向天府出手，不由呆了呆，喝道："天梁，你疯了？"却听天府嘶声叫道："是妖……""术"字还不曾出口，天梁连人带马足有八九百斤的重量，全压在他心口，一口血涌上来，顿时气绝毙命。

妖术！

七杀心头不由一阵阴寒。他们先前曾听南斗天官说过，郑国务卿身怀妖术，能控制旁人心智，因此要格杀勿论，却不知到底怎么个控制法。看来，天梁正是被郑国务卿控制了心智，所以才会向天府下手。他心头一阵茫然，脚下却丝毫不慢，快步向车边的郑昭冲去。

此时天同与天相两人已联手缠住了郑司楚。若是单打独斗，郑司楚还能占得上风，但这两人一联手，两柄三尖叉交织成一张密不透风的罗网，郑司楚的短剑总是递不进去。他眼角仍然看着车边，见另一个人向大车冲去，心下登时一慌，这般一来，手中短剑已有破绽，天同天相两人得势不让人，齐齐逼上一步，"嚓"一声，天同手中的三尖叉从郑司楚臂弯扫过，险些将他的手臂废了。郑司楚心头更是惊慌，但实在脱身不得，只能勉力支持。

七杀脚下生风，已冲到郑昭身边。他们南斗六星直接隶属大统制麾下，平时监视的便是共和国高官显爵，何况大统制直接下令，见到郑国务卿格杀勿论，他自是毫无迟疑，手中短刀一挥而过。眼见这一刀便要将郑昭的头割下来，从车上忽然又伸出一支短剑，"当"一声，将七杀的短刀格开。

那是郑夫人。方才郑司楚出手太快，她的反应却没郑司楚那么快，回过神来时已见郑司楚与那几人交上了手。待七杀过来杀郑昭时，她出手正好挡开了七杀的短刀。只是这一刀虽然挡开，却觉手臂一阵酸痛，心知自己定不是此人对手，可是见郑司楚以一敌二，已是捉襟见肘，难以应付，生怕他分心，仍是一声不吭地勉力支撑。

郑夫人当初曾统领女兵，但共和国的女兵实是聊备一格，很少有实战的机会，她的刀剑之术更是寻常。好在七杀见她突如其来，不知郑夫人到底有什么本领，一时间也不敢过于欺近。两人在车边刀剑相交，火星四溅，渐渐七杀占了上风，刀势密如电网，忽然间身形一闪，抢上一步，一脚踢在郑夫人膝上。郑夫人只觉腿如折断一般疼痛，还要拼命坚持，七杀的刀又倏发倏收，在郑夫人臂上割出一道伤口，鲜血迸流，郑夫人短剑落地，却仍不肯退下，还挡在郑昭身前。

七杀见郑夫人一个女子居然也能挡得住自己这么多进攻招术，就算死在临头仍在护住丈夫，心中不免也生了敬佩之意。他心知郑司楚已难有回天之力，便高声道："郑夫人，你还想撑到几时？"

郑司楚眼角瞟去，只见母亲的右臂鲜血淋漓。他心如刀绞，手下一慢，天同的三尖叉已循隙而入，一下戳中了他的手臂。虽然入肉不算深，但鲜血还是飞溅出来。郑夫人见他也受了伤，更是心乱如麻，嘶声道："我随你们回去，你们放了他！"

七杀见郑夫人宁可自己丧命也要救儿子，心头不知怎么一来有些酸楚，心道："我母亲若在，她会不会舍命救我？"他们南北两部影忍成员全都是孤儿，自幼都不知父母是什么。北斗主死，南斗主生，南部诸星的职责主要是监视大统制指定之人。在监视时见到那些人都有父母，看到母子之间尽享天伦之乐，他有时亦不免有感于心，但想到自己身为影忍之一，这念头也是一闪而过。如今亲眼看到郑夫人舍命救子，他就算再冷酷也心有所感。心虽一动，手下却不慢，已趁机砍向郑夫人脖颈，心道："郑夫人，对不住了。"

郑夫人已无还手之力，脸一下变得煞白，但就在这时，七杀的刀像是砍在了一根隐形的柱子上，忽地不动了。郑夫人一怔，定睛看去，却见七杀一张脸涨得通红，手中短刀如有千钧之重，整个人像是被寒冰霎时冻住一般一动不动。她大为诧异，只道七杀要来戏弄自己，喝道："你要杀便杀，我段氏门中，不会怕死！"

郑昭先前以摄心术控制住了天梁，只是天梁与他有数尺之遥，控制他极为困难。见夫人命在旦夕，他不顾一切，转而制住了七杀。七杀此时心神浮动，被郑昭乘虚而入，一下制住。他见夫人不知就里，还在说话，急道："快……快杀了他！"

郑昭虽然有杀心术可杀人于无形，但无法控制多人，而且杀心术极费体力。

刚才用摄心术控制天梁，他已经差点要吐血，现在再控制住七杀，更觉心血涌动，似乎马上就要喷出咽喉。本来郑夫人一剑刺去，七杀再无还手之力，但她并不知道是郑昭控制了七杀，只道这七杀良心发现，手下留情，要她向七杀下手有点于心不忍，犹豫不决地要去拾取短剑。只是她腿上被踢，手臂中刀，一时间哪里拣得起来。

郑司楚虽然在勉强支撑，却仍在关注父母一方。本来见母亲遇险，他险些就要惊叫起来，却见对方突然停手，心中顿时一宽，喝道："母亲，快杀了他！"只是天同天相两人都不是等闲之辈，哪里容得他分心，郑司楚刚叫出声，天同手中的三尖叉又一下扫过，"嚓"一声，正扫在郑司楚肩头。先前郑司楚臂上中了一下还只是皮肉小伤，这回却被扫出一道深深的伤口，鲜血立时将他半边衣服都染得红了。郑司楚只觉一阵剧痛，心下一沉，忖道："完了。"

那七杀不知出了什么事，但即使七杀被母亲杀了，眼前这两人杀了自己后，父母仍然挡不住这两人。一时间他也不知哪里来的力量，忽然身子一旋，在地上扫起一片尘土，人趁势向后跃出了数尺，直冲向七杀。

先杀了此人，再与母亲合力与这两人周旋，方有生机。这是郑司楚打的主意。此时七杀只觉身体仿佛被无形的绳索紧紧缚住，根本动弹不得，眼见郑司楚冲过来，眼里露出惊恐。

郑司楚的短剑堪堪刺中七杀，边上忽然有一道黑影掠过，一下搭在了郑司楚肩头。这是郑司楚被天同三尖叉扫中的伤口处，他只觉一阵钻心的疼痛，短剑立时脱手，惨叫一声，人已屈膝跪倒。而这一瞬间，七杀只觉身上那种无形的绳索一下松开了，他大叫一声，人一跃而起，向后连着翻了三四个跟斗，跳了出去，叫道："天梁！"

出手制住郑司楚的，正是天梁。天梁先前受郑昭摄心术所制，毫无自主之力，踩死了天府后，自己亦摔倒在地。但郑昭转而控制住了七杀，他便悠悠醒转。虽然神智已复，但身体仍如泥塑木雕般动弹不得。他知道自己定是中了郑昭的妖术，可是该如何破解这妖术却毫无头绪。躺在地上时，突然觉得手指有些疼痛，却是先前天府被踩倒后掉落的腰刀正被他压在身下，刀尖正戳在他指上。这种细微的疼痛让他的手指慢慢恢复知觉，眼见七杀也和自己一样中了妖术，他心急如焚，等看到郑司楚要冲过来杀了七杀，情急之下，一手奋力向那腰刀撞去。

这把腰刀极是锋利，一下割掉了他一根手指，剧痛使得天梁刹那间恢复正常。他翻身跃起，向郑司楚挥出了如意钩。这如意钩是他的顺手兵器，能够伸缩，可长可短，平时只有尺许，放在袖中，一长却足有四尺多，一下搭住郑司楚肩头，救了七杀一命。

这个巨变让天同天相两人一下子摸不着头脑。刚才天梁踏倒天府时，他们两人只道天梁是窝里反还是怎么的，待见他制住郑司楚，天同喝道："天梁，你怎么样了？"

七杀在一边喝道："天梁方才是中了妖术。不要紧了，慢慢上前，杀了他们！"他自己中过一次郑昭的摄心术，知道郑昭妖术厉害，天梁虽然恢复正常，安知会不会有反复，亦不敢就这样追上去，只是举刀慢慢逼近。

郑昭连用两次摄心术，而且都是相距甚远，体力实已透支。他的摄心术出其不意能见奇效，但对方已有防备，只怕再也没有法子好想。眼见郑司楚的肩头被如意钩搭住，血不住流淌，虽然知道这个儿子与自己并无血缘关系，但还是感到无比痛楚，惨然道："你们……你们是影忍吧？"

天同和天相互相看了一眼。影忍是秘密组织，不过郑昭当初是国务卿，他知道这名字自是不奇。天同冷笑道："郑国务卿，你已知道，那就不要再反抗了。"

郑昭道："南武所要，只是我的人头。请你们将拙荆犬子放了，我的人头便给你们。"

郑夫人失声道："阿昭！"郑司楚也叫道："父亲，别听他们的！"

七杀道："郑国务卿，你既然知道影忍，应该知道我们要的是什么。"

郑昭点了点头道："是，斩草除根，大统制自是如此。"他整了整衣服，向前走了两步，喝道，"那你们谁来取郑昭人头？"

他说得凛然生威，天梁心头一颤，喝道："郑国务卿，你再上前，令郎的一条手臂便要废了！"

郑昭冷笑道："南斗六星，加上一个天官，你们还有两人不曾现身，难道怕我一个老头子吗？"

天梁听他说到南斗六星，喝道："你们在无想水阁已杀了天机，还要惺惺作态吗？"

郑司楚听他们说到无想水阁，心中一沉，叫道："你们把老师怎么样了？"

天梁道："楚先生已不在无想水阁了，不过，你们定会说出他的下落来的。"

郑司楚听得老师无恙，心下一宽，忖道："原来他们已找上无想水阁了。去对老师不利，真是嫌命长。"他心头又是一动，暗道，"是了，老师说过，与人交手，当扬长避短。这些人本领非凡，我这样和他们斗，实是以短击长……"

这时七杀在一边喝道："还多说什么，快动手！"他方才与郑夫人短兵相接，恶斗了一场，结果中了郑昭的妖术，险些丧命，现在不敢再欺近，只是不住呼斥。天同天相两人闻声，踏上两步，便要动手。哪知刚要上前，却听得一边的天梁忽然嘴里咽咽有声，天相不知出了什么事，扭头看去，叫道："天梁，你……"

天梁的脸又涨得通红，两颗眼珠子高高凸出，几乎要突出眶外。七杀在一边也发觉天梁有异，惊道："妖术！是妖术！快动手！"他不自觉地退后了一步，但转瞬又上前，心道："郑国务卿的妖术只能控制一人，方才制住了我就制不住天梁。只要下手快，怕他何来！"

郑司楚觉得方才如意钩将自己肩头抓得极紧，现在却已松了。他也不管七杀叫的妖术不妖术，脚下一错，人已向前一步。如意钩的钩尖一下脱出了他的肌肉，他左手一把抓住钩身，右手竖掌在杆上一击，喝道："撒手！"虽然肩头有伤，力量不算大，但天梁的腕力仿佛化为乌有，如意钩一下被他夺了过来。他将钩在手上一晃，正待当枪一般刺去，天梁忽地一口血喷出来，人直挺挺地摔倒。也就是这时，郑昭亦软倒在地。

那是郑昭的杀心术。

杀心术极其耗费心力，郑昭知道以先前的距离是用不出来的，因此故意向前走了几步。冒险一用，已将天梁毙于无形，但他也是心力交瘁，支撑不住了。郑夫人不知丈夫发生了什么事，一把扶住了他。

郑司楚夺到如意钩，舞了个花，人又抢上一步，喝道："杀！"如意钩便如长枪一般刺出。此时天同离他最近，见如意钩当心刺来，心头一骇，将三尖叉舞开了，只望能够挡开。但三尖叉是短兵器，如意钩虽然比一般长枪要短得多，也有四尺许，也不知怎么一来，钩尖已闪过了三尖叉的格挡，一伸一缩间，已在天同心口刺了一下。这如意钩与寻常长枪不同，前面是个倒钩，天同还不明白是怎么回事，前心便出现了一个血洞，人登时扑倒在地。

这正是交牙十二金枪术中的一招噬心枪。郑司楚对这路枪法用力最勤，单以枪法而论，实不下于老师。他从军多年，战阵亦经历多次，如果只说枪法，至今尚无人能与他相较。先前他用短剑与天同天相两人生死相搏，虽然难以招架，天同天相两人也暗自心惊，只道那就是他本领的极限。谁知一有了得力武器，郑司楚虽然身上带伤，这两人措手不及之下，竟然显得不堪一击。一边的天相没想到天同一招便被刺死，一时间吓呆了，只是双脚仍在前冲。郑司楚这招噬心枪枪势未老，又是一缩一伸，向天相当心刺去。天相手中虽有三尖叉，可是从未见过交牙十二金枪术，不知该如何应付，又是神智已夺，连防都没办法防，如意钩一下刺中了他前心，与天同的死法一般无二。

杀天同天相两人竟如此轻易，郑司楚自己都未曾料到。老师说，枪法无他，唯有扬长避短四字。与力者斗巧，与巧者斗力，如此才是正道。不过战场上实在少有一招一式斗枪的机会，郑司楚虽然知道这个道理，却也不曾真正体会过，直到现在才明白此中真意。他出手极快，出招时根本不想什么，但两枪连杀两人，心中又有些不安。耳边却听得有人叫了一声，他抬头看去，只见剩下那人已转身逃去。

那是七杀吓得逃了。影忍出手，向来一往无前，没有临阵脱逃的。只是七杀中摄心术在前，又见郑司楚枪术竟然神妙至此，已是意气全消，哪还有胆子再上前来。其实郑司楚杀天同天相纯是趁他们措手不及，他身上带伤，若天同天相能够凝神静气，方寸不乱地应付，胜负还是难料之数。加上郑昭已经昏了过去，若是七杀不顾一切杀过来，也未必没有可胜之机。只是七杀从来不曾碰到过这样的对手，哪里还想着反戈一击，只想先逃命再说。

郑司楚心知若被他逃了，后患无穷。他提气向前追去，七杀尽管吓惨了，本事却还在，抢到一匹马前，手在鞍上一搭，人轻飘飘地跃到马上，双腿一夹，疾驰而去。郑司楚见势也拉了匹马过来，只是他肩头有伤，已没有七杀这等上马的本领，只是稳稳上马。待跳上马去，七杀跑出了已有数十步。追了一段，眼见七杀越跑越远，再追不上，他暗自叹息，只得颓然而返。

一回到车边，只见郑夫人扶着郑昭坐在车边。他跳下马道：“母亲，父亲怎么样了？”

郑昭已经苏醒过来，见郑司楚回来，道："司楚，追上了没有？"

郑司楚摇了摇头，颓然道："不成，追不上。"

郑昭叹了口气。若能灭了那人的口，事情就好办一些，但那人既已逃走，多说无益。他勉强站起来，道："那只有尽快走了，趁现在路上没人。"

郑夫人见郑司楚半边身子都是血，心疼之极，道："司楚，来，包扎一下，我来赶车。"

郑昭道："不成。小薇，你赶车的话太惹人注目，还是我来。"

郑夫人见他腿脚发抖，几乎站立不稳，心中痛楚，还待再说什么，郑昭道："不要多说了。小薇，你臂上的伤也得包一下。放心吧，到了东阳城便没事了。"他看了看地上那几具尸体，又道，"司楚，把这几具尸首抬到边上树丛去吧。"

尽管现在路上没人，但总会有人过路的。尸体被发现得越晚，他们也就能多争取到一点时间。郑司楚和父亲两人合力将四具尸首抬到路边树丛里，将地上的血迹抹掉，又坐回车上。郑夫人见郑司楚用了下力，肩头伤口又有血渗出来，心疼地道："来，司楚，我给你包一下。"

郑司楚脱下外套，让母亲给自己包扎。他年轻体健，虽然肩头之伤不算很轻，但还撑得住。看着母亲给自己包伤，他心里却有种异样的感觉。

那几个人，方才一直说父亲有"妖术"，究竟是什么意思？

郑夫人给郑司楚包好了伤，又拿出件干净外套让他换上。见郑司楚若有所思，她微笑道："司楚，别担心了。"

郑司楚差点便想问母亲是不是知道父亲有什么妖术。那几个杀手本来完全可以将自己三人斩尽杀绝，可动手之时，确实有让人完全想不通的异样。先是自相残杀，郑司楚还以为那人是父亲先前埋下的暗桩，可是此人后来却用如意钩伤了自己，而那个原本可以将母亲杀死的杀手又突然没动手，这到底是怎么回事？难道，真是因为父亲的妖术吗？

国务卿和妖术。这两个词相距如此之远，郑司楚从来不曾想过。只是，现在他却觉得，熟悉之极的父亲身上，似乎有着自己不知道的秘密。

马车走得很快，多少有点颠簸。郑司楚却似乎完全不曾感觉到，心里一直在翻来覆去地想着这事。

第二章 酒中豪杰

之江省，与广阳省、天水省并称，是共和国最为富庶的三大省份。而之江省由于位于中部，又是大江东流入海之处，更是南北水陆交通的枢纽。因此，当共和国建立以后，大统制为加强之江的防御，成立了一支水军——之江战队，是共和国三支水战队之一。

共和国的水军，原本分为南北两支战队，其中北战队以螺舟见长，南战队则以海船居多。但螺舟在大江中更能发挥作用，所以自之江战队组建起来后，就大力发展螺舟。加上三帅邓沧澜调驻之江，现在之江战队有大号战船七艘，中号战船二十六艘，螺舟十艘，可以同时在内河与外海作战，在三个战队中后来居上，实力跃居第一。现在的之江省，全省人口一百余万，驻军五万，不论从哪方面来说，都可说是一支不可小视的力量。

之江太守蒋鼎新吃完最后一口下午茶点心，用桌上的一块白色丝巾抹了抹嘴。作为资格最老的共和军成员，他发迹算是比较晚的。在共和军进入首都，分封三元帅、五上将、十七下将军之时，他仅仅是一个吏部司的中层官吏，每天整理文书，分派各种决策，有时甚至还要去各部检查人员情况。不过，当大统制发现这个吏部司从事的报告条理特别清晰，分析头头是道时，认为这是个可造之才，蒋鼎新便开始在发迹道路上狂奔了。以后，便是数年一升，然后被任命为太守。虽然共和军向来都是以“人人平等”为宗旨，南九北十共十九个行省地位全都相等，但仍然有个约定俗成的看法，就是将诸省分为上中下三等，之江与广阳、天水是仅有的三个上等省，这三省太守的地位无形中较其他诸省为高。成为这三省太守，其实就是不下于六部司司长的高官。

为人至此，夫复何求?

蒋鼎新又抹了抹嘴，嘴角不由浮起了一丝笑意。与六部司司长这些驻守在首都、直接受大统制和国务卿节制的官员相比，太守的实权其实要大得多。虽然名义上之江太守比三帅邓沧澜地位还要低一些，可是蒋鼎新知道，自己的一项秘密职责就是向大统制汇报邓帅的动向，所以实际上自己比邓沧澜地位更高才是。想来也没错，如果邓沧澜不是还有个大统制妹夫的特殊身份，自己完全可以名副其实地排到邓沧澜之上。好在邓沧澜虽然身为第三元帅，为人却低调谦和，和自己相处得不算坏，所以尽管有什么联合发布的公文，自己的名字总是排在邓沧澜之下，蒋鼎新也并没有什么不满。

让工友将点心盘子收了，蒋鼎新立起身，走到墙边欣赏刚收来的一幅《万里江山图》。这是有共和国第二大画师之称的润斋先生近作，蒋鼎新自认是个士人，当然也喜爱这些丹青绘画，虽然他心目中更属意第一画师尉迟大钵的作品。不过他也知道出头椽子先烂的道理，尉迟大钵的画作实在太难得，挂他的画未免太招人注目，所以有润斋的画亦可。何况，润斋的画多半是大幅山水，比较适合挂在太守府里。

他正在欣赏，有个工友进来道：“太守。”

蒋鼎新转过身，鼻子里哼了一下道：“什么事？”

“有人求见。”

那工友递过一个小包。蒋鼎新接过来，却觉有点沉重。他打开来一看，见里面是半块金币，连忙道：“快快有请！”

也许是蒋鼎新的态度有点特别，那工友不由一怔。平时不论是谁，即使是邓帅夫妇前来拜访，蒋鼎新无非是“有请”二字。蒋鼎新见他不动，又哼了一声道：“还不去！”

工友答应一声，连忙出去了。不多时，一个人走了进来。蒋鼎新一见此人，连忙迎上去，行了一礼，低低道：“南斗大人。”

南斗这人长了一副极其寻常的相貌，完全是路上擦肩而过的路人模样，蒋鼎新对他却几乎有点谄媚。其实按官职，这个根本算不上官员的南斗跟之江太守完全无法相提并论，但蒋鼎新知道眼前这个人的背后正是他视若神明的大统制。不论别的，就凭这一点，蒋太守的礼貌就完全不过分。

南斗倒也不失礼数，深深还了一礼，也小声道："蒋太守，您大概已接到羽书了。"

蒋鼎新道："是，是，卑职昨日便已接到，因此马上派人严查四门，东北两门只进不出，只有西门可以放行，对过江船只全都加倍注意。"

南斗微微摇了摇头。看到他摇头，蒋鼎新不觉心头一沉，忖道："难道我做得还不够吗？这……这可不妙。"他忙道："我已与邓元帅碰过头，这几日必须加以十二万分的小心，因此已封了江。"

南斗道："是，我也已看到，只是这样还不够。"

蒋鼎新更是惴惴，小心地道："不知南斗大人的意思……"

"太守大人虽则下了封江令，却只是有名无实。我此番渡江，便是乘了渔船过来的。"

蒋鼎新倒吸了一口凉气，道："大人，您不是乘战船过江的？"

南斗冷笑道："有钱能使鬼推磨。江边有那么多渔户，虽然封江令一下，他们明着不敢过江，但暗地里给他们许以重酬，不惜铤而走险的还是大有人在。蒋太守，您是太看得起您下的令了。"

蒋鼎新只觉手脚冰凉，他一下跪倒在地，连连磕头道："卑职该死，卑职该死。这些刁民，卑职一定将他们严办。"

南斗看着眼前这个高官行着久已废除的叩拜礼，心里突然有种说不出的厌恶。他道："蒋太守，现在补救，还不算太晚。你即刻与我过江去坐镇东阳城，严加盘查，收缴所有船只，下令片帆不得入水，有违令者格杀勿论。"

蒋鼎新连声道："是，是。"他头上已尽是冷汗。本来上面下令，下面执行，总是做有七分，说有十分，那是官场的惯例，但这一次显然完全不同，大统制居然派了南斗亲自前来监督。他越想越怕，恨不得把头磕出点血来以示自己的悔过之心。

南斗看他磕了半日，这才道："蒋太守，起来吧，现在应该还不算晚。"

蒋鼎新连忙道："是，是。"他站起身来，又想起了什么，小心地道，"南斗大人，那个送您渡江的渔夫……"

"不必操心，他已经喂了大江中的鱼虾，船也成了木片了。"

南斗冷冷地说着，心中却有种说不出的惶惑和恼怒。大统制果然神机妙算，猜得到这些地方官吏往往应付了事，希望现在还来得及。他见蒋鼎新仍然坐着，冷哼了一声道："太守大人，您还不走吗？"

蒋鼎新头上又有汗水流下来，于是点头哈腰地道："是，是。"其实他的官职与南斗相去不啻天壤，但眼前这人背后那个人却让他本能地害怕。他顾不得整理衣服，急匆匆向码头走去。

码头上已停了一艘小号战船。见太守前来，战船上几个军官全都行了一礼。蒋鼎新看了一眼周围，小声道："南斗大人，要不要通知一下邓帅？"

"已得邓帅将令，可以调度水军，此事不用劳动他的大驾。开船。"

南斗的声音仍平淡得如一块石头，蒋鼎新却不由暗暗松了口气。假如南斗说要借重邓沧澜的军方势力，他反倒要担惊受怕，因为那就表明自己已不受大统制信任。现在南斗的口气虽然不善，却也在说明大统制仍把自己当成亲信看待。现在要做的，就是不折不扣地执行，即使把东平和东阳两城像过篦一样过一遍，也在所不辞。只是，一想到之江全省有一百余万人口，东平东阳两城就有居民近四十万，他又暗自叹气。

要在这四十万人中捞出郑国务卿来，实在不异于大海捞针。

当战船驶入东阳城港口时，港口守将还在不识时务地叫道："什么人？为何此时渡江？"蒋鼎新没好气地叫道："是我，蒋鼎新。"

一听是太守过江，那守将也吃了一惊，当即迎上来请安。蒋鼎新口中接连发令，倒也井井有条。

不管怎么说，蒋鼎新确是个能吏，大统制没有看错人。南斗在一边暗自想着，从一边有几个人迎了上来。

"南斗大人。"

那是影忍北部星君和南部仅存的七杀。影忍分南北两部，南斗主生，北斗主死。南斗有六星君，北斗有七星君，原本各司其职，少有交集，但北斗随军远征，失陷于西原后，两部星君就一直都由他指挥。不过，南斗仍然更习惯指挥自已本部人马，北斗部向来只是聊备一格。然而现在，却只能倚重北斗部了。

没想到郑国务卿一家三口竟有这等能力！当他听了七杀的汇报后，不由一阵心悸。回想起来，当初郑昭在国务卿府中，一派平和从容的模样，自己根本不曾想到他会有这等妖术。至于郑司楚，虽然也已料到甚有武勇，却没想到竟然勇武如此，能连杀南斗星君四人。加上被发现已死在无想水阁的天机，现在南斗六星君只剩七杀一人。在这等情形下，想要在路上拦截，实是下下策。与其将力量分散了去大海捞针般地拦截，不如就放他们进东阳城，来个易进难出，然后再瓮中捉鳖。

南斗嘴角不由浮起一丝淡淡的笑意，但随即又有种忧伤袭来。对于影忍南斗部天官，他有时几乎忘了自己也会有喜怒。对于南北部的星君，他的看法与大统制一般，用之当如刀剑，弃之亦当如刀剑，所以即使死完了也没什么大不了的，无非再替换上来而已。只是，唯一的一个例外，便是北斗。

他们同是最早的一批影忍。在当初那批影忍中，他和北斗并不是特别出类拔萃。那时尚未分南北部，他和北斗两人恰在同一组里。在一次刺杀行动中，对手是个尖嘴猴腮、奇丑无比的矮个子，但本领竟然出乎意料地强。那一次，南斗一时失手，腿上中了一剑，是北斗将他救了回来。从那一次后，南斗虽然嘴上从来不说，但心里对北斗有种感激之情。当得知北斗死在西原，他背地里竟然落下了几滴眼泪。直到现在，当看到北部星君时，他还是会偶尔想到北斗。

“天官。”

说话的是七杀。虽然是南斗硕果仅存的直系下属，但余众尽丧，唯一逃回来的他现在对天官的畏惧之心更重了。南斗倒没有什么异样，只是轻声道：“准备好了吗？”

七杀道：“是。”

南斗冷冷地看了他一眼，道：“再将经过详细汇报一遍，什么都不要漏掉。”

他回头看了看江面。江上，乱云重重，江风渐起，吹得码头上的旗帜猎猎作响。蒋鼎新发令后倒是雷厉风行，东阳城守军紧急行动，开始搜检渔船。七杀小声道：“天官，国务卿会不会……”

说到这儿，却欲言又止。南斗道：“你想说什么？”七杀忙道：“我想，国务卿会不会转而向西，不在东阳城渡江？”

南斗道："大江沿岸，除了东阳城，便只有零星渔船，现在尽已被收缴，而且水军日日巡逻。国务卿除非自己造船，不然别想过江。他想在别处渡江，目标只有更大，所以一定会想办法在东阳城过江。"

当在城西的无想水阁发现了天机的尸首，南斗立刻向大统制汇报，说国务卿会不会绕道西行，到天水省渡江南下。但大统制说郑昭这人计谋甚深，一定在故布疑阵，仍然会从东边渡江。虽然对大统制奉若神明，但南斗还是有点担心，直到七杀报告，果然在路上拦到了国务卿。只是南部五星君居然还拦不下他一家三口，实在让南斗大吃一惊，却也对大统制的明察秋毫更加服膺。现在，郑昭一定已经来到东阳城。只是，大统制交代的这一手关门之策也一定打中了国务卿的死穴，他们现在一定处于进退两难之境。他不再多说，只道："走吧，到车上细细说一遍。"心道马先生这两天就会赶到，他一来，郑昭一家将无所遁形。

南斗所料，分毫不差。此时的郑昭坐在左桥号的内室里，第一次有些坐立不安。

左桥号是一家专营五羊城特产的商铺，店主名叫左慕桥，是郑昭当年在五羊城时就结识的朋友。说是朋友，更恰当地说是当初郑昭招募的细作。早在帝国时期，郑昭尚是五羊城主何从景手下的"说士"，当时暗中招募了一批干练之人，以行商为名在各个大城蹲下点来，作为打探消息所用。后来何从景被大统制借帝国军之力消灭，原本这批从属于何从景的势力都应消灭掉，但左慕桥恰好因为要贺喜郑昭得子，带了些之江土产前来，郑昭不免心软了一下，在名册上将他划去，要他从此再不要与自己发生联系。那一次左慕桥千恩万谢，说必有所报。说是报恩，但郑昭那时觉得只是一句空话罢了。毕竟，左慕桥只是个卖咸鱼咸肉调味品的小商人，自己却是执掌共和国政事的国务卿，实在想不出他怎么个报恩法，没想到居然真会有让他报恩的一天。来的时候，郑昭还有点担心，生怕事过境迁，现在自己落魄了，左慕桥会恩将仇报，向之江太守告密。等到见了左慕桥，他才放下了心，可是他没想到，如今事情更难办。进东阳城容易，没想到东阳城已做准备，严查出城之人，而江面居然封了江。好在左慕桥说渡船虽然查得极严，却总有渔船可以利用，所以由他去物色愿意送郑昭一家渡江的渔船。今天左慕桥一早出门，到现在尚未回来，郑昭实在有点放心不下。

正在沉思，郑昭忽然听得门被人推开。他一下站起，还不等说话，却听那人道："父亲。"

是郑司楚。郑昭松了口气，小声道："司楚，你怎么起来了？母亲呢？"

郑司楚道："母亲睡下了。"

他受伤不轻，但久历行伍，好得也快，伤口已经结痂了。郑夫人的伤势虽然没他重，却仍在歇息。郑昭看了看郑司楚的肩头，心疼地道："你还是休息一下吧。"

左桥号里尽是些咸鱼咸肉，就算内室也是一股味。郑司楚到郑昭身边坐下，小声道："父亲，那位左先生可信吗？"

郑昭微微笑了笑。要判断一个人可不可信，天底下再没一个人能比郑昭更有资格。他道："放心吧，左先生很可靠。"

郑司楚不知道父亲哪来这等信心。他熟读兵法，深知"兵不厌诈"的道理，对谁都不敢百分之百地相信。但父亲既然如此说，他也不便多问，只道："渡船是不能坐的吧？"

东阳城和东平城隔江相望，两城之间每天都有三班渡船。大江阔有四里，渡船自然也大得异乎寻常，虽然不及水军最大号的战船，却也不遑多让，载客足有千人之多，载货亦有数十万斤。本来郑司楚觉得，这么大的渡船，要混上去应该不难，但眼下看来东阳城对渡船的盘查极为严格，此路只怕不通。好在自己一家只有三个人，就算天罗地网，也会有一孔之隙，只要久居东阳城的左慕桥想办法，总会有机会的。

郑昭道："是啊。他们对渡船查得最严，所以左先生想办法去找渔船送我们过江。"

郑司楚怔了怔，却没说话。郑昭道："怎么了？"

郑司楚道："没什么。"他又叹了口气道，"可惜飞羽现在不能带过江去了。"

郑昭笑道："不用担心，先寄养在左先生铺子里，以后他借着去五羊城进货的机会送来。"

左桥号是经营五羊城特产的，每年都会组成马帮南下，到时混在队里送到五羊城，确是可行之策。郑昭心甚细，生怕那三匹飞羽都被大统制画影图形，因此一到左桥号便将马鬃修剪，用颜料染了毛色，现在就算郑司楚自己，一时间都认不出来了。郑司楚知道这也是上上之策，但要与飞羽分手，他心中还是有些不乐。他顿了顿，又道：“父亲，您和老师之间，到底有什么怨恨？”

郑昭只觉浑身一凛。他最怕的就是郑司楚问起此事，可郑司楚还是问了。他道：“你没问你母亲吗？”

郑司楚一怔，皱起了眉。郑昭心知他定是误会了，以为当初老师和他母亲之间只怕有什么私情，所以才会对自己怨恨有加。他也不去解释，只是道：“等你母亲伤好了，你问她便是。她若肯告诉你，自会说的。”

郑昭这样一说，郑司楚更不好问了，心道：“只怕当年母亲是和老师有过一段感情。老师说他也是五德营中人，而母亲一直是共和军中人，两人分属敌国，自然不能聚首。”这些事已涉及父母隐私，他自不能追问下去。虽然想想老师年纪比母亲还要小好几岁，但也不是相差太大，说不定正是如此，所以老师对自己特别亲切，而对父亲却视若仇敌。他生怕父亲尴尬，忙道：“父亲，到了五羊城，大统制难道就鞭长莫及了吗？”

郑昭见他不问老师的事了，暗自松了口气，道：“司楚，你应该还不知道。”

“什么？”

郑昭调匀了一下呼吸，轻声道：“共和国，已到了最危急的时刻。”

郑司楚一怔：“因为远征失利？”

郑昭点了点头：“这仅仅是一个引子。”

引子？郑司楚心中有些不安。所谓引子，也就仅仅是个先声。可是他想不出还能有什么比五万大军远征西原，劳师无功，大败而归更大的事了。他还没接着问，郑昭又道：“司楚，你在学校中应该学过，共和国是个什么样的国家？”

郑司楚在学校识字时，课本上第一句话便是这个。他想也没想便道：“以人为尚，以民为本，一切权力归于人民，人民共和治国。”

郑昭道：“正是。当年，这个国家尚是帝君治国。帝国之中，人分几等，上等人才能读书识字，为官从政，而下等人只能耕作织造，对国事毫无置喙之权。”

郑司楚道：“课上是这样说。这样的国家，横征暴敛，民不聊生，因此我们才推翻了它，建立起共和国。”

郑昭道：“所以不论共和国还有什么缺点，但至少可以说，只有到了共和国，每个人才真正是个人，都是这国家的主人。这正是‘共和’两字的根基，否则又与帝国有什么区别？所以国事都由议府商讨，就算我是国务卿，一样无权独断，在那一次议府机密会议上，我虽然竭力反对远征，但因为南武一力坚持，所以议府通过，我也毫无回天之力。”

郑司楚的眼里突然一阵闪烁，低低道：“是不是议府向大统制提出追究议案了？”

郑昭突然怔了怔：“你……你猜出来的？”

郑司楚点了点头：“大统制行事，独断专横。虽然法律规定议府可以提出追究议案，但一旦通过，大统制势必要下台，他定然不肯看到这种结果。所以，大统制肯定会以暴力压制。只是这样一来，也一定会引发反弹。雾云城就在他的直接控制下，不太可能有什么变化。可是五羊城作为共和的发源地，而且距雾云城如此之远，大统制的本领再大，也无法彻底控制五羊城，所以五羊城很可能会发生变数。父亲，您赌的就是这一点，是吧？”如果说能有什么比五万大军败逃、白白耗费无数钱粮更大的事，也就只有对大统制本身权威的挑战了。

郑昭有点吃惊地看着郑司楚。虽然别人都对郑司楚评价甚高，但以往郑昭听了只是付诸一笑。不要说是国务卿公子，就算自己养条狗，也会有很多人来赞叹这条狗聪明过人，因此他从未当真过，即使那一年郑司楚得到了二等共和勋章。直到现在，他才觉得自己这个名义上的儿子兼备了生身之父的武勇与自己的睿智，只怕真会成为当世少有的人物。

郑司楚觉得父亲看自己的眼神有点异样，不知道自己说错了什么，有点局促地道：“父亲，我说得不对吗？”

郑昭掩饰地笑了笑：“不，你说得一点也没错。”他顿了顿，正色道，“司楚，你觉得，帝制和共和制，到底哪一种更好一些？”

郑司楚想也没想便道：“这便看对什么人而言了。”

郑昭只道他定会说共和制要好，却没想到他这样说，诧道：“这是从何谈起？”

郑司楚道：“帝制专权，政令皆出一人，不论做什么，都不必要什么理由。所以假如要动员民众去做一些大事，诸如树高塔，建大厦，造巨舰，帝制之下效率要高得多。共和制下，反倒有种种掣肘，无法实行。这也是为什么共和国建立这许多年来，一直没有大建筑出现，有的只是帝国时留下来的东西。”

共和国成立后，不论是谁，都是“共和远胜帝制”的口径，郑司楚这样的看法，郑昭不曾听过，也不曾想过。听他这么说，郑昭倒也有点兴趣，道：“难道你觉得帝制更好吗？”

郑司楚摇了摇头：“一个国家好不好，绝非造出些高塔大厦便能证明，我觉得课本上所言并没有错。”

郑昭不再说话了。郑司楚这样的想法，倒是与他当初所向往的别无二致。当初他也正是为了这个目标，不离不弃地追随南武走到了今天。只是到今天，这个理想却仿佛越来越远，倒是越来越像是帝国的变相。他叹了口气，正待再说什么，却听得有脚步声传来，有个人低声道：“先生。”

那是左慕桥。郑昭站起身，道：“左兄，我在。”

左慕桥走了进来。郑昭见他一脸沮丧，心中一沉，低低道：“左兄，不顺利吗？”

左慕桥行了一礼道：“先生，实是汗颜。我在渔行有个朋友，本来说好能物色个靠得住的人，谁知今天一去，他说情况有变，太守突然过江坐镇东阳，亲自下令收缴所有船只，近期片帆不得入水。”

郑昭扫了他一眼，淡淡道：“麻烦左兄了，看来他们是不将我捉回去，誓不罢休啊。”

左慕桥忙道：“先生不必担心，你先在这儿住几天，我再去想办法。这几天，委屈先生不要出门，现在外面也查得越发紧了。”

等左慕桥一走，郑司楚小声道：“父亲，这左先生靠不靠得住？”

郑司楚实是有点不相信左慕桥所言，这话也是第二次问了。但郑昭只是微微一笑：“不用怀疑左兄，他很可靠。”

真不知父亲哪来的信心。但这句话郑司楚没说出口，只是道：“父亲，现在我们怎么办？”

郑昭道：“车到山前必有路。静观其便，顺便你和你母亲两人好好养伤吧，总会有办法的。”

郑司楚暗自叹了口气。现在也的确只能如父亲说的，静观其变了。只是他觉得，在东阳城待得越久，就越危险。如果真被查出来，是束手就擒还是大打出手？

吃过晚饭，左慕桥又兴冲冲地过来见郑昭，说找到了一个还留着船的渔民，许以重酬之下，那渔民明晚愿意送他们过江。听左慕桥这般说，郑昭却有点迟疑，道："左兄，这人靠得住吗？"

左慕桥道："应该靠得住。这人是个赤贫光棍，平时靠打鱼为生。现在渔船被缴了，他生计都断了，才不惜铤而走险。"

郑司楚一直在边上听着，皱了皱眉道："左先生，这人渔船被收缴了，怎么还有船？"

左慕桥笑了笑道："郑公子放心，你见了便知道。"

郑昭突然道："左兄，最好我去见他一面，好先付他定金。"

左慕桥道："不劳先生费心，酬劳我会给他的。"

郑昭道："不仅是这样，安知这会不会是个圈套？左兄回来时，见到可疑之人吗？"

左慕桥摇了摇头道："我自己不曾过去，是按先生说的让别人过去说的。只是先生，您亲自去的话，要不要紧？"

郑昭笑了笑道："这个不必担心。"他看了看窗外天色，又道，"事不宜迟，今晚就再过去一下。就算是圈套，他们今晚多半不会发动。"

左慕桥想了想，道："也好，我马上去安排。先生，您要是发现不对，立刻出来，我让马车在拐角等你。"

郑昭道："如果真是圈套，就算有马车也逃不掉，不如我独自过去吧。这样万一我不回来，还能请左兄照顾贱内和犬子。"

郑昭的声音里带着一种决绝，郑夫人也听出意思来了。万一是圈套，郑昭显然是想牺牲自己。她张了张嘴，正待说话，郑司楚忽然道："父亲，我随你去。"

郑昭一皱眉："你去做什么？"

郑司楚动了动受伤的手臂，道："我已不碍事。如果是圈套，有我在，父亲您总回得来。"

郑昭心里突然有种异样的感动。他看了看郑夫人，见妻子眼里有泪光闪烁。他想了想，道："也好。不过，司楚，你别跟我一块进去，在暗处接应。"他又对左慕桥道，"左兄，请你为我父子准备两套你号里工友平时穿的旧衣服，要一直穿着的，不要洗过的。”

左慕桥道：“有，有，即刻就好。”

等左慕桥一走，郑夫人急道：“阿昭，你要用那一张面具了？”

进了东阳城后，郑昭就把先前那张面具洗掉了，在左慕桥面前都是以本来面目示之。虽然左慕桥绝对可靠，但这张面具已是郑昭最后的本钱，一直没拿出来。听夫人这样说，郑昭笑了笑道：“现在还不是时候。”

现在确实还不是时候。假如真是圈套，用面具亦没用。假如不是的话，这面具可以留到上了船再用，反正凭他的秘术，那渔民不足为虑。让那渔民送自己一家过江，希望实是极为渺茫。但就是因为希望渺茫，更要不惜一切抓住这一线生机，只是这些话也不必和妻子和儿子多说。

左慕桥的行里有十几个徒工，高矮胖瘦都有，不多时就拿了两件衣服过来，郑昭和郑司楚换上后，居然挺合身，十足便是两个渔行伙计。左慕桥已备好马车，好在现在东阳城只对出城的西门查得特别紧，并不曾实行宵禁。

东阳城虽然不是十二名城之一，但由于此城与名城东平几乎是一体的，所以一样十分繁华。暮色沉沉，但街上仍是灯火通明，歌肆酒楼都还在营业。走过繁华的大街，马车转入了小巷，随着路越来越偏僻，郑司楚觉得夜风渐渐大了，风中所带的水汽也越来越重，想必已快到江边。

东阳城依江而建，南门乃是水门。说是南门，但由于这十几年来天下承平，反正有大江做天然屏障，码头越来越大，南门形同虚设，沿江的城墙都已被拆了不少，拆掉的地方便有渔民聚居，不下上千户。平时这一带是东阳的鱼市，就算晚上一样有酒楼来采办鱼鲜。虽然现在下了封江令，但渔民在江边都用竹子在江中围出鱼笼，将打来的鱼养在里面，所以来买鱼的仍然有不少。近江边已显得十分偏僻，到了江边反倒热闹起来，还开了好多家鱼馆，风中偶尔还传来几声琵琶的声音，想必是给吃鲜鱼的客人助兴的。

到得一个拐角处，左慕桥停下车，小声道：“先生，那渔民在最边上，那间门前挂着破网、顶上用稻草苫着的便是。那人叫许四宝，先生您跟他说十九公想买泥步鱼便行了。”

泥步鱼是江中一种无鳞之鱼，长得很肥，但由于是食江底腐草为生，一向没人吃，买来只能喂猫，平时不太会有人买泥步鱼。至于说十九公，那是怕万一有人真来买泥步鱼，会耽误正事。郑昭心知这是左慕桥当年当细作时与耳目接头的故伎，过了这么多年又用出来了。他微微一笑道："多谢左兄大恩。"

左慕桥道："先生这是什么话。万一有什么不对，您立刻和公子过来，我在这儿等您两位。"

郑昭道："不必了。如果真出了事，请左兄带犬子回去，不用等我。"他也不让左慕桥再说，便转向郑司楚道，"司楚，走吧。"

他们提了灯下车，向前走去。这一段已是鱼市边上，极是冷僻。那些有鱼可卖的人家，都在门口竖根柱子挂上灯笼，但这儿的渔民多半打了鱼自己吃，只是零星出卖换点粮米油盐，所以连灯笼都没有，很多人家里连油灯都没点。他走了一阵，只见前面越来越暗，但隐约已能看到前面有间小屋，门外晾着渔网，正是左慕桥说的那个许四宝的家。郑昭小声道："司楚，你在这儿等着吧。我出来时，若没事，便会用灯划两个圈。如果不见这两个圈，你便自行回去。"

郑司楚心里突然一阵痛楚，急道："父亲……"

郑昭道："不要多说了。如果我们父子缘尽于此，那也是天命，只是希望老天别对我如此苛刻。"他说出这话又觉未免太不吉利，便笑了笑道，"放心吧，吉人自有天相。连那些杀手都无奈我何，不用太担心。"

看着父亲的背景消失在黑暗中，郑司楚心头不禁又抽紧了，暗暗道："父亲，你一定要回来。"记忆中，父亲对自己只是严厉，温情十分难得，现在他却有种对父亲的依恋之情。

暮春的大江，汤汤而流。今夜不算是好天，浓云密布，偶尔才有点星光透出云层。这时却听得有几声琵琶声传来，声音很轻，更不知哪里竟飘来一缕若有若无的酒香，若是闭上眼，依稀如当初和程迪文去酒楼买醉时情景。郑司楚其实也颇喜饮上几杯，但这一路从来不曾喝过，闻到这阵酒香，更觉心痒难搔。

到了五羊城，一定要好好喝一杯。

他正想着，突然听得身后传来一阵凌乱的脚步声。他吃了一惊，忽地一下站直，却听有人喝道："什么人？"

被发现了！郑司楚一阵沮丧，后悔不迭。而今岂是当初在雾云城的时候，自己居然会一时失神，全然不备。如果现在跑的话，父亲一定会被捉住的，他索性不动，心中飞快地打着主意。

怎么回答？自己说话不是之江口音，一定会被听出来的，他索性“啊”了两声，向那声音迎上去。这时来人也走近了，郑司楚一看，心里又是一惊。

来的，是两个身着共和军服的士兵！

那两个士兵隐约见有个人，原本还吓了一大跳，生怕遇上什么鬼怪，喊一声纯是壮胆，待见那人迎上来，嘴里却是“啊啊”地说着，一个士兵哼了一声道：“是个哑巴啊。”十聋九哑，不过聋子基本上全是哑巴，哑巴却并不全是聋子，眼前这个听得到说话，显然不是聋子，倒好办一些。黑暗中，一个士兵打着火绒，照了照郑司楚，道：“你是哑巴？”

郑司楚点了点头，又“啊啊”两声，手里还胡乱比划着。另一个道：“你来这里做什么？”

这话却不是轻易比划得出来的。郑司楚又胡乱比划两下，心道：“做哑巴就是这点好处，反正你猜什么都成。”

他比划着，那士兵已闻到他衣服上有一股咸鱼味，“哦”了一声道：“你是来买鱼的吧？”见郑司楚连连点头，这士兵对同伴道，“走吧，别理他，弄都弄不清的。”

另一个士兵眼里却有点狐疑，道：“哑巴来买什么鱼？再说，这边的渔民尽是些穷鬼，要买怎么跑这边来？”

郑司楚暗暗叫苦。这个士兵倒是颇为精细，当他在军中时，最希望士兵都像这人一样，现在却希望当兵的全都愚不可及才好。但那士兵不依不饶，竟然拔出腰刀来喝道：“阿国，你去搜搜他！”

那个阿国来摸了摸郑司楚身上，道：“没武器。阿力，别多事了，走吧，再不去酒都没得喝了。”

那阿力却仍是狐疑不定地看着郑司楚，喃喃道：“好家伙，这人的皮肤也细了点，不能错放了，带他去见宣将军！”

他已生了疑心，越发不愿放手。郑司楚心中不住叫苦，不过他这一副苦相倒更像是无辜之人，阿国多少生了恻隐之心，道：“宣将军喝得正开心的时候，你搅了他兴致，还不会被骂啊？宣将军可不是傅将军。”

阿力道：“宣将军可不是这等人。他喝酒归喝酒，公事可不会不放在心上的。哑巴，你没事的话跟我们走一趟，不然别怪我们不客气！”

现在动手吗？虽然对手是两个，自己手无寸铁，肩上的伤还没完全好，但拼死一搏的话，未必就输给这两个士兵。可是当真出手，父亲便逃不掉了。他只觉心中茫然，正自打不定主意，黑暗中忽然听得有人沉声喝道："是阿力和阿国吗？你们吵什么？"

这声音并不远，竟然有种异样的熟悉。郑司楚一怔，那阿力却有点害怕，低声道："是，是，宣将军，我们发现了个可疑的人。"

"可疑吗？"

黑暗中，有个人大踏步走过来。直到此时，郑司楚才发觉这人原来就在不远处，自己居然一直不曾发觉。那人走得近了，嘴里还在道："叫你们过来喝酒，你们也真不识趣，要让那傅驴子听到了，又得唠叨个没完。"

这声音更加熟悉，可一时之间郑司楚也想不起来。这人到底是谁？他想着，那人已到了近前，道："这是什么人？"

阿国抢道："是个哑巴，来买鱼的，宣将军。"

这时一阵夜风吹过，正将浮云吹开，月光映了下来，映得满地皆白，只见有个汉子立在前面。这人长相十分粗豪，奇怪的是怀里居然抱着面琵琶。琵琶这乐器向来是女子所用，但这男子抱在怀里，却并不让人觉得异样，反倒让他有种说不出来的气概。郑司楚脑海中如闪电掠过，突然想起了一个人，不由暗暗叫苦。

宣鸣雷！

此人名叫宣鸣雷！

那是在雾云城时，有一次他和程迪文去酒楼喝酒，隔壁有个人喝醉了撒酒疯，打碎了不少东西，店家本要拖他出去，是郑司楚替他付了账。记得那店家说，此人名叫宣鸣雷。本来郑司楚听过便忘了，但这宣鸣雷酒醉时抢过歌人的琵琶唱了一曲《一萼红》，让他印象深刻，现在看到他抱着琵琶才突然想起来。这人在酒半醒时和自己照过面，还向自己表示感谢，说不定仍然记得自己。万一他认出自己，那一切都完了。

宣鸣雷借着月光看清了郑司楚的样子，一瞬间，郑司楚发现他眼里闪过一道闪电一般的光芒，但转瞬就消失了，忽然笑道："我道是谁，小四啊，你来这么晚，鱼没带？"

一听宣将军居然认得这人，阿力松了口气道："宣将军，您认得他？"

宣鸣雷低低道："别喊得跟打雷一样，我们可是溜出来喝酒的。小四是鱼行里的，我去讨鱼吃，他常给我留好的，先前我就让他帮我偷点腌鱼出来，没想到现在才来，是不是老板看得紧，你偷不出？"

宣鸣雷好酒如命，薪水大半是喝酒喝掉的。上半月发了饷就请客，下半月涎着脸向下属借钱度日，已不是一次两次。阿力和阿国都是他的亲随士兵，跟他更有金兰之交，平时骗了这长官不少酒吃，也让他骗了不少钱去买酒，自是明白。听他这样说，阿力倒有点不好意思，小声道："小四兄弟，别在意，是我的不是。"

宣鸣雷将琵琶递给阿力，骂道："你们两个小子，真是搅了我酒兴，快给我去看着，火上还烤着两条鱼呢，别烤煳了。快去，一个接着烤，一个去钓，不给我钓一条云鲲上来，我饶不了你两个小子。记着，酒别喝完了！"

他们今天是奉命封江，但宣鸣雷酒瘾上来，实在忍不下去，叫上两个亲兵一同溜出来烤鱼喝酒。阿力和阿国是宣鸣雷亲兵，颇有这长官之风，也是两个好酒之人，一听长官要请他们，自是乐不可支，偷偷上岸与宣鸣雷会合。宣鸣雷所说云鲲乃是大江特产的一种大鱼，极是肥美，烤后味道更佳。但云鲲很少见，要钓条云鲲谈何容易，好在阿力阿国也知道宣鸣雷只是顺口一说想吃云鲲罢了，并不是真个要他们钓云鲲上来。不过宣鸣雷先前在烤鱼，那两条鱼烤煳了倒不是小事，忙不迭应声前去。

等阿力和阿国向江边走去，宣鸣雷似笑非笑地看着郑司楚。郑司楚心中说不出地忐忑。现在再寄希望于宣鸣雷没认出自己来，那是自欺欺人。只是宣鸣雷到底打什么主意？为什么不当场说破？他仍然猜测不出来。

宣鸣雷立了半晌，忽然道："今晚真是个好天啊，月黑风高，江声不断。记得纵横万里，仗金戈铁马，唯我称雄。"

他话中后几句正是郑司楚那回在酒楼上听到的宣鸣雷所唱《一萼红》中数句。听他这般说来，郑司楚再无疑虑。宣鸣雷岂止是认出来了，分明就是告诉自己，他已知道自己就是郑司楚。只是，郑司楚仍然不知道宣鸣雷到底想做什么，难道还想再戏弄自己一番再抓住自己吗？他闭着嘴，一声不吭，双手却已暗自握紧了拳头。

宣鸣雷是个水军军官，看样子，本领亦不会太弱，却不知自己能不能无声无息地杀了他。但他那两个亲随就在不远处，只要他叫一声，那两人又会过来。何况，听他们口气，还有不少士兵就在不远处。虽然郑司楚不知道在这个偏僻地方怎么会驻扎这许多士兵，难道他们就住在江边这些破屋中吗？但声张起来，肯定不会是件好事，因此他的拳头紧了又松，松了又紧，一直不曾出手。

从江上，又吹过一阵风。两人还是面对面站着一动不动，郑司楚却觉得背上已有点湿了。那是冷汗。他觉得自己已站了许久，但也清楚这只是个错觉，其实只过了短短一刻而已。慢慢地，他终于打定了主意，一脚极慢地向地上踩去。只消再过片刻，他便能一跃而起，一拳打向宣鸣雷的面门。

就在这时，宣鸣雷忽然低低道："现在他们已听不到我们的话了，你说轻点吧，郑兄。"

第三章 瞒天过海

到了此时，郑司楚再也不能佯装不识，他低低道："宣将军。"

宣鸣雷的眼里闪动了两下，带着点微微的嘲弄："郑兄真是见外。我称你为兄，你却视我为外人。"

郑司楚不知该怎么回答才好。现在自己是大统制亲自下令要捉拿的要犯，而宣鸣雷是奉命捉拿自己的军官，他却仿佛在跟一个许久不见的老友寒暄一般。

他到底想做什么？饶是郑司楚熟读兵书，自认足智多谋，实在想不通宣鸣雷的用意。而此时宣鸣雷又笑了笑道："郑兄，原本该请你去一块吃点烤鱼、喝点酒，不过现在显然不是时候。想来，令尊大人，也在附近吧？"

郑司楚心头猛地一跳。宣鸣雷难道是想从自己身上找到父亲的下落吗？可是，他真有此心的话，为什么要把那两个亲兵支开？郑司楚还不曾开口，宣鸣雷又笑了笑道："本应留兄一聚，不过显然不是时候，后会有期，郑兄保重。若是有缘，我们说不定还有见面的机会。"

他说完，便向后走了几步。夜色沉沉，宣鸣雷就如同沉没在无边的夜色中一般，一下消失不见。郑司楚不敢相信他就这般走了，一时间未曾反应过来，还沉浸在马上会被人执刀仗剑包围的幻觉中。半晌，他才回过神来。

宣鸣雷真的走了。没有声张，也没有说为什么。

郑司楚仍茫然不知所措。与宣鸣雷不过一面之缘，自己也仅仅是给他付了点酒账和赔偿罢了。如果说这么一点恩惠就足以让他放过自己，他说什么都不敢相信。那么宣鸣雷究竟在想什么？

他心中不住忖度，眼睛却仍看着那间旧屋的方向。黑暗中，突然有一点微光划了两个圈，正是父亲先前说好的暗号。

父亲没有事，可是郑司楚心中的疑虑更深。宣鸣雷是不是在施引蛇出洞之计？他不敢断定。可是宣鸣雷若真有此心，他现在完全可以动手了。父亲在那边，根本无路可逃。他正在忐忑，耳边却听得“铮铮”几声，风中传来了几声琵琶。虽然零碎不全，但听得出来，正是那曲《一萼红》的调子。

这是宣鸣雷在告诉自己，他并没有跟踪自己吗？郑司楚放下了心，可心中的疑惑更深了一层。他犹豫一下后，向路边走了几步，隐没在暗中。

郑昭提着灯笼走了回来。周围一片宁静，他心中却忐忑不安。

真的只有冒这个险吗？

他慢慢地走过来，一边警惕地看着四周。还好，路边并没有异样，若有埋伏，不论这埋伏有多隐秘，一样逃不过自己的读心术。只是到了先前与郑司楚分手的地方，却不见郑司楚的影子，他不由得担心起来，轻声道：“司楚。”

郑司楚闻声从黑暗中走了出来，也低声道：“父亲。”

看到郑司楚，郑昭才放下了心，他微微一笑道：“等急了吧？”

郑司楚低低道：“父亲，没出事吧？”

“没事。”郑昭将灯笼照了照地面，“只是，不太靠谱。”

他见郑司楚脸上有点异样，心中忽地一动，忖道：“这孩子有什么事瞒着我吗？”他性情甚是多疑，即使对郑司楚也是一般。但从昏迷中醒来后，他心知妻子和儿子对自己实是毫无二心，亦甚是感动，发誓再不对这两人使用读心术。只是看到郑司楚的样子，他差点又要食言，但转念想到路上郑司楚舍命救护自己的情形，不由暗道：“郑昭啊郑昭，你从来不相信任何人，但连这两人也要伤害吗？”

郑司楚自然不知父亲的心思。他上前一步道：“父亲，方才我碰到了一个人。”

郑昭差点将灯笼都扔了。他低喝道：“是谁？”

郑司楚犹豫了一下道："您不认识，是个水军军官。"

"他没认出你来？"

郑昭的心已提在了半空中。但想来应该没认出来，不然郑司楚便不能站在这里了。郑司楚却不知该怎么回答是好，因为自己根本不知道宣鸣雷到底打什么主意。他想了想，才道："不，此人认出了我，但并没有声张。"

想引蛇出洞？一瞬间，郑昭的眼前闪过一片阴影，只觉心里有种说不出的慌乱。只是，假如要引蛇出洞，现在自己已经现身，埋伏应该会发动了，为什么四周仍是一片平静？他皱起了眉，默然不语。郑司楚见父亲亦是大惑不解，又小声道："我也不知他到底想做什么。只是，左先生只怕已经被盯上了。"

也许是。郑昭想着。但这样想的话又有点说不通。自己是大统制必要得到的人，捉到自己才是他们的首要任务，照理发现了行踪后必然立刻下手，哪里还会延误时机？难道，这人其实并不想抓自己？虽然这么想更让人不明白，可目前也只能这么想了。他道："这人和你有交情？"

"当初在雾云城有过一面之缘，并不曾说过话。"

郑司楚的眉头也皱了起来。一看到他这样子，郑昭的心里莫名地升起了一丝暖意。郑司楚并没有自己的血脉，长得也更像白薇一些，只是这个表情却不折不扣地像极了自己。他犹豫了一下道："此人现在何处？"

"刚才他说，在江边烤鱼。"

郑昭又皱了皱眉，喃喃道："这一带又不是鱼市，他来这里烤鱼？"

鱼市那边，夜店开得多，甚是热闹，而这里却极是冷僻。郑司楚犹豫了一下道："刚才听他的意思，似乎他们这一支部队驻扎在附近。这人好酒如命，偷着出来喝酒烤鱼吃。"

郑昭心里又"咯噔"了一下，反问道："是驻军？"

东阳城的驻军，除了太守麾下的卫戍，便是三帅邓沧澜手中的水军。假如有驻军的话，那渔民胆子再大，驾船技艺再高，也没有半分希望。可是他又看得分明，这一带江边并不曾停有战舰，这支部队难道驻在江岸民房中吗？只是附近的房子稀稀落落，而且大多破旧不堪，完全不似能驻扎军队。他想了想，低低道："走吧。"

郑司楚没再说什么。他向来对父亲的判断力极为服膺，觉得不论什么如一团乱麻的情况，父亲都能抽丝剥茧地理出头绪来。可眼下看去，父亲也对这情形无从判断。他抢上一步，走到郑昭跟前道："不去理他吗？"

"是福不是祸，是祸躲不过。既然已经被他发现，假如他已设下圈套，我们怎么都逃不过。"

郑昭耳语一般说着，忽地一下吹灭了手中的灯笼，小声道："随我来。"

吹灭了灯笼，越发黑了，郑司楚只能隐隐约约看到父亲的背影，他小心地跟着。

虽然说是福不是祸，是祸躲不过，郑昭心里其实没那么平静。郑司楚说的这个人到底想做什么？每迈出一步，他都觉得脚下有千钧之重，似乎随时都有一伙手执利刃的人突然从暗中冲出来。但郑昭也明白，假如真是这样，自己根本没有别的办法。他清楚地知道，以大统制之能，计不空施，一旦实行，绝对不可能有逃脱的指望。一家人能够顺利逃到东阳城，已经是一个奇迹，但这个奇迹只怕要到头了。所以他虽然心中忐忑，却并没有太多惧意，已在想着被捉到大统制面前后该如何应对。

走了一段，前面忽然响起左慕桥的声音："先生，您回来了？"

左慕桥的声音中并没有异样。郑昭向左右扫了一眼，虽然什么都看不到，但他身怀秘术，任何人都逃不过他的窥测。直到现在，仍然没发现有什么不对的地方，假如这是放长线钓大鱼，那么这条线未免也放得太长了点，鱼都要脱钩而去了。郑昭迎上一步道："是我。左兄，刚才有人过来没？"

左慕桥听得是郑昭的声音，松了口气道："没有啊。先生，回去了吧？"郑昭父子亲身出外，他终究还是担心，现在平安回来了，他当真是放下了心底一块巨石。

郑昭点了点头道："好吧，回去。"

郑昭和郑司楚上了车，左慕桥赶着马车往回走。郑司楚见父亲仿佛毫不在意，心底仍是不安，小声道："父亲，真不要紧吗？"

郑昭笑了笑道："兵法有云，机不可失，时不再来。你觉得，要下手，最好的时机是什么时候？"

郑司楚不再说话。他比郑昭更熟悉兵法，自然知道机不可失的道理。所谓当机立断，便是因为时机稍纵即逝。如果对方要下手，在江边是最好的时机。现在自己已上了车，就算想跟踪，都远比那时困难。他撩起车厢的后窗帘看了看，深夜的街头，一片空旷寂静，什么人都没有。

回到左桥号，等郑昭父子一下车，左慕桥便急急问道："先生，那人怎么样？靠得住吗？"

郑昭道："人是没问题。"

左慕桥松了口气。虽然他感激郑昭当年的救命之恩，也真心愿意帮助他一家，但这一家人在左桥号多待一天，便会给他带来多一天的危险。他道："那么，先生，什么时候渡江？"

郑昭顿了顿，道："左兄，听说江边有水军驻扎？"

左慕桥一怔道："有时会有，不过我白天去时，并没有见江边有船只停靠。"他见郑昭若有所思，又问道，"先生，你发现那边暗中有水军驻守吗？"

郑昭道："是。"

左慕桥吓了一跳，道："真的？要是这样的话，那可麻烦了。"

郑昭又低头沉思了一下，小声道："这两天再确认一下，我也想尽快出发。"

左慕桥道："是，是。先生，请你先安歇吧，这几天我一定多加留意。"

等他一走，郑司楚低声道："父亲，左先生难道靠不住吗？"

郑昭看了郑司楚一眼："怎么了？"

郑司楚忽然有点不安地说道："因为方才您说要尽快出发时，我见您的手突然用力攥了一下。"

郑昭突然感到背后有种森然的寒意。郑司楚的观察能力竟然也如此惊人！他能够识破旁人的真假，自然也有瞒过别人之能，没想到下意识的动作仍是出卖了自己，而这无意间的细微动作居然被郑司楚察觉到了。他道："左先生当然靠得住，他只是希望我们能早点走罢了。"

郑司楚道："那么是那个渔民不太靠得住？"

郑昭摇了摇头："那渔民也没问题，只是，他的办法有点离谱。"

郑司楚道："怎么离谱？"

"这渔民太穷，建不起房，他的家其实是一艘停在岸边的小舟，只是上面搭了个篷而已。他的主意便是用这船屋渡过江去。"

郑司楚这才明白为什么那渔民会在船只全被收缴后还能有船了。他道："这样行吗？”

“那艘船够破的，在岸边当房子时还能支撑，一到江心，天知道经不经得起风浪。何况，”郑昭说到这儿，又顿了顿，才道，“我最担心的，还是你听那人所说，岸边驻扎着水军。”

假如岸边真有水军驻扎，从那儿渡江实是自投罗网。郑司楚也皱起了眉：“那宣鸣雷也有点让人摸不透啊。”

郑昭道：“是啊。可惜我不曾与他碰面，这两天最好能找到此人确认一下。”

郑司楚不禁暗暗苦笑。宣鸣雷是水军军官，应该并不难找。但现在自己一家人又是什么身份？找他同样是自投罗网。他沉思了一下，小声道：“父亲，那我们现在怎么办？”

郑昭皱起了眉头道：“一切等明天确认了再说。”

第二天，左慕桥早早便回来了。与往常不同，一见郑昭，他的脸便暗淡如死灰。和郑昭低声说了一阵。等他回到内室，郑夫人忍不住问他道：“阿昭，情形有变吗？”

“是螺舟队沿江驻扎。”

螺舟是水军利器，可以潜伏在水中。出动的是螺舟，怪不得江边看不到船。郑夫人也倒吸了一口凉气，苦笑道：“大统制真是不惜血本。”

出动螺舟不是件易事，大江上风浪不断，总不能保证绝对安全，平时螺舟都停在船坞中，隔一阵还要上漆。现在螺舟队竟然沿江驻扎，可见大统制是势在必得。螺舟布防，私乘小舟渡江已不可能，也许大统制更希望自己走这条路，所以故意不把沿江渔民赶走。

郑司楚皱起了眉头。天无绝人之路，现在父亲还能有什么办法？他看了看父亲的脸色，心头一沉。以往不论有什么事，郑昭总是镇定自若，便是先前遭南斗伏击，命在顷刻，他也从来不曾像现在一般面如死灰，到此时真的是走投无路了吗？

郑昭心里已如一团乱麻。南武，这个连他都不能看透的人，心机之深实非自己所及。这时郑夫人道：“那么，能不能从城外过江？”

郑昭摇了摇头：“你道南武会想不到这点吗？进城不设防，但出城查得极其严格，根本出不去。而且他们在东阳城逐户盘查，清点人口，再过几天可能就要查到这儿来了。”

郑夫人道：“三个人一起走不成，你一个人走不成吗？”

这确是如今的上上之策。郑昭还有一张面具，化装出城应该不难。可是他看了看妻子，低低道：“小薇，假如剩我一个人，你以为还能活下来吗？”

郑夫人却淡淡一笑道：“别说得那么惨，东阳城有十来万人，任大统制本事通天，要想找出我们来也如大海捞针。他既然施这等绝后之计，那我们就跟他耗上，大不了，我和司楚在左先生的密室里躲上一两年。”她见郑昭还要说什么，又轻声道，“不用多说了。阿昭，你对不起我，但我也曾对不起你……”

郑昭忍住了看往郑司楚的念头，心底不知是什么滋味，打断了妻子的话道：“别说这个了，我再想办法，你先去休息吧。”

妻子曾经对不起自己，郑昭其实早就知道，妻子却一直以为自己不知情。他见妻子差点要说出来，知道她定然觉得已到绝境。事实上，妻子所说的计划大概是唯一可行之策。他想了想，扭头向郑司楚道：“司楚，你过来。”

郑司楚不知父亲有什么吩咐，走了过来。郑昭从怀里摸出一个小盒，道：“司楚，你把脸打湿一下。”

这正是那张面具。郑司楚吃了一惊，道：“父亲……”

郑昭道：“不要多说了。我和你妈都老了，可你还年轻。记住，到了五羊城，去投靠申太守，他会照顾你的。”

五羊城太守名叫申士图，向来和郑昭并不怎么和睦，郑司楚没想到父亲居然会让自己去投靠他，呆了呆道：“是他？”

郑昭苦笑道：“你见了他便知道了。”

郑司楚刹那间就明白过来，申士图原来早与父亲有过密约，没想到父亲竟然在暗中布下了这么多闲棋。先前父亲身为负责政务的国务卿，可是还有那么多秘密，难道他早就防着大统制了？他沉思不语，郑昭拍拍他肩头道：“司楚，你记住一句话，谨慎永远都不多余。俗话说，磨刀不误砍柴工；士人也说，未雨绸缪。”

这也许是父亲对自己交代的遗言吧。郑司楚鼻子一酸，险些落下泪来。郑夫人在一边看得清楚，心头也不知是什么滋味。郑昭此举，无疑是把活命的机会让给了郑司楚，这让她更加心酸，不由偷偷擦了擦眼角。

郑昭虽然没看向妻子，眼角却已瞟到妻子的举动。其实郑夫人所想计策，他何尝不曾想到过，甚至就在昨天，他还在打算着，万一真的不能一家都全身而退，他就一个人先走。可是妻子方才要把这个秘密说出来时，他也不知自己如何一想，就把机会让给了郑司楚。他在心底忖道："小薇，不论我有什么对不起你的地方，总让你和他的儿子活下来了，当你知道时，会原谅我吧？"

他见郑司楚还要说什么，低喝道："司楚，快点！"说罢，抓起郑司楚擦脸的毛巾，在水盆里浸湿了便来擦郑司楚的脸。那张面具做得当真精致之极，贴到郑司楚脸上后，严丝合缝，郑司楚原本英气逼人，一贴上面具，便成了个寻常可见的伙计。

郑昭将面具贴好，又看了看，道："记着，别沾水。左先生已经安排好了，你正名叫左正方，小名五毛，舌头有点毛病，说不清楚，所以不爱说话。到了东平城，左先生会安排你出城，你便一个人南下。另外，走路时步子别太大，做伙计的都是唯唯诺诺，到处赔小心。"

郑司楚张了张口，正待说话，郑昭皱起眉道："现在不用说，出去吧，今天明天你都睡在伙计那边。记住，你是在两个月前招进来的，因为家里有事，当时告假回去，现在重新过来，铺还给你留着。"

左慕桥的店里有十几个伙计，忙的时候也会叫些短工。虽说这些伙计都在左桥号里做了好些年，但人多嘴杂，要是突然来了个生人，难免有嘴碎的会说漏嘴。那左正方在两个月前就来做过，他们不至于起疑心。郑司楚点了点头，看了看一边的母亲，郑夫人却先走上前来，低声道："司楚，听你阿爹的，我们不会有事。"

郑司楚当然知道这只是在宽自己的心。他忍住泪水，低低道："好的，父亲，母亲，你们保重。"

郑昭走到门边，一拉开门，外面正坐着左慕桥。一见他出来，却一怔道："郑先生，你……"待见到他身后的郑司楚，又是一怔。郑昭抢道："左先生，依计行事，犬子就交给你了。"

左慕桥也险些感动得落泪，心道："真是可怜天下父母心，原来郑先生把这条活命之计让给了儿子。"点点头道："好的。五毛，随我来，你以后就叫我二叔。"

郑司楚道："是，二叔。"他说得含含糊糊，倒真像是舌头有点毛病。左慕桥心道："郑公子倒是聪明得紧，大概比郑先生更像五毛。只是……"可是郑昭还要留在这儿，万一被查出来，势必会牵连自己，又该怎么办？但事已至此，多说无用。

左慕桥领着郑司楚向前院走去。前院里，有不少伙计正在打包整理，左慕桥叫过一个领头的过来道："小荀，五毛家里事完了，今天回号里，就帮你做事吧。"

那小荀虽然年岁不大，却是左桥号里的老伙计，做了足足七年。这五毛两个月前来做过两天，因为话也不多，一直在后面搬东西，现在根本不记得五毛长什么样，听老板这么说，便道："是了，老板，是您远房侄子，小荀领会得，那铺还留着呢。"

左慕桥原先还有点担心，生怕这小荀会多嘴说一句"怎么长得不太一样了"之类，但听他口气，显然根本没有生疑。他向郑司楚道："五毛，好好干，做几年，存点钱，也好讨一房媳妇。"

因为郑司楚要扮的五毛不太能说话，自然不能去柜上做事，能做的也只是搬东西之类的粗笨活。好在那些伙计知道他是老板的远房侄子，不敢欺生，只是让他在后边打包搬货。郑司楚做了一阵，和那几个伙计也都照过面了。他肩头虽然伤势未愈，但在军中曾受过比这更重的伤，现在这点伤实在不算什么，干得毫不费力。小荀见他搬得起劲，玩笑了一句说："五毛，回家了两个月，力气大了不少啊。"郑司楚也没有多说什么。

这天晚上，带着一身鱼腥气，郑司楚倒头就睡。那些伙计睡起来呼噜震天，他们全都惯了，可郑司楚着实不习惯，一直睡不着。父母就在后院的密室里，但也许今生今世再见不到他们了。郑司楚想着，心里又是一阵没来由的酸楚。只是酸楚归酸楚，他心头隐隐觉得有点异样。

两个月前，来过这么个五毛，而这个五毛又恰好来过一次便又走了，这未免太巧了点。假如，这并不是巧事，而是……而是左慕桥早就安排好的呢？

郑司楚在军中做参谋时已习惯了对事情斟酌思量，不放过任何蛛丝马迹。现在虽然退伍已久，但这个习惯未改。此时夜深人静，细细想来，当左慕桥看到父亲和自己出门时的一怔，也许已说明了一切。也许，父亲早就安排下这条死地求生的计策，但当初应该是为他自己准备的，可是，最终父亲却把这机会让给了自己。一想通这点，郑司楚内心感慨万千，越来越感激父亲的关爱。

难道就这么走了吗？

这条死里求生的计策成功机会的确很大，可是自己独自逃生，对得起父母吗？黑暗中，郑司楚睁大了眼，再也睡不着。

不，要活，就一起活；要死，也要死在一处。现在还有没有一家人全都逃走的办法？他默默地想着。大统制事无巨细，安排得如此缜密，可以说毫无漏洞。但这只是对自己这逃生一方而言的，假如大统制布下的天罗地网本身就有漏洞呢？

这漏洞不是没有，事实上自己已经察觉到了，就是那个神秘莫测的宣鸣雷。宣鸣雷明明已经发现了自己，可是并没有下手，那么，再进一步，让他送自己一家过江，是否可行？

郑司楚把双手枕在头下，细细回忆自己与宣鸣雷的每一句话。江边，夜风中宣鸣雷说的每一句话，似乎都藏有深意。也许这人会对自己一家抱有某种同情，可他毕竟是水军将领，要帮自己一家过江，行同反叛，他能不能走到这一步？郑司楚熟读兵法，兵法中也有说起策反敌方将领的情况。不过兵法中说，要么与敌将有旧情，那就动之以情；要么敌将已是走投无路，那就晓之以理。现在自己和宣鸣雷顶多就是两面之交，自己对他的恩惠无非是帮他赔了酒账，宣鸣雷放了自己一次，可说已百倍偿还，自己凭什么对他动之以情，晓之以理？

郑司楚闭上了眼，一遍遍地想着打动宣鸣雷的说辞。可是每想一遍，便觉得自己若和宣鸣雷异地而处，定然连自己都打不动，何况要找到宣鸣雷也不是易事，可是他仍然执着地想着。在他心中，只剩下一个念头，若不能与父母一同逃出生天，便一同沉入地狱吧，好歹一家人在一起。

第二天是个阴天，却是出奇地忙，一大早左桥号的伙计大多出去了，左慕桥亦出门忙事。偏生这天城西一家人办喜事急着要一车货，小苟因为明天要去东平城补货，清点存货本来就忙得不可开交，又碰上这事，更让他焦头烂额。点好了货，却找不到人押送。这时郑司楚正好搬了一箱咸鱼过来，小苟顺口道：“五毛，你会赶车吗？”

郑司楚道：“会。”

小苟没想到这位远房侄少爷居然会赶车，心想这五毛傻不棱登，别的事干不好，在这儿顶多就是个搬货的料，这批货只是押送，又不用收现账，他能赶车的话让他去正合适，便又道："你认路不认？"

郑司楚道："认。"

小苟正在犯愁让谁去，心道："也是，五毛只是舌头有毛病，脑瓜子又没毛病，他会赶车又能认路正好，我想老板那个视钱如命的人也不会找个吃闲饭的来。"便道："那就好，这一车货急着送城西，你押过去后，让买主在收条上画押，自己赶车回来吧，早去早回。"

郑司楚心头一动，便道："好。"心道："横竖我舌头有毛病，说一个字就成了，又是左先生远房侄子，倒也省事。"

赶着车出门，一上街便见卫戍多了不少，不时查问过路行人。只是郑司楚现在长相已完全两样，又赶着一车左桥号的货，那些卫戍问都不问他。一路而去，却见东阳城里人熙熙攘攘，店铺林立，郑司楚忖道："不管怎么说，这之江太守倒也是个能吏。"只是之江太守越有能力，他一家人也越危险，心中越是不安。

货是送到城西林宅去的。这林家是个大户人家，住了个大宅院，还有司阍，因为要办喜事，门口高挂着红灯笼。郑司楚递过收条，司阍看了看，道："正好，快进去吧，厨房里急等着要呢。"

这一车咸鱼干货有不少，郑司楚把车子赶到厨房，有个人出来收货，清点好了，道："成了，跟我来吧，去请林先生画个押你便可以回去了。"

那人带着郑司楚到了一处偏院。隔着一段路，便听得那儿传来一阵丝竹之音。郑司楚虽然不擅音律，但与程迪文在一块久了，听过不少曲子，知道那是一支《春花妍》。这支曲子柔美婉转，喜气洋洋，正适合办喜事吹奏。那人听得声音，停下了步子，小声道："麻烦你稍等片刻，林先生在品曲，这时候不喜欢旁人打扰。"

这林先生想必是个对音律痴迷的人，若是迪文在此，多半会和他很投机。郑司楚淡淡想着，也站在了门边。带郑司楚来的那人听得忘我，一边听还一边摇头晃脑，也许是近朱者赤，林先生好音律，他也受到了熏陶。

这支《春花妍》不算太久，一会儿便完了。带郑司楚来的那人叹了口气道："真是好曲子，无一处不好。"

郑司楚虽然不甚好音律，但他在雾云城时，闲来无事，曾向蒋夫人讨教过一阵。蒋夫人对音律极精，郑司楚别的也没什么心得，但吹笛多少有点进益，那时连程迪文也说他吹的笛已经勉强可以听一听。刚才这支《春花妍》虽然甚是和谐，但第二段上有一小段笛子独奏却有点破音。听得那人在随口乱赞，他一时心痒难搔，顺口道："笛子有点破音。"

他一说出口便有点后悔，因为这话说得太顺了，不像一个舌头有毛病的人说的。好在那人怔了怔，笑道："是吗？你倒听得出来。"看样子并没有在意。他转身正待敲门，却听得里面传来一个人的声音："如何？这班乐者之技可入吾兄法眼？"

他话音刚落，另一个人哈哈笑了一声道："手法甚妙。不过，稍有不足。"

一听这声音，郑司楚心里便是一跳。这声音，如果自己没听错的话，正是宣鸣雷！他没想到会这般巧法，居然在这儿碰到宣鸣雷。

没等宣鸣雷说有什么不足，带郑司楚来的那人已敲了敲门，林先生也听到了，高声道："谁啊？"

那人道："林先生，是我，施国强，左桥号的货送来了。"

门一下开了，林先生出现在门口，看了看郑司楚，笑道："左先生果是信人。给我收条吧。"

那施国强递过收条，林先生接过来，顺口道："国强，你听这曲子如何？"

施国强在林家做事久了，对这个主人十分了解。林先生待人随和，因为好乐成痴，家里用的工友若是通音律的，待遇往往会好一点，因此人人都多少知道一点音律。施国强听得方才那位先生说稍有不足，便道："这曲子奏得很好，不过笛子有点破音。"

林先生打了个哈哈，自是不把他的话当一回事。宣鸣雷却突然插嘴道："林公，我算是佩服你十足了，连家中的工友也深通音律啊。"

林先生吃了一惊，道："宣兄，国强说到了点子上？"

宣鸣雷点了点头道："方才我听得笛声吹到了高处，有稍许破音，应是笛膜有点损伤。没想到你都没听出来，这位工友在门外倒听得清楚。"

这一下林先生脸有点泛红。他自诩知音，因此与这个深通音律的水军军官交情莫逆，没想到这一次栽了个大跟头，登时把签收条的事抛到了九霄云外，走到乐班的笛手身边，道："把笛子给我看看。"那笛手递过笛子，林先生按动笛眼，吹了几个音符，动容道："果然！国强，没想到你居然已到如此境界！"

这一下那施国强也盖不住脸了，忙道："这不是我听出来的，是这位左桥号送货的朋友说的。"

林先生和宣鸣雷同时有点动容。郑司楚一副下人模样，身上穿的是一件满是鱼腥味的旧衣服，实在想不到这么个人能够听得出来。林先生抢上一步道："不知阁下尊姓大名？"虽然他一身华服，和郑司楚不啻天壤，但一谈起音律，他毫无架子。

郑司楚自悔多嘴，但话已至此，不说总不成。他支支吾吾地道："我……我姓左，叫五毛。"因为要尽量说得含糊，这几个字说得甚是吃力。

林先生听得这人话都说不清，更是吃惊，心道："这人定然是个天才啊。"他知道音律亦如棋弈，天分最重要，见郑司楚如此，不由动了怜才之心，道："你叫五毛？五毛，进来进来，你会吹笛吧？"

郑司楚更是不安，不知该说什么好。好在他这副局促不安的样子更像是一个没见过世面的伙计，林先生怜才之心更盛，从架上取下一支紫竹笛，道："来，吹个曲子听听。"

郑司楚正待说不会，但见一边的宣鸣雷目光灼灼，眼里带着嘲弄的笑意，定然不信这个鱼行伙计能吹得好，心头一动，道："我吹得不好。"

林先生道："没关系，我听听。"他见郑司楚辨音有明察秋毫之能，已大起怜才之心，心想此人说不定是一块未琢之璞，沦落在咸鱼行做个伙计实在太可惜了，有心要抬举他。但郑司楚接过笛子来，却又犹豫了。他吹得最熟的便是那支《秋风谣》，但这支曲子凄楚悲怆，实在不适合这个喜庆的日子吹奏。林先生见他犹豫不决，只道他胆子小，便道："小兄弟，不用怕，我这儿，全都是朋友。"

这话当然只是说说而已。尽管共和国是以人人平等为口号，但林先生这种大户人家主人和施国强这样的工友肯定不会是朋友，顶多林先生比较随和，没架子而已。郑司楚顿了顿，忽然将笛子放到唇边，吹了两个音符。

那是一曲《一萼红》。

《一萼红》曲调柔媚，在酒楼歌肆中常能听到。郑司楚对这曲子其实并不熟悉，只是当初与程迪文在酒楼，听到宣鸣雷发酒疯时弹唱的那曲《一萼红》，有点兴趣，因此练习过几次。只是这个调子变化甚多，若是程迪文吹来，自能如百鸟齐鸣，美不胜收，郑司楚吹来，却显得平平无奇。

现在就看宣鸣雷了。

郑司楚心中想着。他也自知这曲子吹得并不好，但自己是有意揣摩着那一回所听到的宣鸣雷弹奏的调子在吹。《一萼红》原本很柔媚，但宣鸣雷上回在酒楼中却弹得慷慨激昂，直如天风海雨逼人，再没第二个人会把《一萼红》弹成这样。

宣鸣雷在听到郑司楚吹响第一个音符时，脸上毫不掩饰地现出鄙夷之色，倒也不是鄙夷郑司楚这个人，而是对他的笛技嗤之以鼻。但随着郑司楚吹下去，他的脸色越来越凝重，竟然全神贯注在听。一边的林先生倒大为奇怪，心道："这个五毛把《一萼红》吹成这样，笛技实在乏善可陈，宣兄怎么对他如此看重？是了，定然是宣兄见他一个伙计也有这等手法，起了爱才之心。"他自己对郑司楚起了爱才之心，便觉得谁都会爱郑司楚之才。其实郑司楚的笛技虽然不能算门外汉，却当真算不上有什么了不起，比林先生那个乐班里的笛手差远了。

郑司楚吹了半曲便停下来，因为他长久不练，已经把后半段忘了。林先生接过笛子，道："小兄弟，你应该向人学过笛子，但没怎么练习吧？"

郑司楚点了点头。林先生道："我说呢。你手法虽然生涩，但姿势很标准，应该是向好手学过。"

郑司楚对这林先生倒也有几分佩服了。在军中时，他对吹笛兴趣不是很大，也没向程迪文学过；后来退伍，有点兴趣了，程迪文却又没空教他。他这点吹笛之技，其实全是当初蒋夫人点拨的。蒋夫人双目已盲，服侍她的石仙琴是琴技名手，对笛技并不专工，也没耐心对郑司楚循循善诱，但蒋夫人和石仙琴都是音律高手，就算仅仅指点一二，郑司楚亦是得益良多，与那些全然靠自己摸索吹笛的自是不同，而林先生一眼也看出来了。

宣鸣雷在一边忽道："林公真是法眼如电。这人应该投过明师，可惜未能精益求精。"

林先生听得宣鸣雷这般说，登时心痒，忙道："宣兄，你能不能收他做弟子？"他见宣鸣雷笑了笑，又道，"我知道宣兄你专精琵琶，但一法通，万法通，何况琵琶指法与奏笛指法颇有相通。”

琵琶指法与奏笛指法颇有相通这句话，倒当真不假。林先生见宣鸣雷也这般说，实在又惊又喜，既得意于自己慧眼识珠的眼光，又盼着能调教出一个笛子好手来，因此这话说得极是诚恳，生怕宣鸣雷不愿。宣鸣雷笑了笑道：“林公一心抬举他，还不知他自己愿不愿意。”

林先生道：“愿意，愿意，肯定愿意！我跟左先生很熟，向他说一句便成。小兄弟，你愿不愿意？来我家里，食宿全包，逢年过节还做一身新衣服。”看他那样子，已是迫不及待了。

宣鸣雷道：“林公，只是这般听了半支曲，尚不能说明什么。这样吧，我让他好生施展一下，看看以前养成的毛病是不是积重难返，到底值不值得雕琢。”

林先生见宣鸣雷答应下来，大为欣喜，忙道：“好，好。”

宣鸣雷又道：“那支曲子还要多练，在这儿也太吵，我带他上楼去吧。”

这偏院原本就是林先生用来给乐班练习的，楼有三层，林先生平时就在乐班练习时上三楼闲坐喝茶打发时间。这支曲子明天喜事上要演奏，今天务必要排练精熟，林先生确实脱不开身，见这个向来眼高于顶的宣鸣雷居然如此上心，他更是欢喜，不住道：“有劳宣兄了。”心道：“我这乐班笛手是个软肋，可惜碰到这五毛晚了点，要早半年，今天定然能派大用场。也没关系，以后总有大用的。”林先生这个乐班在东平、东阳二城颇为有名，大户人家办喜事，基本上全要前来商借，谢礼亦很丰厚。若是真能把这个五毛培养成一个笛子名手，他这乐班肯定会更加名声大振。

施国强在一边见林先生三言两语，居然要把郑司楚留下来，心中不免有点妒忌，心道：“真是各人有各人福，主人跟宣先生两个都有点呆气，这五毛倒是有福气。”在一边插嘴道：“林先生，只是左桥号那边……”

林先生道：“左先生那边打什么紧。要是这小兄弟真个有才，我马上写个条，你叫个人把收条送回去，他就住这儿了。”

施国强碰了个钉子，不敢再说，转身出去了。宣鸣雷站起身，向林先生拱了拱手道：“林公，那我先带他上去。”

林先生道：“宣兄请。宣兄，请你费心了。”

宣鸣雷呵呵一笑道：“林公放心。这人到底是不是个人物，我宣鸣雷不会看走眼的。”

他这话其实已相当露骨，郑司楚听他这般说，登时明白宣鸣雷已看破了。但林先生显然并不曾听出宣鸣雷的言外之意，笑道：“宣兄的眼光，我向来佩服之极。小兄弟，打点精神，把你的本事全使出来。”他现在最怕的就是郑司楚胆小，结果发挥失常，被宣鸣雷一通痛贬，害得自己与一个未来的奏笛名手失之交臂。

因为练习时声音颇为吵闹，偏院本就甚是僻静，上了三楼后，越发静悄悄的，下面鼓乐齐鸣的声音这里一点都听不到。郑司楚上了楼，宣鸣雷拉过一张椅子，嘴里哼哼着：“快哉风！把红尘扫尽，放出一天空。银汉崩流，惊涛壁立，洗出明月如弓。”

这正是当初宣鸣雷在酒楼所唱的《一萼红》，只是他没头没脑突然吟这几句，实在有点怪异。郑司楚心中雪亮，知道宣鸣雷已经看破，但自己长相变了，他又不敢完全肯定，所以故意这样试探。现在已无旁人，他也不再做作，不等宣鸣雷说完，低声道：“宣兄。”

这是郑司楚本来的声音。他说得并不响，但宣鸣雷如闻惊雷，一下转过身来盯着郑司楚，低低道：“真的是你！”

虽然宣鸣雷装得若无其事，但一瞬间眼里还是闪过一丝惊惶。郑司楚一直担心宣鸣雷会翻脸，可事到临头反倒有种说不出的镇定。昨天夜里他一直想不好该怎么与宣鸣雷对谈，真个碰到了，却一点都没有紧张。置之死地而后生。郑司楚想到的是兵法中的这句话。当一个人尚存退路时，总不愿冒险。一旦走投无路，反倒可以放下一切。现在，郑司楚就觉得自己已经走投无路。父亲把生存的机会让给了自己，但他不能苟且偷生。

不论如何，都要赌一赌。

宣鸣雷的脸色刹那间变了数变，也不知他想些什么。郑司楚竟然找上门来，是他第一个想不到，而郑司楚居然长相完全变了，更让他想不到。他看着郑司楚，道：“郑兄，你真是胆大包天。”

在见到宣鸣雷之前，郑司楚心中一直惴惴不安，但真个见到他了，反倒无比镇定。这正是置之死地而后生的道理吧，他想着。兵法中亦云：“围师遗阙。”说的是包围敌人，一定要给敌人留下一条逃生之路，否则敌人走投无路，便会不顾一切。以前他觉得那只是行军才能用到的道理，但此番与父母南下逃生，所遭遇的与兵法一一印证，对活用兵法的道理更体会得深了一层。他拖过一张椅子坐下，微笑道："因为我已没别的路好走，这一套富贵，与其送与旁人，不如送与宣兄。"

他说得平静，但心中还是不由自主地提了起来。现在，自己已将底牌亮给了宣鸣雷，赌的就是宣鸣雷会怎么做。不过他已有八成把握，因为宣鸣雷把自己单独带到此处，并且哼了那几句《一萼红》，他有把握宣鸣雷不会将自己交出去。

宣鸣雷又打量了郑司楚一下，低声道："原来郑兄也有人皮面具，当真了得，令尊与令堂大人想必也在那左桥号中吧。"

郑司楚点了点头道："正是。若宣兄将我一家人交出去，此功实是非小。"

宣鸣雷的脸色阴晴不定，也不知在想些什么。顿了顿，他道："好吧，郑兄，你先为我吹上一曲。"

虽然在三楼上说话，下面的人听不到，但万一有人听到里面没有笛声传出，说不定又要节外生枝。郑司楚听他这般说，心中把握已有了九成，拿起笛子凑到嘴边。他吹得最熟的正是那首《秋风谣》，便吹了起来。因为不再有心事，吹来反倒越发纯熟，蒋夫人说这支曲子原名《国之殇》，本是帝国军歌，他现在信口吹来，更增英锐之气。他用心吹奏，连宣鸣雷都不再去看，因为他知道，自己是生是死，这一曲结束，便要见真章。

《秋风谣》不长，很快就吹完了。他吹完这一曲，抬头看向宣鸣雷，却见宣鸣雷眼中已经十分平静，且多了点佩服之意，低声道："今日酉时，我会过来与吾兄商议。"

成了！郑司楚差点欢呼起来。宣鸣雷站起了身道："下去吧。"

他们一下楼，林先生和那班乐师还在练习。林先生见他二人下来，忙迎上去道："宣兄，他怎么样？有可造之处吗？"

宣鸣雷摇了摇头，叹道："林公，要让你失望了。这小兄弟若是从未学过，还可调教，但现在手法已经学僵了，就算再改回来，便如本应南行，却向北走了千余里，再转头，想要大成，难矣！"

听宣鸣雷这般说，林先生大失所望。他看了看郑司楚，心道："宣兄真是个直肠子，当面说了出来，这小兄弟本来心怀希望，这回真是要失望了。"不过他也知道宣鸣雷对音律之道极有造诣，说话不会无的放矢，他说这五毛没什么价值，就真没价值了，于是叹了口气道："如此也没办法。"他越想越觉得对不起郑司楚，对一边的施国强道："国强，拿十个银币给这小兄弟吧，权当耽搁他的赔偿。"

第四章 最后关头

回到左桥号，便听得里面一阵乱。郑司楚不知出了什么事，跳下车，刚往里走，有个伙计迎了出来，一见他，便叫道："五毛，你来得正好，你二叔昏倒了！"

郑司楚呆了呆，连忙跟着他跑向后院，见几个伙计围在一处，上前一看，地上躺着一个人，正是左慕桥。左慕桥双目紧闭，脸色煞白，全无神智。郑司楚只觉如晴天一个霹雳，心道："他怎么了？"一瞬间，差点怀疑父亲当初是得了什么会传染的怪病才昏迷的，因为左慕桥现在的样子完全和父亲那时一模一样。他抢上前道："二叔怎么了？"

那个小苟正在左慕桥边上，听得郑司楚的声音，叫道："谢天谢地，五毛你来了，快扶你二叔回房吧。方才老板摇摇晃晃地走过来，突然摔倒在地。这可怎生是好？"老板的家小都在五羊城，离这儿远得很，现在突然昏倒，他也一下乱了方寸。本来应该把老板扶进房里，只是小苟倒也精细，老板突然昏迷，天知道染了什么疫病。他发作得这般快，这种疫病想必极为厉害，小苟实在不敢多碰，可是他身为老板的心腹伙计，他不扶谁扶？正在犹豫，郑司楚恰恰回来了。这个五毛是老板远房侄子，他去扶那是天经地义，小苟暗叫侥幸不迭。

郑司楚扶起左慕桥，手暗暗搭了下左慕桥的脉。当初父亲昏迷时，戚海尘教过他一点搭脉的秘诀，平时可以随时关注病情变化。他一搭之下，却觉得左慕桥脉象平和，似乎没什么大碍。他道："苟哥，二叔有我照料，外面你去应付吧。"

关键时候老板突然倒下了，这回铺子该是谁做主？小苟听郑司楚这般说，心道："五毛倒是识相。"五毛做别的事不像样，但身为老板的侄子，照顾老板那是天经地义；暂时代理老板管理左桥号，自然非小苟莫属。小苟连声道："好好好，五毛，你二叔就要你费心照顾了。"

把左慕桥扶到床上，郑司楚只觉心头一阵茫然。当真是屋漏偏逢连夜雨，他实在有点不知所措。在左慕桥床边坐了片刻，他站起来，向后院密室走去。

这密室仍然没什么异样。郑司楚上前敲了敲门，轻声道："父亲！"

门一下开了，迎出来的却是郑夫人。看到郑司楚，郑夫人惊道："司楚，你怎么还过来？外面出什么事了？"

郑司楚闪了进去，小声道："左先生昏迷不醒。父亲呢？"

郑夫人失声道："什么？刚才他还来过，好好的。"左慕桥明天要安排好送郑司楚离开，这是他们一家人仅存的生机，也是郑昭让给儿子的，现在左慕桥昏倒，那连这最后的机会都失去了。

郑昭这时走了过来，小声道："司楚，左先生说什么了没有？"

郑司楚摇了摇头："他和您当时差不多，人事不知，完全不能说话。"

郑昭叹道："唉，司楚，连你也走不掉了。"

郑司楚道："也许，还有一个机会。父亲，我方才见到了宣鸣雷。"

一听到这名字，郑昭不禁动容，压低声音道："是他？他没认出你来吧？"

现在郑司楚脸上已贴着那张人皮面具，全然变了个人，便是郑夫人都认不出来，更不要说宣鸣雷了。郑司楚却摇了摇头道："他认出我来了。"

郑昭更是吃惊，郑司楚已将方才的事约略说了。郑夫人在一边听得胆战心惊，插嘴道："司楚，你就这么相信这人？"

郑司楚道："这是置之死地而后生。此人若要扣下我们，那天晚上便可下手，方才也完全可以动手。但他这般应对，我觉得在这人身上应该有一条生路。"

郑夫人看了看郑昭，心道："司楚这孩子也是冒失。"可是事已至此，怪他已是无用，何况她也明白儿子的心意，让他一个人逃生，郑司楚定然不愿。她忖道："让阿昭去做决定吧。反正……这样也好，要死我们一家人死在一处。"想到这儿，她心里突然一阵悸动。在她心底，自己和郑昭是一家人，郑司楚和自己是一家人，但从未想过郑昭和郑司楚也是一家人，现在将三个人看成一家，实是第一次。

郑昭低头不语，半晌才道："此人说今晚要过来？"

郑司楚道："是。"

也许，这是自己一家人脱险的唯一机会。郑昭道："好吧。就赌这一把。司楚，你先回去，不要露出马脚，晚上等宣鸣雷来了，总之见过之后再做定夺。"

郑司楚答应了一声，转身离开了密室，只是心里隐隐有些异样。

父亲听到左慕桥昏迷的消息后，没有太过惊慌……

他不知道自己为什么会这么想，但他分明记得，父亲刚昏迷时的样子，和现在的左慕桥一模一样。难道左慕桥突然昏迷，和父亲有什么关系？

好在他现在名正言顺可以照顾二叔，连活都不用做了。这时，请的郎中也过来看了，却说不出左慕桥到底生的是什么病，只说是沾染了邪气，用药补养调理就会好的。

天黑下来时，左桥号上了灯，也该关店门了。那些伙计全都过去吃饭，郑司楚因为名正言顺地要照顾左慕桥，旁人给他拿了一份饭菜。胡乱吃过，忽然听得脚步响，正朝这边过来。

是宣鸣雷！

郑司楚正待迎上去，却见过来的是小苟。小苟苦着个脸过来，郑司楚心头一沉，迎上前道："苟哥，有什么事吗？"

小苟小声道："五毛，白天你送货时出什么乱子没有？"

郑司楚怔了怔，道："没有。"

小苟道："真没出事？林先生家有人过来，说要找你问话，我担心那批货是不是有什么不好的地方。你记着，和气生财，他们就算扳岔子，你也别和他们闹。"

郑司楚心头一动，忙道："苟哥，定然不是货的事，他们说我笛子吹得好。"

这回轮到小苟愣了，他看着郑司楚道："你还会吹笛？"见郑司楚点了点头，他这才舒了口气道，"原来是因为这个。林先生就爱这个，你可真有福气。"

郑司楚哪还有心思跟他胡扯，道："那人呢？"

小苟道："就在厅堂里等着呢。"

他们走到前厅，郑司楚一眼便见宣鸣雷正站在那儿打量墙上几幅字画。他穿着一身便装，双手背在身后。虽然暮色已临，灯火不明，但他却毫不在意，一副淡然的样子。一见郑司楚出来，宣鸣雷转过头，打了个哈哈道："五毛，你来了，先前人太多，有几句话不好说，所以林先生才让我过来的。"

小苟听得这几句，不由暗自咋舌，心道："真是人不可貌相，五毛的笛子吹得怎么好法，居然让林先生如此看重？"虽然郑司楚说不是因为货的事，可他仍然有点担心。现在总算从对方嘴里听到不是来问罪的，他终于放了心。人家明说了有几句话先前碍于人多不好说，现在自己总不好支楞个耳朵在一边听，便讪笑道："五毛，你和这位客官聊吧，我先去吃饭。"

待他一走，宣鸣雷看了看左右，小声道："郑兄，你倒是找了个好地方。"

直到现在，郑司楚仍然不知道此人到底在打什么主意。他看着宣鸣雷，低声道："宣兄已经决定了？"

宣鸣雷脸上浮起一丝嘲弄的微笑："这个，我要见过令尊大人方能决定。"

郑司楚心里一动。宣鸣雷到底在想什么？难道他的真实用意就是为了找到父亲？他正在踌躇，身后突然响起郑昭的声音："宣将军。"郑司楚大吃一惊，一下转过身，却见郑昭从身后的暗影里走了出来。

看到郑昭，宣鸣雷正色躬身施了一礼道："郑国务卿……"

郑昭扶住他道："宣将军，不必了。"

两人对视着。黑暗中，这两个人的目光都仿佛闪电一般闪烁。他们两个人应该并不认识，在郑司楚眼里，却觉得他们好像早就相识一般。半晌，郑昭的嘴唇略略一动，微笑道："宣将军，你都已准备好了吧？"

宣鸣雷抬起头，也突然笑了起来："郑公果然聪明。我已将一切安排妥当，今晚就乘螺舟过江。"

郑司楚几乎不敢相信自己的耳朵。刚才他还对宣鸣雷疑虑重重，但父亲似乎对他坚信不疑，而宣鸣雷也似乎完全相信郑昭已经信任了他。在郑司楚心中，原本最好的打算只是宣鸣雷能网开一面，但他现在这么做却已属反叛，是放弃了一切。他为什么会这么做？他与郑家并非世交，与郑司楚也没什么大交情，到底是为什么？

宣鸣雷已在与郑昭商议渡江细节。人分百种，一艘螺舟上下共有二十余人，让这些人全都齐心跟着宣鸣雷反叛那自然不现实。宣鸣雷说他这艘潜虬号上只有五个人他可以完全相信，因此也只对这五人说过。因为螺舟队的纪律极其严明，就算放大假也只能放一半，这样一来舟上还有六个人不甚可靠，上船前必须先解决了。郑司楚听他说得详详细细，显然谋划已久，更觉得有点异样。

宣鸣雷难道早有预谋？他明明是共和军螺舟队的舟督，有着大好前程，为什么会毫不犹豫地将这些抛于脑后？而父亲向来不是个轻信的人，有时候郑司楚觉得父亲似乎对自己这个儿子都不是完全开诚布公，可现在他对宣鸣雷却似乎毫无保留，完全信任，这到底又是怎么一回事？

“司楚。”

郑夫人的声音响了起来，郑司楚扭过头，低声道：“母亲。”

“来，我们去那边坐坐吧。”

父亲议事时，向来不喜旁人打扰。现在他和宣鸣雷正在商议渡江的事，对一边的妻子儿子已毫不关注。郑司楚跟着母亲走到一边，仍然看着正和父亲低声商议的宣鸣雷，心里有种异样的感觉。

即使是父亲，对于他来说总有点莫测高深。宣鸣雷这人乍一看性子很直，但现在看起来，却也高深莫测，与当初所得的印象全然不同。也许，看透一个人真是那么难？

他正想着，却听宣鸣雷道：“好，就这么办。郑公，事不宜迟，马上出发。”

这些天来，郑昭嘴角第一次浮起一丝笑意。本以为已是走投无路，但冥冥中上天似乎在眷顾自己，居然凭空掉下宣鸣雷这个救星。但假如司楚不曾下这个绝后计，宣鸣雷肯定亦下不了这个决心。

真是天意。他不由看了看那边的郑司楚一眼。宣鸣雷见他在看郑司楚，只道郑昭是在担心儿子，低声道：“郑公，令郎英姿勃发，胆大心细，真是今世良材啊。”

郑昭笑了笑：“宣先生何尝不是？对了，那件事请宣先生不要忘了。”

宣鸣雷亦是笑了笑，点点头道：“鸣雷省得。”

郑昭这才走到郑夫人跟前，低声道：“小薇，走吧，我们过江去。”

这些天来，他一直忧心忡忡，直至绝望，但此时说来，声音中却已有着掩饰不住的欣慰。郑夫人知道丈夫的养气功夫算得上当世数一数二，向来喜怒不形于色，但现在也如此欣慰，看来这一次当真能够逃出生天。她站了起来，也微笑着对郑司楚道："司楚，走吧。"

虽然天色已晚，但郑昭还是很小心，让郑司楚先出去看看。左桥号的伙计们因为明天要出发，早早就休息了，大堂里空无一人。郑司楚开了小门，宣鸣雷的车正停在门口，他让父母先进了车，自己却不进去。宣鸣雷走在最后，见郑司楚没上车，低声道："怎么不上去？"

郑司楚道："我来赶车。"

宣鸣雷心中雪亮，明白郑司楚实是并没有完全信任自己，生怕自己赶着车跑到共和军营里去。他淡淡一笑，心道："你这家伙，将我逼得走投无路，还不相信我。"

如果没有郑司楚这档事，也许自己还能保留住那个大秘密。但郑司楚来见自己后，不管是把他一家送上去，还是放走，自己都要面临绝境。他倒也不多说，解下缰绳递给郑司楚道："好吧，你来赶。"

郑司楚在军中好几年，骑术极精，驭车术也很不错。宣鸣雷见他手腕一抖，那两匹驾车的马便应手小跑起来，比自己驾得还要平稳，倒也有点佩服。两人挤在前座，大车不紧不慢地向南而去。此时天色已晚，周围漆黑一片，路人行人已少。前面有个拐角，那边传来一阵人语之声，郑司楚见这儿尚已无旁人，过去了便不好问，便低低如耳语般道："宣兄，我想问你件事。"

宣鸣雷本来坐在位子上若有所思，听得郑司楚的声音，他也低声道："请说。"

"你为何要如此帮我一家？"

宣鸣雷沉默了一会儿，微笑道："因为我爱上你了，你信不信？"

郑司楚险些把缰绳丢下来。他面对生死关都凛然不惧，可宣鸣雷这个回答实在太出乎他的意料。他猛地看向宣鸣雷，却见宣鸣雷眼里满是嘲弄的神色，心知他在胡扯，这才定下神来，不悦地道："我是真心问你。"

宣鸣雷道："现在你不必多问，将来会知道的。"

因为他对我也不能完全信任吧。郑司楚想着。不管怎么说，宣鸣雷现在确实是在帮自己一家，这一点不会有错。他心里想着，不觉走神，宣鸣雷见马车有点偏向路边，急道：“小心……”

他话未说完，前面拐角处突然闪出一匹马。马上骑者本来四平八稳地坐着，没想到一拐弯竟然见一辆马车当头撞来，吓得一带缰绳，那匹马一声暴叫，险些把马背上的人摔下来。那人心下着恼，喝道：“什么人？竟敢冲撞蒋太守！”

之江太守蒋鼎新！

宣鸣雷只觉脑袋“嗡”地一响。无巧不成书，蒋太守居然也在这时出来，偏生撞了个正着。郑司楚戴着面具，面目全非，可车里的郑昭和郑夫人却瞒不过去。他暗暗叫苦，但声音仍是镇定自若，在车上站起来道：“潜虬号舟督宣鸣雷。真对不住，末将马上来向蒋太守赔罪。”

差点被撞上的这人是蒋鼎新的随从。虽然共和国宣称以民为本，以人为尚，人人平等，但太守的随从多少也有点仗势欺人的意思。不过此人听得前面竟是螺舟队潜虬号舟督宣鸣雷，这名字他也听说过，因为宣鸣雷刚调到东平城来时，就在观风阁撒酒疯，大闹了一场，不少人知道这个军官发起酒疯来可不得了。他心道：“原来是宣舟督。上回太守要责罚他，邓元帅没让。他是邓元帅爱将，倒也不能太无礼。”便道：“原来是宣将军。驾车可要小心点。”

宣鸣雷听那人说话也缓了下来，心头一宽，忖道：“还好没出乱子。要是撞伤个人，那就纠缠不清，坏了大事。”冲撞蒋太守，事情可大可小，好在那人也没大碍，看来尚可大事化小，小事化了。正在这时，有一群人从拐角后转了过来，其中一个高声道：“前面出什么事了？”正是之江太守蒋鼎新的声音。那随从道：“回蒋太守，螺舟队的宣鸣雷舟督也在此，险些撞上。”

蒋鼎新一听“宣鸣雷”这三个字，便是眉头一皱。宣鸣雷刚到东平城，便恃酒闹事，自己要处罚他，偏生又被邓帅压下了。虽然后来宣鸣雷自知理亏，再没出过这种事，但他对此人还是没什么好感。有心说随他去吧，但转念一想，若这般冷淡，只怕反要让这宣鸣雷多心，以为自己小气，但说：“那请他过来吧。”

宣鸣雷跳下车，向蒋鼎新走去。却见蒋鼎新带了足足二十几个随从，也不知这时候还出来干什么。他走到蒋鼎新车前，躬身一礼道：“蒋太守，末将宣鸣雷失礼了，请蒋太守莫怪。”

蒋鼎新笑了笑道：“宣将军啊，今天没喝酒吧？走路可要小心点。若是撞上了马先生，那可不得了。”说着，向边上的马先生一笑。宣鸣雷也不知这马先生是谁，但见蒋鼎新对他如此客气，只怕也颇有身份，便向那马先生躬身一礼道：“马先生，末将失礼了，还请恕罪。”

马先生十分瘦削，看上去有六十来岁。他坐在蒋鼎新对面，本来也没注意这个军官，宣鸣雷既然向他赔礼，他自然也要还理，在座上站起来道：“宣将军……”

他话未说完，眼里突然似有一道电光闪过。宣鸣雷见他神色突然有点异样，不知他在想什么，蒋鼎新却恐怕宣鸣雷不知马先生身份，大大咧咧地行礼忤了马先生，在一边道：“宣将军，马先生乃是大统制特使。”

蒋鼎新其实是一片好意，要让宣鸣雷别失礼，但宣鸣雷听来如当头一个炸雷，他背后已有汗水沁出，低低道：“马……马先生！”蒋鼎新见这个难管的舟督竟有惧意，不觉感慨，心道：“大统制果然是非凡人物，宣舟督也算是眼高于顶的人了，但一听是大统制派来的，马上就吓成这样。”

马先生的眼神此时已转成了笑意，只是蒋鼎新在一边没正对着他的眼，没发现他眼里的笑意实是带了一分嘲弄。他看着宣鸣雷道：“宣将军真是胆大心细，不知要去何处盘桓？”

他说得随和，宣鸣雷却已冷汗直冒。他最害怕的，就是这个马先生。正因为得知此人要来，才逼得他不得不与郑昭一家人一同逃亡，谁知运气竟是如此不好，马先生早来几天，他置身事外也不会受牵连；晚来一刻，自己已脱钩而去，再不用惧他；偏生不迟不早，在送郑家出发的路上遇到了此人。

怎么办？他心里已转了十七八个念头。难道真的要铤而走险，拔刀劫持人质吗？只是他还不曾想好该劫持蒋太守还是马先生，马先生已扬了扬手，大车后一个骑马之人便已上前道：“马先生。”

“南斗先生，请你叫个人陪我与宣将军过去打个招呼。”

南斗听马先生这般说，倒是一愣，心道：“马先生也有点小气了，人家又没真个撞上你，都怕成这样还不依不饶。”但马先生乃是大统制亲自派来，要他由马先生全权指挥，这种小事也不算什么。此时北斗诸星君都已派出去打探了，身边只有本部硕果仅存的七杀在，他向七杀抬了抬下巴道：“七杀，过来陪马先生前往。”

一听到马先生说“南斗”这名字，宣鸣雷便觉身上又是一凉。南斗虽然貌不惊人，一副猥琐样，身上却有一股异样的压力。待他叫七杀过来，宣鸣雷的心更是沉到了谷底，心道：“完了！他们是影忍南斗星君！”

影忍南北两部，不算是太有名的组织，却可能是最可怕的组织，宣鸣雷早就听说过这个组织是大统制直接指挥的，个个本领出众，有这南斗和七杀在马先生身边，想动手已绝无可能。蒋鼎新见马先生把南斗和七杀叫了过来，心头一动，忖道：“马先生怎么了？难道这宣鸣雷可疑吗？”虽说螺舟队舟督和郑昭似乎不可能牵扯到一块，但他也不敢大意，示意左右上前，挡在宣鸣雷身前。此时就算宣鸣雷真想动手，也再无机会，他只得看着马先生带着南斗和七杀向自己那辆车走去，绝望地在心底叫着：“完了！一切都完了！”

南斗和七杀跳下马，跟着马先生向大车走去。郑司楚看到过来几个人，两个不认识，其中一个却正是在路上曾与自己恶斗过一次的。他心知不妙，但脸上有张面具，加上他在军中已久，什么事没见过，虽然震惊，却没慌乱。在七杀看来，车上这个赶车人大剌剌地动也不动，甚是失礼，于是冲着郑司楚喝道：“马先生在此，还不行礼！”郑司楚连忙在车上一躬身，大着舌头道：“马先生。”

马先生看了看郑司楚，脸上露出一丝高深莫测的笑容。郑司楚见这老者笑起来与父亲和宣鸣雷先前一般似有无限深意，心中暗自一惊，心道：“这马先生到底是什么人？”马先生却没有再理睬他，径直向车厢走去。七杀在一边已看出有些不对，抢上前道：“马先生，要不要我去开车门？”

七杀看马先生的样子，猜测只怕已看出有什么不对。大统制交代过，马先生是他的全权代表，要他们一切听从马先生安排。那日在路上他与郑司楚恶战，对郑昭那个武艺极高的儿子大为忌惮，现在郑司楚戴了个面具坐在驾车的位上，他自是认不出来，心想万一郑昭真个在车里，那郑司楚定然也在车中。郑司楚夺到天梁的如意钩后，以钩使枪，他南斗五星竟然合力都不是他的对手，万一此人见事情败露，突然从车中发难，实是难敌。他是个极其忠心的人，就算明知不敌郑司楚，也不能让马先生遇险，因此要自己去开车门，谁知马先生摇了摇头道：“不必。”

他们在车外只说了两句，车里的郑昭却已面如死灰，心中只是想道：“原来南武已经物色了一个后继者，便是此人！”

他与大统制齐心携力，共赴危难，终于搬倒了帝国，在血与火之中建立起了共和国。本来他觉得大志已申，接下来当一展所长，将这共和国建设成人间乐土，然而一切却如脱缰的野马，全然偏离了他当初的构想。丁亨利叛逃后被杀，随即轮到了自己。本来他还一直觉得南武因为要倚重自己的秘术，不会对自己下杀手，现在才明白南武实是早就有了远虑，对自己一家也绝对不会再有什么不忍之意。

车外之人，竟然也有与自己一般的秘术！

郑夫人那日受伤后，一直都没能痊愈，现在精神也不甚好。她见丈夫突然面色大变，两只手竟在不停颤抖，她伸手握住了郑昭的手，也不说话，心里却很平静，忖道："其实也没什么。只是可惜了司楚，连那位宣将军也害了。"到了这最后关头，她反倒极为镇定，隐隐又有点遗憾，便是自己一生中有一次对不起丈夫，只怕永远都无法向他坦白了。

车外的南斗见马先生站在车前，也不推车门，只是静静地站立，心中有点诧异，暗道："马先生这是怎么了？"只是他向来恪尽职守，对大统制更是忠心不二，既然大统制说马先生是自己的全权代表，在他眼里，马先生便等如大统制一般，不要说马先生站在那儿不动，就算马先生要杀了自己，他也不会皱皱眉头。现在，他只是与七杀两人站在马先生身后看着车门。郑司楚见这三人走到车门前，手已不自觉地摸向袖里的如意钩，只消马先生一叫出来"郑昭在内"，他就要不顾一切，抽出如意钩大开杀戒。见马先生站立不动，他也不由诧异，心中一样在想："这马先生是怎么了？难道，他有妖术不成？"想到"妖术"二字，却突然间想起来东阳城的路上遇到南斗诸星君时，他们一样叫着父亲有妖术。

马先生看着车门，面无表情，眼里却闪烁着异样光芒。南斗和七杀两人站在他身后，看不到，郑司楚坐在驾车位上，却能够看到，见这马先生眼神闪烁不停，仿佛在一瞬间想到了许久以前，有欣慰，也有愤怒，甚至还有点悲哀。他心道："要是我能读懂他的心思就好了。"但要读懂人的心思，只怕天下没人能够做到，他的手在袖中如意钩上按了又按，总是抽不出来。

不知过了多久，其实也不是很久，但对于郑司楚来说，仿佛已经过来很长时间，马先生突然道："走吧。"

南斗吃了一惊，低声道："马先生，走了？"

马先生看了看他道："我弄错了，不相干的事。"

南斗看了看蒋鼎新车前的宣鸣雷，蒋鼎新的卫队已将他围在了当中，只怕一有异动，这些卫队便要出手。他道："没事就好。马先生，请回吧。"

马先生没再说什么，转身便走。走时，突然又看了一眼郑司楚。郑司楚一直在目光灼灼地盯着他，待马先生看过来，他连忙垂下眼睑想掩饰，哪里还来得及，已与马先生对视了一刹那。这刹那间，他只觉马先生的目光似乎穿透了自己的内心，直入心底，仿佛自己的一切秘密都被翻检出来了，险些失声叫出来。幸好在军中那么些年不是白待的，强自声色不动，待他再抬起眼来，马先生已与南斗和七杀回去了。

蒋鼎新见马先生回来了，没什么异样，心下一宽，笑道："马先生，怎么了？"

马先生笑了笑道："不相干的事。"他向宣鸣雷拱了拱手道，"宣将军，对不住，耽搁你了，一路走好。"

宣鸣雷如在梦寐之中，心道："我真在做梦吗？难道，传言是假的？"

他得到过密报，说大统制身边有个会秘术之人，能够读懂人的心思。这个消息连邓元帅都不知道，他最害怕的便是此人，此人一来，郑昭一家自然逃不掉；而郑司楚曾与自己有过接触，以大统制之能，肯定要把自己也翻出来。单单郑司楚那件事还不算什么，但自己本身的大秘密也将瞒不过去了，所以他权衡之下，只得全力以赴与郑昭一家逃亡不可。只是，向郑家伸出援手，也并不全然因为知道了大统制身边这个异人要来，他更有点赞叹郑司楚。如果想要实现自己的理想，恐怕只能着落在这家人身上，因此才坦然过来。当他发现郑昭也有这种秘术时，更觉得自己的选择没有错。只是与马先生狭路相逢，却已越出了自己事先所料，本来觉得苍天何意，造化无端，竟然如此捉弄自己，绝望得几乎想要自杀，谁知这马先生竟然会当没事一样放过自己。

难道自己想错了？

他兀自发呆。不，绝对不会错。马先生方才并没有推开车门，可见传言中他有那种读心秘术确实不假，郑昭也有这等本领。难道因为他们都有这门秘术，是同门师兄弟，所以马先生才冒险放了一马？想来又绝无可能。大统制是何许人物，如果马先生真的是郑昭的同门师兄弟，还会如此信任他，要他来搜捕郑昭吗？可左也不是右也不是，饶是他颇富智计，也实在想不通此中的因果。

蒋鼎新见马先生坐回车上，便向宣鸣雷扬扬手道：“宣将军，请回吧，驾车可要小心点。”他心想这宣鸣雷胆大妄为，只怕做了不太合法的事，被马先生看出来了。他颇为自律，看不得手下作奸犯科，如若是平时，定要借机一查到底，整整这个宣鸣雷，也好让邓沧澜以后无法再庇护这个得意门生。但现在另有要事，已无闲暇去管这些旁枝末节。宣鸣雷忙闪到一边，看着蒋鼎新的大车和人马擦肩而过。

马先生一走，车中的郑昭无声地长舒一口气。郑夫人见他额头竟全是豆大的汗珠，方才只怕已吓得魂不附体，心想：“阿昭怎么吓成这副模样？”她掏出汗巾要给郑昭擦汗，只是这般一动，伤处又有点疼。郑昭接过汗巾，擦了擦，仍是不说话。等蒋鼎新一行人走了，车门被轻轻一拍，宣鸣雷在外面道：“公意如何？”

郑昭低低道：“没事。”

想不到马先生竟然还有这样一段过去，南武肯定不知道，不然绝对不会派这个人过来。他仍然有点后怕，却也有了无限欣慰。人算不如天算，南武的手段确实厉害得难以想象。本来自己唯有死路一条，左暮桥虽然最终决定要出卖自己，但被自己及时发现。如今一是遇到宣鸣雷，二是南武竟然会派来马先生，全是南武和自己都未曾料到的事。马先生对自己确是恨之入骨，恨不得将自己食肉寝皮，但因为司楚，他终于放过了自己，这真是天可怜见。他想起郑司楚刚出生时，自己也曾起过将这个孩子神不知鬼不觉灭掉的念头，但那时妻子把身心全都放在了儿子身上，他心下实是不忍给妻子一个致命打击。随着郑司楚长大，渐渐可爱，又渐渐英武，崭露出过人的才能，他已不知不觉地将这个与自己本无血缘关系的孩子视若亲生。本来他并没有多想，但正是因为对郑司楚已有父子之情，在这个已经绝望的时候，又因此而有了一线生机。

一切，都是命中注定吧。他想。二十余年前的一念之仁，最后还是救了自己一命。他不觉握住了妻子的手，耳语般道：“小薇，你的伤怎么样？”

郑夫人对他本来已行同路人，长年分居，但郑昭昏迷后，郑夫人才发现自己对丈夫实是不能无情，现在对他的恨意更已荡然无存，微笑道：“不要紧。”

郑昭点了点头，叩了叩车厢前的小窗板，低低道：“走吧。”

此时在蒋鼎新的大车上，马先生和蒋鼎新两人仍在有一搭没一搭地闲聊。马先生是大统制的全权特使，虽然蒋太守官职比他高出不知多少，但对马先生，蒋太守甚至有点谄媚。马先生微笑着，心里却也不知是什么滋味。

马先生名虚静，属法统上清丹鼎派。因为身怀秘术，被大统制招纳。马先生虽然是法统之人，但仍有建功立业之心，因此马上首肯。大统制派给他的第一个任务，便是来东平城找出郑昭的下落。对这个落难的国务卿，马先生实已极有恨意，因此日夜兼程赶来。只是让他意外的是，发现郑昭在车里的同时，他还发现了郑夫人的一个秘密。

郑昭的儿子，竟然是那个人的儿子！

马虚静，昔年曾是帝国小吏，官职最大也只做到督察院巡检。巡检只是个不上名堂的小官，充其量只是个护卫首领，所以连大统制也不知道现在的法统高士马虚静曾经也在前朝为官。事实上马虚静亦是在督察院犯下过失，觉得再无晋升可能，才弃职不干，投入法统清修的。他投入法统后万念俱灰，对人世已再无奢望，结果反倒机缘巧合，修成了这种秘术。又因为这秘术被大统制发掘，要他辅佐自己。此时的马虚静虽是老人，心却死灰复燃，想趁着尚未老朽，再成就一番事业。

在他出山之时，仍是踌躇满志，但察觉了郑司楚的身世之秘后，却又心如止水。

成又如何，败又如何？当年纵横天下、百战百胜的大帅，一般已被人们遗忘。事过境迁，最让马先生珍惜的，还是很多年以前，与大帅一同护送丁大人去五羊城谈判的那一段。那时大帅虽未拜帅，亦是个大将军，而自己仅仅是个督察院巡检，但两人在海上共抗海贼，结下了一段虽然短暂却也深厚的情义，此后虽再没能相见，马先生仍然未能忘怀。海上那段狂风暴雨、血火飞扬的日子，同样也是他最为意气风发的时候。每当想到正当青年的自己曾与大帅一同战斗，他就激动不已。甚至，对郑昭那种莫名其妙的痛恨，也是因为传说大帅就死在此人手上。

郑司楚。他想到驾车的那年轻人。这年轻人将郑昭当成了自己的亲生之父，不知道这个父亲实是他生身之父的大仇人。最让他意外的是，郑昭竟也有与自己一般的秘术，那么他一定知道郑司楚其实并不是自己的血脉。只是郑昭将仇人之子视若亲生，着实令他想不到。

也许，郑昭也并不是如自己所想的那般无耻吧。一切竟然如此错综复杂，难以理清。要拿下郑昭，势必也要将那个人留存于世的唯一血脉也斩断，马先生最终还是下了自己毕生最难下的一个决定。只是如此一来，大统制交派自己的第一个任务就以失败告终，想在大统制麾下干一番事业的理想必然也将破灭。只是现在的马先生心境反倒平和之至，仿佛眼前豁然开朗，光风霁月，另有一番天地。

人生如梦亦如戏。既然如戏如梦，也就这样子吧。他没有回头，只是默默地想着。

郑司楚，你不要辜负了我这一番好意，或许你永远都不会知道我曾如此帮助过你。不要就此泯然众人，默默无闻，要展开遮天羽翼，一飞冲霄，完成你生身之父的理想。

他想着，车也在缓缓前行，马先生脸上已露出了一丝淡淡的笑意。这一瞬间，他仿佛将自己的理想也交付给了那个少年，身上再没有负担。

马虚静，原名马天武，曾在帝国为督察院巡检。一生没有什么大成，唯一可说的，就是昔年曾护送帝国督察院御史丁西铭前往五羊城，谈判帝国军与共和军合作之事。帝国尚未覆灭，他就因为犯下过错，辞职遁入法统，改名马虚静。后曾为大统制起用，但旋即无声无息，仿佛世上从无这个人一般。

此时宣鸣雷的马车已到了城南江边。到了江边，宣鸣雷看了下四周，小声道："行了，下车吧。"

这儿本来就甚是偏僻，现在天色已晚，再无旁人。他还有点担心此地会不会又设下埋伏，走到车边叩了叩车门道："郑公，周围有什么不对吗？"

郑昭推开车门，小声道："没人，走吧。"

一行四人下了车，向江边走去。今日宣鸣雷的潜虬号正值轮休，舟上的人一半都上岸休息去了，潜虬号停在岸边，黑漆漆的身影便如一条巨鱼。郑司楚知道水军的螺舟乃是军中秘器，他一直在西北当差，从未见过螺舟，见这螺舟只露出一个顶，看样子水中还有很大一部分，心道："人的心思当真精妙无匹，发明螺舟之人确是个天才。"他想起先前程迪文说起，西原薛庭轩用新武器突击，将共和国三上将击败。世事便是如此，你追我赶，只消有一方固步自封，便要吃到苦头。螺舟能在水下潜行，该如何击破？

宣鸣雷自然不知道郑司楚现在是在想该用什么办法对付螺舟，他走到岸边拍了拍手，潜虬号顶上忽然“呀”的一声，一个圆舱门开了，有个人钻出来，也拍了两下手。宣鸣雷道：“阿力，如何？”

那人正是曾在江边喝住郑司楚的阿力。他一出舱门，轻轻一跃，跳上岸来。走到宣鸣雷身边，阿力小声道：“成了，他们全无疑心。”

这船上还有十一人，其中五人是宣鸣雷可以绝对信任的，另外六人他却不敢打包票能不顾一切跟自己走，所以宣鸣雷只对这五人交代过。听阿力说那六人全无疑心，他笑了笑道：“好，进去吧。”扭头向郑司楚道，“郑兄，稍候。”

他钻进了舱里，潜虬号上的水兵正围在一处，吆五喝六地在赌钱。虽说赌钱并不是禁令上严禁之事，但被长官看到总不太好，那几个水兵见宣鸣雷突然进舱，有点尴尬，想道：“宣舟督向来放假上岸就非喝个烂醉不可，今天怎么转了性？”但长官回来，他们齐齐立正道：“宣舟督。”

宣鸣雷扫了他们一眼，喝道：“我一走你们就胡作非为！给我进舱去！”

那六人心下惴惴，但军中长官之命便是一切，他们也不敢顶撞，乖乖进了一个空舱。潜虬号虽然不小，但一个舱向来只住四个人，要进六个人着实有点挤，进去了四个后，另两个有点迟疑，宣鸣雷喝道：“还不进去吗？”这两人只得进去。他们一进去，宣鸣雷便喝道：“关你们禁闭，好好在内反省！”

这六人听得舟督要关自己禁闭，不由叫苦道：“舟督，我们下次不敢了！”另有一人却叫屈道：“小于他们一样赌钱了，舟督，你可不要厚此薄彼。”另几人与宣鸣雷较为接近，他们也不是不知道，见宣鸣雷要关自己六人禁闭，他们大觉委屈。宣鸣雷喝道：“难道你们想让他们几个也关在这间里？”边上一个士兵吓了一跳，心道这四人的舱睡觉还行，待六个人已觉得挤，再来五个，那连搁脚的地方都没了，忙拉了拉那叫屈的士兵道：“别多嘴了。”关禁闭虽是处罚，不过关一阵也就是了，别惹恼了这个爱发酒疯的舟督，再添上几样责罚可不好玩。

宣鸣雷心中暗笑，将门关上反锁，小声道：“行了，让他们进来，准备开船！”

阿力答应一声，转身出去将郑司楚一家带了进来。郑司楚下了舱，阿力将顶舱门关死，小声道：“郑公子，等一会儿开船后有点颠，要想吐的话，床下有痰盂。”阿力听宣鸣雷说过，这回要反出水军，护送郑国务卿一家过江，虽然有点害怕，但他和阿国两人是宣鸣雷的结拜兄弟，向来对宣鸣雷绝无二心，只是见郑司楚一副猥琐木讷的样子，心道："我还以为国务卿是什么天上人一般，原来他儿子长得比我家隔壁那二傻子都不如。"

郑司楚道："多谢。"他见母亲下舱时有点费力，忙扶住了她。阿力领着他们到了一个舱里，笑道："郑国务卿，郑夫人，郑公子，你们就在这儿休息吧，等过了江，我们会来叫你们。"

郑昭点点头道："多谢了。"

昔年他也曾来水军视察，到螺舟上看过，见宣鸣雷这人虽然长得像是个粗鲁之人，但舱中却干干净净，极是整齐，心道："这宣鸣雷倒也有点本事，怪不得人说他是邓沧澜的得意门生。"

江面上已遍布水雷，寻常船只根本过不去，但螺舟是在水底潜行，水雷也无可奈何。郑司楚只觉潜虬号忽地一沉，舱中挂着的油灯亦晃动起来。螺舟因为要在水底行进，所以油灯没有几个，这般一晃，舱中更加昏暗。郑夫人本来身上带伤，这般一晃更加难受。郑昭见她神情，忙道："小薇，你要不要紧？"

郑夫人道："让我躺一下。"

郑司楚心想还是让父母静养，便站起来道："父亲，母亲，我先出去看看。"

他走出了舱门，想到现在头顶上便是大江，若是螺舟突然破条缝，江水岂不是直冲进来？心中忽地有种莫名的惧意。这时听得前面传来了宣鸣雷的声音："左四度，半速。"却是宣鸣雷一边在掌舵，一边在发号施令。郑司楚见他头上已有汗水，心道："有麻烦吗？"便轻声道："宣兄。"

宣鸣雷发下号令，正待从怀里摸出银瓶来喝上一小口提提神，听得郑司楚的声音，扭头道："郑兄，你不歇息吗？"

郑司楚道："有没有我帮得上忙的？"

宣鸣雷先是一怔，马上想道："该死，我怎地将他给忘了。"原来螺舟是靠人力驱动，但船上现在只有五个水兵，速度大减，他现在说是"半速"，其实就是所能达到的全速，正在为速度上不去而犯愁，听得郑司楚自告奋勇，便道："正是正是，快去阿力那边摇桨！左边！"

他指了指后边，郑司楚走了过去，却见那里是一个很大的座舱，有许多座位，每个座位前都有个手柄。只是现在大半都空着，只有五个水兵正在摇手柄，左边两个右边三个。阿力也已听得了宣鸣雷的声音，招招手道："郑公子，这边！"

郑司楚坐到了阿力身前，道："该怎么做？"

阿力道："你摇就是了！"掌舵靠的是宣鸣雷，他们便是充当驱动。单靠五个人，要启动潜虬号还当真不易，他们个个都已摇得满头是汗。郑司楚抓住手柄摇去，只觉力道沉重，他咬了咬牙，两臂一用力，这手柄登时被摇了下去。添了个生力军，郑司楚的力量也不小，潜虬号立时快了许多。此时这螺舟已深入水底，水面上当真波纹不起，一艘螺舟便如一条大鱼向大江南岸而去。

螺舟是共和军水军的独得之秘，不论是谁都没有想到，有一艘螺舟竟会私自渡江，而螺舟在水下潜行，更不会被察觉。先前被宣鸣雷关起来的那六个水兵却已发现螺舟竟然动起来了，一边打门一边叫道："宣舟督，出什么事了？怎么螺舟动了？"但宣鸣雷只作不知，螺舟造得更是远比一般船只坚固，就算这些水兵怀有必死之心，想把门砍破都不容易，何况他们尚不知发生了何事，根本没想到要同归于尽。

第五章 俯仰之间

六个人驱动一艘螺舟，虽然竭尽全力，但仍是难以为继。也不知过了多久，郑司楚摇得浑身都是大汗，正觉得眼前都快要金花乱冒，潜虬号忽地一晃，头顶一个管中传来宣鸣雷的声音："右二度，低速，准备出水。"阿力在身后道："郑公子，可以停了。"

郑司楚扭过头来问："是要出水了？"

阿力见他转过头，身子猛然一震，脸上露出惊恐之色道："郑……"话还没说话，便苦笑道："原来郑公子是戴着面具啊。边上有汗巾，你擦擦吧。"

划桨是件极累的活，每个座位边都挂着块汗巾。宣鸣雷对军纪要求极严，这些汗巾也洗得极是干净。郑司楚这才回过味来，心道："是，父亲说过这面具不能沾水。"他划了这许多，脸上已尽是汗水。若是稍稍打湿一点问题还不大，但现在汗流浃背，只怕片片破损，阿力陡然间看见自己这副人不像人鬼不像鬼的模样，当真要吓一大跳了。他抓起汗巾擦了擦，边上几个水兵见这位国务卿公子擦了把脸，相貌大变，本来是个傻呆呆的模样，现在却风神俊朗，不由得都有自惭形秽之感。郑司楚倒也没多想，道："现在就靠岸吗？不能索性划出江口，沿海而下？"

阿力道："我们人手不够，而且潜虬号也不能在水中长期前行，更经不起海上风浪，只能转走旱路。”

郑司楚心道也是。这时潜虬号已靠到了岸边，宣鸣雷急匆匆过来道：“快走！一旦天光放亮，事情就要穿帮，到时邓帅派出翼舟队来追就麻烦了。”

翼舟队是水军中的快船队，船速极快，就算螺舟上全员到齐，也比不上翼舟队。那五个水兵答应一声，起身便走，宣鸣雷小声道：“郑公子，你也快请令尊和令堂出去，等你们一走，我便点燃炸雷。”

郑司楚正待要走，听他这般一说，吓了一大跳，惊道：“什么？船上不是还有六个吗？”

宣鸣雷心道：“你这人真是妇人之仁，不灭了这六个人的口，他们马上去东阳城报告，眨眼就会有追兵出来。”他就怕关起来的那六个水兵听说要炸船，不顾一切就会闹事，郑司楚居然还说这般响。他小声道：“轻声！小不忍则乱大谋！”

郑司楚眉头皱起，低低道：“宣兄，如此可万万使不得！将他们关在此处，等被人发现后放他们出来便是，为何非要杀了他们？宣兄，他们可也是你船上的兄弟啊。而且，一旦炸船，岂不是马上要被城里的人发现，反而丧失时机？”

宣鸣雷沉默不语。他其实也不是残忍好杀之人，但也不似郑司楚说的一般把船上的水兵看成兄弟。在他眼里，除了这五个自己能绝对信任的人，另外六个仅仅是水军，而且是共和军的水军，与他实是两路人。但郑司楚这样说，他点点头道：“你说的也是，走吧。”

郑司楚领着父母出了螺舟，此处并不是大江南岸的东平城码头，而是城外一片空地，他们还得趟过一个浅滩方能上岸。他背着母亲上了岸，郑昭跟在他身后，宣鸣雷走在最后。到了岸上，郑司楚生怕宣鸣雷说话不算，又将潜虬号炸了，回头一看，却见潜虬号正在下沉。他吃了一惊，叫道：“宣兄，你！”

宣鸣雷埋头趟水上岸，抬头笑了笑道：“郑公子说的甚是，所以我没有点燃炸雷，而是打开了进水管，让他们在水底待一会儿。”

郑司楚只觉发指。点燃炸雷，一下便炸死，那也只是一时之苦，可宣鸣雷这般做，等于将那六个水兵活活淹死。若不是还背着母亲，他险些就要扑上去掐死这宣鸣雷，也不管宣鸣雷方才救了自己一家性命。宣鸣雷见郑司楚神色有异，心道：“这小子真是冬烘头脑，怎么不像他老爹那样果断？”他倒也怕郑司楚想不通要对自己不利，轻声道：“放心吧，郑公子，我只是打开进水管，没开舱门。他们在内见势不妙，定然会破门而出，再排水浮上岸来。他们只有六个，等他们脱身，我们也去得远了。”

郑司楚这才明白宣鸣雷并不曾淹死那六个水兵，心头这才一宽，忖道：“你也不早说，险些我就要掐死你了。”他也不是没杀过人，在路上杀南斗四星君时更是眼都不眨一眨，但那六个水兵没有正面与自己为敌，虽然他们定然会告发自己，可把他们活活淹死，他心下当真极是不忍。听宣鸣雷说只是先绊住他们，他这才放下心来。

上了岸，阿国已从一边带了一辆马车和几匹马过来，定然已经预先备下。宣鸣雷道：“成了，这儿没被发现，我们又多了一分生机。”

郑司楚见他步步为营，当真有备无患，心道：“宣兄虽然有点不拿士兵的性命当一回事，但心思真个缜密。”宣鸣雷如此准备，逃生的机会也就更大，何况直到现在还没被发现。哪知他刚这么想，北岸的东阳城里忽地响起了一声号炮。号炮升到半空，“啪”一声响，又闷又沉。宣鸣雷脸色一沉，道：“糟了，这么快就被发现了！阿力，昨天轮班的是谁？”

阿力正在带马，听宣鸣雷问话，扭头道：“是傅舟督。”

宣鸣雷叹道：“是这小子，怪不得如此麻利。”他一长身，喝道，“加紧出发！傅驴子那小子不是易与之辈，只怕很快就会追来！”

宣鸣雷嘴里的傅驴子名叫傅雁书，与宣鸣雷乃是螺舟队见习士官特训班的同班同学，都是共和军三帅邓沧澜的得意门生。不过傅雁书是优等军官，不仅不似宣鸣雷这般是个酒鬼，甚至还有点古板，所以与宣鸣雷虽然同属邓沧澜门下，却不甚相能，也没什么大交情。只是宣鸣雷也知道，此人实是水战天才，虽然与自己并称为“水军二宝”，不过自己这个二宝实在比傅雁书这个大宝差那么一点点。运气还当真不好，昨天自己一队轮休，今天要来交接班的就是傅雁书。此人行事不折不扣，极为缜密，一旦发现潜虬号失踪，肯定就会马上追踪，这号炮便是通知东平城中守军的。本来还怕潜虬号上那六个人脱身后去告密，现在看来，那六人实是不足为虑了。他心急火燎，自己上前去带马，将缰绳肚带全都弄好了，他扭头叫道：“郑公，郑夫人，快上车！”

郑司楚背着母亲上了车，自己已跨上驾驶位置，一拉缰绳，便赶马出发。此时宣鸣雷他们也已各自带马骑上。他们虽是水军，但宣鸣雷的骑术甚强，另外五人也都不差，六匹马紧紧跟上，向大路上进发。郑司楚见这几匹马虽是好马，但较自己的那几匹飞羽实有不及。想起飞羽失陷在东阳城的左桥号里，左暮桥又昏迷不醒，不知会有谁去照料，心中便有些哀伤。

现在东阳城中已将消息通报给东平城，但具体如何总还要有一阵。他们驶出一阵，却听东平城里又是"啪"一个号炮。宣鸣雷回头看了看，骂道："傅驴子好快！"

傅雁书性子一板一眼，在宣鸣雷看来这个滴酒不沾的同僚当真如一匹驴子般无趣，因此给他取了这么个外号。一边的阿力惊道："傅将军亲自追来了？"

宣鸣雷笑道："他没那么快，不然今天我们这条命就得交待了。"

郑司楚听他说得豪迈，但也透出对那傅舟督的一丝惧意，心道："这傅舟督真这般厉害？"他向在西北，在军中时更是被人称为军中的希望之星，但后来被开革出伍，反倒是在远征朗月省时的手下败将薛庭轩在西原大放异彩，心中多少有点不服气。但他深知天外有天、人外有人的道理，天下之大，英雄辈出，实不可小视。宣鸣雷就是个极为出色的将领，而那个他甚为忌惮的傅舟督也定不会弱。

他们赶得快，从东平城追来的这支人马却也不慢，而且竟是死缠不放，除死无休。又赶了一程，东平城的影子已看不到了，只怕离开已有了好几里，但身后的马蹄声越来越响。此时他们的坐骑全都已鼻凹带汗，眼看再跑不下去，宣鸣雷皱了皱眉道："郑公子，看样子只有硬干一下了。"

郑司楚心知再赶下去，两边都是筋疲力尽，到时碰上，追兵人多，自己一方肯定不是对手。权衡之下，不如索性以逸待劳，在这儿打他们一个措手不及。事出紧急，东平城要派大部出来追击亦不现实，把这批人马解决了，这一趟才算真正脱险。他道："好。"说着，将车赶到一边，解开了马缰，让几匹马去吃点青草饮点水，歇一歇好继续赶路。

宣鸣雷带着五个人坐在路边。他们身边都带着腰刀，他见郑司楚身边没有兵器，便道："郑公子，要不要兵器？"

郑司楚道："我有。"

宣鸣雷也曾听说过郑司楚之名，说他在西北军中曾被称为希望之星，不过在他想来，那仅仅是因为郑司楚那时是国务卿的公子，军中人等拍他马屁而已。只是见追兵临近，郑司楚仍是好整以暇，毫无惧意，心中多少也有点佩服，忖道：“这大少爷看来胆子还当真不小。”

马蹄声越来越近了。这时阿力伏地听声，抬头道：“宣将军，追兵已在一里以内了！”

一里路，对于疾驰的战马来说，只不过是片刻之事。宣鸣雷冷笑道：“他们真是不把我等放在眼里了。带马！”

这些追兵狂奔而至，定然疲惫，此时突然袭击，当收出其不意之效，这正是兵法所云“趋百里而蹶上将”之意。郑司楚也带过一匹马来，他这马原是驾车的，是匹无鞍马，还好有个肚带，装着马蹬，不然坐都要坐不稳。他们刚跳上马背，那支追兵已到了数十步开外。

这支追兵也已看到了前面有一队人，不知那是何许人也，当先有一个越众而出，高声道：“前面是什么人？快快回话！”

宣鸣雷见他们不再猛追，淡淡一笑道：“小子们，怕不怕？”

阿力阿国是他的结拜兄弟，另三个虽不曾结拜，也是与他极为接近的下属，齐声道：“宣将军，不怕！”

“不怕就上，让他们怕一怕！”

说着，宣鸣雷已一踢马腹，喝道：“宣鸣雷在此，挡我者死！”

事出紧急，那支追兵亦是紧急出动，追得全都气喘吁吁，哪想到这几个人竟然暴起发难。只是他们足足有二十几人，眼前却只有五六个，见宣鸣雷怒喝，这人也骂道：“宣鸣雷，你果然反了！”宣鸣雷在东平城中名气却也不小，他一来就在观风阁撒酒疯的事闹得沸沸扬扬，这些人并非水军，只是东平驻军，倒也听得水军螺舟队有这么个胆大妄为的舟督。他们虽然累，但都带了长兵器，见宣鸣雷几人只带了短兵，倒也不惧，挺枪相迎。但宣鸣雷已歇息一阵，马也吃过了水草，劲头正足，对方挺枪刺出，宣鸣雷却已闪过了他的枪尖，将他的枪杆夹在腋下，腰刀顺着刀柄划去，喝道：“去吧！”

这一刀快如闪电，那追兵也没料到宣鸣雷竟然敢行险夹住枪杆，哪闪得掉，钢刀划来将他三根手指削落，立时厉声呼痛，宣鸣雷夺过长枪，也不掉头，人借马势，分心便刺。那士兵手指被削，本来就疼痛钻心，宣鸣雷这一枪更是无从抵挡，枪纂顺着他前心扎入，人已落马，顿时毙命。

虽然知道这些人都是亡命之徒，但此时天下承平已久，东平城士兵除了操练，还未参加过实战，见宣鸣雷说杀便杀，这些追兵人数虽众，却都生了惧意。宣鸣雷将长枪拔出那士兵胸膛，在头顶舞了个花道：“还有谁不想活的，便上来吧！”

那些追兵见宣鸣雷手中的枪纂血淋淋的还在淌血，眨眼间一个同袍就被刺落马下，惧意渐生。忽然其中一个喝道：“大胆乱贼，还敢猖狂！”人随声出，这人已挺枪刺来。宣鸣雷也没想到居然还有人敢上前，心道不再杀一个立威，只怕要骑虎难下。他虽然没把人性命看得有多重，也不是杀人不眨眼之辈，但这人针锋相对，不杀了他，余下的追兵惧意渐去，事情便难办了。他打定了主意，出手便不留余地，哪知这人名不见经传，枪术竟是出乎意料地高明，宣鸣雷虽然痛下杀手，此人却挡得有章有法，一时间竟无奈他何。其时追兵见此人和宣鸣雷斗了个旗鼓相当，纷纷想道：“正是，我们四五个对他们一个，怕他何来？捉他们回去，可是一件奇功！”一声呼啸，竟是全军压上。

宣鸣雷本想杀人立威，让其余人知难而退，哪知虽然杀了一个，第二个上来的却是如此难缠。虽然这人的本领也不及他，却也相去不是太远，想杀他并不是轻而易举的事，眼看着旁人也冲上来，他暗暗叫苦，心道：“真是倒霉！”

冲上来的追兵见那个同伴在宣鸣雷枪下苦苦支撑，宣鸣雷的枪尖只是不离他前心，倒有六七个过来帮忙。宣鸣雷见居然有这许多人要围攻自己，更觉惊慌。他手下有五个人，这些人虽然也不算太弱，但水军士兵毕竟不长于枪马之术，现在却与人马上对敌，实是以己之短击人之长。他正在着急，身边忽地一阵厉风掠过，却是郑司楚骑着无鞍马冲了过去。

他马头所向，正是一个想来突袭宣鸣雷的追兵。那追兵见一边又冲上一个少年，骑了匹无鞍马还稳稳当当，心道：“这家伙了得！”还不等他再想什么，郑司楚手中忽地出现一支长杆，喝道：“中！”

那是他从天梁处夺来的如意钩。如意钩头上本来有尖有钩，郑司楚不擅使钩，见这如意钩可长可短，倒是件防身的利器，便将钩去掉了，只剩一个尖，便如一枝细细的四尺短枪。那士兵不知这如意钩虽细，实是坚如精铁，见这少年使的竟是这般一根如钓竿一样的细枪，心下便有轻敌之念，觉得这少年骑术虽佳，枪术实是不灵。哪知郑司楚的枪术便是当今之世亦可排在前列，就算这士兵全神贯注也难逃这一枪，更不要说还轻敌了，只一眨眼的工夫，郑司楚的如意钩已刺中他的咽喉。如意钩的尖甚细，刺中咂喉后也只是一个小小血洞，但很快鲜血涌出，这士兵要害被刺，翻身落马，人却没死，但血已堵住了喉管，喘不过气来，捂住脖子不住挣扎。

郑司楚杀了一个士兵，心头便是一沉，忖道："能少杀几个，就少杀几个吧。"但现在若不杀这些人，自己一家连同宣鸣雷在内，全都难逃一死，已由不得他多想。正在这时，却听宣鸣雷大吼一声，却是与他对敌的那追兵见郑司楚一枪又刺落一人，略一分心，宣鸣雷的长枪逼住了他的枪尖，左手腰刀扫去，将那人头颅砍落，死尸却仍坐在马上不倒，只是腔中鲜血喷出二三尺高。

这无头尸身仍坐在马上，边喷血连往前冲，极是诡异，其时追兵见转眼便已伤了三人，被宣鸣雷所杀之人更是连头都被斩落，吓得魂不附体。抓回去虽是奇功一件，但只怕也要有一半人死在这儿。人人都想立功，却不想丢命，一时间哪还有人敢上。宣鸣雷又杀了一人，气势未竭，一手提枪一手提刀，竟向追兵队中冲去。他这一冲锋，阿力阿国等人也随之冲了过来。这些追兵不知其余人的底细，见宣鸣雷和郑司楚两人一动手便杀人，只道人人都是如此，待宣鸣雷不退反进，更杀入大队中，全都惨叫一声，带转马匹奔逃。

士气一散，再无挽回的余地，就算追兵中还有先前那人一般不服输，但旁人全都吓惨了，也已无勇可贾。混战中，郑司楚又刺落一人，眼见再这样下去，等于动手屠杀，他将如意钩背到身后，厉声道："还不快走，非在这儿送死吗？"

他心想这些追兵若能逃走也就算了，自己也好尽快走人。谁知话音甫落，一边有个人喝道："我就是要送死看看！"

这人用的却是一杆大刀。军中用枪的最多，用刀的并不太多，郑司楚正式交过手的用刀之人，唯有在朗月省遇到的陈忠。陈忠力大无比，那一次郑司楚在陈忠的大刀之下一败涂地，见这人也用大刀，不免有点心悸。那人轮刀便砍，心道："你这细细的一枝杆子，我将你连同人一块砍断！"他的大刀很是沉重，马也甚快，一人一马一刀，竟隐约有些陈忠的风采。郑司楚在军中也仅仅输给过陈忠，而且只是因为陈忠的力气太大，根本不是寻常人能够抵挡，见这人不依不饶，心下着恼，暗道："我不信你有陈忠的力气！"

这如意钩是南斗诸星中的天梁所用，虽然看去甚细，其实坚硬无比。郑司楚一直带在身边，自然知道，那使刀的追兵却不知道，见郑司楚竟拿这根细竿来抵挡，心道："你是瞧不起我吗？"他的手一扳，大刀已"呼"的一声斩了出去，刀风甚厉，郑司楚见他力道虽沉，速度却慢，远远比不得陈忠那样又快又沉，心想："你这点本事也要来找死？"如意钩已一伸一缩，在这人刀口一点。虽然大刀比如意钩要重得多，但郑司楚这一点却让他的大刀猛然荡开，已是前心尽露。不等那人回手，郑司楚手中的如意钩已点向他的前心。

这一招正是交牙十二金枪术中的第七式。就算是昔日陈忠，若力量不是那样大得不可思议，只怕也难以躲过，更不要说是这使刀追兵了。此人见郑司楚手中这根细竿竟然能荡开自己的大刀，便是一凛，眼见郑司楚的枪已到自己前心，他心已一沉，闭上眼，心道："完了！"哪知预料中的疼痛并没有到来，他睁开眼，却见郑司楚勒住了马，如意钩对着他的前心，沉声道："要命的，便走吧！"

这人恼羞成怒，喝道："谁要你饶！"他的大刀被郑司楚荡开，用力一扳，已收回前心，平平推出。郑司楚没想到这人竟然还会动手，他这刀平推而出，自己纵然刺死了他，他的刀也会将自己劈落马下。他想不到自己一念之仁，竟成了个同归于尽之局，心头火起，脚已脱离马蹬，人奋力一纵。那人的大刀正平着挥过，一刀掠过，竟然将郑司楚身下的马头都削落了。郑司楚一跃而起，大刀掠过了他的脚下，他落下来正落在刀面上，那人的刀便是一沉，郑司楚又是借势一跃，竟跳上了此人战马。他恨这人恩将仇报，出手已不留情，如意钩从他颈后直插而入。如意钩本来便细，又带了郑司楚的下坠之势，竟然透骨而入，从这人后颈刺入，咽喉处穿出，此人立时毙命。郑司楚落到他的马上，伸手一提，抽出了如意钩，将这人连人带刀掷于马下。

郑司楚杀这追兵的过程，旁人全都看得一清二楚。他们本来就被宣鸣雷一刀之威夺去心魄，待见郑司楚马上冲天跃起，杀人夺马，简直如同妖术一般，更是吓得魂不附体，呼啸一声，全都落荒而逃。他们追来时已追得筋疲力尽，逃跑时却不知哪来的力气，生怕逃得不快，似乎比追来时更快。宣鸣雷见追兵四散逃开，还待去追，郑司楚提着如意钩道："宣兄，让他们去吧，不要追了。"

宣鸣雷带转马笑道："原来郑兄武艺竟是如此出众！"他原先总认为郑司楚一介国务卿公子，实是个大少爷，纵然对他印象不错，也没有太多敬意。但见郑司楚一番出手，方才明白眼前这少年实是平生仅见的枪术好手，心道："邓帅的枪法也好，但我看来……似乎还不如他。"这句赞叹倒也说得情真意切。

在战阵上，出手杀人，郑司楚亦非一次。但他离开军队后，除了那次对抗南斗诸星君，现在还是第二次杀人，何况杀的又是共和军人，昔日的同袍。他心中愀然不乐，将如意钩在地上死人身上擦去鲜血，道："宣兄，我们走吧，只怕他们还会追来。"

宣鸣雷道："这一拨他们铩羽而归，就追不上我们了。"

确实，东平城派出的追兵，也只有这一拨才具威胁，后来再派出来，郑司楚他们去得已远，大部队赶来又慢，定然追之不及。郑司楚见身上已有血迹，便跳下马回到车前，推开车门道："母亲，给我件换洗衣服。"

郑夫人见他身上带血，吓了一跳道："司楚，你受伤了？"

郑司楚摇了摇头道："没有。"他拿过一件换洗衣服，将带血的衣服换下。此时阿力阿国他们也已将地上尸身拖到一边随便掩埋了，夺得的几匹马则带到身边准备换乘所用。一行人再次出发，向南而去。

果然如宣鸣雷所言，接下来就再没有碰到追兵，何况他们很快就离开大路，专抄小路走。离得越远，想要追踪他们就越发困难，若是离开数百里，基本上就失去行踪了。沿途他们休息打尖，只说是去五羊城省亲，路上人见他们中有郑昭夫妇，倒也不生疑。日行夕宿，非止一日，这一天已出了之江省，进入闽榕境内。

闽榕位于之江与广阳两省之间，首府南安城，也是个大城。但郑司楚一行并没有从南安城走，而是从西边小道向南直接进发。这一天到的是个名叫求全的小镇。镇名虽叫求全，实不能全，听说前朝屡番征战，南安城曾被蛇人盘踞，后来帝国军与共和军又屡次在这儿交手，这求全镇也屡遭烽火，最惨的一次甚至全镇五千人，只剩下一百余个。不过这是几十年前的事了，经过这几十年休养生息，求全镇已渐复旧貌，甚至比当初还要繁华些，虽是小镇，设施倒也一应俱全，甚至还有个戏院。原来闽榕一省，方言特异，民众极爱唱曲。这地方流传一种名叫"南音"的戏曲，用的是方言演唱，极为难懂，但音调极为动听。郑司楚和宣鸣雷两人去镇上采办补给，便见有老人坐在凉亭里自拉自唱，自得其乐，虽然听不懂唱些什么，但听起来苍凉古朴，有种说不出的幽远之意。

买了些肉干饭干，郑司楚和宣鸣雷正待回去，边上忽地叮叮咚咚响了几声。宣鸣雷眼里一亮，轻声道："好一个三才手！若是小师妹在此，倒可以同去切磋一下。"

郑司楚听他说起"三才手"，想起当初第一次见到他，便是和程迪文在酒楼里。那回宣鸣雷喝醉了发酒疯，抢过歌女的琵琶来弹了几句，本已半醉的程迪文一听便赞说"三才手"，可见这三才手是一种琵琶手法。宣鸣雷精擅琵琶，才会如此敏感。郑司楚心想反正现在也不急在一时，便道："过去听听吧。"

宣鸣雷平生所好，一是酒，二就是音律，其中最擅长的便是琵琶。这些天南下逃亡，每天都辛苦万分，生怕追兵杀到，现在才算能缓一口气。酒平时还能喝，但琵琶这东西可不是俯拾皆是的，宣鸣雷听得琵琶声便已技痒，听郑司楚提议去看看，当即点头称好。他们过去一看，却见声音是从一个凉亭里传来，亭外已围了一圈人。挤过去一看，见有个盲眼的老者正在弹琵琶，身边是个梳了一根大辫子的女子在唱，也不知唱个什么。若是寻常唱曲，一曲终了才有人叫好，或者给钱，但这女子唱得几句，边上的人却有点头有摇头，也有的在叹气。宣鸣雷也不管这女子唱什么，眯起眼细细揣摩那老者的手法。郑司楚却甚是好奇，见身边站了个中年人，身着长衫，看样子是个士人，便道："先生，这姑娘在唱什么？"

这中年人倒会说官话，听郑司楚问起，笑道："先生是北边来的吧？这个是我们闽榕独有的，叫琵琶书。"

郑司楚恍然大悟，道："是唱书啊。"

他从军的西靖城也有唱书的艺人，还曾经把毕炜的事迹编进书里。只是艺人大多无文，只是口耳相传地从上辈里学来几个套路，所以唱出来的毕炜连他自己都觉得陌生。他心想虽然西靖南安两城一西一南相隔数千里，这些民间曲艺倒也颇有相通，只是口音相差太远了。中年人却摇了摇头道："不是寻常唱书，她唱的是时曲。"

郑司楚一怔，道："时曲？"

"是啊。时曲唱的是新近时事，比方说南北各处最近发生了什么大事，马上便有人编出唱词来让人四乡传唱。"中年人顿了顿道，"一来是让人知晓些新鲜事，免得闭目塞听；二来也是以正视听，省得以讹传讹。"

郑司楚恍然大悟，心想这一定是当初战乱时留下来的习俗。那时城池早晚易手，南北军队屡屡交锋，对于地方上的人来说，现在来的是什么人实是关系到生死的大事，不然帝国军到来，城中父老却打着横幅说“共和万岁”，非遭一番大劫不可。对于这些习惯了战乱的民众来说，消息是最为紧要的，所以才特别关心时事。而编成曲词后，连小孩也爱听，这样流传便既快又广。他心想这倒是个好办法，耳边忽然听得那女子唱道“大统制”三字。这三个字在方言中也与官话相去无几，他道：“先生，方才这姑娘唱的是大统制吧？”

中年人“嗯嗯”了两声道：“是啊，先生也听懂了？议府新近上动议指责大统制，要大统制引咎辞职，但大统制颁发急令，解散了议府。”

他平平说来，郑司楚却大吃一惊，本来在专心听着琵琶的宣鸣雷也听到了，惊道：“什么？议府解散了？”

虽然大统制是最高元首，但共和军宣称一切权力归于民众，议府则代表民众治国，因此只有议府首肯的决议才能付诸实施。上一次大统制发二路援兵，郑昭竭力反对，大统制这才绕过郑昭，直接交议府通过。郑昭昏迷后，国务卿一职由原先的吏部司司长顾清随代理。顾清随还是昔年五羊城何氏掌权时的老臣，也是个能吏，但与郑昭不同的是，顾清随一直对大统制俯首贴耳，言听计从。如果说议府发起了要大统制下台的动议，难道会是顾清随干的？

中年人道：“她是这么唱的。虽说艺人唱时曲，往往要添油加醋，不过这可是件大事，不会有错。”

听到议府竟被解散的消息，宣鸣雷也顾不得再去欣赏那盲眼老琵琶师的三才手了，与郑司楚两人急急回到客栈。听得这消息，郑昭亦吃了一惊，却没说什么。这一晚在客栈里几个人都不曾睡好。郑司楚到了很晚，还听得宣鸣雷在低声哼哼什么，细细听去，却是当初在酒楼听他唱过的那支《一萼红》。只是这回他零零星星唱来，“记得纵横万里，仗金戈铁马，唯我称雄。战血流干，钢刀折尽，赢得身似飘蓬”。午夜时的晚风从窗隙吹入，当真有种说不出的凄凉。

失去了议府的制约，现在的大统制更是可以为所欲为。在枕上，郑司楚想着。还在学校时，课本上说共和国远胜前朝，就在于帝国专制，而共和国却是万民当家作主。只是看起来，当家作主的仍是一个人，只不过从帝国的帝君换成了共和国的大统制，其他还真没什么不同。这样的共和国，还算是共和国吗？表面上看来共和国一如往常，没什么不同。土地全归国有，谁也不可多占，以前拥有良田万顷的，现在同样要向国家交租纳税，以耕自己的一方田土。但现在的大统制想到什么就是什么，这个国家已不是一个空泛的名词，就成了大统制本人。郑司楚实在想不通，这样子和帝国到底有什么本质不同。

他越想越是心烦，只觉昔年在学校所学，尽数都是欺骗。迷茫中，隐隐听得父亲在隔壁道："错了，错了。"声音虽低，却是痛心疾首。

知道了这个消息后，第二天出发时郑昭的面色甚是难看。郑夫人只道他生病了，但看看又没什么。郑昭对妻子笑笑说不要紧，郑司楚却知道父亲的心里实是如惊涛骇浪一般。议府的设立，还是当初大统制提出，郑昭补充的，也是被称为共和国与帝国最本质的不同。正因为有议府，一些显然对民众不利的动议被否决了。虽然不能说通过的全都对民众有利，但在百姓眼里，议府确实是为自己说话的。只是现在议府也不存在了，那么议政的还会是什么人？只剩下大统制一人有议政之权了？郑昭越想越觉迷惘，他实在不明白当初意气风发，向自己描绘这一片人间乐土前景的南武，最终竟会背弃初衷。迷惘中，仿佛自少年时代以来的理想、青年时代以来的信念，都被碾得粉碎，随风而去了。

离开了求全镇，再一路南行，天气已越来越热。郑家是三月头上离开雾云城，一路南行，现在已近五月，本来天也该热了，而进入广阳后，越发炎热，五月的天气竟同炎夏一般。好在广阳省向来繁华，虽然这么热的天干粮已不好携带，但一路上总能赶到集镇，随时补充。

五羊城在广阳省最南的沿海，就算走得再慢，再有个四五天也就能到。离故土越近，郑夫人的心情就越好，郑昭的脸上也偶有笑意。他离乡已久，现在回来，故土反倒已似异乡，但又似曾相识，更增一番亲切。郑司楚小时候是在五羊城长大的，离开家却也有十几年了。儿时印象都已模糊，但依稀记得当初在五羊城的玩伴。

那时，他们一些孩子常在一处玩，最接近的有两个，一个是小芷，另一个是阿顺。小芷是女孩子，终究不能跟他们疯玩，阿顺却和郑司楚两人淘气无边，摸鱼捞虾，上房揭瓦，当真无所不为。十几年不见，却不知他们怎么样了。他想到此时，扭过头，拉开车厢前窗道："妈，你还记得阿顺和小芷吗？"

郑夫人一怔道："哪个阿顺？"

“就是小时候常和我一块玩的，还上我家来过。”

这么多年前的事了，郑夫人早就忘了个一干二净。她想了想道：“我是忘了，真想不起来。”

郑司楚正有点沮丧，却听郑夫人忽道：“对了，小芷，你说的是芷馨吧？我上次去雾云城前她还来过，说起了你呢。”

听母亲还记得小芷，郑司楚不由高兴起来，道：“她叫芷馨吗？现在在做什么？”

“好像在一个学校当老师吧，教人唱歌的。”

郑司楚的心头像是被针刺了一下。小芷也当了老师？他想到的却是萧舜华。在纪念堂最后见到了萧舜华一次，却是和她的男友韩慕瑜在一起。韩慕瑜是她同事，是个长身玉立的青年，和萧舜华正是天造地设的一对。当知道萧舜华已有男友，郑司楚便觉得有点伤心，但伤心过后也就忘了。他还是第一次喜欢一个女子，却没有一个好结果，后来就是与父母两人逃亡，现在听到小芷的事，他有点害怕又会和萧舜华一样的结果。但转念一想，又有点失笑，心想自己在胡思乱想些什么，小芷仅仅是十几年前的玩伴，自己是七岁去雾云城的，今年二十三，算来分开已整整十六年。十六年前的事，能记得个影子就不错了，自己居然还会想到与萧舜华一般去，也不知现在小芷成了什么模样，说不定又矮又胖。

想到这儿，他按着记忆中的影子想象着现在的小芷。那时的小芷还真是又矮又胖，郑司楚与阿顺两个疯玩，她虽然想跟着玩，却又不敢，只在一边看着。想来想去，想象中的小芷仍然只是个大号的五六岁小女孩而已，顶多长高、长胖了一点。

广阳省地气和暖，五月间草木丰茂。虽然当初也遭过烽火，但那已是几十年前的事了，如今到处绿草茵茵，花木森森，满目皆是生机，田野里也屡见农人在耕作。郑司楚虽是五羊城生人，但离开广阳省已久，见这儿虽然离五羊城尚远，雾云城周围的田地却要比这儿荒凉许多，心道：“五羊城倒是个好地方，怪不得当初能割据这么多年。”

在帝国时期，五羊城是何氏自治，只向帝国称臣纳贡。那时郑司楚想不通帝国为什么允许他们这么干，现在看到了才明白，一是五羊城离雾云城太远，二来这儿盛产粮米，自给有余，想从雾云城派兵征讨这儿，难度极大。三上将远征西原，正是因为辎重粮草被薛庭轩毁去，难以为继，只得退兵。“粮草为军中命脉”，实是不没的真理。缺乏粮草，以远征军的绝对优势，亦奈何不了兵力不到十分之一的五德营。

他正想着，宣鸣雷打马赶了上来，高声道：“司楚兄。”

刚离开东平城时，宣鸣雷亦甚是不安，每当称呼郑司楚时都得小心翼翼，生怕隔墙有耳，到了这儿才算放心。郑司楚勒住马道：“宣兄，怎么？”

“你觉得，这般直接进五羊城，会不会有什么麻烦？”

虽然郑昭已与大统制反目，但毕竟郑昭做过国务卿，尚未公开通缉他，只是大统制的特使定然也已到过五羊城，要广阳太守捉拿郑昭。宣鸣雷见郑氏一家进了广阳省就大模大样地在路上走，全无防备，不免有些担心。他这话已被车里的郑昭听得，郑昭推开车窗，笑道：“宣将军放心，到了这儿便可无忧。”

郑昭一直忧心忡忡，特别是听到大统制解散议府后，他一夜都未能入睡，现在才有了点笑意。宣鸣雷怔了怔道：“郑公，大统制政令不能及于广阳吗？”

“本来当然可以，但现在，广阳已非大统制地盘了。”

这话一出，宣鸣雷吃了一惊，郑司楚倒不是太吃惊。先前父亲要自己独自逃生时说过，逃到五羊城后去寻太守申士图，申士图会保护自己。广阳太守申士图当初和郑昭矛盾很大，曾几次公开在大统制面前与郑昭争吵，他向来认为此人定会对自己不利，谁知听父亲的意思，申士图显然也是他早就安排下的后路。郑司楚虽然和父亲共同生活了二十来年，却从未想到过父亲的思虑竟会如此深远。看来，申士图与父亲的矛盾全是给大统制看的，而父亲甚至还在国务卿位上就安排下这招闲棋，难怪大统制也上了当，现在的五羊城只怕已经实质上独立了。只是这样一来，会不会引起南北两方的内战？

宣鸣雷显然也在担心此事。他顿了顿道：“郑公，如果五羊城公然反对大统制，会不会……”

郑昭不等他说完便道：“宣将军，这不正是你心中所愿吗？”

宣鸣雷有点尴尬，郑司楚心中却是一凛。父亲这话是什么意思？宣鸣雷盼着共和国内乱？郑司楚虽然越来越觉得大统制治国有不当之处，但从来没这样想过。他看向宣鸣雷，沉声道：“宣兄，你难道一直希望国中大乱？”

宣鸣雷越发尴尬，郑昭在车上亦觉得失言，忙道：“宣将军也是对南武的倒行逆施不满而已。”

大统制真的倒行逆施？虽然父亲这么说，但郑司楚还是难以认同。大统制对自己一家当真可算得上倒行逆施，但从国事上来看，现在的共和国天下承平，百姓也有了喘息之机。就算当初国务卿府的司阍老吴，满嘴“老爷少爷”改不了口，可说起今昔之比，老吴也说现在要好得太多了。郑司楚是经历过战事的人，尽管那都是些局部战争，但大兵过处，当地百姓无不胆战心惊。如果天下大乱，这十几年来安宁又将化为乌有，对百姓来说实是最为不幸的事。不过父亲也帮宣鸣雷说话了，郑司楚便不再开口，宣鸣雷如释重负，微笑道：“天下非一人之天下，唯有德者居之。司楚兄，你说可是？”

郑司楚摇了摇头：“天下非一人之天下，是天下人之天下。”

“天下非一人之天下，唯有德者居之。”这两句话来源已久，但共和国是以民为本，以人为尚，一切权力归于民众，所以后一句一般改成“是天下人之天下”。宣鸣雷笑道：“天下人之天下，若无一人出头，那也就成了句空话。司楚兄，修身齐家治国平天下，为万世开太平，终须有一人当之方可。”

郑司楚叹了口气。宣鸣雷说的并没错，大统制看来也确实已不再适合治天下这个角色。但大统制肯定不愿拱手让权，他将议府都解散了便可见其心，这样看来，内战已在所难免。郑司楚心中越来越茫然，只觉得这天下之事，实在是想想容易，做起来艰难无比。共和国的国策说得似乎面面俱到，无一不是至理，但要不折不扣地实行，却又完全是另一回事。他道：“谁都想当这天下一人，结果什么都成了空话。”

宣鸣雷也有点默然。两人沉默了半晌，宣鸣雷忽然将鞭梢一指，道：“司楚兄，那是什么树？”

前面是一片树林，种得整整齐齐，长满了绿色如豆的小果。郑司楚道：“那个啊，是荔枝林。”

宣鸣雷道：“荔枝？就是那种黑黑的，一个黑色核的干果？”

荔枝摘下枝头后，很快就会变质，因此运到北边往往只是些荔枝干了。宣鸣雷以前大概只见过荔枝干，在他心中荔枝准就是那些黑黑的干果。郑司楚笑道：“那个是晒干后的荔枝。新鲜荔枝可不是那样。其实闽榕也有不少荔枝树，只不过现在尚未到挂果之时，宣兄大概没注意。”

宣鸣雷也笑了，叹道：“果然天下之大，无奇不有。广阳这一类水果很多吧？”

郑司楚点了点头道：“是啊，很多，所以广阳一省，向来富庶。”

宣鸣雷道：“广阳富庶，更重要的原因应该是地处南疆，兵灾不多。之江也是富庶之省，但看起来却不及广阳省。”

之江和广阳，是最为富庶的两个省份。但之江是南北交接之处，多次遭受兵灾，每当南北交兵，之江更是南北两方的拉锯相争之处，广阳遭兵却要少得多，因此广阳要安定得多。郑司楚道：“正是。所以天下人所愿，便是再无刀兵，人人都能安居乐业。”

宣鸣雷听郑司楚说来说去，总是不离这几句，忖道：“你这小子枪马娴熟，是我所见之人中有数的好手，偏生如此不愿动刀动枪，真不知是像谁，跟你老爹还真不是一个道上的人。”他和郑昭说过的话并不甚多，但觉郑昭虽然比自己年长得多，却远比郑司楚更圆通投机，郑司楚这人倒是板板六十四，一条道跑到黑，明明被大统制追杀到九死一生，想的却仍是天下太平。他“哼”了一声道：“只是，总有人不会这么想。”

郑司楚垂下头，不再说话。虽然他觉得宣鸣雷这样一心盼着刀兵四起不对，但宣鸣雷的话也没有错。大统制是不肯息事宁人的，对于远在西原的五德营，大统制亦不惜发重兵屡次侵攻，若五羊城真的不认同大统制，大统制肯定也要发兵讨伐。照自己的说法，难道为了天下再无刀兵，只能束手就擒吗？他道：“是。所以兵者不祥，但不得已时，亦只能动刀兵了。”

宣鸣雷听他的口气已有点服软，倒也有点意外，追问道：“那司楚兄觉得现在是不是已到了不得已之时？”

郑司楚又沉默片刻，长叹道：“只怕是了。”

刀兵就在眼前，不知和五羊城共进退的能有几个省？广阳附近，除了闽榕，再往北便是东平。但东平是蒋鼎新和邓沧澜这一文一武主事，蒋鼎新是大统制亲信，邓沧澜更是大统制的妹夫，所以东平省肯定会站在大统制一方。如果算算双方势力，实属对比悬殊，这一仗只怕凶多吉少。

郑司楚越想越觉得前途难料。好容易逃到了五羊城，恐怕仍然不能高枕无忧。单说广阳一省，太守申士图固然是父亲的同路人，但现在主广阳军事的余成功仍有点面目模糊。共和国有五大军区，五大军区首脑每隔几年便要互换。广阳军区是其中相对最不重要的一个，原先是上将军魏仁图主持。魏仁图与申士图被称为“二图”，倒也合作无间。后来魏仁图年事已高，加上在战争中失去了一条手臂，前些年卸甲回乡，接任的是下将军余成功。余成功是魏仁图部将，据说也是个相当有能力的战将，但其余四大军区的首脑邓沧澜、毕炜、方若水、胡继棠不是元帅便是上将军，余成功却只是个下将军，这样广阳军区的地位便越发显得不重要了。这个人假如不愿与申士图共进退，仍要一心跟随大统制，那么五羊城本身的安定就成了个问题，一旦起了战事，广阳的胜算就更加渺茫。不过现在想这些也有点远，父亲既然如此有信心，想来这余成功不至于要铁了心跟大统制走。

他正想着，走在最前的阿国忽然扭头道：“宣将军，郑先生，前面有人来了！”

他们这队不到十人，走在路上并不显眼，广阳省又是个很富庶的省份，路上人来人往很多，不少车队比他们人数更多，一直没人注意到他们。一听阿国的声音，宣鸣雷精神一振，打马上前道：“是什么人？”

“这些人手上拿着武器！”

来的这些人拿着武器，当真不能大意。郑昭在车上也道：“大家小心点，先不要慌。”

前面的人越来越近了，离得几十步外，才发现原来只不过五六个人。宣鸣雷眼睛尖，松了口气道：“还有女人，应该是出来打猎的。”

这儿离五羊城已不太远，不过到底是郊外，虽然田地不少，但荒山野岭一样有不少。只是这地方也不会有什么大型猎物，这些人出来打猎，能打的无非是些野猪野兔之类。对宣鸣雷来说，这等春游似的狩猎实在提不起他的兴致。正说着，前面那群人突然向前跑了起来，宣鸣雷呆了呆，喃喃道：“这些人在干什么？”

郑司楚见那些人马前有个灰点正极快地跑来，说道：“是只野兔。”

这野兔被这些人的马惊起，正在飞跑，见前面又有人，转而要向旁边跑去。宣鸣雷不觉技痒，叹道：“可惜没带弓箭……”他话未说完，“啪”一声响，一支细细的小箭如疾电般射来，正中那野兔的身上。野兔中了一箭，直跃起来，在空中翻了个身，摔倒在地不住抽搐。宣鸣雷吃了一惊，赞道：“好箭法！”

其实这一箭也不算如何了不起，但兔子跑得这么快，那人居然一箭中的，当真可圈可点。跑在最前的那人尖声叫道：“我中了！哈哈！我中了！”声音又尖又脆，竟是个女子的声音。跟在她身后的几人也都笑了起来，有个人道：“哈哈，还真难得啊，这回是不是瞄准了那些人射的？”

这话已是打趣，那女子也有点不悦，啐道：“什么呀，我才不会对准人射的。”话虽这般说，但这女子心中实也有点后怕。她的箭术并不高明，方才这一箭实是运气，她见这野兔要跑到边上田里，情急之下发出一箭，没想到一箭便中，又是开心又是庆幸。她打马过来，高声道：“诸位，真对不住，没吓着你们吧？”

宣鸣雷见这女子穿着一身紧身猎装，身材纤细，面目姣好，心下大生好感，笑道：“原来是位小姐啊。小姐百步穿杨，真是女中豪杰，我等佩服还来不及，哪敢害怕。”

宣鸣雷的话有点调笑之意了，这女子一怔，心道：“这人脸皮还真厚。”她此时才看清面前这一车数骑，马上骑者尽是些精壮汉子，也不像行商，便道：“几位要去五羊城吗？”

她话刚出口，车窗突然打开了，郑夫人探出头来道：“芷馨！你又出来打猎了？”

这女子一怔，快速打马上前，叫道：“段阿姨！你回来了啊！”宣鸣雷说了句打趣话，她脸上绷得紧紧的，现在面带笑容，却如春花乍放。她到了车边，从马背上一跃而下，却见郑夫人臂上打着绷带，皱眉道：“段阿姨，你怎么受伤了？”

郑夫人笑道：“不碍事。芷馨，你爹呢？”

“爹在城里，好几次说起你们呢。”她见郑夫人要下车来，忙道，“段阿姨，你有伤，别下来。”

第六章 自立门户

郑司楚见母亲和这女子说得如此熟络，不由一怔。她便是小芷？郑司楚记忆中的小芷是个矮矮胖胖、跑都跑不快的小女孩。那时自己和阿顺爬树摘荔枝，小芷在树下眼巴巴地看着，等着自己摘几颗最红的给她，若是不给还要哭鼻子，没想到这十来年不见，她竟成了如此一个少女，竟然……竟然不比萧舜华逊色！郑司楚摇了摇头。他不明白自己为什么还会想起萧舜华来。萧舜华有个韩慕瑜，自己在她心里注定只是一个匆匆过客，但在他心目中，萧舜华实是一个最美好的梦。

这时郑夫人指着郑司楚笑道："芷馨，他就是司楚，方才他还说起你呢，这回你好找他算账了。"

芷馨抬起头看了看郑司楚，似要说句什么，但不知为什么脸上一红。也许，在她心目中，郑司楚也仍是那个整天带着自己淘气的小男孩模样，怎么也想不到会变成如今这样子吧。郑司楚见母亲说到自己，忙跳下马，走过去微笑道："小芷，原来是你啊。"

芷馨看了看他，低低道："郑……司楚，十多年没见了。"

萧舜华多半不会骑马射野兔，但萧舜华比她大方多了。郑司楚点了点头道："是我。小芷，你现在也在做老师了？"

芷馨的脸越发红了，微笑道：“是啊，教孩子音乐。你现在好吗？”

这也实是在没话找话。郑司楚不知该如何回答，郑昭在一边插话道：“回去再说吧。芷馨，你爹在家吧？”

芷馨睁大了眼，郑夫人忙低声道：“他便是郑伯伯。芷馨，你爹还好吧？”

芷馨向郑昭行了一礼道：“郑伯伯，我爹一直在等您呢。”她在郑司楚面前有点忸怩，在郑昭面前却显得落落大方。郑昭看了看她，脸上露出一丝笑意道：“好孩子，你带路吧。”

芷馨道：“好吧，我去跟他们交代一声。”说着走到那几个同伴跟前说，“真对不住，你们接着玩吧，我得陪段阿姨回去了。”

郑司楚有点莫名其妙，低声道：“母亲，小芷的爹是做什么的？”

郑夫人看了他一眼，微笑道：“芷馨的爹就是申士图叔叔啊。”

郑司楚恍然大悟，心道：“怪不得。父亲和他表面上要装成反目，我自然不能与他女儿太熟络，怪不得父亲那么早就要把我带去雾云城。”不知为什么，这念头让他心底隐隐有点不快。

这时申芷馨又过来了，牵过马道：“郑伯伯，段阿姨，你们跟我来吧。好在今天我碰到你们，省了不少事。”

郑夫人见她牵马的姿势很是熟练，微笑道：“芷馨，大半年没见，你现在骑马倒是很熟练了啊。”

申芷馨笑道：“段阿姨你走了后，小段阿姨一直在教我骑马呢。”

她口中的“小段阿姨”便是郑夫人之妹段紫蓼。郑夫人与段紫蓼是孪生姐妹，两人相貌相同，性情却大不相同，但都曾是共和国女军将领，自幼便习练枪马，骑术甚精。

芷馨跳上马，紧随着大车前行，一路上和郑夫人说着闲话。她跃马放箭时颇有英气，但到了郑夫人跟前又露出娇憨之态。郑夫人和郑昭一直分居，独自待在五羊城，儿子没在身边，对申芷馨便特别疼爱，申芷馨对这个阿姨亦极是亲近，虽然没有正式过继之类的仪式，却等如郑夫人的义女。郑夫人为照顾丈夫，去了雾云城大半年，五羊城中最想念她的倒是这个干女儿。两人说得火热，同样一边骑马跟随的郑司楚却被冷落在了一边，不觉有点没趣。好在这儿离五羊城已不甚远，走了一程，前面现出了城堞的影子，申芷馨指着前面道：“郑伯伯，马上就到了，我先过去关照一声。”

郑昭也已看到五羊城的影子。他是五羊城生人，见到故土，别是一番滋味。听申芷馨这般说，他低声道：“现在城中也接到大统制的密令了？”

申芷馨顿了顿，也低低道：“是。不过郑伯伯请放心，家父已做好了安排，城丁都是靠得住的人。”

郑昭微微一笑。当初和申士图假装反目到了势不两立的地步，实是一招闲棋。那个时候他并没有想过会与大统制也有反目的一天，只是想着，申士图作为一城太守，假如和自己走得太近，可能会让大统制有点不安。毕竟五羊城地位特殊，是共和军的发源地，加上繁华为天下冠，自己已是管理全国政事的国务卿，一个如此亲近的好友再坐上广阳太守的高位，大统制可能会认为自己在结党营私。当时只是为了避嫌，没想到事隔多年，这一手却收到了奇效。他顿了顿，点头道：“好吧，让司楚陪你去吧。”

申芷馨看了一眼边上的郑司楚，脸上又是一红，低低道：“好吧。”

待她和郑司楚两人一走，郑夫人小声道：“阿昭，你也挺喜欢芷馨吧？”

郑昭怔了怔，说道：“什么？”

郑夫人含笑道：“司楚年纪也不小了，今年都二十三了。芷馨比他小两岁，倒还真的挺合适的。”

郑昭这才明白妻子说的是这个事。他含含糊糊地说：“是啊是啊。”心中却有点忐忑不安。

人毕竟是要变的。左暮桥刚见到自己时，何尝不是全心全意要帮助自己一家逃生。但左暮桥发现大统制的布局竟然如此严密，根本没可能逃脱的时候，便起心要告发自己。幸好自己多长了一个心眼，左暮桥不知道自己有这种秘术，才不至于引起大患。和申士图虽然是总角之交，但到底有好多年没见了，此人若是觉得不能与大统制相抗，要牺牲掉自己，也不是不可能。而现在，便是决定性的一刻。如果申芷馨和司楚一同回来，那就说明申士图并无二心，否则，就只能用最后一手了……

他在车中沉思，和申芷馨并马而行的郑司楚却在不时偷偷打量她。申芷馨的侧影极是秀丽动人，骑在马上更有几分英气。申芷馨也发觉郑司楚在打量自己，忽然转过头微笑道：“司楚哥哥，你今年有二十三了吧？”

郑司楚没想到她突然问起自己的年纪来，“嗯”了一声，道：“你比我小两岁是吧？”

申芷馨道：“是啊。”她顿了顿，又道，“跟你们一块儿来的那些人是谁啊？”

郑司楚道：“那些人都是东平城螺舟队的水军，为首的叫宣鸣雷，是潜虬号的舟督。”

申芷馨道：“是水军？他为什么要帮你们？”

郑司楚摇了摇头道：“我也不知。不过，父亲很相信他，这一路也多亏他，我们才逃出生天。”

虽然对宣鸣雷有点不满，但郑司楚仍是感激宣鸣雷的救命之恩。只是他也不想多说宣鸣雷，便道：“对了，小芷，你是教唱歌的？”

申芷馨抿嘴一笑道：“是音乐。不但要唱歌，还有琴筝笛鼓琵琶这些，都要教。”

郑司楚听她说到笛子，笑道：“对了，我也学过一点。”

申芷馨眼是一亮，叫道：“司楚哥哥，你最擅长什么？”

郑司楚脸一红，道：“学过点吹笛。只是，谈不上擅长。”

申芷馨一听他会吹笛，更是兴奋，问道：“那你是哪一派的？我对笛子倒是不太精熟，以后你教教我吧。”

郑司楚脸皮再厚，也没敢再接着吹牛，忙道：“我也只是初学，谈不上什么派，我是跟……”他心想虽然这吹笛是程迪文最先教的，但要自承是程迪文一派，他也委实不愿，何况后来还是蒋夫人教得更多。便说，“是跟雾云城的蒋夫人学过几天。”

“蒋夫人？我倒没听说过。”

郑司楚忙道：“蒋夫人年轻时是个歌姬，艺名叫花月春，不知你听说过没有？”

一说“花月春”三字，申芷馨一下勒住了马，惊叫道：“司楚哥哥，你竟是花月春的徒弟？天啊！”

郑司楚被她一惊一乍地吓了一跳，也勒住马道：“是啊。怎么了？”

“花月春，那是当初的天下八绝之一！没想到她还在世，居然还是司楚哥哥你的先生，你一定要教教我。”

“天下八绝”这个词郑司楚还是第一次听到，他诧道：“蒋夫人当初这般有名？”

“是啊。天下八绝，画绝尉迟大钵，诗绝闵维丘，歌绝便是花月春。当初闵维丘曾经在五羊城住过一段时间，还写了好几首怀念京中人物的诗，其中一首便是怀念花月春的。”

闵维丘和尉迟大钵的名字郑司楚也听说过。闵维丘久无音讯，多半已经去世，但尉迟大钵的名字直到如今仍然很响亮，号称天下第一画手。他没想到蒋夫人当初竟是与这些人齐名，难怪那回程迪文和自己去请蒋夫人前来，那琴师王锡一听蒋夫人之名，佩服得五体投地。但申芷馨说要自己教她，郑司楚脸皮尚没厚到这等程度，干笑道：“我可不成，我只是初学乍练。对了，那宣先生倒是琵琶好手。”

申芷馨一怔，道：“他会弹琵琶？”

郑司楚点了点头：“他是此道高手。”

申芷馨“哦”了一声，却没再多说什么，只怕听说宣鸣雷这个油嘴滑舌的汉子竟是个琵琶高手让她大感意外。此时两人已到了城门前，申芷馨道：“司楚哥哥，你先等我一下，我去说一声。”

郑司楚道：“好吧，我在这儿等你。”

他心思缜密，申芷馨只怕还没有回过味来，但他心中雪亮，明白父亲让自己跟来是为了察看一下有无异样。看着申芷馨打马向城门走去，一个守门官迎上前跟她打招呼，申芷馨和他说了两句，那人怔了怔，马上点头称是。这时申芷馨转回来道：“行了，王门长让我们进城便是。”

看来并没有意外发生，申士图并无二心。郑司楚也放下了心，微笑道：“好的，多谢小芷。”

申芷馨脸又是微微一红，低声啐道：“司楚哥哥，你也油嘴滑舌了。”

郑司楚还是第一次听到有人用“油嘴滑舌”四个字来评价自己。他有点尴尬地说：“我是真的要多谢你。”

申芷馨微笑道：“要谢什么，你们终于能回来，我和爹爹都很开心呢。”

郑司楚一怔，低低道：“小芷，你知道我父亲为什么回来吗？”

申芷馨点了点头：“当然知道。”她说着，又是微微一笑，“天马上要变了。”

她说的，当然不是天气。郑司楚心中不知是什么滋味。在他心里，申芷馨总是记忆中那个跟着自己乱跑的小女孩，但显然她已经不是了。也许，她知道的事比自己更多。他道：“你觉得会怎么变？”

申芷馨看了看天，喃喃道：“阴晴不定，但总会有日出的时候。”

现在的天还真阴沉下来了，一场暴雨就在眼前。申芷馨又向郑司楚一笑，说道：“就算有狂风骤雨，但一样可以走下去的。司楚哥哥，你说是不是？”

回到车边，申芷馨向郑昭说了两句，郑昭见郑司楚也安然回来了，这才放下心。一行人进了城，那王门长已亲自带了人来领路。五羊城四门进出之人极多，他们进城时正有一个商队在受检，也没人注意这七八个人，无非是见人人有马，心想这些人倒是殷实。王门长领着他们到了一个僻静地方，这才到车前道：“郑先生，先委屈您在这儿安歇。”

郑家在五羊城也有一处宅院，但去那儿太显眼，现在这地方很僻静，里面倒也不小。将大车赶进了院子，郑昭扶着妻子走出大车，申芷馨已抢着道：“王门长，大夫什么时候来？”

王门长行了一礼道：“申小姐，您交代过后我马上就让人去请了，齐大夫即刻便到。”

申芷馨点了点头道：“那我爹呢？”

“也已派人去通知，太守马上就会过来。”

他话音刚落，门上便响起了敲叩声。王门长赶紧过去开门，门外站着的正是广阳太守申士图。申士图脸上无喜无嗔，沉声道：“王门长，你回去看着点，有什么异样就马上让人来通知。”

王门长答应一声，掩上门出去了。虽然女儿也在这儿，但申士图抢到郑昭跟前，扶住他的手臂道：“郑兄，辛苦你了。”

郑昭的眼里闪烁了两下，微笑道：“申兄，你也辛苦了。”说完，脚却是一软，险些摔倒。

申士图并无二心！直到现在，郑昭的心才算真正落了地。他一直提心吊胆，现在终于放心，反倒觉得疲惫不堪。申士图扶住他道：“快去歇息，齐大夫马上就来了。”扭头对身后一个随从道，“快去生火，给郑大人一家洗尘。”

申士图想得倒是周到，连厨师也带来了。那几个随从答应一声，洗锅的洗锅，生火的生火。这套宅院是申士图早就备下的，虽然一直空着，但总有人来打扫，因此十分干净，被褥什么的也都时常晾晒。郑昭和郑夫人都被带到房内歇息，那齐大夫赶到后，马上来给郑昭夫妇检查。郑夫人是皮肉伤，因为路途劳累，伤口愈合得不好，但并无大碍，郑昭就更不碍事了。这齐大夫倒是殷勤，连郑司楚、宣鸣雷诸人也都检查了一遍，说这些人身体更没事。

待齐大夫查完，开了方子告辞后，申士图让人去抓药，将郑司楚叫进客厅来闲聊。虽然郑司楚这十几年来从未和申士图说过话，申士图对他却甚是了解，郑司楚哪年参军，哪年参加了什么战事都说得上来。郑司楚将先前经过的战事说了些，一旁作陪的宣鸣雷和申芷馨都听得大为咋舌。在宣鸣雷心目中，郑司楚虽然枪马娴熟，胆大心细，终究还是个国务卿的大少爷，没想到他居然出生入死地参加过多次战事，反是自己还从未正式上过阵。申芷馨更是听得瞠目结舌，想不到这个自幼的玩伴竟然在死人堆里爬过两三回了。等郑司楚说得告一段落，喝了口水，边上一个侍从过来轻声道："申太守，郑先生醒了。"

申士图站了起来道："司楚，你先在这儿歇息，我去看看你父亲。"

待申士图一进内室，申芷馨便叹道："司楚哥哥，原来你打过这么多次仗了！"

其实郑司楚只打过两次仗，但近些年来一共也只有三次战事，只有最后一次的三上将远征，郑司楚因为被开革出伍没能参加，另两次全都亲身参与。他苦笑道："也不算多，只是两次仗而已。不过还能留得性命回来，也算运气不错。"

他们在外面闲聊，申士图已进了内室。郑昭躺了一阵，精神已经好了许多，见申士图进来，忙从床上下来道："士图兄。"

申士图拦住他道："郑兄，你旅途劳顿，先别起来。"

郑昭实是有满肚子话要问，他道："士图兄，我在路上听说大统制已将议府解散，此事可是真的吗？"

申士图点了点头道："是。你想必还不知道详细吧？"

这一路上郑昭每时每刻都在担心追兵，根本不敢多去打探消息，他还是在求全镇上听郑司楚与宣鸣雷说起这消息。他道："起因为何？"

申士图叹了口气道："五羊城远离京都，大统制发来的羽书公文只是说议府有少数议员密谋不轨，结果被一举粉碎。但我在京都的耳目则报告说，那是代理国务卿顾清随集合了三分之二的议府成员向大统制上书，弹劾他妄向西原用兵，导致大兵败北，认为此战之败大统制当负全责，必须引咎辞职，由议府组合临时政府。”

议府成员尽是共和国各司高官以及一些民间德高望重之人，总数一般在六十上下。以往一有动议，都是由议府发起会议讨论，通过后交由大统制审批执行。虽然规定议府有弹劾任何人之权，大统制当然也在其内，但大统制在共和国的威望有如日月，这种事从来没有发生过。顾清随是吏部司司长，郑昭昏迷后，顾清随代理国务卿一职，也可以说目前顾清随实质上是共和国的第二号人物。这一次顾清随竟能说动三分之二的议府成员向大统制提出不信任案，在大统制看来的确已等如谋反。但顾清随此举并没有违反律法，不能说成是密谋不轨。但大统制还是以这个罪名告之天下，显然在大统制眼里，他的权威已不容任何人挑战。郑昭在求全镇听得这个消息后，震惊得一夜未睡，因为大统制这么做，就完全背离了“共和”的本质。虽然为达目的不择手段也是郑昭的信条，但手段只是为了达成目的，而现在连目的都已不存在，他越想越觉得茫然。本来还寄希望于这只是那些唱小曲的艺人以讹传讹，但现在从申士图口中听到，他终于再也不抱任何希望了。

申士图见郑昭的脸忽阴忽晴，心中也有点忐忑不安，小声道：“郑兄，接下来你有什么打算？”

郑昭苦笑道：“旗都已倒了，我还能有什么想法？隐姓埋名，在士图兄你治下做个良民罢了。”

他说得平静，申士图却如当头一个炸雷，惊道：“什么？郑兄，你当初跟我说过，共和乃是你毕生所愿，你愿为此肝脑涂地，粉身碎骨亦在所不辞，难道真的心灰意冷了？”

郑昭叹道：“南武已是天上之日，还有什么能阻挡得了他？”

申士图摇了摇头道：“南武不是太阳，共和的大旗也没有倒。你忘了，当初苍月公揭共和之帜，多少英烈前仆后继，屡败屡战，方才能有今日。那时你说过，在帝制之下，帝君昏庸，天下百姓只能任其涂炭，但共和制不同，元首无道，仍可纠而正之。共和国已经有二十二年了，以民为本，以人为尚，这两句话早已深入人心，南武这样做，实是逆天而行，他想做帝君，民心不会答应的！”

听申士图说到“民心”二字，郑昭心头一动。曾几何时，他与丁亨利曾在私下有过一番对谈。那时自己说对民心所向，当可用之，但丁亨利不以为然，说民心其实相当靠不住。假如民智已开，民心所向确是大势所趋；但民智不开时，民心却只能是权谋者的工具而已。当年苍月公刚揭共和之帜，号称人人平等，南北百姓却大多认为苍月公大逆不道，竟敢说每个人都是平等的。在一般百姓看来，达官贵人是天上之云，百姓只是脚下之泥，二者岂有平等之理。所以与其说些人人平等的空话，不如脚踏实地，一步步做来，以开启民智为第一要务。那时郑昭却觉得丁亨利的想法太过冬烘，不过说得也并没有错。现在共和国已经进入了二十二个年头，民智当真已经开了吗？想到现在南武在百姓心目中的地位，比当初的帝君有过之而无不及，所谓开启民智，实是任重而道远。但申士图这般说，他也多少恢复了一点信心，低声道：“士图兄，五羊城的民心如何？”

申士图微微一笑道：“郑兄，五羊城是共和的发祥之地。这些年来，我便是将争取民心排在首要之位。现在城中共和各类学校七十余所，适龄学童由官方斥资入学，因此现在的年轻人全都信奉共和。当大统制解散议府的消息传来时，我暗中让人去各处打探过，绝大多数皆认为大统制此举不妥。郑兄，民心可用啊！”

郑昭皱了皱眉道：“那些年纪较大的呢？”

“这个你也放心。我十多年前便发起一个改良戏曲运动，命人将旧戏旧曲大加整改，主题尽是宣传共和真谛。那些年长之人虽不识字，听戏唱曲却都是喜欢的，潜移默化之下，除了七老八十的还觉得大统制便是当年的帝君，一般人都觉得人人平等，天经地义，大统制不是不会犯错的圣人。”

郑昭吃了一惊，顿了顿，才叹道：“士图兄，你才是大智大能之士。唉，这些年我都在雾云城，也一直不与你联系，若早知你有这般好的经验，南武现在也不能一手遮天了。”他想到在雾云城里，虽然人人都觉得共和比帝制好，但好的也仅仅在于共和国下没有那么多光吃饭不做事的宗室权贵，那些人的心底仍然觉得大统制仍是帝君，只不过是个英明无比的明君罢了。

申士图笑了笑道：“另外，城中官员我也一直在注重提拔那些有真正共和信念之人，因此现在各部之中靠得住的人居多。一旦五羊城起事，不会有太大阻碍。”

听到这儿，郑昭又吃了一惊，低声道：“士图兄，你要起事？”

申士图点了点头，左手握拳在右掌上一敲，沉声道：“共和国是一辆大车，人人皆是车上的乘客。假如掌车之人走错了方向，人人都有权站出来纠其偏差。郑兄，五羊城现在就是这个站出来的人。”

郑昭道：“士图兄，这件事非同小可，你准备怎么做？”

申士图微笑道：“事不宜迟，现在万事俱备，我等的便是你的到来。这两天，我要召开一个各部会议，公开提出此事。郑兄，以你的威望，这件大事就又多了几分胜算。”

他越说越兴奋，眼神发亮，伸出一手道：“五羊城工、刑、吏、礼、兵五部，我兼吏部，工部的特别司长是你连襟，刑、礼二部也是我们同道中人，唯有兵部的余成功是魏上将军旧将，可能稍有点曲折，但他也不是大统制私人，向他晓以大义，余成功会理解的。五部一致，何愁大事不能成。”

广阳省因为地位超然，又是最为富庶的一个省份，因此五羊城几乎是把雾云城的政制全盘搬了过来，一样有工、刑、吏、礼、兵五部，只不过比雾云城的五部司名义上低一个等级。其中工部属于特别司，地位更是与共和国工部司平级，部长称特别司长，是郑司楚的姨父陈虚心。其实这是因为五羊城是共和军发展壮大的地方，应该说共和国的政府编制是在五羊城的基础上建立起来的。申士图兼任吏部，城中大小官员的任命全都可以自专，只须向雾云城发一个备案即可。正因为如此，申士图才如此信心十足。郑昭道：“余成功这人现在有什么倾向？”

申士图道：“他是个武人，向来不太管政事，他的副手是他外甥，却是个年轻人，是在五羊城军校成长起来的，应该认同我们。”

郑昭“哦”了一声道：“是他外甥吗？”郑昭向来不喜援用私人，因为这样有结党营私之弊。听得余成功的副手竟是他的外甥，不觉对余成功低看了一线。申士图道：“郑兄，你别看不起这年轻人，他是现在五羊城少壮派军官之首。还记得当初的七天将吗？”

七天将是共和军的一个称谓，分前后两代，第一代七天将还是当年苍月公麾下的老将，现在早已一个不剩。第二代七天将便是以丁亨利为首，共和国的三元帅五上将中，有五个便是这第二代七天将。郑昭道：“现在又有一代了？”

申士图笑道："七天将这名号，是共和军的光荣。虽然早已废除，但五羊城里对他们仍是记忆犹新，因此现在又有了第三代七天将。余成功的外甥便是这第三代七天将之首，在军中很得年轻军官尊崇。"

郑昭叹了口气道："大江后浪推前浪，现在也确实该又是一代了。士图兄，你准备哪天召开此会？"

"五月十五，砺锋节那天，所以我一直急等着你的到来，好在你赶到了。"

五月十五，是当年苍月公第一次揭起共和大旗的日子，也是"共和军"这个名字第一次出现在世上的一天，因此共和军将这一天定为砺锋节，与七月十七的建国节并列。"五一五，砺锋扬旗卫国土；七一七，铸剑为犁四海一。"这两句儿歌是童校的第一课，便是没上过课的老人也能倒背如流，正是大统制亲自题写的。申士图选在这一天召开会议，实是颇有深意。郑昭想了想，道："如此甚好，但士图兄，你事先千万不要漏出口风，到时，我出场的时机要拿捏准。"

申士图道："郑兄，你准备如何出场？"

郑昭道："人多眼杂，这些人也定不会是铁板一块。事先在后院安排下一批好手，当你说出要举旗之事，然后我再出来。若有人不服，当机立断，立刻拿下他！"

申士图微笑道："郑兄与我不谋而合，我也正是如此想。只是有点担心，这些人当场不说，背后恐怕要耍花样。"

郑昭心中暗笑。自己会读心术之事，申士图亦不知晓。凭自己这门秘术，哪个人也别想耍花样，此事实是十拿九稳，更要担心的倒是举旗以后南武的对策。毫无疑问，南武会派遣大兵前来讨伐，而这支军队最有可能的正是邓沧澜的东平军区。好在邓沧澜长于水军，而五羊城中亦是水军实力最强，邓沧澜虽是天下名将，倒也不必过于担心。他道："好，我们再来商议一下细节问题。"

申士图与郑昭在内室商议，外面的郑司楚、宣鸣雷和申芷馨三人则在闲聊。申芷馨对郑司楚参加过的几场战事很感兴趣，问得很详细，郑司楚便原原本本地说了。说到五德营之强，申芷馨很是吃惊，问道："这些前朝余党竟然还有如此实力？"

郑司楚叹道："他们真是百足之虫，死而不僵。朗月省一败，才过了没几年，到了西原竟然就已全然恢复，比在朗月省时还要更强一些。现在三上将远征失败，十年之内，已无力再次远征了。”

申芷馨惊道：“若再过十年，他们一定会发展得更强大。若是到时打过来，那该怎么办？”

郑司楚一怔。他根本没有想过五德营反扑中原之事。在他心目中，实已觉得五德营不算什么敌人。同文同种，甚至连老师都曾是五德营的一员，五德营的陈忠更是放过了自己两次，他对这支远在西原的叛军有种亲近之感。他道：“五德营再强，也同样不具这个实力。他们真要反扑中原，我想起码得有百年时间才够。只是百年以后，天晓得会如何了。”

宣鸣雷在一边笑了笑道：“不错。昨日的朋友，今天可能就成了敌人；而今天的敌人，明天说不定又成朋友。将来的事，谁说得清？对了，申小姐，您是教音乐的，能不能麻烦你借我一面琵琶？”

申芷馨听郑司楚说过宣鸣雷是个琵琶高手，倒也不意外，问道：“宣先生是琵琶好手吧？不知是哪一家的家数？”

宣鸣雷道：“琵琶家数，穆曹两善才，我是曹善才那一派。”

申芷馨笑道：“宣先生原来是北三才手一家。只是五羊城琵琶是穆氏所传，比北派要稍短一些，不知宣先生用不用得惯。”

穆曹两家是琵琶世家，代代都出名手，有南穆北曹之说，这一派的掌门便称“善才”。穆家世居五羊城，因此五羊城的琵琶都是穆氏的家数。因为南边人身材普遍要矮一些，手也要短，因此穆家的琵琶比北派琵琶要短半寸，音质也要尖一些，别的倒没什么不同。宣鸣雷道：“这个没关系。我在东平城时，穆曹两派的琵琶都用过。”他生平所好，最爱的是酒，第二便是琵琶。南逃时用惯的琵琶没带来，这些日子实是手痒难当，虽然听郑司楚说来也有趣，但实在很想弹上一曲。申芷馨道：“宣先生急着要的话，边上就有家学校，教音乐的是我同学，她那儿定有琵琶，我马上就去找她借一面。”

宣鸣雷喜道：“如此甚好，不知申小姐什么时候有空？”他不是个忸怩之人，说要就要，听申芷馨答应了，就打蛇随棍上，逼了一句。申芷馨见他这么急法，笑道：“很近的，我骑马过去，片刻即回。司楚哥哥，你和宣先生在这儿先坐坐，我去一下就来。对了，司楚哥哥，你带着笛子吗？”

郑司楚见宣鸣雷逼着申芷馨去借琵琶，申芷馨却不以为忤，似乎乐于如此。

听她问起笛子，便道：“我有一支。”

申芷馨抿嘴一笑道：“如此甚好，我正想听听司楚哥哥演示一下花月春的手法呢。”

她说着便出门带马，走了出去。郑司楚等她走了，低声道：“宣兄，你也太不客气了，哪有逼着人家去借琵琶的道理？”

宣鸣雷抓了抓头皮，有点不好意思地道：“郑兄莫要怪我，实在手痒得紧。一直听说五羊城是穆善才的老家，不知申小姐认不认得他？”

宣鸣雷当初要灭螺舟上那几个士兵的口，郑司楚对他实是已有三分不满。但见他如此热衷于音乐，又对他有了几分改观，心道：“宣兄也是性情中人。他虽然有点不把人的性命当回事，但还不是一意孤行之人。”那一回宣鸣雷本要将螺舟炸掉，但郑司楚一求情，便只是将螺舟沉到水底，事后螺舟中那几个士兵破门而出，仍可将螺舟升上水面，也没有胡乱杀人。他心想宣鸣雷性情直了点，但毕竟不是以杀人为乐的狂徒。人与人自是不同，自己一味强求，倒显得自己不够大度，何况，宣鸣雷到底是自己一家的救命恩人。这样一想，他也微笑道：“只是小芷非要我吹笛，只怕我要出大丑了。”

宣鸣雷笑了笑道：“郑兄还在为我在林家那番话多心吗？其实那回我只是去敷衍林公，你的奏笛之技，实是得名家传授，除了火候不够，别的无懈可击，多加练习，有朝一日定有大成。”

郑司楚心道就算能有大成，但蒋夫人对程迪文如此推许，自己想在吹笛上超过程迪文恐怕不可能。一想到程迪文，他不禁有点黯然。程迪文是他自幼相交的好友，又同在军中多年，实与兄弟无异。但程迪文的父亲是大统制的亲信，自己的父亲却已与大统制反目，两人只怕相见无缘了。他从怀里摸出那支铁笛，淡淡道：“但愿吧。”

宣鸣雷见他拿出了铁笛，想起那天他吹的一曲《一萼红》很是生涩，问道：“你吹得最好的是哪支曲子？别让申小姐笑话了。”他对音律之痴迷实不下于程迪文，隐隐觉得郑司楚出丑，连带着自己也似乎要出丑了。

郑司楚道：“我最熟的还是一首《秋风谣》，只是这曲子有点萧瑟，似乎……”

宣鸣雷道：“《秋风谣》？这曲子我也很喜欢，来，去院子里练一下，我帮你看看，临阵磨枪，不快也光。”

他说干就干，抬腿就向院中走去。郑司楚只得跟了出去，心里倒也并不是很不愿意。宣鸣雷是琵琶高手，当初连程迪文一听都大加赞许，自己的笛技若是比他差得太远，在申芷馨面前这个台可坍不起，心想“临阵磨枪，不快也光”这句话倒也不错。

院子里有棵大树，下面有几块平整的石头，是夏天天热时在外面乘凉时坐的。现在正是五月中旬，南方已经很热了，宣鸣雷掸了掸石上的灰尘道：“这儿正合适。郑兄，来来来，让我好生听听你的妙技。”

郑司楚见他眼含笑意，但眼神里总有一丝嘲弄之意，心道：“你真当我是生手吗？”在雾云城最后一年里，他因为没什么事，常去请教蒋夫人，自觉水准已相当不错。他坐到一块石上，说道：“那我便献丑了。”说罢，将铁笛举到唇边，试了几个音。

这支铁笛是程迪文送给他的。程迪文家中豪富，这铁笛亦是不惜工本请高手匠人制作，程迪文亲自督工，音准极佳。郑司楚已有月许不曾练习，刚吹了两个音时还有点生涩，但吹了一个乐句，只觉手法越来越熟，音符直如溪水汩汩而流。

迪文，将来不知我们还有没有相见之日。

他吹着，心底默默地在想着。他本是笃于友道之人，与程迪文更是亲如兄弟，自己一家逃出雾云城，亦是得程迪文不顾危险前来相告，他对程迪文更多了一分感激。吹着这首《秋风谣》，当初与程迪文两人在军中并马而行、冲锋陷阵的情形仿佛又回到眼前。那些岁月，虽然并不是太久，却仿佛已如隔世。他心下黯然，与这首《秋风谣》却越发契合，吹到后来，笛声清如寒冰，声可遏云，虽是初夏，眼前似乎有秋风乍起，四野萧瑟之感。

一曲终了，郑司楚收回笛子，还不曾说话，却听得申芷馨叹道：“司楚哥哥，原来你的笛技竟如此高明！”

郑司楚吹这一曲时，实已将身心全放在笛孔间，身外万物皆不留意，听得申芷馨的声音，他才知道申芷馨已回来了。他忙站起来道：“小芷，你回来了？”

申芷馨背着一个长条布包，手上还捧着一个。她将布包递给宣鸣雷，将背上那布包解了下来道：“真好。以前听这支《秋风谣》，我总嫌它太悲哀，听你吹来，却别是一番滋味。司楚哥哥，这是花夫人教你的吧？”

郑司楚道：“她姓蒋，现在叫蒋夫人。小芷，你过奖了，我实在还不曾体会到此间三昧。”申芷馨夸赞他，他到底还是高兴的，但他对自己的笛技并没有太多信心，当初被程迪文不知取笑了多少次，觉得申芷馨只怕也只是客气而已。

申芷馨道：“天啊，这般高明还要谦虚。宣先生，你说是不是？”

宣鸣雷本来急着想弹琵琶，但现在抱着琵琶，人却似有点呆了。听申芷馨一说，他才道：“是啊是啊。只是……”他还想指摘几句，说郑司楚在运指之时还有点生涩，音阶转得不是很自然，但又说不出口。郑司楚方才这一曲，与当初在林家吹的那支《一萼红》实已判若云泥，自己虽然不长于笛，也不算此道庸手，但若是自己吹来，定然不会有郑司楚这一曲一般摄人心魄。他又是惊叹，又有几分妒忌，说道：“来来来，我们来合奏一曲吧。”

郑司楚有点尴尬，笑道：“别的曲子我可不熟……”

申芷馨抢道：“那就再吹这支《秋风谣》吧。宣先生，你会不会？”

宣鸣雷心道：“我有什么曲子不会？你也太小看我了。”他生性不拘小节，当初和小师妹合奏，亦大不客气地讥弹，几次把小师妹惹哭。但在申芷馨面前，他不知怎么有种从来未有过的局促，那些大咧咧的话根本说不出口，斯斯文文地道：“此曲倒也弹过几次。申小姐你也带了乐器吧？”

申芷馨抿嘴一笑道：“是啊。”她从背上解下那布包，却是一面黑漆古筝。弹筝必要坐下，弹琵琶倒可站着，宣鸣雷正待站起来，郑司楚已站到一边道：“小芷，你坐。”

申芷馨又是抿嘴一笑，坐到石头上，将古筝摊到膝上，调了调音，道：“这支《秋风谣》本是笛曲，若是合奏的话，同时发声也不好听。这样吧，我先弹一段过门，等一下你们看时机加入。”

这等合奏已是高手方能所为，郑司楚心下一慌，心道：“糟了，我怎么知道什么时候加入？”宣鸣雷却也想到了此间，幸灾乐祸地道：“好啊好啊，合奏正是要有层次，方能动听。申小姐，请了。”

申芷馨笑了笑，马上又正色在筝弦上一拨。过门即是前奏，也就是将《秋风谣》的几个乐句揉合一下。她纤指一落，铮铮淙淙的筝声便已响起，直如流水翻波，说不出地动听。郑司楚一怔，忖道：“原来小芷……她在音律一道竟到了这等境界！”

蒋夫人在音律上实可算天下数一数二，较程迪文只怕还要高明一些，郑司楚当初去看望她时，蒋夫人兴起亦曾为他鼓筝一曲。郑司楚听来，只觉蒋夫人指下风生，乐声说不出地平和秀雅，听来亦觉得心境大佳。现在听申芷馨鼓筝，竟然不下于蒋夫人，也不知是自己的判别力尚不足还是什么。看了看宣鸣雷，却见宣鸣雷眼中如醉如痴，既是赞叹亦是陶醉，心想："看来我想的没错，小芷真是音律上的绝世好手。若是她能与蒋夫人和迪文合奏，不知该怎么动听法。"

想到程迪文和蒋夫人，郑司楚心中又有点郁郁。这时申芷馨的一段过门已到尾声，弦声袅袅不绝，正在这时，叮叮数声，却是宣鸣雷的琵琶声响了起来。这时前段尚有余音，宣鸣雷加入得正是时候，全无突兀之感，筝声与琵琶声便如水乳交融，说不出地和谐。郑司楚听得亦如在醉里，但心底又有点慌，心道："糟了，我该什么时候加入？"本来这时候加入是最佳时机，只是自己毕竟尚不及宣鸣雷，错过了此机，现在再吹，等如将这筝声和琵琶声打乱了，实属大煞风景。

宣鸣雷抢到了这个良机，听笛声并不曾响起，心下暗暗得意，忖道："郑兄啊郑兄，你到底还是个生手。"他要在申芷馨面前卖弄，更是打点精神，把本事用出了十成。他在这琵琶上实是超等好手，指法之精，实不作第二人想，曹氏三才手使得花团锦簇，筝声和琵琶声便如两道溪水，时而汇在一处，时而又分流出去，却又一丝不乱。

申芷馨本来想的正是这段过门结束后，宣鸣雷和郑司楚便可加入，谁知响起的只是琵琶声。她心道："司楚哥哥真沉得住气，那就再来一段过门吧。宣先生倒真看不出，他竟是这等一个好手，司楚哥哥没替他白吹牛。"她的指法精熟之极，虽然宣鸣雷的琵琶声错综繁复，但筝声清澈入骨，丝毫不为所乱。这一段过门很快亦到了尾声，宣鸣雷此时要卖弄本事，五指舞动如飞，加了好几个装饰音，正在得意，突然无名指一沉，他的心也是一沉，暗道："糟了！破音！"

申芷馨拿来的是一面穆善才式样的南琵琶，较他用惯的曹氏北琵琶稍短。本来宣鸣雷一法通，万法通，也不会有错乱，但偏生要卖弄本事，弹得兴起，已忘了这一点，无名指的指位便错了些微。虽然只是毫厘之差，但音律实是不能有半点差错，在申芷馨这等一流好手听来，已觉得这一音错了。本来筝声与琵琶声无比和谐，这一音有了点错，实是说不出地难受。申芷馨本来与宣鸣雷合奏得天衣无缝，这音一错，便如一匹上好的缎子当中出现了一点瑕疵，实是无比可惜。哪知她的眉头刚要皱起，笛声突然响了起来。

郑司楚也已听到了这一声破音。他在音律上虽然远比不上宣鸣雷和申芷馨，但这一曲如此美妙，便是全然不通音律之人也觉得自然而然，一声破音自是特别突兀。他的手比脑子转得更快，就在这破音将起未起之时，笛子已凑到唇边，一下吹响。笛声比筝声和琵琶声都要响亮，立时将破音掩住，偏如妙手匠人将错就错，把这匹有了一点瑕疵的缎子上补上一点花纹。因为顺其自然，不觉其为瑕疵，反倒更增美妙。他一将铁笛吹响，便心无旁骛，将这支《秋风谣》吹了下去。他对音律只是初通，也没本事去配合筝声和琵琶声。这等自行其是实是合奏的大忌，但宣鸣雷和申芷馨两人都是音律好手，索性就任由郑司楚吹奏，两人手法一变，转为配合他的笛声。一时间，笛声、筝声和琵琶声齐头并进，有时笛声孤峰拔起，筝声和琵琶声又如比翼双飞，随之升高，反而更加和谐。这一曲《秋风谣》奏来，虽是夏日，周围却森森似有萧瑟秋风吹来。

《秋风谣》共有三段。乐句虽然一致，但一段比一段更高。以往奏起这支《秋风谣》，申芷馨只觉曲声一味凄苦，未免格调不高。但郑司楚吹得霸气十足，全然不顾，这《秋风谣》虽然仍是一派苍凉，其中又似有着勃勃生机，便如秋风起时，万木萧疏；虽然肃杀，但地底根须在萌动，只待来年便要蒸蒸日上，凄苦悲凉中，带着一丝掩之不去的倔强。有生以来，她还是第一次听到这《秋风谣》竟有这等意境，不觉又惊又喜，心道："这便是花月春嫡传心法吗？我只以为司楚哥哥是个武人，不通音律，没想到他竟是此道不世出的天才！"先前听宣鸣雷的琵琶声，她已觉得叹为观止，但一山更有一山高，宣鸣雷的琵琶声仍是人间峻岭，纵然高可插云，犹有尽处；郑司楚的笛声却仿佛大鹏展翅，越飞越高，竟不知将要到何处方休。她平生专精音律，好手也见过不知凡几，只是如郑司楚一般全然不依旧法，只是自由自在地摩云高飞，却是闻所未闻。只觉与他合奏此曲，连带着自己在音律上亦大有进益。

郑司楚全然沉浸在音乐声中。此时《秋风谣》已到了尾声，本来应该声音渐轻，慢慢收尾，但他心底似乎有个人在说："不行！不论如何，纵然山崩地裂，永远都不放弃！"有宣鸣雷和申芷馨的伴奏，他的笛声亦如有神助，先前一曲本觉得是自己超水平发挥，但此时更加纯熟。便如一个人翻山之时，本来觉得山顶就在眼前，马上就要到头了，可是到了山顶，却发现前面豁然开朗，又有一片耸入云天的山峰，别有一番天地。他吹到尾声时，浑身血液都似要沸腾，只觉这一腔热血若不能喷薄而出，势必将自己的身体烧得干枯。他鼓足胸中之气，一下吐出。笛声一下亮起，直如穿云逐电，越拔越高，似是一个人站在绝高处，见到河山尽在脚下，百感交集，既有对天地的敬畏，又有着万丈豪气。

这一声笛声响起，便是周围住家也都听到了。这儿本来是个学校，教的正是乐师，他们久已听惯了，但这声笛实在太过惊人，就算完全不懂音律的亦觉得眼前一亮，心道："世间原来还有这般一个模样！"随着笛声穿云而去，头顶却是扑簌簌一阵响，那棵大树上如雨般落下不知多少树叶。

广阳地处南疆，从未下过雪，草木亦经冬不凋，夏天这般落叶实属异常。郑司楚一曲终了，人犹在曲声中似不能返，被这阵落叶劈头盖脑地落下来，撒了遍身。他吃了一惊，抬头看去，却见宣鸣雷和申芷馨两人都已站了起来，身上亦撒满落叶，两人却浑若不觉。他干笑了两声道："小芷，真是让你见笑了。"

申芷馨道："司楚哥哥，你……"说到这儿却是一阵哽咽。说不下去。宣鸣雷突然走上前来，掸了掸身上落叶，向郑司楚行了个大礼道，"郑兄，天下一人，唯君而已！"

这个评价高得出乎郑司楚意料，他有点手足无措，道："宣兄，岂敢……"嘴上谦虚，心中仍是如在梦寐。方才这一曲，在筝与琵琶的激发之下，竟能达到如此境界，他自己也根本没想到，此时最意外的反是自己。

宣鸣雷眼里闪烁着一丝异样的光芒，还没说什么，申芷馨突然叹道："司楚哥哥，纵然你指法还稍有些许生涩，但奏笛之技，你已尽得其中三昧。就算不是真的天下第一……我想，也差不多了。"

连申芷馨也这般说，郑司楚更是吃惊。这时三个人都不再说话，暂时冷场。宣鸣雷觉得有点不自然，正要开口，头顶又是扑簌簌一阵树叶落下，撒得他满头都是。他伸手掸了掸，笑道："古人云，一曲通神，可夺造化之秘。郑兄，你这一曲果然能颠倒四季，变夏为秋啊。"

郑司楚心中亦是一动。现在是万木争荣的夏天，他心中感受到的，却是一丝带着无边肃杀的秋意。这一丝秋意隐隐而来，似乎预示着即将到来的巨变。

这个世界，又将发生翻天覆地的变化了吧？

第七章 一触即发

五月十五砺锋节是共和国的两大节日之一。虽然五羊城与首都一南一北，相隔遥远，但对于这个节日一般看重，前一天街头已挂满了彩灯。五羊城很富庶，高手匠人极多，加上工部特别司就设在这里，这些彩灯全都精妙绝伦。“砺锋观灯”，现在也成了五羊新八景之一。

距砺锋节还有几日。因为须要掩人耳目，在砺锋节之前，郑氏一家和宣鸣雷诸人都不能公然露面。那宅院若是住郑家一家三口，自是不小，但加上宣鸣雷他们六人便显得小了。何况这些人尽是些精壮汉子，关在宅子出不去着实有点受不了。郑昭思之再三，便让郑司楚带他们去工部特别司以临时招来的工人的名义暂住。工部特别司司长陈虚心是郑昭连襟，自是靠得住，但陈虚心这人有点不通世事，郑昭生怕他大大咧咧走漏风声，让郑司楚也一同前去照应。好在特别司属于机密部门，很少有人过来，而临时招募工人亦是常事，不会惹人注意。

到了特别司，当马车一停下，郑司楚出了车，特别司的主簿华士文已迎了上来，笑道：“司楚。”

郑司楚小时候最喜欢到特别司来玩，因为这儿尽是些能工巧匠，这华士文是陈虚心的得意弟子，非常喜欢师傅的这个外甥，那时每回郑司楚一来，他总是给他做些小玩具。十多年不见，虽然郑司楚已然长成了一个青年，但华士文还是一眼认出了他。郑司楚一见华士文，亦极是高兴，低声道：“华大哥。”

华士文拍拍他的肩头道：“司楚，你长大了。别担心，这儿僻静得很，没有闲杂耳目。”他见宣鸣雷也走了出来，便上前招呼道，“宣将军吧？”

宣鸣雷早听得五羊城有这个工部特别司。特别司是专职研究种种器具的部门，水军所用战具有不少都是特别司送来的，他对这地方亦极有兴趣。见这人招呼自己，便施了一礼道：“正是宣鸣雷。请问尊姓大名？”

华士文道：“在下特别司主簿华士文。申太守已向我关照过，我们这儿空闲房屋不少，诸位可以自便，在这儿应该不会觉得闷。”说着，指了指边上一辆敞篷车道，“来，上如意车吧。”

那辆车可以坐八个人，却没有牵车的马匹。宣鸣雷他们坐了上去，心道：“这特别司规矩真大，车子都要专门换一辆。”但华士文待他们坐上后，却没有带马过来，便坐了上去。宣鸣雷诧道：“华主簿，不用带马吗？”

华士文得意地道：“若要马牵，便算不得如意车了。”说着，脚下踩了一下，这如意车的车轮立时转动。郑司楚大吃一惊，道：“华大哥，这车自己会动！”

华士文更为得意，说：“正是。这可是师傅的得意之作，以水银驱动，便是一个十来岁的小孩也能开起来。”说着，这如意车已沿着大路驶去。宣鸣雷诸人见这如意车竟如此巧妙，不由纷纷惊叹，宣鸣雷道：“若螺舟也能装上此物，就不用那么吃力了。”

螺舟在水底行驶，需要不少人驱动。人力终有尽时，因此螺舟驶不了太远。如果能将这如意车的驱动装置装到螺舟上，螺舟的威力便可成倍增加。华士文点了点头道：“正是为此。可惜眼下尚不完备，不甚可靠，还须改良。不过在这平坦大路上行驰，已是足够了。”

宣鸣雷心道：“怪不得这特别司地位特别。”一到特别司就见到这般特别的东西，他们的兴趣一下提了起来。华士文倒也健谈，领着他们沿途行去，一边指指点点，说这个是水车，那个是风车，都是提供动力的。因为特别司须要锻造，有些笨重部件若以人工锤打，费工费力，借用这水车风车之力，可以事半功倍。水车风车他们也见过，但特别司所建颇有不同，即使是寻常之物，亦大见巧思，宣鸣雷他们看得张口结舌，便是郑司楚，十几年没回来，见这儿又有种种进步，亦觉新鲜。

到了一座花木掩映的小屋前，华士文停下了如意车道：“前面便是给诸位安排的住处了。边上有展示厅，诸位若有兴，不妨去观摩一番。”

郑司楚道：“华大哥，姨父呢？”

华士文道：“师傅正在工房忙着呢。前不久找到一个飞行机的残骸，他想将此物复制出来。”

飞行机是当初帝国军的利器，帝国覆灭后，飞行机之秘亦已失踪，五德营亦想要复制出来，但一直未能成功。郑司楚心道：“以姨父之能，只怕能够成功。幸好大统制棋错一着，若是这特别司设在雾云城，他先有了飞行机，那可不妙。”他急着要去见见姨父，便道：“那华大哥你带宣将军他们去参观吧，我去看看姨父。”

华士文道：“也好。今天小师弟也在，你还没见过小师弟吧？”

华士文口中的“小师弟”便是陈虚心之子陈敏思。陈敏思是郑司楚离开五羊城后才出生的，郑司楚尚未见过这个表弟。听得表弟也在，他道：“是敏思吧？他应该不认得我。”

华士文笑道：“小师弟虽然不认得你，但听得老萤都出来了，师母常提起你呢。”

郑司楚淡淡一笑道：“是吗？”姨母段紫蓼虽是他母亲的孪生妹妹，他亦十几年未见过了。当初父母反目，两人分居南北，连带着自己都不能见这些亲戚，直到现在，他才有种真正回家的感觉。他道：“好，那我先过去。”

华士文道：“师傅今天是在三号工房。你还记得吧？就是那时你说的那个白塔。”

三号工房是特别司中最高的建筑，共有五层，形状很似一座高塔。因为是白石砌的，郑司楚小时候便称其为“白塔”。郑司楚抬头望去，指着前面一座白色石屋道：“是那儿吧？”

华士文道：“正是。那我去陪宣将军他们，司楚你自己过去吧。”

特别司是机密所在，地方虽大，人却很少。郑司楚沿着路向三号工房走去，只觉风景依稀，却又与小时所见不同。走到那白塔前，见门开着，他正要走进去，从里面却走出了两个人，一老一幼，老者正说着：“便是如此，敏思，你去算一下，三级风力下会有多少升力……”正是姨父陈虚心。郑司楚记忆中的陈虚心尚是个青年，十几年过去，现在的陈虚心留了三绺清髯，人也越发清癯。他忙迎上前道：“姨父。”

陈虚心听得迎面一个青年叫了自己一声“姨父”，一时还没回过神来，边上那少年却道：“哎呀，是司楚大哥！爸爸，是司楚大哥！”

郑司楚笑道：“是敏思吧？姨父，我是郑司楚。”

陈虚心恍然大悟，上前抓住了郑司楚的手道：“哈哈，是司楚啊。你姨妈昨天说你们来了，我正要和她一块儿过去看你们呢，你倒来了。你爹呢？”

郑司楚道：“他们还在住处，我和几个朋友来这儿暂住。”

陈虚心拍了拍脑门：“看我这记性，正是正是。敏思，快叫大哥！”他说自己没记性，还当真没记性，陈敏思刚才就叫了大哥，他还要儿子叫。郑司楚也笑道：“表弟长这么大了。”

陈虚心道：“这小子，倒是聪明得紧。嘿嘿，司楚，你先在这儿玩，对了，敏思，你带表哥去水钟那儿玩，我和你妈去见见你姨父他们再过来。”

郑司楚心知陈虚心虽然有点不通世事，却是个惧内之人，对妻子大是敬畏，妻子所说的话无一不是金科玉律。当年如此，现在还是如此。便笑道：“姨父请自便，我和表弟聊聊去。”

陈虚心道：“对了，敏思，把那小如意车也给大哥玩玩。”他记忆中的郑司楚还是那个来特别司讨玩具的小男孩，直到现在还觉得郑司楚只怕又是来讨玩具的。郑司楚想笑又不敢笑，答应了一声。

待陈虚心一走，陈敏思便道：“司楚大哥，来，我们去看看水钟吧。”

这水钟本是在雾云城皇宫中的摆设，设计极为巧妙，可以自动报出时辰。当年共和军攻入雾云城，水钟损坏了大半，陈虚心见到后大叹可惜。好在水钟的设计图保留完好，他将这水钟搬回雾云城，修缮完毕，放在特别司里。水钟原本更似件玩物，但经过陈虚心精心改良，水钟精度大为提升，可用来计算时间。虽然他将水钟不少只用于赏玩之处都取消了，但见到这水钟的人还是大为赞叹，说人之巧思，一至于此，郑司楚小时候也常在水钟边玩。他道：“这水钟还是原来那个吗？”

陈敏思道：“阿爹加了不少东西，现在越发复杂了，有几处还是我的设计呢。”

郑司楚吃了一惊道："是你设计的？"

陈敏思大为得意，点点头道："正是。"

郑司楚忖道："姨父有点人来疯，爱向人显宝，表弟倒也有三分他这脾气。"他现在年岁已长，对水钟已不似小时候那样痴迷了，但表弟也有设计，他倒有了几分兴趣，想看看这才十几岁的表弟有什么本事。

水钟房便在三号工房边上的一间小屋内。陈敏思开了门，道："司楚大哥，你看。"

这水钟最上方是一个水池，从中引出一条曲曲弯弯的水槽，遍布机关，却见一艘有帆的小船正在水槽里行驶，每隔一段便触动一个机关，正中一块木板便随之翻动，上面的字相应改变。郑司楚见这水钟上增添了不少东西，问道："好像多了不少。"

陈敏思大为得意，说道："司楚大哥，你看看，马上就要来了。"

郑司楚不知要来什么，见那小船驶到一个拐角处，前面却是一条死路，小船看样子驶不过去了。他道："这儿怎么断了？"

陈敏思更为得意，道："本来这地方这船常常要翻倒，所以我才变了变。你等着，马上就到时辰了。"

正说着，小船已到了这中断之处，本来已驶不过去，突然这小船帆一倒，贴到了船身，小船随之一沉，竟没入了水中，从水底流过了这中断之处，到了另一边，小船浮出水面，那面小帆直直竖了起来。郑司楚赞道："真聪明！怎么想出来的？"

陈敏思道："这地方水流因为要拐个弯，要急一些，所以小船每到此处总会偏离方向，撞到边上，便有点错讹，久而久之，水钟就不准了。阿爹那时想不出办法，我说水流既然不好控制，干脆就从水下走。司楚大哥，我很聪明吧？"

郑司楚笑道："是聪明。"心中忖道："其实只为计时的话，用一块圆形木板就行了。非要做成船，好看是好看，却有点华而不实，所以要多费这番心思。"但陈敏思能想出这样的设计来，他自己亦极为得意，不好扫他的兴，便说："敏思你是很聪明。"

陈敏思被他一赞，越发得意道："司楚大哥你也很聪明。听说你还打过仗，是吧？"

郑司楚道："是啊。对了，敏思，你不上学吗？"

陈敏思道："今天休息呢。司楚大哥，你跟我讲讲打仗的故事吧？我妈说你的本事大得很，没人打得过你。"

郑司楚道："那也不是这么说，比我强的大有人在。敏思，你喜不喜欢骑马？"

陈敏思道："喜欢骑，只是我妈那时教我，结果老是学不会，有一次还摔下来断了腿，我妈就再不让我骑了。"

郑司楚心想这表弟只怕更像姨父，姨妈亦是女中豪杰，结果生个儿子连马都不会骑，只怕引为毕生之憾，所以对自己这个精骑枪马的外甥赞不绝口，连表弟也听惯了。他道："其实骑马也不难。我有几匹好马，可惜都没带来。"

陈敏思道："算啦，阿爹说过，人各有长，也不是非骑马不可。司楚大哥，你要不要去玩小如意车？"

郑司楚见他兴致勃勃，虽然并不想玩那些玩具，但还是道："好啊。"

陈敏思欢呼一声，从一边柜子搬出了个大木箱出来。郑司楚本以为是辆玩具车，没想到里面竟有七八辆。虽是玩具，做得却极是精致，陈敏思指指点点，说这车该怎么玩，那车又该怎么玩，有些会爬坡，有些则会拐弯。陈敏思说得头头是道，其中原理如何也说得出七七八八。郑司楚本来觉得只是些玩具，但听陈敏思说来，其中实大有文章，暗自赞叹，心道："人说生儿肖父，表弟还当真就是小号的姨父，就我和父亲不太像。不过听说毕上将军的儿子是个文士，也不像父亲。"

他们玩了一阵，那水钟忽然当当地敲了几声。陈敏思闻声抬起头道："司楚大哥，要吃饭了，走吧。"

郑司楚心知这定是用饭的时辰了，问道："伙房在哪里？"

陈敏思笑道："不用去伙房，饭会送来的。"说着走到墙边打开一个壁橱，在上面拧了几下机括，过了一会儿，听得轧轧之声，壁橱里升起了一个食盘，里面放着两份饭菜。郑司楚怔了怔道："这样就行了？"

陈敏思端出饭菜道："阿爹做事的时候，常常不想去吃饭，华大哥就做了这个，几间工房都有传送带，直通伙房，只消拧一下，伙房便知送到哪个工房，这样阿爹不用出门也能吃到饭。"

吃过饭，陈虚心仍没回来。这时陈敏思玩那些小车也有点腻了，远远忽然传来一阵欢呼声，听声音正是宣鸣雷他们，郑司楚吃了一惊，道：“他们在做什么？”

陈敏思道：“那边定然在开战棋了。司楚大哥，我们也去。”

郑司楚见他眼中放光，只怕这战棋也是好玩物事，宣鸣雷他们也玩得兴起，登时好奇心大起，便道：“好，去看看。”

跟着陈敏思到了展示厅那边，还在门外，便听得里面大呼小叫。郑司楚一走进去，便见华士文苦着脸站在一边，见郑司楚和陈敏思走了进来，华士文迎上来道：“司楚，见过师傅了？”

郑司楚还没答话，陈敏思欢呼一声，便要上前，华士文忙拦住他道：“师弟，师傅交代过，你现在可不能玩这个。”

陈敏思一听华士文这般说，便站住了，但脸上仍是一副跃跃欲试的表情。郑司楚见宣鸣雷和阿国正站在一个水池两端，双手抓着两根手柄，手舞足蹈地大呼小叫，这小池有七八尺长，三尺来宽，里面有浅浅的水，水上却是两色小船正在对垒。他道：“华大哥，这是什么？”

华士文小声道：“这是战棋。本来是给新兵演习用的，只是当初邓帅见了说等如儿戏，只让士兵玩物丧志，因此一直没用。宣将军他们一玩却上了瘾，待会儿要收拾可是麻烦事。”

郑司楚凝神看去，却见水面上这两色小船进退有序，竟是全然由宣鸣雷和阿国两人控制，靠得近了，小船上又放出一颗弹丸，一旦击中对方小船，那小船便翻倒沉入水底。只是宣鸣雷控制的黑色小船已大占上风，己方的八艘一艘未沉，阿国的小船却只剩了两艘，也已在苦苦逃避，但宣鸣雷控制着小船穷追不舍，其中大合兵法。郑司楚心道：“原来是这般一个玩物，当真是想人所未想，怪不得宣兄要上瘾了。”宣鸣雷是水军螺舟队舟督，这等水战实是他之所长，阿国自不是他对手。阿国又躲闪了片刻，放出一颗弹丸，但没能击中宣鸣雷的小船，宣鸣雷却大军压境，八艘小船齐上，八弹齐发，“砰砰”连声，阿国那最后的两艘小船哪躲得过去，齐被击中，一艘小船更是被打得散了架。华士文一见，撇了撇嘴，虽不说话，心中定然心痛。这些小船做得很精致，本来一弹击中也就是了，宣鸣雷这样八弹齐发，虽然力道不大，但这么多小弹丸一起打中，这小船也经受不住。宣鸣雷倒是意气风发，大喝道：“哈哈，老子大获全胜！谁还再来？”

华士文见他们玩得兴起，虽然还有备用小船可以换上，可他们这般玩法，再多的替补小船也不够。只是申太守交代过，宣鸣雷他们又玩得兴高采烈，他不好去拦阻，急得抓耳挠腮。郑司楚看得又是好气又是好笑，忙上前道：“宣兄。”

宣鸣雷玩上了这战棋，正在得意之时，只觉从未见过这般好玩的东西，听得郑司楚的声音，扭头道：“郑兄，你也来了？这水战棋可好玩得紧，你来玩一局吧？”

郑司楚心想你再玩下去，华大哥非心痛得吐血不可。他笑道：“要吃饭了，你吃过了没？”

华士文一听，如蒙大赦，忙道：“是啊是啊，走吧，去伙房喝酒吃饭。”虽然这展示厅也有传送带，饭菜可以送过来，但他只盼着这些瘟神快点出去，因此故意不说。宣鸣雷玩得高兴，正想说少吃一顿有什么打紧，一听这个“酒”字，却道：“好啊，我还真饿了。华主簿，真对不住，把你这儿搞得一片狼藉。”

华士文听他正色说来倒也斯文，心道：“我还真让你骗了，只道你们这些人和司楚一样斯文，再让你玩下去，这展示厅非让你们拆了不可。”口中道：“不要紧。战棋玩过一次后再装配也要半天，宣将军各位先去吃饭吧。”

宣鸣雷道：“也好，那麻烦你了，吃过了饭我们再来玩两局。”

郑司楚见华士文简直要哭出来了，心下不忍，忙道：“走吧，我陪你喝两盅去。”

一说到喝酒，宣鸣雷更为兴趣，笑道：“好。郑兄，你的枪马之术比我厉害，但喝起酒来，定不是我的对手了。”

郑司楚听他说到喝酒这般兴高采烈，知道他酒品不好，喝醉了要撒酒疯，亦是件头痛的事。不过看华大哥已头痛至此，也只好头痛医头，脚痛医脚再说，便道：“走吧。”他见陈敏思不想走，拍拍他脑袋道，“敏思，这位是宣大哥，快叫人。”

宣鸣雷此时才看到陈敏思，问道：“这小兄弟是……”

郑司楚道：“这是我表弟，陈敏思。”

宣鸣雷哈哈一笑道：“原来是陈小公子，会喝酒不？”

陈敏思道：“我？不会。”

宣鸣雷板着脸道："你爹妈怎么教你的！连喝酒都不会。你表哥比你强多了，我和你表哥最初认得，就是在酒楼里。"

他一边说着，又向华士文行了一礼道："华主簿，实在麻烦你了，那宣某先行告退。"

郑司楚生怕宣鸣雷喝起酒来亦不顾一切，但到了伙房，这些人全都斯斯文文坐下，宣鸣雷也只要了一小壶酒慢慢啜饮。郑司楚见他喝得斯文，虽然自己已经吃饱了，也倒了杯作陪，陈敏思坐在一边听他们闲谈。喝了两杯，郑司楚笑道："宣兄，你今天怎么不喝个尽兴？"

宣鸣雷笑了笑道："酒能误事，眼下少喝一点，省得招人嫌。"

郑司楚道："这儿可没人嫌你。"

宣鸣雷露齿一笑道："郑兄，有些话心照不宣便是，说破了便没味，是吧？再说，眼下也不是招人嫌的事，这几日，五羊城就要有大事了。"

五羊城决定举旗之事，郑昭只是向郑司楚约略说了说，却不曾向宣鸣雷说过。他一怔道："宣兄此言何意？"

宣鸣雷放下酒杯，低声道："大统制对尊父子势在必得。申太守这样庇护我们，难道不怕大统制吗？"

郑司楚道："那宣兄的意思是……"

"申太守所谋，必不在小。郑兄，我说的可是？"

郑司楚怔怔，暗道："宣鸣雷能有这般大的名声，倒也不是白来的。"他道："宣兄，你放弃了大好前程，有没有后悔过？"

宣鸣雷淡淡一笑道："前程？我可从来没想过。"说到这儿，他又有些黯然，低声道，"郑兄，你知不知道五羊城的军中实力如何？"

五羊城有共和国的水军南战队，在共和国五大军区当可排到第二，实力还在之江军区之上。但一旦南北开战，广阳军区定不是铁板一块，所以一旦举旗，实力实已在之江军区之下。他道："明面上，广阳军区五万，其中两万水战队，三万陆战队，自保有余。只是……"

宣鸣雷道："剔除异见之将，倒也不难，但难的是这五万士卒是否齐心。郑兄，一旦事情摆到明面上，率先来犯的，定然会是邓帅。"

郑司楚点了点头。这一点他也想到了，他低低道："邓帅，是你老师吧？宣兄是否有点难办？”

宣鸣雷叹了口气道：“事已至此，我与邓帅虽有师徒之谊，却也无话可说。我担心的是五羊城里，如我之将能有几人。”

他这话有点骄傲，但郑司楚知道他的本事，心想这也不算是大话。假如五羊城水军将领能有四五人有宣鸣雷这等水准，守住五羊城当不在话下。但最怕的是邓沧澜围城久战，到时五羊以一城抗天下，实是凶多吉少。他道：“能有宣兄之才者，谅不会多。但军情万变，邓帅也并非不可击败。”

宣鸣雷点了点头道：“得道多助这话，还是泛泛之谈。首要之务，实是战具与士兵之力。西原的薛庭轩这么点兵力，以三上将之能也吃了他一个大亏，除了薛庭轩这小子能力过人，也在于他们上下一心，军中有能人相助。你可知三上将远征落败的细节吗？”

在雾云城纪念堂里，郑司楚曾听沈扬翼说起当时详情，说远征军落败的转折点在于遭到楚都城火枪骑的突袭。如果单单是一支奇兵突袭，尚不足以撼动庞大的远征军，但薛庭轩一军还使用了一种远程飞弹，一举击毁远征军辎重，又不惜成本断了粮道，结果远征军难以支持，优势兵力反而成了累赘，最终只能惨败而回。他道：“火枪骑，飞弹，断粮，这三者是转折的关键，再加上西原胡人做后盾，他才得以取胜。”

宣鸣雷道：“不错。郑兄，原来你的消息也挺灵通。薛庭轩用的战具出奇制胜，三上将亦闻所未闻，结果这一战最终功亏一篑，本来我也觉得他的首级已有一半割了下来。现在五羊城也已站在了楚都城的位置上，可是五羊城又有什么拿得出手的？方才我在展示厅看过一圈，固然大半极见巧思，但绝大多数都是些农耕织造之类的器械，战具只占其中极少部分，那战棋也算一样，好玩是好玩，但对战局实无一利，难怪当初邓帅不用。”

郑司楚只道他在展示厅里疯玩，没想到宣鸣雷竟是观察到了这许多。回想起来，这工部特别司确实足以让人赞叹不已，但研究制造出来的大多数是些工具，用于战争的器械甚少，像薛庭轩用的火枪、飞弹，更是分毫不见踪影。他只觉浑身一凛，低低道：“确实。宣兄，你说得极是。”

宣鸣雷道：“听说陈司长是你姨父是吧？我人微言轻，进言亦未必有用，你定要向他说一句，眼下最要紧的是研发出一样能够超越北军的东西出来，否则，五羊城五月举旗，六月城头便要挂满我们这些叛匪的人头了。不要自以为实力强劲，在邓帅面前，谁也不敢说实力强。”

郑司楚只觉背后都已沁出了冷汗。逃到五羊城，自己实已有种如蒙大赦之感，看事反不如宣鸣雷清醒。他道：“我会说的。”顿了顿，又道，“宣兄，有句话只怕你听了会不乐意，但我还是想问一下。你一直在军中，为何却视他们如同仇敌？”

他这话一直憋在心里。在坐螺舟抵达大江南岸时，宣鸣雷曾想将同舟士兵炸死，全无同袍之念。那时他觉宣鸣雷这人冷血无情，实非可信之人。但一同待了这么久，发现他对自己的同伴却极是关照，也不是嗜杀成性的屠夫，这一点他实在想不通。这话郑司楚已问过一次，但那一次宣鸣雷并没有回答。此番听郑司楚又问起，宣鸣雷心知若再不告诉他，郑司楚永远都不会信任自己。他低低道：“其中原因我可以告诉你，但请郑兄代我保密。”

郑司楚听他说得郑重，便点了点头。宣鸣雷伸手蘸了点酒，在桌上写了个“火”字。郑司楚一怔，心想这个火字是什么意思？正待追问，宣鸣雷又在火旁添了个反犬，极低道：“我是此人。”

狄人！

宣鸣雷是狄人！

狄人是北方异族，昔年曾大为边患，但后来曾遭中原痛击，几乎犁庭扫穴，险被灭族，后来便十分恭顺，势力也大不如前。只是郑司楚根本没想到宣鸣雷竟会是狄人！

虽然共和军是以民为本，以人为尚，宣称人人平等，不分种族，也没有明文规定狄人不得参军的禁令，但军中的狄人只限于下级军官，连中级军官也极少有。宣鸣雷身为水军精英的螺舟队舟督，更是三帅邓沧澜的得意门生，一旦被人知道他是狄人，只怕再难受到重用，反要被猜忌。这大概就是宣鸣雷最终决定反叛共和军，与自己一家一同南奔的原因吧。也正因为如此，在宣鸣雷眼里，即使是同一艘螺舟上的属下，亦只是一些异族，杀之不足惜。

宣鸣雷写了这个字，心中实有点后悔，见郑司楚默然不语，他低声道：“郑兄，你若不信我，自可以不再用我，宣某再无二话。”

郑司楚想了想，道：“宣兄，我只问你一句话。一旦你能得势，会不会成为国中大患？”

宣鸣雷没想到他会这般问，想了想道：“不会。我母是中原人，一半血与你一样。不论哪里，都是我的父母之邦。”

郑司楚点了点头道：“如此便好。”

他说着，举起杯来，微笑道：“宣兄，不论事成于你或事成于我，请记今日。从今日起，天下一家。”

宣鸣雷心中一阵莫名地激动。“天下一家”这四字，实是说得熟而又熟，今日听来却别是一番滋味。他心道：“我一直觉得中原人定视我为异类，但郑兄这等人，真是天下一人。”他也举起杯来，低低道：“天下一家。”

他一直还有种“有朝一日，狄人要居于上游”的想法，但到了今天，这种想法再也不存在了。不论将来如何，这天下由自己平定还是郑司楚平定，狄人和中原人都会亲如一家，再不可分。

郑兄，如果你活着，我会追随你鞍前马后。如果你死了，我也要尽力去实现你这个理想。他想着，将杯中酒一饮而尽。他本是海量，但这杯酒下去，周身都似在沸腾。

终于，有一个中原人，自己可以毫无保留地向他说出心思了，再不用隐瞒。宣鸣雷想到此处，脸上已再无半分忧虑。

那件事，是不是应该也告诉他？但宣鸣雷还是没再说下去。如果真个毫无保留，以郑司楚刨根问底的性子，势必将郑昭的秘密也要说出来。但郑昭央求过自己，不要将读心术之事告诉郑司楚。反正自己的秘密郑昭都已知晓，这事便让郑昭说吧。想到此处，他又喝了口酒，微笑道：“郑兄，风雨欲来，将来便是我们大展拳脚的世界。”

郑司楚也笑了笑，但心底还是有些苦涩。乱世出英雄，可是他越来越觉得，与其做一个乱世英雄，不如做一个顺世的凡夫俗子。只是这个时代却容不得自己这么想，洪流滚滚向前，想要逆世而行的，无不被击得粉碎。

这滔天巨浪要来的话，那就来吧，人纵然不能力挽狂澜，但也不能任其为所欲为。他想着，也喝了口酒。这酒不是很烈，但他喝下去，周身都开始发烫。

宣鸣雷诸人吃罢了饭，陈虚心夫妇便回来了。陈虚心不擅言辞，向宣鸣雷寒暄了几句，段紫蓼便将郑司楚叫了过去。她已十几年没见这外甥，见郑司楚生得英气勃勃，既是高兴，又有点遗憾。段紫蓼性子和她姐姐大不一样，但也是个女将，一直想让自己儿子从军。可陈敏思年岁也不算太小了，却连骑马都学不会，活脱脱就是个小号陈虚心。她向郑司楚问长问短，郑司楚只得将这些年来的经历约略说了一遍，段紫蓼听他年纪不大，竟也出生入死了好几回，大为惊叹。陈敏思虽然听郑司楚说过一些，再听一遍仍是感到这大哥竟然有过如此惊人的事迹，睁大了眼睛生怕漏掉一点。待郑司楚说完了，段紫蓼道："司楚，你这些年倒也不凡。对了，你可对过亲没有？"

郑司楚苦笑了一下道："还没呢。"

段紫蓼微笑道："你觉得，芷馨她如何？"

郑司楚有点不安，只是微笑道："姨妈，这也不是我说了算的。"

段紫蓼一拍手道："哈，看来你对她也有点意思。她跟你妈最要好，我也挺喜欢她的。"

自从知道了萧舜华已有男友，她在郑司楚心目中，已成一个过去的梦了。郑司楚淡淡道："看缘分吧。"心中却有一丝甜意。隐隐觉得如果和申芷馨共结连理，倒也不错。段紫蓼见他首肯，更为高兴，轻声道："芷馨脸嫩，你和她多谈谈，到时水到渠成，趁早去跟申太守说说。"

郑司楚现在最关心的，还不是这事。他道："对了，姨妈，方才你和姨父去见我父亲，他说了什么没有？"

段紫蓼道："他也没说什么，只是说一切都在砺锋节后见分晓。"

砺锋节上，就要摊牌了。在父亲看来，五羊城的一切还是充满了变数吧。郑司楚又道："现在五羊城的兵力如何？"

"五羊城兵力五万，其中两万水战军，三万陆战队，其中水战队实力可算全国之冠。"

五羊城的水军自古以来便极有名。因为五羊城临海，又极为富庶，向来是海贼觊觎的对象，所以五羊城大力发展水军，当初单是水军就有五万。现在承平已久，海贼也少了，水军无须维持如此大的规模，已经削减为两万。郑司楚道："申太守能控制全军吗？"

段紫蓼道："应该能够，但兵部余成功是魏上将军的旧将，只怕会有点异动。不过，申太守已对他加以注意了，何况军中诸将都是申太守一手提拔的，应该不会有大碍。”

郑司楚沉思了一下，心想申太守倒也是个深谋远虑的人。只是听姨妈说军中诸将都由申太守一手提拔，他又有些隐隐的不安。军中最忌结党营私，否则军中派系林立，会有后患。申士图这么做法，岂不正是结党营私？但现在他这么做实是对大事有利，他也不再多想。他道：“姨妈，你们女营现在如何了？”

段紫蓼微微一笑道：“女营啊，其实已是个虚名而已。虽然两千个女兵也能上阵，但现在只是聊备一格而已。对了，芷馨知道你们住这儿了吗？”

女营是共和军特有的编制，当初与帝国相争时曾上过阵，特别是共和军的飞艇队，因为女子体重较轻，在飞艇上较为有利，因此飞艇队几乎都是女兵，可现在多年不曾征战，只怕女营真已成了虚名。郑司楚正在沉思，听姨妈又扯到申芷馨，微笑道：“姨妈，跟你说了一切随缘……”

他还没说完，那边的宣鸣雷忽然站了起来，朗声道：“申小姐。”

他这一声有点突然，郑司楚有点心虚，只道宣鸣雷是听到姨妈的话了。抬头看去，却见申芷馨笑吟吟地走了进来，怀里抱了面琵琶，背上仍背着那面筝。段紫蓼眼中含笑，低声道：“司楚，还不过去迎接人家。”

郑司楚脸上微微一红，站起来走了过去。此时宣鸣雷也已迎上前去，两人倒是并肩齐到。宣鸣雷抢道：“申小姐，今天又要来合奏一曲吗？”

申芷馨抿嘴一笑道：“你用不惯南琵琶，我专门去找了面北派曹氏琵琶来。宣将军，司楚哥哥，你们吃完饭了吧？”

郑司楚道：“吃完了。小芷，你吃过了吧？”

申芷馨道：“才吃完呢。今天余将军来拜访阿爹，我也被拉在一边陪了半天。”

郑司楚眉头皱了皱，道：“余成功？他有什么事吗？”

“也没什么事，只是说些闲话，他也常来的。司楚哥哥，你还会别的曲子吗？我给你带了本谱来，你瞧瞧。”

申芷馨说着，从怀里摸出一本曲谱递了过来。郑司楚顺手接过，心里却仍有些不安。余成功今天来拜访申士图，到底在打什么主意？察言观色吗？他在想着，宣鸣雷却已接过琵琶，从布袋中取出来试了两个音，笑道：“多谢申小姐费心，这琵琶的音真好。”

他和申芷馨正有一搭没一搭地说话，郑司楚忽道："小芷，今天余将军来见伯父，口气如何？"

申芷馨道："他说得很是客气，说一切都由阿爹做主，他定然追随。"

礼下于人，必有所求。余成功是觉得和申士图直接对着干没好处，所以赶在这时来表明态度吧。他不再多想，翻了翻曲谱，见这曲谱和程迪文给他那本有一半相同，但也有一半没见过，定是五羊城的地方小曲。宣鸣雷道："郑兄，借我看看。"郑司楚递给了他，他翻了翻，手指一屈一屈，忽然叫道，"这支《步步高》很有意思啊，申小姐，这是广阳的小调吧？"

申芷馨抿嘴笑道："是啊，这是广阳历代相传的古曲。"

宣鸣雷道："好，郑兄，我们来合奏一下此曲。"说着，将曲谱还了回来。郑司楚看了看乐谱，见这调子音符变化极多，甚是繁复，心道："宣兄又不怀好意，想出我的丑吗？"

他猜了个正着，宣鸣雷打的正是这主意。那回三人合奏《秋风谣》，郑司楚的笛声一鸣惊人，将琵琶和筝声全都盖过了，宣鸣雷心中一直很不服气，觉得《秋风谣》郑司楚吹得滚瓜烂熟，自己却不是很熟，所以落了下风。这支《步步高》他和郑司楚都没练过，两人起点相同，这回定不会落败。另一方面这是广阳特有之曲，申芷馨定然早已练熟，自己选了这曲，也正是投其所好，拍个马屁。郑司楚猜中了宣鸣雷的心思，心中亦不服气，忖道："怕你何来，我可是迪文和蒋夫人两大高手门下，就算你是什么曹氏三才手嫡传，我也不会输给你。"三人兴起，便去外面找了个地方练上了。段紫蓼见郑司楚和申芷馨马上就到了一处，心中暗笑，觉得这个外甥看上去忠厚老实，其实从善如流，当真孺子可教。

这支《步步高》吹来还当真不容易，因为变音极多，好在郑司楚武艺精熟，手指灵活有力，虽然宣鸣雷的指法极精，他也不遑多让。试了两次，便觉已能顺利吹下，三人合奏一曲，当真如春花乍放，美不胜收。阿力阿国诸人都是武人，也不甚喜音律，但也知道宣舟督对音律一道极精，只是老听他一面琵琶弹得不停，碍于面子，每回宣鸣雷弹琵琶，还要装出一副爱听的样子，听得都有点厌了。但这回三人合奏，音色丰富得多，就算这些粗人，亦觉美妙，阿国更是心想："我只道大哥叮叮咚咚弹琵琶只是自得其乐，原来合奏起来竟如此好听。"

他们在外面树下合奏，旁人听得都有点呆了。听完一曲，旁人还不说什么，阿力阿国诸人却大声叫好，将戏园子里听戏叫好的惯技都用了出来。宣鸣雷听他们乱叫，皱皱眉低声道："牛吃牡丹。"

申芷馨又是抿嘴一笑道："宣将军别这么说。你和司楚哥哥的手法当真高明，今年建国节，我们都可以登台合奏去了。"

宣鸣雷抓抓头皮道："登台吗？那倒也不错。"看样子已是跃跃欲试，恨不得马上登台表演。他见郑司楚将铁笛擦了擦，若有所思的样子，嘿嘿一笑道，"郑兄，你不再练练吗？要是到时坍了申小姐的台，可不好看相。"

郑司楚道："小芷，余将军来见伯父，可曾带从人？"

申芷馨道："当然有啊。阿爹见有一个是新来的，还问了一声。司楚哥哥，我们再练一下吧。"她在五羊城，向来有种曲高和寡之感，现在一下子来了宣鸣雷和郑司楚两个好搭档，三人合奏大为快心，恨不得每时每刻都练下去。

郑司楚皱起眉道："新来的？余将军的从人有个新来的？"

宣鸣雷道："换个从人，那也是常事，多心什么？郑兄，别浪费时间，让申小姐等急了。"

郑司楚将铁笛一收，正色道："小芷，我想去见见伯父。"他看了看宣鸣雷，又道，"宣兄，你也随我一同去。"

宣鸣雷见他说得郑重，不由一怔道："现在就去？"

郑司楚点了点头："万万不可大意。"

此时宣鸣雷也觉得有点不安，说道："好吧。申小姐，那麻烦你了。"

申芷馨见郑司楚和宣鸣雷现在执意要去见自己父亲，心中实是不愿，但他们都如此，便道："好吧，我的车就在前面，坐我的车去吧。"

他们坐上了申芷馨的车，宣鸣雷低低道："郑兄，你觉得有意外发生了？"

郑司楚也小声道："余成功如果是来安申太守的心，说明此人很是谨慎小心。你想，这样的人，为什么在这节骨眼上要换个从人？"

宣鸣雷道："临时换了个从人，那也没什么吧。"

郑司楚摇了摇头道："不然。听小芷说，余成功平时就常来拜见申太守，他的从人申太守亦看得熟了。这个时候，他是来表示一切听从申太守的，这事应严守机密，更不应该带个生面孔来。"

宣鸣雷听得心惊，低道："那么，这人有问题？"

郑司楚道："我担心，这人是大统制遣来的。"

一听这话，宣鸣雷便觉心头一寒。他没有郑司楚想得那么深远，但郑司楚一说，他也登时想到了。大统制驭人，向来是各自牵制。南九北十十九行省，各省一军一政两个长官，大统制遣下人来向来都是只与一线联系，就像上回要在东阳城拦截郑氏一家，大统制派的人只与太守蒋鼎新联系，作为之江军事长官的邓沧澜，虽然身为三帅，官位还在蒋鼎新之上，大统制却要邓沧澜听从蒋鼎新安排。在五羊城，很可能大统制只与余成功联系，所以连申士图亦不知道大统制的人已到了五羊城。假如余成功带来的人真是大统制派来的，很有可能余成功不是为了来向申士图表忠心，真正用意是来察言观色，看申士图是不是真有异心。

车行得很快，转眼便已到了太守府。太守府的司阍见小姐的车回来了，忙开门迎接。申芷馨跳下车道："老姚，阿爹没出去吧？"

那司阍老姚道："太守在书房呢。"

申芷馨道："好的。你去吧。"

老姚答应一声，转身去了。申芷馨转身向车里的郑司楚和宣鸣雷道："司楚哥哥，宣将军，你们下车吧，我带你们过去。"她虽然对政务向来没兴趣，但也知道现在郑司楚和宣鸣雷尚不能公开露面。虽然老姚也是靠得住的人，但少一个人知道，便少一事。

郑司楚下了车，见这太守府占地甚大，只怕比雾云城里当初他住的国务卿府还大。他还没来过太守府，跟着申芷馨向前走去，只见沿路花木森森。这院子里亦种满了荔枝树，现在荔枝正在挂果，尚是青色，一颗颗缀满枝头，偶有几颗已红，更显得娇艳欲滴。到了一个小门前，见匾额上写着"丹荔厅"三字，字写得笔酣墨饱，门边石柱上还刻了一副对联，写着"丹房养志，荔树长青"，落款则是"照磨轩题"，看样子已十分古老。申芷馨道："阿爹就在里面，我先去通报一声。"

郑司楚忽然抢上一步，小声道："小芷，小心，让我走在前面。"

他心中越发不安。大统制的手段，他也有亲身体会。这一路南逃，沿途重重设伏，若非有宣鸣雷这个意外，自己一家早已被传首雾云城了。他还不知道在东阳城马先生之事，那回马先生已经看破了他们的行踪，若非马先生知道了郑司楚的真正身世，放了他们一马，他一家连同宣鸣雷都已尸骨早寒了。但就算不知道大统制还曾布下马先生这杀招，对大统制的手段郑司楚亦是不寒而栗。

会不会，申太守已被暗杀了？

郑司楚心中实是有这个猜测，只是他实在不忍向申芷馨明说。如果进了这丹荔厅，看到申士图尸横在地，小芷只怕要吓昏过去。他抢在芷馨身前，先敲了敲内室的门。

叩门声方落，里面传来一个人的声音："谁啊？"

第八章 杀机四伏

一听这声音，郑司楚不由松了口气。

这正是申士图的声音。

申芷馨在一边小声道："阿爹，是我。司楚哥哥和宣将军要来见您。"

门"呀"的一声开了，穿了一身便装的申士图走了出来。一见郑司楚和宣鸣雷站在门前，他对宣鸣雷不熟，便向郑司楚笑道："司楚，有什么事吗？"

郑司楚上前一步，施了一礼道："伯父，小侄方才听小芷说，余将军曾来拜访过您，是吧？"

申士图道："是啊。进来说话吧。"

进了内室，只见四壁都是书籍，一边一只小火炉上煮着一壶茶，桌上放了几盆饭菜，申士图定然正在吃饭。申士图道："芷馨，给司楚和宣将军泡茶。"

申芷馨答应一声，转身去泡茶。郑司楚哪有心思喝茶，才一落座便站起来道："伯父，余将军带来的从人，有一个是新来的吗？"

申士图道："是啊。看那人身量不高，不知余成功怎么找这般一个从人。"

"伯父，他是怎么介绍的？"

申士图一怔道："一个从人，介绍什么？只说是新来的便是了。"

郑司楚皱起了眉。难道是自己多心了？但正如自己向宣鸣雷所说，余成功若是来向申士图表忠心，不应该在这种小事上让人怀疑。他道：“余将军说了什么？”

申士图心中有点不悦，忖道：“若是你爹，我自是要说。你这么个小辈，也像是审问一样来问我，做什么？”他心中虽有些不快，但还是道：“余将军只是说，五羊城的一切由我做主，他会追随我的。他定然也已听到风声，生怕我多心，所以来让我安心吧。司楚，你放心，他身边我也有眼线在，一有异动我就会知道。”

郑司楚也已听出了申士图话中的不悦，不禁有些不安。但话已问了，自是要问到底，就算申士图不安也只能如此。他又问道：“那伯父可知道余将军这从人是什么时候来的？”

申芷馨这时泡了两杯茶端过来，插嘴道：“应该就是这几天吧。前几天余将军来，带的还是阿顺，今天阿顺反倒没来。”

一听到“阿顺”两个字，郑司楚不由一怔，许久以前的回忆又涌上心头。他道：“是小时候，常和我们一块儿玩的阿顺吗？”

申芷馨道：“就是他啊。你忘了吗？他大名叫年景顺，现在是五羊城的七天将之首了。”

小时候郑司楚和阿顺常在一块玩，叫的尽是“阿顺”，大名是什么，郑司楚根本没在意，就算那时知道，现在也早就忘了。他道：“阿顺是余将军的手下吗？”

申芷馨道：“嗯。他是余将军的外甥，现在是余将军的中军。”

中军是主将的副手，如果年景顺还是余成功的外甥，那更是余成功亲信中的亲信了。本来郑司楚已觉得自己未免有点多心，听申芷馨这般说来，他越发不安，小声道：“伯父，您可有他的消息吗？他为什么没随余将军一同前来？”

申士图此时亦觉得有点异样。余成功来时，说愿追随自己，这心腹之患已经消除，他满心欣慰，根本没往别处想，现在听得郑司楚分析，亦觉得其中只怕另有文章。他想了想道：“你等一下。”说着，向一个书架走去，在书架背后拉了一下一根隐蔽得极好的细线。几乎是同时，后窗外响起了一个低低的声音：“申太守，属下飞铁轮值。”

申士图沉声道：“飞铁，即刻去探查一下陆战队中军年景顺下落。”

那飞铁答应一声，马上又消失了。郑司楚看得心头一凛，忖道：“原来……原来申太守如此小心，怪不得余成功来见他，他也没有太多心。”

申士图防备得如此严密，这飞铁定是他的贴身保镖，就算余成功下手，定然也不会成功。申士图发下令去，转身向郑司楚微笑道：“司楚，宣将军，你们坐下喝口茶吧，马上就会有消息来的。”

他说得果然没有错。才喝了两口茶，后窗处又响起飞铁的声音：“禀太守，年景顺自昨日起，便不见踪影，目前尚无人知其下落。”

申士图听飞铁这般说，眉头一下子皱了起来，想了想，沉声道：“立刻加派人手守护郑大人！”

郑司楚心头又是一凛。他一直担心余成功会向申士图下手，却不曾想到父亲也有可能遇险。父亲是申士图此番举事的一面大旗，到时将父亲抬出来，其他诸省定会有不少人心偏向广阳省。假如余成功不能向申士图下手，但一旦将父亲杀了，同样可以起到釜底抽薪之效。他待申士图交代完，再也坐不住，站起来道：“伯父，那我去看一下家父。”

申士图脸上已无比凝重，点点头道：“也好。”他又转向后窗道，“飞铁。”

窗外那飞铁道：“属下在，请太守吩咐。”

“郑公子也要前去，你即刻备车，与他一同前去。”

飞铁答应一声，申士图这才道：“司楚，车已备好，你与宣将军马上去令尊大人处看看。”

申芷馨见父亲和郑司楚说得越来越郑重，心想只怕真要出事，在一边道：“阿爹，我和司楚哥哥……”

她还没说完，申士图和郑司楚、宣鸣雷三人一同道：“不要去！”如果真出了事，申芷馨去全无用处，反倒碍手碍脚。只是宣将军进来后一直一言不发，此时突然说话，申士图倒有点意外。他道：“芷馨，你和我待在一块儿，司楚一有消息，马上就会来通知我的。”说完，拉开书桌抽屉，取出两柄短刀道，“司楚，宣将军，你们没有随身武器吧？”

宣鸣雷以前有腰刀，但现在腰刀早已解下，郑司楚却一直带着如意钩。他道：“我有，宣将军只怕没有吧？”

宣鸣雷道：“是。请申太守借我一件兵器。”

申士图将一柄短刀递过来道："这把天碎牙虽短，但利可吹毛，你先带着防身吧。"

宣鸣雷接过短刀来，躬身一礼道："多谢申太守。"

申士图看了他们一眼，低声道："司楚，但愿没事，一旦情况有变，不要恋战，飞铁会安排援兵的。"

郑司楚见申士图安排得井井有条，大为心折，忖道："申太守是个文职，心思竟如此缜密，我还当真小看了他。"他本来对此番起事多少还有点担心，但见申士图应付自如，不由多了几分信心，沉声道："伯父请放心，小侄理会得。"

申芷馨见他两人要出去，眼里已急得有泪花闪烁，小声道："司楚哥哥，宣将军，你们小心啊。"

郑司楚回头笑了笑道："小芷，放心吧，你就待在伯父身边，我们不会有事。"

他们一出丹荔厅，便见外面有一辆马车，车边站了一个短打扮的汉子。这汉子身材不高，但一脸精明，手脚亦极是有力，一见郑司楚和宣鸣雷，他上前躬身一礼道："郑公子，宣将军，在下飞铁，请两位上车。"

郑司楚还了一礼道："多谢。"飞铁看上去就不是个寻常之辈，申士图的保镖自不会只有他一人，在这儿应该没事，现在要担心的还是父母。他心急火燎，和宣鸣雷上了车，飞铁也跃上了马车，一辆马车疾驰出了太守府。

一到车里，宣鸣雷便小声道："郑兄，你觉得，余成功真会向令尊下手吗？"

郑司楚道："余成功自己只怕也已被挟持了。"

宣鸣雷想了想，半晌才低低道："大统制的手段，真是骇人，怪不得邓帅那时说起大统制，尽是敬畏。"

郑司楚诧道："邓帅也忌惮大统制？"

邓沧澜的夫人乃是大统制亲妹。作为大统制的妹夫，在旁人看来，邓沧澜实是大统制亲信中的亲信。事实上也是如此，共和国五大军区的长官数年一轮换，邓沧澜轮换的尽是广阳、之江和雾云这三个重中之重的军区，可见大统制对他的信任。但听宣鸣雷这般说，邓沧澜对大统制实亦大为忌惮。宣鸣雷苦笑道："我只是邓帅之徒，他的家事我也不太晓得，但察言观色，可娜夫人对她这个哥哥，也颇有微词。"

郑司楚暗自叹息。一家不知一家事，他自己家里，父母两人也曾反目多年，以至于母亲独自住在五羊城，连自己这个儿子也不常见她。大统制虽然在民众心目中等若天神，但他家里只怕一样有矛盾。不过，假如邓沧澜和大统制之间亦有心病，广阳省举旗后倒也多了一分胜算，邓沧澜会响应也说不定。但这些都还远，眼下最关键的，就是保证父亲的安全。父亲做了多年国务卿，在民众心目中的地位虽然比大统制仍然远远不及，可毕竟是大统制之下第一人。有父亲牵头，五羊城起事后只怕相邻诸省都会表示同情。从另一方面来看，与其解决申士图，解决掉父亲更是当务之急。只是父亲抵达五羊城虽然不像当初那样隐蔽，到底也不是大肆声张，知道的人并不多，大统制当真知道吗？

不，大统制绝对不可能这么快就知道了。所以，这应该是大统制早已安排下来的计策。如果要正面与大统制相抗，郑司楚实是毫无把握。虽然自从见过大统制后，他也对大统制有了一点隐隐的不服，可在大统制积威之下，他仍是胆战心惊。但眼下肯定不是大统制亲自布置，他就更有了几分信心。

飞铁的驭车术很是高明，加上五羊城的市政建设得相当好，大道如砥，十分平坦，车行很快，转眼已到了郑昭一家居住的地方。车停下来后，飞铁在前座小声道："郑公子，宣将军，请你们进去，在下留在此地望风。"

郑司楚答应一声，小声对宣鸣雷道："宣兄，我们进去吧。"

他走到门前，敲了敲门。宣鸣雷已将短刀握在掌中，若里面没人前来应门，他们便要破门而入了。但很快，有人"踢踢踏踏"地过来开门，一边道："谁啊？"

郑司楚有过耳不忘之能，听得是一个先前的工友。他心下一宽，忖道："还好没事。"就算是白担心，白忙一趟，总比出事要好。此时那工友开了门，一见外面是郑司楚和宣鸣雷，他也认得，怔道："少……少爷，您来了？"

共和国里这些老爷少爷的称呼早就废止，但这工友年纪不小，也叫惯了改不了口。郑司楚道："我爹我妈在吗？"

这工友道："在，在，少爷进来吧。"说着又掩上了门。郑司楚进了院子，见楼上点着灯，宣鸣雷小声道："郑兄，你上去看看，我在下面等吧。"

现在已是黄昏，厅堂里有几个工友正在收拾碗筷。宣鸣雷还没吃晚饭，只觉肚子有点饿，便道："还有东西吃吗？"

那收拾碗筷的工友听说，忙道："少爷还没吃饭？我去热热。"

宣鸣雷听得自己都成了"少爷"，不由一阵苦笑，只是道："不用了，我随便弄点垫一垫。"

那工友看了看道："这儿还有几个叉烧包，成不成？"

那小蒸笼里还有四五个叉烧包。五羊城的点心做得很精致，这叉烧包也很小，一口一个。宣鸣雷也不管冷热，抓了两个一口吞下，小声道："郑兄，你也吃一点吧。"

郑司楚觉得肚子是有点饿，便不客气，拿了一个道："麻烦你们有什么吃的，先拿点出来，我上去看看再下来吃。"

他把那叉烧包一口吞下，只觉肚子里有了点东西，多少好受一点。沿着扶梯拾级而上，才到一半，便听得郑夫人在楼上道："是司楚吗？"

听得母亲的声音，郑司楚心下又是一宽，道："妈，是我。"

郑夫人没想到郑司楚这时候过来，忙到梯口迎接。郑司楚见母亲臂上还包着纱布，忙扶着她道："妈，你的伤还没全好，别走动了。"

郑夫人见郑司楚嘴里还在嚼着，微笑道："还没吃饭？你这孩子，怎么这时候过来？请工友给你热点粥吧。"

郑司楚道："妈，这儿没外人来吧？"

郑夫人一怔道："怎么了？今天没外人来过。"

郑昭已听得郑司楚的声音，也走出房道："司楚，你怎么过来了？我不是让你住在姨父那边吗？"

郑司楚小声道："父亲，我听得点风声，担心有人要来对你们不利。"

郑昭一凛，也低低道："是南武的人？"

郑司楚见父亲一下便已猜到，便道："正是。"

郑昭看了看四周，冷笑道："南武的手脚真长。不过也应如此，不然就不是他了。申太守怎样了？"

"我刚从他那边过来，他没事，已有防备。"

郑司楚说着，便将方才和申士图的话又说了一遍。郑夫人知道儿子还没吃饭，便拿出些荔枝干之类让他吃。荔枝干是补血之物，运到北方是作为补品，但在这儿只是零食。郑司楚将荔枝干吃了十几个，把事情也都说了。郑昭听得面色凝重，下意识地伸指弹了弹桌面，叹道："我也是大意了，若当时我在申兄府中，便可知他的真实用意。"

郑司楚一怔，问道："父亲，你能看得出他说的是真是假吗？"

郑昭心下一动，暗道自己身怀秘术这事尚不可让妻儿知道，便道："你父亲见过的人不知有多少，他在我面前耍不了花枪。"

郑国务卿极有识人之能。这话在共和国尽人皆知，郑司楚也不多想，低声道："父亲，我怕你和妈会出意外，所以今晚过来守着。请父亲放心，外面申伯父也已布下了一道防线，就算大统制派来的是身怀绝技的异人也不用怕。"

郑夫人见郑司楚一口一个荔枝干，真是饿了，不由心疼道："司楚，现在反正没事，你先去吃点东西吧，有事我会叫你的。"

郑司楚淡淡一笑道："若真有事，那就来不及了，还是请他们端上来吧。"说着，走到楼梯口，向下小声道，"宣兄。"

宣鸣雷此时已吃得嘴鼓鼓的，闻声走到楼梯口道："郑兄，这儿有粥有点心，你来吃点吧。"

郑司楚道："宣兄，你也端上来吃吧。"

五羊城是个食不厌精的地方，点心做得滋味甚好，虽然这些是剩下来的，都有点冷了，但宣鸣雷肚子着实很饿，此时已吃了不少。他心想楼上是郑氏一家三口，自己夹在里面会让他们不自在，便笑道："我已饱了，外面那位兄弟只怕还饿着，我送点过去，就在楼下看着吧。"

郑司楚道："也好，那麻烦你了。"

宣鸣雷回到桌前，将半碗粥一口喝光。见桌上还有一小壶酒，不由馋了，心道："不成，今天可不能喝了，别误事。"向一个工友道："麻烦你给我一些点心，外面还有个朋友没吃呢，另外的送到楼上去吧。"

那工友答应一声，将六七个叉烧包放在一个蒸笼里，宣鸣雷端了起来便向外走去。此时天色渐暗，他出了门，见那辆车还停在门口，飞铁正坐在车上环顾四周，便小声道："飞铁兄，你没吃饭吧？这儿有几个包子，滋味当真不错，就是有点凉了。"

飞铁他们常年守候在申士图周围，吃饭自是饱一顿饥一顿，因此身边都带着干粮。但干粮终究没有点心味道好，见宣鸣雷端了一笼包子出来，他微笑道：

"多谢宣将军。"

宣鸣雷道："没事吧？"

飞铁道："宣将军放心，我已通知下去，很快会有旁人赶过来，到时连蚊子都飞不出一只。"

宣鸣雷点了点头道："那就好。我在里面守着，一旦有事，会通知你的。"他见飞铁细嚼慢咽，便道，"你先吃着吧，蒸笼搁着就是，明天天亮了再让他们来收。"

飞铁吃惯了干粮，干粮又干又硬，自是要嚼得粉碎才能下咽，因此这几个叉烧包也一个个慢慢吃着。他答应一声，见宣鸣雷回到屋中，心道："太守只怕多虑了，今晚应该不会有事。"

他吃得虽慢，却也有四个包子下了肚。肚子里有了东西，身上便舒服了不少。正待拿起另一个，忽然迎面一阵风吹了过来。虽然五羊城街上扫得干净，但这儿很是僻静，人来往也少，路上却有不少浮土，被这一阵风吹得扬了起来。他将蒸笼往怀里一掩，心道："这阵风来得可有点怪。"正想着，突然背心处传来隐隐一阵刺痛。

有变！

飞铁是申士图亲随保镖，武艺极佳，一察觉身后有异样，伸手将蒸笼一扔，人已要向前跃出。哪知他还没起身，身后忽地一条细丝飞了出来，在他脖颈一绕，一下便已束紧。这细丝坚韧无比，深深陷入了他的皮肉之中，他还没站起便又被束在座位上，身后那柄短剑直直刺入，穿胸而过，剑尖透出他的前心，飞铁连一声都没吭就已毙命。他扔出的那蒸笼眼看要落地，从车底忽地有个黑影闪出，一把托住，蒸笼里还有两个包子亦不曾掉出来。那黑影身法极快，声息全无，连驾车的马都没觉出异样。

飞铁前心的剑尖一下又已消失，只在他身前留下了一点血痕。此时从车中又闪出一人，落下了地，手一收，将束住飞铁的细丝收回掌中，也不说话，只是向托住蒸笼那人举手示意，那人将蒸笼放回车上，同样不说话，只是示意无事。这时，车门又无声地开了，又有一个人走了出来。

这人手上握着一柄细细长剑。隔着板壁一剑刺死飞铁的，正是此人。此人剑术极高，剑又细得跟针一样，杀人向不失手，但方才险些被飞铁脱身，此时亦有点心悸。

若非有这两个同伴接应，只怕一出手便失风了。

这剑士看了看坐在车上的飞铁尸身，暗自心惊。虽然也听说过申士图的保镖大不寻常，但飞铁的反应之速，仍是超过了他们的预想。

好在，北斗影忍手下，从无失手，这次也没例外。

这三人正是北斗麾下七星君中的三个，持剑的是北斗七星君中的天玑，用细丝束住飞铁的是天权，托住蒸笼的则是开阳。北斗天官在西原失去影踪，他们被暂划归南斗天官管辖。毕竟不是本部长官，这北斗七星君自不受重用，但南斗六星君损兵折将，只剩下了七杀一人，南斗天官无奈之下，只得动用他们北斗星君。这次的任务，便是来五羊城伏击。当他们发觉郑昭一家已到五羊城，马上就来下手。没想到郑昭已作防备，竟然差点失手。

好在，只是“差点”。现在，郑昭一家就在眼前，这件大功可说已成一半。只消提头去见大统制，北斗新任天官便是自己的了。

天玑暗自得意，手中的剑仍是稳重无比。南北两部影忍，南斗主生，北斗主死，南斗诸星君最擅长的还是追踪行迹和探听消息，北斗诸星君却都是杀人好手，天玑更是暗杀的绝顶好手，这柄细剑杀人，向无活口。他用长剑从车里座位上割下一片碎布，擦拭了一下剑身，指了指面前这幢小屋，左手向下一挥。

命令明白无误，杀无赦。这一次，不须顾忌什么，见人就杀，一个活口都不用留，就算是曾经的国务卿也是这样。天权与开阳两人点了点头，三人同时闪身到壁前。

暗杀之道，在于无声无息。现在还早了点，但申士图派来的援兵马上就会赶来，到时更难下手，因此现在才是最佳时机。这三人在墙根处以手语比划了几下，商定了下手计划，三人顿时分开。

此时屋内，宣鸣雷正坐在厅里剔牙，楼上郑司楚则小口喝粥。宣鸣雷刚送了包子出去，一切都平静如常，他们做梦也没想到外面已生大变。

郑司楚慢慢喝着粥，偶尔咬一口包子，面色平静，心里却如翻江倒海一般。

到了五羊城，本以为已是逃出生天，但看来事情并没有完结。大统制不把父亲置于死地，必不肯休。他想起当初在学校里上过的课来，十课有七课是赞美大统制，但也有一两课是赞美父亲的。那时他还大为得意，觉得这个美好的共和国是由父亲辅佐大统制建立起来的，自己亦是光荣无比。但随着年纪渐长，越来越觉得现实并不如课本上说的那般美好。

课本里，也有赞美大帅丁亨利的。说丁帅百折不挠，为了共和国的建立殚精竭虑，可是他却最终死在了共和军的追杀之下。那时他就极为震惊，觉得书上说的是一套，事实却是另一套。

曾经为了同样的梦想而奋斗的战友，也会有反目的一天。更让人担心的事，反目的原因却讳莫如深，谁也不知道真相。这样的国家，真的如此美好吗？人间乐土，不应该是一个人人自危的地方。一梦醒来，昨天还在赞美的人，今天就成了叛逆。丁亨利被杀后，课本上赞美他的课文瞬即消失，反倒出现了不少丁大帅结党营私、违背共和信念、肆意不法的传闻。郑司楚还记得当时雾云城有个著名的说书先生申公北，最擅长说一套《坠星原血战录》。所谓坠星原，是天水省的一个地名，也是帝国军和共和军决战的地方。这申公北相貌堂堂，口才颇佳，说到极处，声泪俱下，极富感染力，说丁大帅在这一场决战中，血染征袍，大旗所向，战无不胜，将帝国军击得一败涂地。

“什么是英雄？老子就是他娘的英雄！”

据申公北说，丁大帅当时中了敌军一箭，副将劝他下火线，丁大帅决不肯后退，说了这么句话。申公北每次说到此处，便将一脚踏到案上，声若洪钟，据说吃奶的小孩子听了都不敢哭，因此每次都能赢得满堂喝彩。郑司楚亦听过一次，见申公北在台上红光满面，慷慨激昂地说着，仿佛他申公北也是如丁大帅一般的不世英雄，暗里不由失笑。丁大帅温文尔雅，郑司楚死也不相信他会口出粗话。但申公北这么说，旁人这么听，仿佛当时申公北就在丁大帅身边，亲耳听他这么说了，无不大赞。加上申公北有个别号，叫“拜丁”，意思是最崇拜丁大帅，人们越发觉得这申公北虽是个伶人，实亦大有见识，连带着也被人称赞，说这申拜丁是艺人中的士人，士人中的义人。但郑司楚被开革出伍，回到雾云城后，为了散心，又去听这申公北说这段《坠星原血战录》，惊愕地发现在申公北嘴里，丁亨利成了个见风使舵、胆小怕事的小人，只会在背地里对人下阴手。自然，这时候申公北那个“拜丁”的别号也没有了。

“什么叫逃兵？老子是他娘的逃将！”

那句曾经让人为之痴迷的豪言，如今在申公北嘴里成了这样。而台下的听众们仿佛忘了当初的欢呼与喝彩，当申公北说丁亨利看到敌兵势大，想要逃跑，被副将所阻，厚颜无耻地说出这句话时，全都哄堂大笑。而台上的申公北依然满面红光，只是脸上带着似乎祖宗十八代传下来的凛然正气和对丁亨利的不屑。后来他听人说起，也有人问申公北怎么和以前说的不一样了，申公北则振振有词地说自己以前从来没称过丁亨利这叛贼为英雄。那时郑司楚只觉得震惊和悲哀，为申公北的厚颜无耻一至于此，也为人们的记性竟能如此靠不住。

也许，再荒唐无稽的谎言，一天天地说下去，也会被当成真理吧。那么，共和国的信念，难道也是如此吗？

不，不是这样的。共和的信念绝对没有错，错的只是人！郑司楚将碗里最后一口粥喝了下去，从怀里摸出那柄如意钩，轻轻抚摸。这柄夺自敌人的利器，在自己手上同样是利器。武器无知，关键在于是谁在用。

如果有一天，自己真能做到大统制的位置上，会不会也和大统制一样？

他默默地想着，却又有点茫然。一时清醒，并不意味着一世清醒。当身边尽是欢呼和赞美，自己未必还能保持清醒的头脑。大统制的初衷，何尝不是高尚庄严，但这些年来人们无时无刻不在歌颂大统制的无比正确和无比荣耀，大统制就会觉得，自己无论什么时候都是对的，如果和别人的看法起了冲突，那一定是别人错了。所以，丁大帅会被追杀，自己父亲也落到同样地步。

碗里的粥喝光了，包子还有一个。郑司楚将包子在碗里擦了擦，把最后一点粥汤也吃了下去。“一粥一饭，当思来之不易。”他记得小时候父亲就常对自己这么说。每一粒米都是农人千辛万苦种出来的，不能浪费，所以他也养成这么个习惯，在军中时连干粮都不浪费一点，那时程迪文还笑话他太抠门。他咽下了包子，拿起碗盆走下楼去。楼下，宣鸣雷还坐在桌前，见郑司楚下来，站起来道：“郑兄，你吃完了？我拿过去吧。”

郑司楚淡淡一笑道：“麻烦宣兄了。”他将盆递过去，宣鸣雷正待接过来，两人却同是一怔。

雪白的盆里，有一片灰尘。

前来做事的工友是申太守亲自关照的，手脚勤快麻利，不可能连盆子都没擦干净，所以这片灰尘一定是刚才落下来的。这宅院有些年月了，又很少有人住，房梁上定然都已积满灰尘，但一般并不会落下来，除非……

除非屋顶有人走动，震落了灰尘！

他两人同时想到了这一点，两人眼里都已闪出惊惧。郑司楚将碗往桌上一放，看了看宣鸣雷，宣鸣雷却是点点头，转身向门外冲去。

刺客已在眼前！

郑司楚心急火燎，一个箭步便已冲上了二楼。现在楼上只有父母在，那些刺客如果要下手，实是最好的时机。一时间郑司楚已吓出一身冷汗，手也紧紧握住了如意钩。

但愿还来得及！

来了多少人？他们准备如何下手？如果这些人知道了已被发现，是会知难而退还是孤注一掷？这些事在郑司楚心头瞬间打了个转。如果是大统制派来的人，肯定不会轻易退却，那次在路上所遇之险，郑司楚记忆犹新。

郑夫人已听得郑司楚冲上楼的声音，不知出了什么事，站了起来正待出来看看。她刚要推门，门却已被郑司楚先行拉开。郑夫人见郑司楚脸涨得通红，正待问他，几乎就在同时，楼窗忽然发出了"砰"一声响，一个人影带着一股厉风直扑进来，直取坐在床沿上的郑昭。

这个人破窗而入之时，也正是郑司楚冲进来的时候。郑昭全无防备，就算有防备他也躲不过，吓得脸色煞白。郑司楚手一抖，一个箭步冲到床边，挡住了郑昭，手中如意钩已升长了三节，对着那人刺去。这是两败俱伤的招数，那人的手中握着一柄极细的长剑，本以为这一下十拿九稳，郑昭的性命已如囊中之物，却不料边上竟会杀出个人来，若再直冲过去，他的剑没有如意钩长，没刺中郑昭自己便要先被如意钩刺个对穿。那人虽有必死的信念，但事到临头终究还是心慌了，长剑在如意钩上一磕，人借势倒翻出窗，脚在窗框上一点，又翻身上了屋顶。

此人正是北斗七星君中的天玑。天玑剑术极强，自觉定能一击见功，谁知竟被郑司楚击退，他大是懊恼。只是攻击已然发起，现在自己居高临下，仍是占了上风。隔着瓦片，听得下面郑司楚正让父母下楼，他心知一旦郑昭下了楼更加难办，心一横，一弯腰，伸掌下击。这些瓦片烧得很是厚实，但天玑的掌力沉雄非常，这一掌顿时击碎了六七块瓦，屋顶被打出了一个洞来。他一敲出这个洞，人却退到屋檐边，翻身又待从破窗子里进去。

这是声东击西之计。本是绝妙计策，天玑翻身而下，刚踩到窗框上，见郑司楚发觉屋顶被人击破，只道刺客要从破口冲入，正在全力防备，根本想不到自己却是从老路进来。天玑将长剑握得紧了紧，脚下一发力，正要再次冲进去，忽觉背后一阵厉风袭来，一个人在楼下喝道："受死！"

那正是宣鸣雷。宣鸣雷和郑司楚同时发觉屋顶有人，郑司楚冲回楼上，宣鸣雷却是想去通知外面的飞铁。他刚到院中，还没出大门，便听得楼上有动静，抬头看去，一个人破窗而入，入而复出，然后击破屋顶再次冲入。他在楼下看得分明，见此人声东击西，生怕郑司楚中计，也顾不得再去查看飞铁的动静，待那人又要冲进屋里，他拔出短刀，用力掷出。宣鸣雷是水军军官，马上击刺之术不算太高明，但对刀却有独得之秘。他将短刀脱手掷出，只是这样等如暗算，他还是先行喝了一声。

天玑听得喝声，这股厉风已到背心。他一心要对付屋中的郑司楚，却不曾想到自己亦已成了别人暗算的对象，心头一沉，身子极快地一转。只是他转得虽快，仍是慢了一步，"嚓"一声，虽然让过了背心要害，但右肩头被短刀刺中。宣鸣雷的短刀是申士图给他的天碎牙，极是锋利，这一刀入肉极深，天玑本就只有单脚踩在窗框上，正待冲入屋中，这阵剧痛袭来，他再也站立不定，一个踉跄，人已直直摔下。宣鸣雷见此人摔下，自不容情，抢上一步，便要将他摁住。天玑虽然肩头中了一刀，这人倒也坚忍，竟吭都不吭一声。他半边身子都已被血染红，右手用不上劲，但右手一晃，长剑已交到左手，反手握着，竟从肋下刺出，直向宣鸣雷刺来。

天玑剑术极佳，这一剑神出鬼没，极是阴毒。若是他身上无伤，宣鸣雷亦难逃穿心之厄。但天玑受伤既重，出手的速度和力量已大不如前，宣鸣雷也没料到这人到了这时还要反抗，身子一侧，剑尖已从他前心掠过，将他的衣服都挑破了一个口子。他心头怒起，飞起一掌，手掌像刀子一般砍在天玑左肩上。他的手掌竟然不输快刀，这一掌斩下，天玑的肩骨"嚓"的一声被从中斩断，这阵剧痛比右肩的刀伤更痛，天玑不由皱起了眉。他左右两肩俱伤，双臂都已无力，已握不住长剑，饶是剑术绝妙，也用不出来。正在这时，他只觉腿弯里又是一阵剧痛，忍不住低低惨呼一声，却是宣鸣雷从他右肩上拔下短刀，见他左右手都能使剑，生怕这人本领超卓，连两脚也有特异本领，索性一刀斩向他腿弯。宣鸣雷不是个能留情的人，一刀出手，将天玑腿上筋络都已斩断，天玑就算还能活，下半辈子也已站不起来了。

做完这些，宣鸣雷抬头看向楼下，却不见动静，心道："郑兄还在防备别的刺客吗？"他却不知此时的郑昭已到了千钧一发之际。

就在宣鸣雷飞出一刀将天玑击落时，郑司楚才发觉屋顶那人打破瓦片只是在诱敌，真正攻的还是那破窗子。此时以如意钩反击只怕已晚，但郑司楚手一抬，如意钩已抬了起来，对准天玑。

就算自己的性命不在，也要保护父母的安全。

他心里只有这么一个念头。但他刚将如意钩抬起，天玑却已中了宣鸣雷一刀，直直摔下去。听得宣鸣雷的呼喝声，郑司楚心头不觉一热，忖道："原来宣兄的刀法竟如此高明。"

宣鸣雷的刀术一至于此，郑司楚的信心亦多了几分。哪知他刚舒了口气，身后的板墙上忽然"笃笃"两声，飞出了两道黑线。

这两道黑线正是北斗七星君中的天权所放。天玑天权开阳三人计划好的攻击计划是天玑首攻，若郑昭有护卫，由天玑挡住，天权则看准时机，从隔壁进攻，取下郑昭首级，再由开阳断后。本来这计划天衣无缝，只是真个实行的时候，却没有那么顺利。天玑未能一举将郑司楚缠住，反而自己被击落屋下，郑司楚守在郑昭身边不闪开，天权见再不动手，时机便要错失，便不再犹豫。他所用这两条黑线虽然极细，却坚韧非常，暗中极难察觉。用力一勒，不啻快刀，足以将人的头颅一下割落。

那两根黑线是从郑司楚身体两侧射出的，在空中一搅，已缠作一根。天权已用全力，只消用力一勒，黑线收回，在板壁上便能割出一条长长裂口，郑司楚的脑袋也定然不保。只是他也知道这一招奈何不了郑司楚，要的只是缠住他，好让开阳下手。郑司楚已将如意钩举起，正待挡在身前，瓦片又是"哗"一声响，这回却是从那破口里真的跃下一人，正是开阳。

开阳用的是两柄短剑。俗话说一寸短，一寸险，开阳的两柄短剑都不过一尺来长，锋利至极，郑司楚只消以如意钩挡住天权的黑线，他的两剑便可插入郑司楚的心口。这个机会实是天玑用性命换来，天权开阳两人也根本无意去救援天玑，想的只是杀掉郑司楚。他们南北两部星君自幼就被灌输不达目的势不罢休之念，任务永远在第一位，同伴的性命对他们来说只不过是件可随意丢弃的东西罢了。

郑司楚脑筋转得极快，心知自己挡住了隔壁那人的黑线，落下来的这人两柄短剑就挡不住了。自己一死，还在楼上的父母便如俎上鱼肉，只能任人宰割。他心下一横，如意钩正举起来，本来是竖着的，但手腕一转，如意钩已横了过来，尖端朝着自己，从肋旁直插过去。如意钩很细，但坚韧异常，本来有尖有钩，威力更大，但郑司楚不会用钩，有个钩子反倒碍手碍脚，所以他将那钩子去掉了，只剩个尖。也亏得已将钩子去除，如意钩的尖端一戳到板壁，便已透壁而入，全无滞涩。

这已是鱼死网破的手段，赌的是自己出手和身后那人的出手谁更快。如果这一钩未能刺中隔壁之人的要害，那人将黑线奋力一抽，自己的脑袋立时就保不住。但这个时候郑司楚已没有别的办法好想，唯有一赌自己的运气。

“笃”的一声，如意钩直透板壁，那根正在收紧的黑线一下停住了收缩，身后那人定然已被刺中要害。郑司楚还没来得及庆幸，开阳已抢到了他身前，两柄短剑一前一后，直刺他的心口。天权的打算也正是如此，并不在于一举成功，自己只消缠住郑司楚便已大功告成。只要开阳得手，就算三人最终一个都逃不出去，取下郑昭的性命，亦是胜利。

郑司楚见开阳的两柄短剑锋刃上闪着蓝幽幽的寒光，眼看就要刺到自己的身体，一瞬间心中有种说不出的寒冷。如意钩插在身后的板壁上只露出小半截，来不及抽出来反击，偏生自己自恃有这柄利器，腰刀也没带，现在全无还手之力。他闭上了眼，只等着此人的双剑刺到，但右手仍是在拔如意钩。

不到最后一刻，绝不放弃！他的心底，似乎有个人这样吼着。只是他也明白，就算不放弃，也仅仅是徒劳而已。

死亡即将到来的这一刻特别长，似乎长得永无尽头。但郑司楚马上就明白这并不是错觉，那人的双剑竟然还不曾刺到，而如意钩却已拔出一多半。也许，还有机会！他心中闪过这个念头，一时间信心大增，猛地睁开了眼。

眼睛一睁一闭，本来也只是极短的一瞬间，但即使这一瞬间，郑司楚也知道凭那敌人跃下的身手，足以将自己杀死两三回了。可是他一睁开眼，却见开阳仍是手持双剑，眼里不知是什么神情，似乎既是惊疑，又是害怕。明明自己的性命已握在他手上了，这人还怕什么？郑司楚想不明白，而此时郑夫人已拔出腰刀冲了过来。

郑夫人只有一臂能用。她见儿子命在顷刻，心如刀绞一般，明知自己赶不及，仍是一个箭步冲了过来。郑夫人虽是女流，亦是武将，枪马娴熟，步下却不够快，远不及开阳这等鬼魅一般的身法。可是她冲到了开阳身后，开阳手中的短剑仍是刺不出去，好似身前有一堵无形的铜墙铁壁，而他整个人也似被冻住了。

这人想干什么？到这时候还想以郑司楚为人质吗？郑夫人不明白，也来不及去想，手中腰刀猛地向开阳背心刺去。此时郑司楚已将如意钩拔出，来不及掉转，将柄直顶过去。如意钩不像长枪有个枪纂，柄处并无尖锋，只是将开阳顶得后退了一步，而此时郑夫人的腰刀正刺过来，等如力道增加了一倍，虽然郑夫人臂伤未愈，力量不够大，腰刀还是有一半刺入开阳背心。开阳痛得惨叫一声，反手向后极快一送，两柄短剑已齐齐刺入郑夫人小腹。也就在此时，郑司楚手中的如意钩已掉转过来，手上一发力，如意钩亦刺进开阳前心。他见母亲受伤，心痛无比，出手亦毫不留情，如意钩尖刺透了开阳的身体，尖端从后端透出。这一刺正中开阳心脏，当即毙命。

郑司楚刺死开阳，见母亲倒在楼板上，他顾不得一切，抢上一步抱住郑夫人叫道："妈！妈！"此时却听"砰"的一声，一直站在那边的郑昭也站立不住，单腿跪倒在地。郑司楚只道父亲见母亲受了重伤，心痛得昏倒，他正抱着郑夫人，又担心父亲的安危，一时间有点手足无措，只是叫道："父亲！"

他却不知方才郑昭见郑司楚危在旦夕，暗中以摄心术制住了开阳。这摄心术消耗体力极大，郑昭又是情急之下用出，虽然制住开阳，自己也已脱力。郑昭却听得清楚，撑着站起，说道："我没事。你妈怎么样？"

郑司楚见两柄短剑都插在郑夫人腹前，没入一半，郑夫人的衣服都被鲜血染红，他的泪水直涌出来，也不敢去拔，只是道："妈受了重伤！"

郑昭踉跄着上前，但上前一步又站住了，叫道："来人！快来人！快叫大夫过来！"

楼上这一番大打出手，楼下的工友亦已听到。这时听郑昭的叫声，一个工友跑了上来，见郑昭夫妇房里多了具尸体，郑夫人也倒在血泊中，吓了一大跳，忙道："我马上去叫齐大夫！"顿了顿又道，"齐大夫家就在边上，很近的。"

这工友也是好心，想让郑昭宽宽心，郑昭听来却觉这人啰啰嗦嗦，实是耽搁时间。他顿了顿脚道：“快去！马上把他带来！”

那工友答应一声，噔噔噔地下了楼。郑昭又走到郑司楚身边，扶住郑夫人小声道：“司楚，把你妈先抬上床去吧。”

郑司楚道：“父亲，现在万万不可搬动！我去看看隔壁。”

隔壁还有一个刺客，虽然被郑司楚刺中要害，却不知伤得怎样，会不会再出花样。郑司楚抹了把眼泪，也不说话，提起如意钩走出了门。隔壁是间空房间，本来正是自己吃粥吃包子的地方，现在板壁边躺倒了一个人，咽喉处有个血洞，郑司楚那一刺已将他气管都刺断，此人只有出的气已无进的气，不停地抽搐。郑司楚见这人定然救不活，就算救活了也问不出口供，本来对这人恨之入骨，心想他若不死就非要再折磨他一番，但见这人如此痛苦，暗生恻隐之心，低声道：“我给你个痛快吧。”提起如意钩向这人心口一点。这一下刺破了天权的心脏，天权手足一动，这才死去。

还会不会有别的刺客？郑司楚仍是不敢放心。他手握如意钩，几个房间都去看了一下，却不见有别的人了。这时楼梯响动，只听宣鸣雷的声音道：“郑兄，楼上怎么样？”

郑司楚道：“楼上干掉了两个。楼下那人你干掉了吗？”

宣鸣雷道：“是啊……”他一上楼，见郑夫人倒在楼板上，心下一惊，叫道，“郑夫人她怎么了？”

郑司楚黯然道：“我妈受伤了。宣兄，请你着意防备，不要再有漏网之鱼。”

宣鸣雷点了点头，也黯然道：“这几人当真了得，外面申太守派来的那人竟也遭了毒手。他们是什么人？”

郑昭此时抬头道：“他们定是北斗星君，共有七人。司楚，你要当心点。”

先前来东阳城的路上，他一家遭被南斗五星君伏击，当时听那五人说，其中的天机已在无想水阁被杀。他一家去无想水阁通知老师时，并不见旁人，这天机肯定是他们走后才到的，既已死了，定然是老师下的手。后来那南斗五星君在伏击中亦丧了四个，只逃出一个，南六北七，这回有三个北斗星君丧命，那么南北两部应该还有五人，加上两部天官，这剩下的七个暗杀高手肯定不肯罢休，还会再来。他们连着失败了两回，接下来肯定还会再来。若是大兵压境，郑司楚倒也不惧，但这些刺客神出鬼没，下手又阴险狠毒，大统制的手段当真太毒辣了。

此时门外又传来一阵喧哗。宣鸣雷不待郑司楚再说，便道：“我去看看。”他转身下了楼，见一个工友引着一个老者进来，认得是昨天来过的齐大夫，忙道：“齐大夫，快上楼，郑夫人受伤了。”

齐大夫本已睡下，听得郑先生一家遇袭，吓得睡意全消，衣服都没穿整齐就抱着药箱赶来了。因为赶得急，现在上气不接下气，听宣鸣雷说郑夫人受伤，他心中更惊，问道：“伤在哪儿了？”

郑司楚也已听得齐大夫来了，他生怕还会有刺客，没敢下楼，只是在楼梯口道：“齐大夫，我妈小腹上中了两剑。”

齐大夫急急上楼，郑昭还抱着郑夫人，身下已是一滩血。齐大夫说道：“先把夫人放在楼板上，我给她起刀止血。”说着抹了把额头的汗道，“还好你们没把她换位置。”

受了重伤后，切不可随意搬动。这一点是军中医营屡屡强调的要点，郑司楚自是知道。他听齐大夫这般说，暗自亦舒了口气，忖道：“看来妈还有救。”见齐大夫出手如飞，给郑夫人起了刀后又用药膏敷上，再用纱布包裹，不忍再看，提着如意钩察看四周。耳畔不时听得母亲的呻吟声，突然间想起自己幼时，母亲抱着自己在五羊城四处闲逛的情景，泪水忍不住涌出眼眶。

第九章 再造共和

当齐大夫将郑夫人包扎好，抬上床后，申士图也领着芷馨和一干侍从过来了。

郑家竟然遇袭，飞铁丧命，申士图回想起来仍心有余悸。听齐大夫说郑夫人的伤势极重，现在不知吉凶，好在郑昭安然无恙。申芷馨见郑夫人受了重伤，不由得哭了出来。郑夫人对她视若己出，申芷馨的母亲已经去世，心中实亦将郑夫人视作母亲，说什么也要伴在郑夫人身边照料。

待事已粗定，申士图屏退左右，与郑昭相对坐在一处，叹道：“郑兄，此事全都怪我。”

郑昭也叹道：“士图兄，这事岂能怪你？要怪，也怪南武的手太辣了。”

大统制对郑昭竟是如此不依不饶，非要斩草除根不可，申士图亦不曾料到。他小声道：“此事多亏令郎看出破绽，否则更难应付。余成功这家伙，竟敢下这黑手，看来不能轻饶了他。”

郑昭诧道：“这是余成功策划的？”

申士图将郑司楚先前的分析约略说了，说现在被杀的三个刺客中，其中一个正是那天与余成功一同来过的。郑昭听罢，叹道：“士图兄，此事亦不能怪余成功。年景顺的下落找到了吗？”

申士图道："找到了。原来竟被这些人绑了票。看守的那人已觉风声不对，脱身逃了。"

年景顺是余成功的外甥，又是他的得力副手，以年景顺的性命来威胁余成功，余成功自不敢不听。若是以前，郑昭亦觉余成功这人其罪当诛，现在却觉他情有可原。他小声道："士图兄，现在正值用人之际，万万不可平白树敌。你将那年景顺还给余成功，这回他应当会死心塌地跟着你走。"

这也正是申士图的想法，只是他怕郑昭会怒火不消，不肯原谅余成功，所以才这般说。余成功虽是五羊驻军首脑，但郑昭更是这回举旗的一块金字招牌，权衡之下，若只能放弃一个，还是放弃余成功为上策。听郑昭这么说，他心中实是一块石头落地，点点头道："郑兄既然如此大度，那样也好。余成功倒也不是铁了心要跟大统制走，应该能拉过来的。"

郑昭心中有点想笑，忖道："士图兄，你在我面前也想耍这花枪。"但想到妻子受了这么重的伤，生死未卜，笑也笑不出来，只是道："士图兄，五月十五的会准备得如何了？"

申士图道："我暗中已通了气，九成的人都愿听从我，还有一成也多半不是竭力反对，只是心存观望罢了。"

郑昭道："对这一成之人，也不可大意，这几日要密切注意他们的动向，特别是与陌生之人来往的情形，务必要加倍小心。"

申士图点头道："郑兄说得极是。"心中忖道："我只道他家里遇到这等大事，只怕会一蹶不振，看来多虑了，此人实乃非常人。如果能和他结成儿女亲家的话，多半利大于弊。"想到此处，又小声道："还有件事，本来不当在此时说出来，但尊夫人伤势如此严重，郑兄也不要嫌我冒昧了。"

郑昭诧道："还有什么？"

"便是小女之事。小女之母无福，已然过世，尊夫人极喜爱小女，我看令郎亦是风神俊朗，英气勃勃，他们两个若能配成一对，倒是件美事。"

郑昭听他说的乃是此事，脸上亦露出喜色道："拙荆也常有此意。士图兄既然亦这么想，那确是一件极好的事。"

和申士图虽是数十年的老交情，但郑昭知道知人知面不知心，现在要办这件大事，更应该团结一致。而现在能让双方更一步信任对方的最好方法，便是结成儿女亲家。他知道申士图的意思，那是因为妻子受的伤太重，万一她伤重不治，再说这种儿女亲事就显得不合时宜了。申士图听郑昭答应了，喜形于色道："那多谢郑兄了。"转念一想郑司楚的母亲刚受了极重的伤，实不该如此高兴，便又正色道，"还望尊夫人早占弗药，这样这桩喜事就喜上加喜了。"

郑昭犹豫了一下道："只是这事我还要问问司楚，总是要他自己首肯方好。"

申士图道："正是正是。"心中却想："以芷馨这等品貌，配你儿子绰绰有余……不过郑司楚这小子也当真是芷馨的良配，别个这么好的小伙子只怕找不到了。"和郑昭结成亲家后，双方就更无隔阂了，而郑司楚的能力他已极为欣赏，将来郑司楚必定会成为自己的得力助手。

他这般想，郑昭亦在这般想。自己虽是威望高过申士图，但五羊城是申士图经营已久的地方，自己与申士图能够更紧密地联合在一起，大事成功的把握就更大一分。再加上郑司楚在军事上的天分……想到此处，郑昭心底却有点隐隐的不安。他虽然也在军中甚久，但自知并无将才，郑司楚继承的，自是他那个亲生父亲的才略。假如有一天郑司楚知道了自己的身世，会不会与自己反目？那这个最得力的臂助反而成为最大的敌人。

不要去想了。小薇不会说，自己也不会说，世上再无一人知道……

想到再无一人知道，郑昭便想起了东阳城隔着车帘碰到的那个马先生。那人是自己这些年里第一次碰到的同样怀有秘术之人。这马先生也知道了司楚的身世，终究是个隐患。他会不会将此事告诉大统制？但转念一想，当时马先生放过了自己一家，就是已经和大统制决裂，大统制也再不会信任此人。以大统制行事的风格来看，只怕这马先生现在已经葬送在大统制手中了。但不管怎么说，一旦有机会，还是应该灭了这马先生的口，以绝后患才是。

申士图见郑昭若有所思，不知他在想这些，只道他还有些犹豫，便低低道："郑兄，你也不必再担心大统制，毕竟五羊城与雾云城一南一北，天各一方，他对这儿亦是鞭长莫及。"

郑昭道："好。今天已是五月十二，接下来这三天，务必要加倍小心，不可再出乱子。"

申士图道："是。等天一亮，你们一家就都转移到你妹夫那边去吧，我再加派人手昼夜巡视，绝对不让大统制的人再次下手。"

他们商议已定，郑司楚在母亲房里却是忐忑不安。这一晚他与申芷馨两人都没有合眼，不时查看郑夫人的伤情。好在齐大夫的手段当真高明，郑夫人虽然仍神智不清，伤势却不曾恶化。

天光已然放亮，郑司楚虽然曾恶斗一阵，后半夜也不曾睡，但他在军中日久，已是惯了，申芷馨却有些抵挡不住。郑司楚见她疲惫，柔声道："小芷，你回去歇息吧，我在这儿看着。"

申芷馨确是熬不住了，便不客气，站起身正待出去，回头对郑司楚道："司楚哥哥，你不歇息吗？"

郑司楚摇了摇头道："我还承受得住。"

申芷馨喃喃道："希望段阿姨早日康复。"

她从楼上拾级而下，还没走到底，宣鸣雷已迎上来道："申小姐，郑夫人情形如何？"

申芷馨道："她还好。"她见宣鸣雷亦是一夜不睡，仍是精神奕奕，诧道，"宣将军，你们当兵的不用睡觉吗？"

宣鸣雷道："当然也要睡。只是一入行伍，谁知道什么时候要出动，所以平时见缝插针都在休息，我一边走路都能睡着。"

申芷馨睁大了眼诧道："真的？"

宣鸣雷见她当真信了，苦笑道："当然是假的，只是说说而已。只是平时打个盹，精神也就回来了。申小姐，你快回去歇息，我送你吧。"

申芷馨脸微微一红，低声道："不用了，我和阿爹一块儿回去。"心中却想道："司楚哥哥和宣将军两人倒有点像，却也不像。司楚哥哥太一本正经了。"她与郑司楚自幼玩在一起，但十几年未见，反而显得陌生，她在郑司楚跟前也有点局促，总是无话可说；倒是宣鸣雷，虽是初见，却不必有什么顾忌，想说什么就说什么。她与宣鸣雷两人坐在桌前，本来已是睡意沉沉，但宣鸣雷与她说些趣事，听得她赞叹不已，睡意不知不觉已退去了不少。

说了一阵，楼梯响动，却是申士图和郑昭下来了。申士图一边说着，一边低喝道："厚土，你即刻将郑公一家送往特别司去，再安排人手日夜巡逻。"

飞铁和厚土是申士图侍从队的两个首领，现在飞铁已遭不测，便由厚土全面负责。厚土答应一声，叫了几个人过来将郑夫人抬下。申芷馨见郑夫人被抬下来，也在一边张罗，等郑夫人被抬上大车，郑昭和郑司楚两人同上了车，宣鸣雷则去亲自赶车，申士图父女才向他们告别。

回太守府的路上，天已大亮，路上行人也多了许多。申士图自与郑昭告别后，一直没说话，此时才低低道："芷馨，你方才一直在与宣将军聊天？"

申芷馨此时困意已浓，上下眼皮直打架，听得父亲问起，便道："是啊。"

申士图犹豫了一下，说："你觉得，宣将军和司楚两个人，比起来如何？"

申芷馨含含糊糊地说："宣将军很好，司楚哥哥也很好。"

申士图呆了半晌，才低低道："假如，要你选一个，你选谁？"

他下楼来见女儿与宣鸣雷谈得热络，心中便有点不安。刚与郑昭说好要结儿女亲家，这个女儿只怕就不能让自己如愿。他本以为女儿定然很喜欢郑司楚，这桩亲事十拿九稳，所以郑昭说要问问儿子，他连问都不问女儿，现在却觉得这事只怕没这么容易。问出这话来，他也怕女儿脸嫩，挂不住，但半晌仍不见女儿回答，扭头一看，却见申芷馨歪着头，已是睡着了，自己这话定然没有听到。他苦笑了一下，也不再多说。

"世上事，不如意者十常八九。"他想起了许久以前听到过的这句话。对申士图来说，这话并不是确切，因为他的事向来都很如意。可是现在才发觉，至少在儿女亲事上，能如自己意的可能性只怕不高。

不管怎么说，让芷馨自己做主吧。也许，她只是嘴上说说，心目中对这两人仍是分出甲乙来的，真正喜欢的还是郑司楚吧。毕竟，女孩的心思，旁人总是不懂。想到此处，他也不再多想，闭上眼养神，一边想着三天后砺锋节这场将决定五羊城命运的大会。

到了特别司，申士图再不敢大意，安排郑家住在一幢闲置的石屋中。特别司的房屋设置没有先前那宅院舒适，但特别司在五羊城最南，一半是沿海，比先前安排的地方还要偏僻，若有闲杂人等更易被发觉，而申士图安排的人手更是日夜不断巡逻，当真再无反覆的可能。而且齐大夫也索性暂居到特别司里，日夜照料郑夫人。第二天，齐大夫说郑夫人的烧已退了，但神智回复只能听天由命。郑司楚见父亲昏迷了大半年，好容易才醒，这回却轮到母亲昏迷，心中极是痛苦。宣鸣雷来找他散心，和他玩了几回战棋。这个时候华士文也不小气，任由他们折腾，但郑司楚水战之能本就远不及宣鸣雷，又担忧母亲伤势，与宣鸣雷对战，一局未赢，每回都被打得全军覆没，以至于宣鸣雷颇有高处不胜寒、对手难觅之慨。

又过了两天，这一天已是五月十五。一大早，申士图派来接郑昭的人就到了特别司里。这天郑司楚正和姨妈段紫蓼一块儿照料郑夫人，郑昭出发前还来看了看，向自己这个小姨子打了声招呼，却将郑司楚叫了出去，在门边小声道："司楚，今日将是决定性一刻。若是午后，没有我的手书回来，你就带着你妈即刻逃出城去。"

郑司楚亦知道今天砺锋节会议上，申士图将要提出举旗反对大统制之事。虽然先前估计，五羊城中大多数人都会表示支持，可现实到底与估计的有很大出入，安知会有什么变化。听父亲这般说，知道一旦反抗的力量过大，父亲和申士图两人只怕会当场被砍为肉泥。他道："父亲，要不要我跟着你去？"

郑昭道："你去也无济于事。一旦群情汹汹，都反对我们的话，我们的命运便也决定了。这回，再没有一条退路，所以你还是带着你妈远走高飞吧。你姨妈已经知道，到时她会安排你们一块儿登船出海，去异乡谋生。"

姨父陈虚心身为特别司司长，也将出席这次大会，而且肯定会站在申士图和郑昭一边。一旦群起反对，陈虚心自然同样回不来了。他犹豫了一下，道："小芷呢？"

郑昭眼里一亮，低低道："你很喜欢芷馨，是吧？"

这话段紫蓼也问过郑司楚，但那回郑司楚没有回答。听得父亲也这样问，郑司楚再没有犹豫，点了点头。郑昭心下一宽，拍拍他的肩道："我和你申伯父也有意撮合你们。如果此事成功，也该安排你们的亲事了。如果我们回不来……"他顿了顿，苦笑道，"她马上就会来。到时你带上她，一块儿去海外成家立业吧，再不要回来。"

郑司楚听父亲说的仿佛遗言，心下无端一疼，低声道："父亲，不会吧，我们一定会成功！"

在南武的阴影笼罩下，谁都不敢说一定会成功。郑昭想着，心里亦有些刺痛。但现在不是想这些的时候，他想了想，又道："还有一件事……"

郑司楚不知父亲又要交代什么，等了半晌不见他说，好一阵郑昭才道："算了，也不是什么大事，反正你母亲若能康复，你们到了海外，她一定会跟你说的。”

郑司楚心道什么事这么难说，只怕是交代自己和申芷馨将来的事吧。现在父亲要踏上的决定命运的路，旁的事已不在他心上了，只是低声道：“父亲，我静候你的好消息。”

郑昭点了点头道：“正是。天下事，做了未必能成功，但不做就一定不会成功。”

话已至此，也不必再说什么。他转身便上了车，见郑司楚仍站在车前，便在车里向他挥挥手道：“司楚，回去吧，反正午后一切便见分晓。”

此事的把握实有八成以上。可就算有八成把握，仍有两成不确定，到时情势同样有可能会急转直下。

南武，终于要和你正面对抗了。郑昭在车中想着，脑海中浮现出来的却是很多年以前，大统制、丁亨利与自己一同谈论将来的前景，都以天下为己任，意气风发，只觉为天下苍生开创一个全新的时代者，舍我其谁。几十年已过，新的时代已经来临，却远没有当初构想的那样完美。

丁亨利已经退出了，接下来，就看你我谁能走到最后！

郑司楚看着郑昭的车子驶远了，心中突然有种说不出的空虚。

万一，举旗失败，自己的下半生将会怎么样？从少年时代起，他最崇拜的就是共和国的名将们。丁元帅、莫元帅、邓元帅，以及魏、毕、方、于、胡这五上将，都曾是他的偶像。后来自己也进入了军中，虽然曾与毕炜起过冲突，但对毕炜的将才他也同样敬佩。只是时代真是一条洪流，立下不朽功绩的共和名将军，现在竟然叛的叛，败的败，三元帅五上将中，除了早死的次帅莫登符和三帅邓沧澜，再加一个早已残疾退伍的第一上将军魏仁图，其余诸人竟然都被洪流卷走。丁亨利已是叛逆，毕炜战死，方若水和胡继棠自远征败退，再无消息，接下来有谁将会登场？

我一定也会走上前台的。

郑司楚想着，既有些忧伤，也有种难言的豪气似欲冲霄直上。这时身后突然响起了申芷馨的声音：“司楚哥哥。”

郑司楚转过头，却见申芷馨站在后面不远处，背上又背着那面筝。因为父亲刚说过自己和她的亲事，郑司楚见到她突然有点不安，微笑道：“小芷，你来了。”

申芷馨盈盈走到他跟前，脸上却也有点不安，小声道：“阿爹今天好像有心事，让我来这儿。”

因为申太守同样没有十足的把握。他道：“来，去那儿坐坐吧。”

申芷馨道：“段阿姨现在怎么样？”

“伤势在好转，不过齐大夫说就怕有反复。”

申芷馨顿了顿，道：“吉人自有天相，司楚哥哥你也别太担心。”说到这儿，她又展颜一笑道，“今天一早余将军和阿顺又来了一次，说万分感谢阿爹。我向阿顺说了你来的事，他很是高兴，说过后来看你。”

余成功应该不会再有反复了。郑司楚听得这消息，心情登时好了几分。余成功是广阳一省的军事首脑，得他支持，举旗之事成功的希望更多了一成，想来应该不会再有什么事了。他见申芷馨背着那面筝，便道：“小芷，我们来合奏一曲吧。”

申芷馨一听他主动说要合奏，脸上更增霁色，说道：“好啊。叫一声宣将军吧。”

郑司楚实不太想叫宣鸣雷过来，但申芷馨这般说，不好违逆她，便说：“我去叫他。”

宣鸣雷因为玩战棋找不到对手，这一日说阿力阿国他们对兵法不上心，给他们紧急培训，传授水战秘要。郑司楚到展示厅里，只见宣鸣雷面前摆了不少小船模型，陈敏思也站在一边给他打下手递东西。宣鸣雷因为帮他向陈虚心进言，说玩玩战棋不至于玩物丧志，陈虚心特许陈敏思玩几局，所以陈敏思对他感激之极，倒是俯首贴耳。一见郑司楚进来，宣鸣雷笑道：“郑兄，你也来了，正好，再和我来一局试试。”

郑司楚道：“申小姐来了，让我来叫你一声，一块儿合奏一曲。”

宣鸣雷对音律的爱好更胜于战棋，一听要合奏，眼里便是一亮，但马上道：“这个？我还是算了吧……”

郑司楚道：“你若不去，申小姐可是要生气的。”

宣鸣雷听他这般说，倒是从善若流，点头道：“那也是。等我一下，我去拿琵琶。”

这琵琶还是申芷馨给他的，宣鸣雷收得很好。郑司楚见他答应了，心里反倒有点失望，但宣鸣雷兴冲冲地去了，他也不好再说什么。宣鸣雷抱了琵琶出来，对陈敏思道："敏思，你去玩吧。"

陈敏思道："我怕我打不过他们……"

宣鸣雷道："我教你那几个绝招你用出来！阿力阿国有多少斤两我哪不知道？"

陈敏思难得被父亲允许玩一次战棋，可那天和宣鸣雷玩时，毫无还手之力，被打得一败涂地，还是宣鸣雷放水让他也击沉了一艘，否则就是全军覆没。后来宣鸣雷偷偷给他讲了几个水战中的阵形绝招，他实是跃跃欲试，听宣鸣雷这般说，欢呼一声，便走到战棋边上。宣鸣雷这才抱着琵琶过来，笑道："申小姐在哪儿呢？我们快去。"

郑司楚道："她在海边呢，走吧。"

特别司设在五羊城最南端，这一块只有一处船舶能够靠岸，别处地势极为险要，也是当初将特别司设到这儿的原因。郑司楚和宣鸣雷走到海边，远远便见申芷馨坐在一处崖上，筝已摆在身前，她正在调音。见郑司楚和宣鸣雷过来了，申芷馨微笑着站了起来，行了一礼道："宣将军，真不好意思，把你叫了过来。"

宣鸣雷拣了块石头坐下道："怎么样？再来一曲《秋风谣》？"

《秋风谣》是郑司楚最熟的曲子，但申芷馨摇了摇头道："现在可不是秋天，还是吹一曲《坐春风》吧。"

《坐春风》亦是古曲，因为曲调优美清丽，五羊城的饮宴上凡有乐队助兴，多半便奏此曲，申芷馨那回拿来的曲谱中有此曲，但郑司楚和宣鸣雷都还没练过。宣鸣雷弹了两个音，笑道："这回只怕要出丑了。郑兄，我们先熟熟手吧。"

那本曲谱郑司楚一直带在身边，翻出来看了看，却见曲谱下还有词，想必这《坐春风》本是一首歌。他念道："南国秋来八月间，芭蕉阶下绿、荔枝丹。红楼隔水卷珠帘。人如玉、翠袖待谁怜。"不由笑道，"曲名是《坐春风》，词中却写着南国秋来八月间。"

申芷馨道："按谱填词，本来词与曲相合，但后来就只取曲调，词与曲名无涉。你别管这词，只管曲子吧。"

《坐春风》还有下半段，郑司楚见写着：“可惜好容颜。明朝风雨后，总凋残。劝君且放两眉宽。杯中酒、以尽一宵欢。”这等浅吟低唱，咏叹流年似水，当及时行乐的歌词向来不为他所喜，但申芷馨选了此曲，他便也不再多说。摸出铁笛来试吹了几下，只觉这曲子也不甚繁复，以自己现在的手，当能应付自如。待宣鸣雷和郑司楚练了一阵，申芷馨道：“行了吗？我们开始吧。”

这时一阵海风吹来，将申芷馨的一绺头发吹得飘起。她伸手一捋，挽到耳后，姿势曼妙之极。郑司楚和宣鸣雷两人都看得痴了，申芷馨见两人都不答话，全都贼忒兮兮地看着自己，嗔道：“准备好了吧？”

宣鸣雷拨了两下琵琶，笑道：“还是上回那样？申小姐先弹一段过门，我们再加进来？”

申芷馨微笑道：“那好。”说着，纤指轻拨，曲声如流水般响起。海风有时会吹得浪如壁立，但此时的海风却轻柔如丝，她指下筝声散在海风中，更是美妙绝伦。

“南国秋来八月间，芭蕉阶下绿、荔枝丹。红楼隔水卷珠帘。人如玉、翠袖待谁怜。”郑司楚回味着词中的意境。这词说的是个独自等待在楼上的女子，寂寞而忧伤，所谓“人如玉”，自是生得美貌如花，好像正是在说申芷馨一般。他对音律一道已经入门，当初不通音律之时也只觉泛泛，现在听来，却觉得申芷馨指下每一个音符都似有了灵性，每个音符都像她的手指，柔软熨帖，听来亦有种恍如梦寐之感。只是，这种柔媚却又好似与自己格格不入。曲调仿佛春风化雨，自己却是一块磐石，岿然不动。

这时过门已弹到了结尾，宣鸣雷明于音律，知道那是自己加入的良机，五指一轮，一连串琵琶声便已响起。也就是琵琶声响起之时，郑司楚的笛声也同时响起，两人事先并无交流，但响起来却一般无二。申芷馨听他二人同时加入，心下窃喜，忖道：“司楚哥哥的笛艺又有长进了，用不了多久，我们就真能登台合奏。”

笛声和琵琶声响起，笛如春风，琵琶则如细雨，真个有春暮雨打芭蕉之意。筝声和琵琶声、笛声夹在一处，三者齐头并进，既如揉成一片，又脉络分明，说不出地美妙动听。郑司楚初时吹来，尚有几分生涩，不敢吹得太高，但过了一阵，生涩之意渐去，笛声也越来越明亮。此时已到了第二段，又该申芷馨奏一段小过门。等她将这段小过门奏完，琵琶声和笛声又同时响了起来。只是申芷馨暗自皱了皱眉。

单响琵琶声和笛声，当真不分上下，难以轩轾。可是这《坐春风》的歌词是叹息流年易逝，韶华不至，要人珍惜眼前光景。郑司楚的笛声却越吹越亮，仿佛这场细雨下得越来越大，渐成天风海雨，筝声和琵琶声渐渐跟不上他。她心道："司楚哥哥的手法是越来越高了，可是……可是他的心性太高，实在让人难以亲近。"听到后来，琵琶声和筝声已汇成了一股，成了和笛声相抗之势。郑司楚此时手持铁笛，物我两忘，脑海中来来去去的，哪还有什么隔水红楼，楼下丹荔绿蕉，楼上有玉人倚栏，而是金戈铁马，烽火遍地。那一日《秋风谣》吹到极处，将一树绿叶也激落许多，这回这段《坐春风》也吹出了秋风之意，全然脱离了《坐春风》本意。宣鸣雷手法极高，阴柔阳刚无所不能，可就算是他，亦有难以招架之感，不要说申芷馨的筝声，更是七零八落，仿佛笛声是一把锋利无比的快剑，当者辟易，无不化为齑粉。连海风也似受笛声感应，越来越大，崖下浪涛滚滚，打在礁石上，尽成细屑。

终于，一曲已到尾声。到了这最后，琵琶声尚可听到，筝声已是微不可闻。吹完了这一曲，郑司楚取下铁笛，只觉胸臆间热血奔涌，简直要仰天大吼一阵方能发泄。他长吁了一口气，这才笑道："小芷，我有没有一点进步？"

申芷馨看了看他，但眼神马上转到了别处，微笑道："司楚哥哥，你的手法是大有进步了，但这可是《坐春风》，不是《秋风谣》啊。"

郑司楚"啊"了一声，心道："是啊，我怎的把这曲子吹成这样？难道，我离开军队这么久，想的仍是金戈铁马、杀伐厮杀吗？"

一边宣鸣雷见申芷馨神色不悦，心想一件好事别闹得不欢而散，便笑道："郑兄的笛技实在已神乎其神。不过音律随心，心有所感，发乎指端，郑兄想到的一定是战场之事吧？"

申芷馨撇了撇嘴道："我就不明白，你们想的全是杀啊烧的。好好的曲子，你们吹成这样，吓都吓死了。"

她虽是说"你们"，但又说"吹"成这样，不满的自是郑司楚一个。郑司楚哪会听不出来，苦笑道："小芷，让你笑话了，我说我在此道上没什么天分。"

申芷馨道："司楚哥哥你其实很有天分，段阿姨就很懂音律，那时她跟我说，一曲有一曲之境，吹奏时当体会一曲的意境，不能一味随心所欲，不然什么曲子全是一个调调，那还让人怎么听！”

郑司楚听她已在耍小性子了，心道：“小芷平时挺大方，一说到音律，马上就刻薄起来。”他陪个笑脸道：“小芷教训得极是，所以还要你多教教我。”

申芷馨听他说了句笑话，心想：“司楚哥哥平时不苟言笑，现在说这笑话也这么干。”她撇撇嘴道：“我可教不了你。司楚哥哥，你啊，是积重难返，吹吹《秋风谣》还好，吹别的，那真是糟蹋了。”

这话已有点重，宣鸣雷生怕郑司楚下不了台，忙打圆场道：“其实郑兄也是疏于练习。申小姐，你常来，将音律上的心得多跟他说说，他一定会体味得到的。”

申芷馨脸忽地微微一红，啐道：“谁要教他啊，榆木脑瓜，开不了窍。”说着，板着脸将筝收了起来，说道，“我去看看段阿姨，你们自便吧。”

宣鸣雷奏乐的瘾头实未过足，见申芷馨要走，忙道：“申小姐，不再练几段吗？我们换一段练吧。”

申芷馨道：“算了，以后再说吧。”

她将筝放回布套，背回背上，转身便走，连告辞都没说。平时申芷馨见到他们总是斯文有礼，发这么大的火还是第一次，郑司楚实是摸不着头脑，不敢挽留她。待她一走，他苦着脸道：“宣兄，我是不是吹得很糟，才让小芷生气了？”

宣鸣雷道：“哪里，单以笛技而论，你已比我强得太多了。”他咽了口口水，又道，“只是音律，也如兵法，要因势利导，不能一味强攻。好比打起仗来，前锋营冲营，辎重营打扫战场，要是哪回敌人从背后袭来，就要及时转变队形，不能让辎重营也抄着刀子去厮拼。”

宣鸣雷这般说，郑司楚却也明白了。他道：“道理我也知道，只是吹出来，总是不知不觉往这路子上走。”

宣鸣雷道：“这应该是你练习太少，听得太少的缘故。百战百胜之将，绝非从军校一出来就是的，全得在实战中磨炼出来。郑兄，你吹笛，大概还是自己练习多，旁人点拨少吧？”

他这话说得甚切。当初郑司楚向蒋夫人请教，蒋夫人只是纠正他的指法，要他多加练习，特别是各种风格的曲子都要练练。但郑司楚一吹到柔媚的曲子，往往就觉得吹不下去，而《秋风谣》这等曲风锐利的，却吹来得心应手。他道：“想必便是如此。”

宣鸣雷道：“那就是了。好比你当初听我弹《一萼红》，这曲子本来够软的，但闵先生此词却是雄浑悲凉，我想着他这首词，便要配合词风……”

郑司楚听他说到那《一萼红》，说是“闵先生”，诧道：“闵先生？闵维丘吗？”

宣鸣雷道：“自然，天下哪还有第二个会填词的闵先生？”他说着，信手一拨，琵琶弦上出来的却是金戈铁马之声，宣鸣雷哼唱道，“快哉风！把红尘扫尽，放出一天空。”

此时海风已然转大，身下的海水窾坎镗鞳，响个不住，宣鸣雷接唱道：“银汉崩流，惊涛壁立，洗出明月如弓。会当挽、轰雷掣电，向沧海、披浪射蛟龙。扳倒逆鳞，劈残螭角，碧水殷红。”此时上段已终，他弹了一段过门，又唱道，“记得纵横万里，仗金戈铁马，唯我称雄。战血流干，钢刀折尽，赢得身似飘蓬。抚长剑、登楼一望，指星斗、依旧贯长虹。”唱到这儿，声调越来越悲凉，声音虽然转弱，却仍是一字不乱，声声入耳。宣鸣雷又弹了几下，结道：“叹息都成笑谈，只付衰翁。”

闵维丘乃是名噪一时的大诗人，所填之词酒楼上传唱甚广，风格也以柔媚居多，此词郑司楚却不曾听过。当初在酒楼上听宣鸣雷所唱，末句不曾唱出，这回才算听他唱完。待宣鸣雷唱完了，郑司楚道：“闵维丘好像没当过兵吧，怎么这词里好像在说一个老将？”

宣鸣雷道：“这是他晚年和邓帅相遇，在酒席上即席赋的。当时我也在场，邓帅听他唱完，眼泪都流下来了。闵先生说的，应该就是邓帅。”

郑司楚点了点头道：“那就是了。”他忽然笑道，“若是小芷听你唱这般一首《一萼红》，多半也要朝你发一顿脾气了。”

宣鸣雷只是笑了笑，心道：“曲风不同，你到底还是对音律知之不详。”他放下琵琶，忽道：“郑兄，今天令尊和申太守是在准备大事了吧？”

虽然没有和宣鸣雷明说，但宣鸣雷亦已听到风声了。郑司楚道：“是啊。”

宣鸣雷望着远处海天一线，叹道：“虽说此事胜算很大，但到底不是十足十。万一有了意外，郑兄，我们是不是就该跑路？”

郑司楚这回倒吃了一惊，问道："你怎么知道？"

宣鸣雷笑道："码头从昨天起就停了这么艘大船，我又不是瞎子。今天这日子，申小姐也跑过来，分明是申太守以防万一，万一他们举事失败，让她也跟着我们跑路的意思。"

郑司楚道："那也只是以防万一而已。我估计，现在应该能成了。"

宣鸣雷点了点头道："若是不成，城中定然已经大乱。毕竟，五羊城要公然反叛，铁了心要跟大统制走的人不会答应。不过明天城中还应该会乱一乱，希望申太守未雨绸缪，已做准备。"

城中上下，定然不会万众一心，难保不会有铤而走险的，特别是军中的中下层军官。郑司楚淡淡道："如果是前些日子，我还有这个担心，但现在已不担心了。"

宣鸣雷道："哦，你哪来这么大信心？"

郑司楚微笑道："申太守心思缜密，诸事都已有准备。那天余成功去见他，虽然他当时并没有觉察出意外，暗中却已做好防备。当时这几个刺客本意定然是想刺杀申太守，但发现无从下手，这才退而求其次，前来刺杀家父。"

宣鸣雷又点了点头道："确实，你说得是。看来'知彼知己，百战不殆'这话，当真是至理名言。"

"知彼知己，百战不殆"，乃是兵法中一句名言。郑司楚对此话实是有切身体会，当初西征朗月，方若水一军就是因为不知五德营底细，以致久攻不下，后来毕炜前来助战，五德营的底细已多半摸清，终于一举成功。而随毕炜远征西原那一次，同样是不知五德营在西原已有种种变化，结果败北。后来三上将的大军远征，又何尝不是知己而不知彼，结果被五德营的新武器偷袭得手，以绝对的优势灰溜溜地逃回来，毕炜更是将性命都丢在那里。而方若水与胡继棠两位上将军虽然逃得性命，前半生所建立的声名亦已丧尽。

击败他们的薛庭轩，比自己大不了几岁，更是曾与自己斗枪落败。想到这一点，郑司楚心中却不是得意，只是说不出地痛苦。当年击败薛庭轩的喜悦，现在却仿佛成了一根插在他心头的尖刺。薛庭轩已成为传说中的人物，自己呢？在大统制追杀下苟延残喘，甚至，不是大统制的直接目标，仅仅是作为父亲的附带物！而这一点更让郑司楚有种窒息感。在他心底，自己永远不是什么附带。

与大统制对抗到底，不仅仅是为了父亲，也是为了自己。

他这样想着，仿佛应和他这念头，远远传来了几声钟鸣。

那是五羊城的大钟。昔年五羊城号称有一树、一塔、一钟三宝。一塔是座琉璃塔，已经在数十年前毁于战火；一树则是泛指，指的是五羊城里到处都栽着的荔枝树；这一钟则保留至今，是口数千斤的大铜钟，敲响后声闻数里，满城俱能听到。正因为这钟太响了，一般都不敲，只有出现紧急事态时才会响起。听得这钟响，郑司楚的心头便是一凛。

钟响了，这表示申太守举旗成功还是失败？他看了看宣鸣雷，宣鸣雷也看了看他，两人都不说话，这时却见有个人急急向他们这儿跑来，正是申芷馨。

申芷馨的背上，那面筝还没解下。她跑得上气不接下气，远远地便叫道："司楚哥哥！宣将军！"宣鸣雷和郑司楚闻声已跑了过去，只见她脸上已沁出汗珠，神色却并不惊慌。两人都是心下一宽，暗道："看来是好消息了。"

申芷馨手上拿着一张纸条，递给郑司楚道："司楚哥哥，郑伯伯刚写来的！"

郑司楚接过纸条，见这张纸也被申芷馨的手汗打湿了。他正要打开，心里却有点无由的忐忑。宣鸣雷在一边已急坏了，催道："郑兄，快看看，郑公写的是什么？"郑司楚打开纸条，只见上面只写了四个字："再造共和。"

这便是会议最终的结果？郑司楚突然一阵激动。大统制的共和国已让人绝望，但共和并没有死。当初共和国的烽火便是从五羊城燃起，这一次，真正的共和也将从五羊城诞生。他心中激动，人却越发平静，淡淡道："达成共识了？"

申芷馨点了点头，眼睛发亮："会议上，人人都同意阿爹的提议。现在正在敲召集钟，马上要向全城宣布。"

五羊太守府前有个广场，可以聚集十万人之众，但五羊城里就有五十余万居民，广阳全省更有近三百万人口。要向全省民众宣布这一重大决策，不是一时半会儿能够达成的。在太守府前宣布，当然只是一个仪式，表明从这一刻起，五羊城与大统制彻底决裂。

郑司楚又看了看纸条道："小芷，从现在开始，你们都不要四处走动，谁也不要落单！"

申芷馨还沉浸在激动之中，听郑司楚这般说，她一怔道："为什么？"

宣鸣雷道："申小姐，现在是最混乱的时候，要防备有人对你们下手。"

现在，申士图、郑昭、陈虚心这三个五羊城再造共和关键人物的家眷都在特别司里，虽然申士图已加强防范，但安知不会被不甘心失败的人觊觎。宣鸣雷方才亦激动万分，但听郑司楚的话，脑袋一下子冷静下来，暗道："郑兄果然不是寻常人物，在这等时候还能冷静。"

申芷馨点了点头，说道："那我再去照看段阿姨，她若能知道这事就好了。"

郑氏一家，自从离开雾云城以来，一直担惊受怕，时刻担心遭人暗算，直到现在，才可以公开出头露面。郑司楚对宣鸣雷道："宣兄，我们也过去吧。"

宣鸣雷的本领，郑司楚亦见识过了，有他在身边，就不用担心孤身犯险。宣鸣雷答应一声，一边走一边屈指算着什么，郑司楚知道他在算什么，说道："宣兄，不用多虑，两个月之内，敌军应该不会压境。"

宣鸣雷算的，正是大统制的讨伐军会何时到来。听郑司楚说得如此肯定，他诧道："郑兄，你不知道邓帅的手段吗？"

郑司楚道："行军布阵，兵马未动，粮草先行。现在正值五月，青黄不接，邓帅要安排南征粮草，必定要花一个月时间，路上也得花一个月。这是铁板钉钉的事，邓帅手段再高强，也变不出来。"

宣鸣雷想了想，点点头道："应该如此。"

这两个月里，五羊城要争分夺秒地秣马厉兵，整顿内务，安定人心。虽然很紧急，但还是应该够的。因为之江省和广阳省之间还隔着个闽榕省，闽榕省没有军区，驻军也很少，何况闽榕省和广阳省两省唇齿相依，居民向来同枝连气。闽榕太守名叫高世乾，与申士图的交情亦复不浅，多半会偏向广阳省。至于广阳西邻的南宁省，因为是共和军的最初发源地，后来曾被蛇人占据多年，厮杀多年，人口剧减，直至今天全省人口也不足一百万，而且残破不堪，元气未复，更不足为虑。申士图敢于举旗，正是看准了这一点吧。论天时，三上将远征新败，兵力大损，中下层军官的损失更大；论地利，广阳省富甲天下，积粮足可供全省十年之用，还可向海外诸国贸易；论人和，广阳省地位超然，申士图经营多年，共和理念深入人心。天时、地利、人和，三者兼而有之，郑司楚亦觉得比薛庭轩在西原的楚都城，不知要强多少倍。

只是，最关键的一点，广阳省毕竟是在中原。假如诸省全都侧向大统制，以广阳一省，就算再富庶，仍是不足以抗天下。所以，邓沧澜即将到来的讨伐，其实才是决定五羊城再造共和一举的生死关键。能击退邓沧澜，那么南北对峙的大局才算粗定，否则，广阳省里再万众一心，仍是空的。这样看来，虽然五羊城比楚都城的实力要强得太多，可是与那时远征军脆弱的补给线比起来，大统制讨伐军的补给几乎可说无穷无尽；从另一面说，五羊城现在处境之险恶，又远远超过了楚都城。

能够坚持下去吗？他想着。邓沧澜，共和军第三元帅，水战第一。这个名号，不是随随便便得来的，而是经过了不知多少次实战，从血海中捞出来的。一想到要与这样一个传说中的名将对抗，他就有种说不出来的激动。他回头看了看水天相接之处，此时海风更大，远处波涛滚滚，似有万军压境，而层云堆积，厚得密无缝隙。

薛庭轩，你看着吧，我不会输给你的！

郑司楚心里，突然像有一个人在这样低低地吼着。他不知道自己为什么会和薛庭轩较上劲来，虽然薛庭轩一只手毁在自己的枪下，但薛庭轩现在一定已不把自己放在眼里。可是郑司楚却有一个念头，不用多久，“郑司楚”这三个字也定要传到薛庭轩耳边，就像薛庭轩这名字传到自己耳中一般。

薛庭轩，你等着我吧。

等着我，一步步追上你，直到超越你的身影。

第十章 风暴将至

五月十五，五羊城打出了“再造共和”的大旗，宣布广阳独立，郑昭也公开了身份。接下来的事情极多，郑昭脱不开身，郑司楚这阵子倒是放宽了心。

五月十六那天，郑司楚正坐在树荫下读着一本书，申芷馨走了过来，隔了十来步，她便叫道：“司楚哥哥，你看谁来了！”

郑司楚放下书，只见申芷馨陪着一个人走了过来。这人穿着军服，身材不算高，只比申芷馨稍稍高一点，但极为壮实，肩膀比郑司楚还宽，一张脸四四方方，是张国字脸。

这是谁？郑司楚正待搜寻记忆，那人却已抢上前来，伸手按住郑司楚的双肩叫道：“司楚！十多年没见了！”

十多年？郑司楚的记忆顿时涌上心头，他喜道：“阿顺！你是阿顺！”

申芷馨说过，阿顺名叫年景顺，现在是五羊城的少壮军官为首人物，是第三代七天将之首。只是在记忆中，阿顺瘦瘦高高，现在已完全不同，按在他肩上的那双手臂也力量沉雄，比自己的力气还要大一些。年景顺见郑司楚叫出了自己的名字，笑道：“是啊。我还要多谢你的救命之恩。”

郑司楚一怔，道：“我怎么救你了？”

年景顺微笑道：“不是你提醒了申太守，说有人挟持了我舅舅吗？申太守这才派人将我解救出来的。”

郑司楚这才想起来，那天晚上自己去见申士图时，申士图确是让飞铁探查年景顺的下落。当时飞铁说年景顺行踪不明，原来是被劫持为人质了。他皱了皱眉头道：“劫下你的那人是谁？”

年景顺道：“听说，是大统制派来的北斗七星君。那人的剑术可当真高明，听说他们来向郑伯父行刺了？”

一想到那日晚间北斗三星君行刺之事，郑司楚仍心有余悸。那三人暗杀的手段极是高明，回想起来，最后刺伤了母亲那人不知为什么下手时缓了缓，不然他们早已得手了。他点点头道：“是啊，大统制的手段真厉害。”

年景顺道：“他们厉害，你可更厉害，还不是将他们全拿下了。北斗七星君，南斗六星君，再加南北两个天官，听说个个都本领了得。”

那十三个星君已经死了八个，余众肯定还会再来的。郑司楚道：“是啊。”他见年景顺不想再说南北斗之事，多半是因为被他们劫为人质，引为奇耻大辱，便拉着年景顺坐下道，“阿顺，这些年你都在军中吗？”

年景顺道：“是啊。我军校毕业后就从军，虽说在五羊城也有点小小名头，但和你一比就差远了。你当初拿到二等共和勋章时，我就说司楚你肯定会大有出息。”

申芷馨在一边插嘴道：“阿顺也不简单啊，你是七天将之首。”

年景顺淡淡一笑道：“这只是关起门来做大，兄弟们给我们贴的金，到了司楚这样的真金白银面前，我们这七天将可成了废铜烂铁了，哈哈。对了，听说伯母受伤了？”

郑司楚道：“是。家母受伤极重，现在还没能苏醒。”

年景顺见他郁郁不欢，便道：“司楚，你也别太担心，伯母吉人自有天相，肯定没事的。”说到这儿，两人却觉得有点无话可说了。小时候，他二人加上申芷馨常在一块儿玩，无话不说，但现在毕竟都已是成人，反不像幼时那样亲密。郑司楚也觉有点冷场，便道：“对了，阿顺，现在军中情形如何？”

年景顺道：“申太守英明果断，军中上下众志成城，全无二心。”

郑司楚暗自皱了皱眉。年景顺这话实在是些套话，纯属官腔，他自不相信军中上下全是铁板一块，没有一个反对的。他道：“阿顺，现在是非常时期，可万万不能大意。现在五羊城的兵力如何？”

年景顺道：“常备军有五万，其中两万水战队，三万陆战队。但申太守这些年在诸校中大力推广军训，所以后备兵力甚足，如果有必要，短时间里就可以扩充到十万之众。”

郑司楚心想申士图果然是个深谋远虑之人。五羊城里的人口是五十余万，全省更有近三百万之众，要扩充到十万，确实并不为难。他又问了一些编制之事，年景顺果然是余成功的得力助手，说起来滔滔不绝，事无巨细全都了然于胸。对于诸军战具配备之类，也知之甚详。郑司楚听得暗暗佩服，忖道：“阿顺果然有他的本事。就算他兵法尚有不足，单凭这一手调度检点之能，就是个绝佳的中军之才，余成功倒也不是光因为援引私人才起用他的。”

两人闲谈了一阵，年景顺站了起来道：“司楚，天色也不早了，军中事务甚多，我去拜见一下伯母便要回去。你若有空，来我军中玩玩吧，我们诸同袍一直也想见见你呢。”

郑司楚道：“现在军中的事情很多吧？”

年景顺道：“是啊。这两三个月里，五羊城就又要面临一场血战。”

郑司楚也有些黯然。现在的五羊城，一片升平，但用不了多久，当邓沧澜的大兵压境，到时将是另一番模样。邓沧澜的本领，如果真与传说中一般，大概谁都不会是他的对手，年景顺准是缺乏信心吧。郑司楚想到此处，微笑道：“阿顺，事在人为。不要以为自己什么都做不到。”

年景顺像是突然一惊，抬起头来道：“司楚，你……”

郑司楚道：“天下绝没有常胜不败之将，叱咤风云，正在吾辈。”

年景顺的嘴咧了咧，但这笑容终究有些干。半晌，他叹了口气道：“是啊，事在人为，不做怎么知道成不成？”

郑司楚和申芷馨领着年景顺去拜见郑夫人。但郑夫人昏迷不醒，什么都不知道，年景顺也只在床头行了一礼便退了出来。送年景顺出去的时候，忽听得边上叮叮咚咚几声琵琶，年景顺抬头一看，却见一群人围着个男人坐在那边，那男人怀里抱了面琵琶。他一怔道：“芷馨，男人也会弹琵琶？”

申芷馨抿嘴一笑道：“哈，你还不知道？男人弹琵琶有什么稀奇，司楚哥哥的笛子也吹得可好呢，就你什么都不会。”

年景顺听说郑司楚会吹笛子，更是吃惊，看向郑司楚道："司楚你真会？真想不到，就我，这些年来一直是个粗人。"

郑司楚暗觉好笑。小时候阿顺事事都要跟自己争，自己跑得快，他也狠练跑步，非要比自己更快不可；自己爬树爬得高，他就要爬得更高。但他的手指又粗又短，吹笛子弹琵琶，可能一辈子都学不会。他道："不过一些雕虫小技，何足挂齿？"

送走了年景顺和申芷馨，郑司楚正要往回走，一边宣鸣雷突然从树丛里钻了出来道："郑兄。"

郑司楚见他居然从这儿出来，倒是大吃一惊，问道："宣兄，我方才不是见你在那边弹琵琶吗？"

宣鸣雷道："不错。方才和申小姐同来的是谁？"

郑司楚道："他便是年景顺，我幼时好友，现在的五羊城七天将之首。"

宣鸣雷皱起眉道："便是余成功的外甥？"

"是啊。"他见宣鸣雷一副若有所思的样子，笑道，"怎么了？"

宣鸣雷低低道："若我没记错的话，他曾经去东平城见过邓帅。"

郑司楚道："这不奇怪。邓帅曾经在五羊城驻防过好几年，他是五羊城驻军的中军，当然和邓帅也熟识。"

宣鸣雷喃喃道："是啊，不奇怪。只是，邓帅对他很是赞不绝口，说此人胸有城府，而且拳脚功夫极佳。"

郑司楚道："他拳脚功夫很好吗？倒也不说。"正待说作为一个军人，拳脚功夫好那也不奇怪，但心头却似有种奇怪的感觉，不觉看了看宣鸣雷，宣鸣雷却也点点头。

"拳脚功夫极佳！"

这样的一个人，会轻易被北斗星君毫发无伤地劫持吗？郑司楚只觉身上一凉，有种说不出的难受，心底只是想着："不对！不对！阿顺没有说实话！"

据说，北斗星君中有四人来了五羊城，其中三个前来行刺郑昭，还有一个看着年景顺，后来申士图派人查到年景顺的下落，那个北斗星君逃走了。可是郑司楚越想越是不对劲，年景顺的性子，看样子也是个宁折不弯之人，假如他的拳脚功夫与自己相类，北斗星君就算仗着人多，暗杀他容易，想生擒他却没那么简单。这件事乍一想没什么奇怪，但细细想来，其中破绽实有不少。

难道，年景顺是大统制一方的人？郑司楚越想越心寒。假如年景顺以邓沧澜前来进攻时暗中想要投顺，那可是个心腹大患。他道："好，我立刻去见父亲和申太守去。"

这件事，一定要让申太守和父亲及时知道。但郑司楚也暗暗下了决心，一定要保住年景顺的性命，即使他心怀不轨。毕竟，年景顺是自己幼年时的好友，这份友谊已超越了立场之争。他可以对自己不仁，自己却不能对他不义。

郑司楚想到此处，便对申士图派来保护诸人的侍卫首领交代了几句，骑了匹马向太守府前去。但到了太守府，却在门口费了一番口舌。太守府的门丁并不认识他，而此时太守府里正有各部的头面人物在开会商议，郑司楚等了好半天，才有人出来道："原来是郑公子，郑公请你进去。"

那人领着郑司楚进去。平时太守府并不像现在这样戒备森严，现在却是五步一哨，十步一岗。转了几个弯，那人到了一间房间前，敲了敲门道："郑公，郑公子来了。"

"进来。"

听到父亲的声音，郑司楚迫不及待地走了进去。一到里面，只见郑昭正坐在案前，面前是一大堆卷宗。看见郑司楚进来，郑昭道："司楚，怎么了？"

郑司楚掩上门，走上前一步道："父亲，有件事你定要注意……"

他将宣鸣雷说的约略说了，郑昭听后，皱起眉头道："是吗？怪不得此人一直不曾与我照面。"他见郑司楚还像要说什么话，便问道，"司楚，你还有什么话？"

郑司楚咽了口唾沫道："父亲，有件事我想求您应允。"

"什么？"

"假如……"郑司楚顿了顿，才道，"假如阿顺真的心怀不轨，也请你不要杀他。"

郑昭一怔，嘴角浮起一丝嘲弄的笑意："假如这人真想这么干，那他是要把我们一家都置于死地，你还为他求情？"

郑司楚道："人各有志。父亲，就算他想这么做，毕竟他是我朋友。"

朋友？郑昭心里打了个突。曾几何时，自己和丁亨利也是南武亲密无间的朋友，但南武对自己和丁亨利毫不留情。他正色道：“司楚，行事贵决，不可拖泥带水，否则迟早要害人害己。你与他的私交只是小事，但这已是再造共和大业的生死大事，你若一味妇人之仁，难道想害死你妈？”

闻听此言，郑司楚心如刀绞。他知道父亲说的并没有错，如果是旁人向自己求情，自己多半也会这么说。可事临到自己头上，他发觉自己终究不能冷酷无情。他道：“毕竟……何况，阿顺是五羊城驻军的中军，如果清洗了他，余成功肯定也要不安，到时只怕会惹出更大的麻烦。”

郑昭想了想，叹道：“虽然你也是强词夺理，但这话并非没有道理。这样吧，如果我查证了，就将他关押起来，不取他性命，这样好吧？”

郑司楚见父亲同意不杀年景顺，这才松了口气。他道：“父亲，现在事态有什么变化吗？”

郑昭微微一笑道：“昨天派往南安城的密使已经羽书来报，说高世乾明面上虽不能与我们站在一起，但暗中定会便宜行事。另外诸省，这几天也会有回音，想来除了之江省，另几省都不会有波折。其中，天水省也很有可能归附我们。”

闽榕只有五千驻军，仅仅是防防零星海贼，夹在之江和广阳两省当中，高世乾自然只能这么办，而这也是郑昭所预料的最好结果。天水省却不同，天水军区本是方若水负责，年初方若水远征败归，与胡继棠一同被大统制革职，新上任的天水军区长官是下将军乔员朗，此人颇可争取，而天水太守金生色是郑昭当初一手提拔起来的，郑昭与大统制反目后，大统制虽然暂时没动他，金生色却必定自觉地位有不保之虞，更有被争取过来的可能。天水是共和国五大军区之一，如果能把天水省争取过来，五大军区便已得到了两个。而大江是共和国中分南北的天堑，大江以南的三个军区得到了两个，几乎可以说半壁江山便已到手。此时郑昭看的便是天水省上下官员的资料，看如何能打开这个缺口。

郑司楚道：“天水省若能归附，那就最好。只是父亲，接下来邓帅铁定就要发动对五羊城的攻击，这该如何应付？”

郑昭点了点头道：“这确是个难关。如果不能打破他的攻击，什么都成了空话。司楚，我已与申太守商议过，准备把你和宣鸣雷编入军中，你进陆战队，他去水战队，接下来，就要看你们的本事了，你们应尽快熟悉起来。”

郑司楚只觉眼前有点晕眩。被开革出伍，对他来说实是个噩梦，只觉这辈子都不可能再去军中了，没想到这么快就要重披战袍。他道：“是，父亲。”

刚进去，自然不会是主将，但也不会从大头兵做起。很有可能，自己和宣鸣雷都以行军参谋的身份入伍。行军参谋本来就是给主将出谋划策，而自己的身份特殊，实际上也将能指挥一军作战。现在最主要的，确实是尽快与军中士兵融为一片。他顿了顿又道：“还有一件事。姨父那边，现在着力于民用的器具研究，我觉得应该给他加派人手，加紧研制出一种能够凌驾于北军的新型战具，这样我们的胜算便能更大几分。”

郑昭道：“此事我也已经提起，申太守亦觉以前忽视了，但现在也不算晚……”刚说到这儿，门外忽然又响了两下，郑昭扬声道，“什么事？”

“年景顺将军求见。”

年景顺求见！郑司楚心一下提了起来。难道年景顺是要铤而走险，孤注一掷吗？他的手已摸向身边的如意钩，郑昭显然也有些意外，说道：“请他进来。”又小声道，“司楚，你先进内室，静观其变。”

有自己在父亲身边守着，就算年景顺拳脚出众，自己终究可以应付。郑司楚想到此处，小声道：“父亲，小心点。”转身便向内室走去。这内室是间小书房，是办公时累了歇息一下所用。郑司楚坐了下来，心里却有些茫然。如果阿顺不惜一死，突然发难，自己还来得及阻止他吗？而在那种千钧一发之际，假如真要置他一死方能解除父亲的危难，自己到底能不能下得了手？他心中虽然忐忑，但见父亲镇定自若，倒也大为佩服，心想父亲虽非武人，这份镇定功夫却远在自己之上，远不似自己一般患得患失。

郑司楚去内室刚坐好，门上又响了两下，那个传话的在外面道：“年景顺将军到。”

“进来。”

门“呀”的一声开了。年景顺走了进来，见郑昭坐在案前，他却并不走上前，只是深施一礼道：“郑公。”

现在郑昭尚无实职，但举旗时申士图已将他抬了出来，在这新政府中，郑昭定然是头面人物。郑昭看了看他道：“年将军请坐。”

年景顺坐下来，眼却直直看着郑昭。郑昭看了他一会儿，如释重负地笑了笑，说道：“年将军，你有什么话便说吧。”

年景顺一怔，心道："不是说他都能知道吗？难道只是谣传？"但郑昭问了，他也直说道："末将万死，有隐事相告，还望郑公恕罪。"

郑昭道："是暗中想要归顺北军之事吗？"

年景顺虽然预料郑昭定已知道，但郑昭这样说，他还是一震，低声道："是。"屋中的郑司楚听得却是大奇，心道："怎么？阿顺竟然实说了？他想干什么？"

郑昭看了看他，叹道："人皆有难言之隐，亦有难行之事。年将军，你的难处，我都已知道。但你迷途知返，善莫大焉。"

年景顺抬起头来，眼里隐隐已有泪光，心道："郑大人真是宽洪大量。"他咬了咬牙道："末将身受邓元帅深恩，但五羊城是我父母之乡，大统制所作所为，也已背离共和信念，末将虽然曾被人蛊惑，却也有是非之辨，今日前来，还请郑公治罪。"

郑昭笑了笑道："年将军客气了。你与小儿乃是知交，小儿向我屡次说起年将军英姿勃发，坦荡无私，我也知道年将军乃是世间豪杰。你今日前来，岂但无过，还有大功。"

年景顺身子又是一震，喃喃道："大功？"

郑昭站起来走到他身边，将手搭在他肩上。郑司楚在内室的窗缝里看得清楚，心下大急，暗道："父亲，你怎么如此大意？"年景顺坐在父亲对面，就算他暴起发难，自己破门而出，也可及时阻止他，但现在父亲站在年景顺边上，如果年景顺突然动手，自己就来不及阻止了。但郑昭浑若不觉，拍了拍年景顺的肩道："对邓帅，我亦极是佩服。但人各有志，私交是私交，公事是公事。年将军，你今天能来我处，实已立下了一件大功，现在五羊城里北斗星君还有漏网的吗？"

年景顺摇了摇头道："没有了。他们这次只来了三人，拿了邓帅手令，要我居间配合，这三人都已送命，没有旁人了。当我知道司楚也在五羊城，心中实是万分后悔。"

郑司楚这才知道北斗星君为什么会知道自己一家所住的那所偏僻宅院的所在了。申士图这所宅院早就准备停当，但当时宅院中无人居住，自然不须如何掩人耳目，作为五羊城驻军中军的年景顺，当然知道申士图准备下这么一套宅院，肯定是给郑家预备的了。也正是因为年景顺给他们引路，北斗星君才这么快就找上门来。他本来已有怒气，但听得年景顺后悔的声音，心中不觉软了，忖道："阿顺到底不是个小人，所以白天他在母亲边上如此诚恳，那是求母亲原谅他。"

郑昭道："阿顺，别多想了，司楚是你好友，我不会对他说起此事的。"

年景顺听郑昭这么说，称呼也改了，更是激动，忽地站起，却又跪倒在地，磕了个头道："多谢郑公。"

公开的磕头礼早已废除，但私底下对长辈还有保留。郑昭扶起他道："阿顺，现在你不要声张，到时北斗星君定然还会找你联系。但师恩终不及父母之恩，你父老乡亲都在五羊，一旦五羊城为邓帅所破，生灵涂炭，罪孽深重。现在，你一念之仁却是救下了五羊城的百万民众。"

年景顺抬起头道："是。只消他们再来与我联系，我定会行此反间计。"

郑昭微微一笑，忖道："士图兄说得倒没错，这年景顺虽然是余成功的外甥，能力实在他舅舅之上。"虽然年景顺一副忠厚人的模样，心思却如此敏捷，举一反三，一下就知道了自己话中含意，他心态大佳，便道："到时他们若再找你，那时再来找我吧。现在，年将军，你好生回去，你肩上还有守卫五羊城的重任呢。"

年景顺见北斗星君来刺杀郑氏一家，害得郑夫人仍人事不知，心中一直在自责，今天见过了郑司楚，更觉后悔，不惜领死也要来向郑昭坦白。但郑昭岂但不怪罪自己，还将重用自己，他心中极是感激，又磕了个头道："多谢郑公。"

待年景顺一走，郑昭才低低道："司楚，出来吧。"

郑司楚走了出来。方才的事态实亦出乎他的意料，虽然一切都圆满了，但不知为什么他心底还是有点难受。阿顺是自己小时的好友，却终究越来越远。郑昭见他脸色阴沉，微笑道："现在你也该放心了吧？他都先行交代了。"

郑司楚道："是。父亲，你真要他行反间计吗？"

郑昭道："邓沧澜又何尝不是在利用他这个弟子？用间之道，本来就是敌中有我，我中有敌。年景顺虽有将略，实非为间之材，邓沧澜在这一点上是看错了人，用错了计。不过，司楚，此人可为下属，却不能把他当朋友，还是要防他一手。"

郑司楚心中越发难受。也许年景顺从今天起会成为一个忠实能干的下属，但与自己之间那份最可宝贵的友情也荡然无存了。他低声道："是。"眼前浮现的，却是许多年前那个阿顺和自己一块爬上荔枝树摘最红的荔枝，树下扎着小辫的申芷馨指指点点，说要这个那个的情景。

五月十七，郑司楚与宣鸣雷的委任令下来了，两人果然都是行军参谋，军衔暂定为骁骑。这是下四级中的最高一级了，若是新入伍的士兵，不论在军校中成绩有多么优异，也不可能定为此级。但郑司楚和宣鸣雷本来就是军人，郑司楚曾是校尉，宣鸣雷亦是翼尉，郑司楚还得过共和二等勋章，所以也没人不服。不过与郑司楚估计的不同，他和宣鸣雷进的都是水战队。大概郑昭考虑到年景顺的事，如果把郑司楚放到陆战队，年景顺看到他会不自在。论职位，年景顺是中军，比郑司楚的行军参谋要高得多，但现在这种情况下要年景顺去指挥郑司楚，他自己都大概无法说出口。为避免尴尬，也为了接下来的大战年景顺能全心应付，所以郑昭才有这样的决定。

另一个决定，是担心自己不忍阿顺到时行使反间计吧。郑司楚想着。他虽然也算老行伍了，但一直是在陆军中，水军还是第一次来，自是有点不知所措，好在有宣鸣雷照应，也不至于出丑。

五羊城的水军，自古以来就很出名，曾经有过天下水军第一强之称。不过后来邓沧澜所率水军崛起后，世人都默认五羊城水军已为邓沧澜所统辖的水军超越。不过后来邓沧澜也曾来五羊城驻防，五羊城的水军亦曾得邓沧澜亲自指点，现在就很难说哪支水军最强。

不过，很快就能在实战中见个高下。

郑司楚和宣鸣雷刚到水战队，迎上来的是个年轻军官，自称谈晚同。这谈晚同生得很是清瘦，谈吐也很文雅，更似是个士人，但与郑司楚握手示意时，郑司楚发觉他的手劲相当大。谈晚同是水战队中军，与年景顺职位相对，他也是五羊城新一代七天将之一，名次仅列在年景顺之下。

谈晚同带着他们走了一圈。因为宣鸣雷本来就是水军军官，倒是见惯不怪，郑司楚却看得甚是新鲜。广阳省周围河道众多，骑军往往难有用武之地，所以五羊城军队中骑兵很少，水军中更是极少有马。水军的训练方式也与陆军大相径庭，郑司楚见那些水军士兵都站在一块两头用绳索吊着的跳板上，或以木刀，或以拳脚对战，陆军中应用最广的枪，水军却极少用。谈晚同说水战时短兵相接，全是在船甲板上。船上也比较狭窄，长枪往往不能一展所长，所以用刀和拳脚的居多。在跳板上训练，亦是为了模仿晃动不休的甲板。

郑司楚所长，乃是枪马骑射，虽然他的拳脚刀术也相当不错，但较之枪马还是逊色一些。那一回南斗诸星君在路上伏击他一家，当他以短剑对敌时便不是两个星君联手之敌，只有夺得如意钩后才反败为胜。他心想现在自己身入水军，在船上不能一展所长，只能以拳脚腰刀对敌，这两门务必要勤加练习，便对宣鸣雷道："宣兄，我们也来试试吧。"

宣鸣雷见郑司楚挑战，心道："我马上枪术是不及你，但要和我比刀比拳，我可不会输。"便笑道："好啊，还望郑兄手下留情。"

谈晚同见他们两个也要比试，便让人让出一条跳板，拿过两柄木刀来。木刀虽然无刃，但毕竟有些重量，若是全力击在人身上，还是能将对方击伤，因此锋口处包了一层棉絮。郑司楚接过刀来试了试，觉得轻重倒也合手，只是一站到跳板上，跳板便是一阵晃动，有点站立不定。此时宣鸣雷已站在另一端，将木刀抱在怀里，淡淡一笑道："郑兄，小心了。"

他手中木刀忽地在身前连劈两下，郑司楚觉得他的身影也一瞬间模糊起来，仿佛隔了一层薄帘看到的一般。在一边观战的谈晚同见宣鸣雷所用刀法，不觉"咦"了一声。郑司楚也是一惊，忖道："他用的这是什么刀法？"

宣鸣雷的木刀竟然已看不清去向。看不清对手刀势，这比试还能怎么比法？郑司楚心中不觉有点慌乱，但马上镇定下来，暗道："任他千变万化，我自有一定之规。反正他迟早要攻上来的，攻到我身前，不信仍然看不清他的刀势。"

跳板还在晃动不休，郑司楚只能双脚站定，宣鸣雷却进退自如。此时他双足一错，已上前几步。本来比试，跳板两头的人同时向前，在中间对战，但郑司楚只能慢慢挪动，远不及宣鸣雷灵活，两人便要在郑司楚一方相遇了。在一边观战的水战军士兵见宣鸣雷步法如此轻巧，无不心折，暗道："这新来的行军参谋是个行家！只是另一个却像是门外汉。"

此时郑司楚与宣鸣雷的刀已对上了。宣鸣雷的刀一劈过来，郑司楚便觉刀风倏然。他心下一亮，暗道："虽然他能将刀势隐去，刀风却无论如何隐不掉。"一刀劈来，定然要使空气产生波动，除非对方挥刀极慢。但挥刀一慢，便又隐不去刀势，而宣鸣雷的刀法也定然正是以刀风来隐去刀势的。因此，只要认准他的刀风，就一定能捉摸到他的刀势。

只是话虽这么说，但宣鸣雷出手之快，实可骇人听闻，郑司楚每每要到宣鸣雷的刀已侵至自己身前数寸的地方才能反应过来。片刻间两把木刀“咯咯”作响，已格打了十几下，一旁观战的谈晚同越看越奇，心道：“我还以为这斩影刀是五羊城独有，没想到这宣鸣雷也会，甚至……比我会的还要正宗！”

他的斩影刀乃是从自己一个远房伯父那里学来。听这伯父说，他也是少年时代偶尔学得。当时还是帝国时期，五羊城是何氏执政。何氏最信任的是三个老人，被称为“望海三皓”。他伯父幼年时曾奉命去侍奉那望海三皓，有一次见其中一个老人在教一个少年使这斩影刀，当时他们只道这小侍童看了也无妨，谁知他伯父年纪虽小，却是五羊城有名的镖师俞氏的外甥，自幼就学过刀法，见那老人所使刀法大为神奇，便暗中记忆。只不过他看了几天，便被派到另外地方去了，因此只学了七成左右。单是这七成刀法，威力已非同小可，谈晚同的伯父另行变招补足，后来就传给了谈晚同。谈晚同见宣鸣雷刀法有六七成与自己所学相类，看来他会的竟是全套。

此时郑司楚与宣鸣雷在跳板上已斗了十七八招，郑司楚全然落在下风，但仍是守得门户极严。宣鸣雷越斗越奇，心道：“我只以为郑兄仅长于枪马，没想到他的刀法也相当不错。”虽然自己已占尽上风，郑司楚明明已岌岌可危，似乎马上就要被自己击落跳板，可不论自己如何变化，郑司楚总是在千钧一发之际挡住自己的绝杀。又攻了几招，只觉郑司楚反震的力量越来越大，心知其实不是他的力量越用越大，而是自己久攻不下体力变弱，郑司楚却站定了只守不攻，消耗体力比自己小得多。此时他的木刀向前一推，被郑司楚格住，借着这一格之力，宣鸣雷已向后跃出两步。跳板虽窄，但他在跳板上闪转腾挪，如履平地，虽是退却，旁人却齐齐喝了声彩。哪知他刚退后，郑司楚却也跟着向前一步，一刀直取中宫。

郑司楚也知道自己只守不攻，虽然可以保存体力，但实已落在了不胜之地。不能进攻的话，就只能任由宣鸣雷攻击，迟早要被他击下跳板。此时宣鸣雷退后一步，跳板晃动不休，他没有宣鸣雷那种在动荡不休的地方如履平地的本事，前脚便踏出一步，待站稳后，后脚才拖过来。这样虽然进得慢，但平稳许多。宣鸣雷见郑司楚上前一步，也已明白他的用意。自己能借退后几步来缓一口气，恢复一下体力，如果被郑司楚逼上来，自己退后的余地更少，到最后真要被他逼下跳板不可。他握了握手中木刀，觉得体力已恢复了七八分，不待郑司楚再上前一步，将身一纵，已跃到郑司楚身前。两边看客见他进退自如，有这身本领的人在整个水战队里亦是屈指可数，不禁又喝了一声彩。

这回宣鸣雷的刀法虽然不变，速度却快了一倍。郑司楚接了几刀，只觉刀上受到的冲击之力越来越大，亦暗自心惊。他虽然知道宣鸣雷的刀法很不错，但毕竟不曾和他比试过，现在真正对上，才知道宣鸣雷的真实本领。郑司楚遇到过的用刀最强者，当数五德营的陈忠。但陈忠用的是马上大刀，依靠的是一身几乎无可抵挡的巨力，宣鸣雷的力量分明并不比自己大多少，却也有种让他面对陈忠的错觉。

此时宣鸣雷想要速战速决，木刀使得更是神出鬼没，便是会斩影刀的谈晚同亦心惊肉跳，忖道："他的斩影刀果然是嫡传来的！"但不管宣鸣雷的刀法使得多么眩目，郑司楚的双脚还是牢牢站定在跳板上，手中木刀像是布成了一道铜墙铁壁，宣鸣雷怎么也突破不了。

他二人在跳板上相斗，边上的看客围得越来越多。跳板只有一脚多宽，又不住晃动，平时在跳板上比试，往往用不了多久便有一人落下，但这回郑司楚与宣鸣雷两人斗了许久还没分出胜负来，连在旁边跳板上练习的士兵也过来观看。宣鸣雷见看的人越来越多，自己久攻不下，郑司楚却站得越来越稳，心下也有点焦躁。他可不是厚道人，心想："郑兄站不惯跳板，他这样只守不攻，要击败他还要半日工夫。"

心里这般想，脚下已猛地一踩跳板。跳板两头用粗绳吊着，本来就晃晃悠悠，被宣鸣雷这般一踩，更是剧烈晃动起来。郑司楚双脚抓牢跳板，原本已有点熟悉在这种地方动手，但跳板突然动得这般厉害，他再也无法站稳。见宣鸣雷使出这样一招，郑司楚忖道："不妙，我比不上宣兄能在这种地方如履平地，必要速战速决！"

两人都想速战速决，不约而同，两人同时跳了起来。两柄木刀在空中一撞，这回已是短兵相接，再无余地，胜负立见分晓。旁人虽然知道这等比试不会有性命之忧，但见两人刀势一下大变，无不心惊。如果这是真的白刃对战，鲜血马上就要飞溅出来。

“砰砰”两声，木刀在空中相击了两次。宣鸣雷觉郑司楚的刀势沉重非常，心下一沉，暗道：“我以为郑兄枪马之术远比我高明，刀术定不是我斩影刀的对手，没想到他尽能挡得住！”

斩影刀是种奇妙之极的刀法，郑司楚所用只是军中习见的刀术，平实朴素，可是在真正交手时，刀法的优劣其实并不是胜负的唯一关键。郑司楚的刀术纵不及宣鸣雷，可他是真正上过战场的人，宣鸣雷却只是平时与人练习，现在反是他感到了一种无形的迫力。虽然木刀相交仅仅两次，宣鸣雷却觉得似乎过了许久，自己亦如身处一场狂风骤雨之中。他咬了咬牙，心道：“我就不信我会输！”

他这路斩影刀进攻时可隐去刀势，防守时却不能如进攻时这般劈出刀风，因此斩影刀是攻多守少的刀术。宣鸣雷的打算本来就是让郑司楚站立不稳，一举将他击落跳板，谁知郑司楚见站立不住，索性只攻不守，让他弃己之长，一时间反而落入下风。可纵然郑司楚在这一刻占了上风，宣鸣雷也知道这仅仅是一瞬而已。郑司楚的胜机仅在于这跃起的一刻，只消自己能挡住他这一轮猛攻，郑司楚必败无疑。想到此处，他索性将木刀一收，挡在胸前，来个只守不攻。这样一来斩影刀的奇招妙势用不出来，却也守若铜墙铁壁。

宣鸣雷赌的，就是郑司楚在这一瞬击不溃自己的防守。只消两人身形一落下来，郑司楚便大势已去。郑司楚刹那间亦已明白宣鸣雷的用意，但他仍是不焦不躁，手中木刀还是向前击去。

又是“砰砰”两声。一个人跳起来又落下地，那自然只是片刻工夫，而在这一刻，郑司楚竟然能连劈四刀，宣鸣雷居然还能有暇变招，边上看的人目不暇接，心驰神移，齐齐叫了声“好”。只是这一声“好”话音未落，两人都已落了下来。

虽然两人同时跃起，但郑司楚只攻不守，宣鸣雷只守不攻，郑司楚的木刀在宣鸣雷的木刀上连击四下，宣鸣雷自然落下得更快一些。当宣鸣雷的脚尖一踩上跳板，他突然脚尖一振，跳板又一晃。此时郑司楚也已落下来，本来他已看准了落点，只是宣鸣雷又晃了下跳板，他登时有半个脚踩在了外面。脚下一滑，人自是站立不住，郑司楚心知不好，一咬牙，又挥起一刀向宣鸣雷的木刀劈去。

只消劈中，借这一击之力，郑司楚的身形可以趁势减缓下落之势，便能在跳板上站稳了。但宣鸣雷之计正是要趁郑司楚站立不稳之机取胜，见郑司楚一刀击来，他本待后退。若这一刀劈空，郑司楚自然就站不住了。可是郑司楚这一刀快得异乎寻常，他脚尖还不待发力，郑司楚木刀已到。他反应却也极快，右手松开了木刀。郑司楚的刀劈来，正中他的木刀，但刀上却毫无反抗之力，宣鸣雷的木刀被他一下击落，可郑司楚这一刀已用尽全力，这般一扑空，连半个脚都站不住了，一个踉跄向前扑去。他心下一沉，用尽最后的力气猛地将身形一转，人落下了跳板，却不曾摔倒，还是站着。宣鸣雷却在此刻后退了半步，踩在晃动不休的跳板上，身体像是粘在上面一样。

败了！郑司楚心头一阵沮丧。在跳板上对战，到底还不如宣鸣雷。虽然自己也将宣鸣雷的刀击落，但郑司楚知道方才自己已全然失去平衡，宣鸣雷拳术亦极是出色，若是真个以命搏杀，一拳足以将他打晕。他一落下地，便颓然道："我败了。"

自承失败，虽然只是一场练习，他心中仍是不太高兴。郑司楚的枪马之术极其出色，上阵后除了那一次在陈忠无可抵挡的巨力之下失败，未尝在单挑中败北，可这一次却是不折不扣地败了。

宣鸣雷跳下跳板，听郑司楚说败了，他吁了口气，叹道："郑兄，只怕败的是我。"

虽然只是练习，但两人都自承失败，倒也不曾有过。谈晚同上前捡起宣鸣雷的木刀，微笑道："两位将军真是棋逢对手，不过宣将军还是稍胜一筹。"

他在边上看得清楚。最后一招虽然郑司楚击落了宣鸣雷的木刀，但宣鸣雷那是故意弃刀，当时完全可以以拳脚反攻得手。宣鸣雷却苦笑一下道："谈将军，方才虽然胜了半招，但你可知郑将军向来都是马上将军吗？"

谈晚同吃了一惊，问道："郑将军，你真个从未在这跳板上练过？"

郑司楚点了点头，又摇了摇头道："败了还是败了。"他看看宣鸣雷，又笑道，"宣兄，你这路刀法，可以教给我吗？"

宣鸣雷抹了抹嘴，笑道："这个自然。只不过，郑兄，你只消在跳板上练个十天半月，我就肯定不是你的对手。"

宣鸣雷心比天高，向不服人。在邓沧澜麾下虽与傅雁书齐名，但说起来都是"傅宣"并称，公认他比傅雁书稍逊一筹，他向来不肯服气，背地里给傅雁书取了个"傅驴子"的外号。只是这回说来，却也诚恳。郑司楚的实战功夫，亦非他能够想象。谈晚同在一边见他二人说得投机，全无芥蒂，心下一宽，暗道："这两人的心胸倒都甚是宽广。"其实宣鸣雷的心胸算不得如何宽广，只是宣鸣雷性子直，有一说一，有二说二，他对郑司楚本来就甚是佩服，现在更加佩服，也就显得心胸宽广了。谈晚同上前一步道："郑将军的刀法是军中所传，只是宣将军，你用的可是斩影刀啊。"

宣鸣雷吃了一惊道："谈将军也知道斩影刀？"

谈晚同道："是。这刀术据说本来是天水省秘传，后来流传到五羊城，宣将军大概是从天水省直接学来的吧？"

宣鸣雷摇了摇头道："不是，我这刀术是得自家传。"

谈晚同"哦"了一声道："那只怕是斩影刀北传了。还有一门斩铁拳，不知宣将军可会？"

宣鸣雷也吃了一惊道："斩铁拳在五羊城也有？"

谈晚同道："是啊。斩影刀、斩铁拳，拳刀并称。不过我看宣兄所学斩影刀比我学到的更完整，以后还要向宣兄请教。"他本来对宣鸣雷客客气气地称"宣将军"，现在改了口，更显亲热，亦是盼着宣鸣雷答应。宣鸣雷点点头道："这个不妨。只是奇怪，我当初学来时，师傅说这一拳一刀不再有外人学得。谈将军，不知你学的斩影刀和斩铁拳与我有什么不同？"

谈晚同道："方才我见宣将军所用，与我一般无二。"他说着，退后两步，伸刀在身前一纵一横划了两刀，果然与宣鸣雷所用一般无二，刀势变得不可捉摸。宣鸣雷看得越来越奇，叫道："果然是斩影刀！"

谈晚同与他说得越来越投机，将木刀递给边上一人道："不瞒宣兄，五羊城的斩铁拳和斩影刀其实已失传，城中会这两样的人不多。若宣兄能够赐教，那再好不过。两位将军也都累了吧？今天也别练了，先去洗个澡，我做东喝几杯去，也好让军中弟兄来见过两位将军。"

郑司楚和宣鸣雷现在的首要任务便是融入军中，与军官们熟识起来，何况谈晚同说到要喝几杯。郑司楚就甚好杯中物，宣鸣雷更是无酒不欢，练了一会儿刀，身上亦已出了汗，听他这般说，宣鸣雷笑道："那就叨扰谈兄了。"

洗过澡，换上军服，两人一出来，谈晚同已领着几人过来了。一见郑宣两人，谈晚同便上前道："郑兄，宣兄，我给你们引见一下，这位是纪岑纪将军，这位是崔王祥崔将军。”说到这儿，他又笑了笑道，“纪崔二兄，与在下都忝列五羊城七天将，我们三人都在水军，也被弟兄们贴金称我们是‘水天三杰’。”

郑司楚听得谈晚同和纪崔两人都是七天将，心想：“阿顺他们另外四人大概都在陆战队了，大概就是‘地天四杰’了。”他拱了拱手道：“久仰久仰。”

纪岑个子短小，极是精悍，崔王祥却是个五羊城少见的大汉。两人都英华内敛，精神凝聚，两人上前见过了郑司楚和宣鸣雷，谈晚同道：“酒席已经备好，郑兄和宣兄请吧。”

说是酒席，其实也就是在军官食堂里摆了一小桌。不过五羊城的食馔极精，就算是军中，伙房做出来的也色香味俱全。谈晚同给他们各斟一杯酒，倒出来的竟是绿色酒液。宣鸣雷还不曾见过这种酒，闻到酒香四溢，诧道：“这是什么酒？”郑司楚却道：“是沁碧兰浆！谈兄，真是破费了。”

谈晚同笑道：“郑兄也是五羊城人吧？还记得这沁碧兰浆。宣兄，这酒别处可是没有的，便是在五羊城也很难得，配上这海蛸脍，风味绝佳，请宣兄尝尝。”

海蛸脍郑司楚倒是吃过，那是种海中的贝类，长得活像一根粗棍子。沁碧兰浆却是难得之物，是生在悬崖上一种名叫沁碧兰的异花中所生的一种名叫“碧兰蛆”小虫，撒上一小撮盐后化成的。这沁碧兰浆极是难得，封在坛中埋入土里，时间越久，香味越是浓郁，酒劲也越大。虽然早就知道这东西，但他很早就离开了五羊城，那时年纪小不能喝酒，郑昭却对酒没什么爱好，他从没喝过。后来长大了，虽然曾向母亲写信说想讨要一点沁碧兰浆来尝尝，但母亲回信说沁碧兰浆的性子极寒，不是在南方苦热之地喝的话，只怕会损伤身体，就算在五羊城，也只能是天热时才喝。而且这酒光喝也不见如何，非要配上海蛸脍才有至味。沁碧兰浆好带，海蛸脍却只能吃生鲜的，没办法带到雾云城，只有等他将来回五羊城再尝。郑司楚见母亲这般说，便也死了心，没想到在这儿终于尝到了。他心想宣鸣雷若是知道沁碧兰浆是一种小虫子化成的，只怕要觉得恶心，便说：“宣兄，你尝尝看吧。”

宣鸣雷在东平城时虽也吃过海味，但这海蛸脍却是闻所未闻。他挟起一筷放进口中，皱了皱眉道：“好腥！”

海蛸脍是生食的，吃不惯之人自觉腥气甚重。谈晚同笑道：“宣兄请再尝尝沁碧兰浆。兰浆与海蛸脍在口中会合，方有奇味。”

宣鸣雷喝酒是海量，这种小盅子喝酒在他看来实是很不过瘾。本来想一口喝干，谁知刚抿了一口，只觉唇上冰寒彻骨，简直是块寒冰。他刚觉难受，但口中马上升腾起一种奇异的滋味，竟是鲜美得异乎寻常。他从未尝过这种东西，惊得张口结舌说不出话来。崔王祥在一边见他的模样，笑道：“宣兄，滋味如何？”

宣鸣雷吃了一口，咂了咂嘴，叹道：“白活了！以前这二十多年真是白活了！崔兄，五羊城民真是活在天上！”

海蛸脍虽然不是难得之物，沁碧兰浆却不是寻常人能喝到的。纪岑也看得有趣，笑道：“五羊城的饮食，冠绝天下。宣兄，日子还长，以后还可尝尝别的。”

宣鸣雷叹道：“天下之大，无奇不有。”

酒桌之上，最易拉近距离。他们都是军人，更有共同话题。几人边喝边聊，酒过三巡，说得也更熟络了。纪岑与崔王祥都不是健谈之人，但谈晚同谈锋甚健，说着说着，便说到斩影刀与斩铁拳了。谈晚同说这两门本领是当初一个叫海老的人传下，自己一个远房伯父偷学了回来，却不曾学全。宣鸣雷却没听说过海老这一号人物，他说自己的师傅也是一个远房叔父，但没说起斩影刀和斩铁拳的来历，只说是自己一族之人中，选出聪明子弟学习，自己是学得最好的一个。后来从军，从没见过别人也会这刀法和拳术，就以为是自己族中独得之秘，没想到源头是在天水省。

从这一日起，郑司楚和宣鸣雷便在五羊城水战队里了。谈晚同、纪岑和崔王祥三人是水战队少壮军官的头面人物，他们五人相得甚欢，日日在一起练刀练拳，训练士卒。他们都知道，用不了多久，一场大战便将来临。现在多练一刻，便是给这大战增添一份胜机，因此不敢稍有怠慢。

第十一章 磨刀霍霍

五月十五，五羊城打出“再造共和”的大旗。到了五月十七，五羊城公然反叛的消息传到了雾云城，在各地驻军中掀起轩然大波。

祸不单行，年初远征失败后，除了战死的毕炜上将军，逃回来的胡继棠上将军和方若水上将军都受到了革职处罚。毕炜和方若水、胡继棠三人都是一镇军区首脑，居然有三个军区最高指挥官同时易人，对军中的震动不亚于一场大地震。五大军区中，反了一个，三个元气大伤，共和国成立以来还从未发生过类似的事。

“今年真是个不祥之年。”

几乎所有士兵都在窃窃私语，其中自然包括昌都省驻军中的冲锋弓队。冲锋弓队本是毕炜亲信中的亲信，但毕炜和冲锋弓队总队长韩宣同时战死，冲锋弓队群龙无首，现在实是一片混乱。混乱尚未平息，还在等着新来的驻军长官赴任，却又出现这样一件事，不免人人自危，觉得天都要变了。齐亮这一天陪陆明夷练箭时，偷偷问他将来有什么打算，陆明夷却只是淡淡一笑，说：“军人以服从为天职，静观其变。”

齐亮自不知道陆明夷的心中实已如翻江倒海般不知是什么滋味。陆明夷对这次远征本来寄予无限期望，觉得自己定能建功立业，谁知竟会成了这般一个结果。

现在五羊城也反了，天也真的要变了。只是陆明夷却更加兴奋，因为，本来觉得自己失去了一次极佳的机会，没想到一个更好的机会这么快就来了。

等着我吧，终有一日，陆明夷之名将要响彻天下！

他想着，手指一动，三箭几乎同时飞出，正中八十步外的红心。

就在箭尖扎入红心的同一刻，独自坐在荷香阁里的大统制心头亦如扎上了一支锋利的长箭。

坚如磐石，似乎要稳稳屹立到天荒地老的共和国，这么快就出现了裂隙。让大统制更为不安的是，自己居然看错了申士图的面目。

自己看错过谁？以前似乎从来不曾有过。那时，文有郑昭，武有丁亨利，自己有这两人辅佐，共和国便如有三根坚实的栋梁。可现实却变得太快，太快了，那两根柱子转眼就分崩离析。如果仅仅是分崩离析，自己一柱擎天，仍能稳稳屹立，可现在其中一根柱子却溜出了自己的指缝，成了一柄向自己砍来的利斧。

没有看错丁亨利，最终还是看错了郑昭，看错了申士图，连那个本来寄予厚望、期望他能成为郑昭后继的马虚静，自己也看错了。接连犯下这样的大错，自己真是老了吗？

大统制揉了揉额角。也许，生下了儿子后的欣喜冲昏了自己的头脑，以至于让郑昭一家逃出雾云城。三上将远征失利，则是另一重打击，让自己无暇顾及这个原本最有力的臂助，现在最可怕的敌人。

郑昭身怀秘术。这人归自己所用，是无往不利的利器；不为自己所用，就是一把最难对付的武器。本来郑昭并无军权，就算他逃走也不会翻起什么浪头来，可偏生自己也看错了申士图，只道这人与郑昭势不两立，结果现在郑昭到了五羊城，如鱼得水，接下来的事就难办了。

不把五羊城尽快拿下，这条裂隙会越来越大，越来越不可收拾。他拿起案前的卷宗，接着看了起来。

远征的三上将，毕炜战死，胡继棠与方若水被革职，军中元气大伤。虽然在自己主持下，雾云、昌都、天水三军区渐渐平复，但一时间尚不能派上大用。现在能动用的，只剩下之江军区了。

对邓沧澜这个名义上的妹夫，大统制有种说不出的感觉。

邓沧澜是降将。本来这种人并不可信，但邓沧澜一是自己妹夫，二来也是共和国最终取胜的功臣，当时如果他不曾在关键时刻倒戈，共和国早在第六年就已寿终正寝，不会有今天。但也正因为如此，他一直不想动用邓沧澜。

当初决定远征倭岛，上下都觉得大统制属意邓沧澜。邓沧澜，水军第一名将，加上部下是前帝国嫡系，人们都觉得他是这一趟主将的不二人选。但大统制权衡之下，却起用了名不见经传的胡继棠。固然胡继棠名气虽小，能力却强，关键还是胡继棠是自己可以绝对信任的亲信。

胡继棠不负所托，平倭凯旋，成为可以制约邓沧澜的五上将之一，那时大统制觉得自己虽不像郑昭那样有读心术，识人之能却在他之上。此后，三元帅五上将兢兢业业，各安其所，共和国的国势蒸蒸日上，没想到仅仅几年，情形就急转直下。五羊城打出的旗号是“再造共和”，也就是说他们彻底放弃了与自己缓和的余地，不把这股势力消灭，自己寝食难安。

现在最高兴的，无疑是西原的薛庭轩。本来听得薛庭轩离开楚都城，入赘阿史那部的消息，大统制已在构思第三次远征的计划。薛庭轩以为击退了三上将，共和军失去了再次进犯的能力，他实是小看了共和国的实力。可是，五羊城的变故，却弥补了他这招失策的漏洞，现在共和国真的失去了三征西原的能力。消灭了五羊城，五年以内共和国都不会再有派出远征军的实力，而五年后，那支本来已在苟延残喘的五德营又将发展到怎样的地步，便是大统制都无从预料。

大江后浪推前浪，天下英雄辈出，稍有不慎，满盘皆输。相比较置之死地而后生的五德营、隐忍多年的五羊城，反倒是共和军缺乏新鲜血液的注入。现在的当务之急，就是在共和军少壮军官中尽快提拔起一批有能力又靠得住的将领。消灭了五羊城，再对五德营发起一次致命打击。好在虽然顾清随提出了不信任案，自己反借此解散议府，现在军政权力都直接握在自己手中，做起事来比以前更得心应手，大统制坚信以自己的能力，定能涉过这个难关。

只是，现在，不得不动用邓沧澜了。

大统制叹了口气。可娜。这个自己名义上的妹妹，邓沧澜之妻，实是个最难办的角色。共和这个理念，是可娜和武的父亲苍月公提出的，自己仅仅是苍月公的义子，当共和国最终胜利的一刻，他定下了一石二鸟之策，除掉了武。武的能力有限，让他活着其实并没有什么大碍，但自己为了不让任何可能的裂隙存在，还是命程敬唐除掉了武。可娜应该不会知道这事，程敬唐亦不可能透露这个秘密，但可娜会不会隐约得到了风声？

应该不会。大统制又揉了揉额角。可娜在共和国建立时，自愿退居幕后，随丈夫驻守各地。这么多年来，她对自己仍然敬重有加，也正因为她的求情，自己放过了前朝安乐王的小王子，让她十分感激。在可娜看来，自己能放过曾经在五德营位居高职的小王子，自不可能对兄弟下手。可是，假如现在可娜知道了自己已经对小王子下手，她又会怎么想？

想到小王子，大统制又觉得头一阵痛。这个小王子，不过一勇之夫，枪术固然高超绝伦，但也仅仅如此而已，根本不配成为一个敌人。直到今天，他仍是这么想。假如小王子并不是收了郑昭的儿子为徒，现在自己也不会向他下手。至于郑昭那个儿子，也只不过是稍稍胜过常人而已，同样不值一提。只是这些人连在了一处，牵一发而动全身，所以在下令要之江省拦截郑氏一家时，大统制有意避开了邓沧澜。结果却是郑昭一家安然脱身，连小王子也不知所踪。

自己的计划，到底什么地方出了漏洞，竟然连连失手？大统制越想越不安。不仅仅是为了失手本身，而是他终于发现，自己竟然并不是无所不知、无所不晓。

所以，要动用邓沧澜之前，一定要查个清楚，任何漏洞都不能存在。

大统制想到此处，但看到案上堆积如山的卷宗，不由得又有点想苦笑。权力，他一直想把这个怪物收到自己掌中，现在也确实已将所有权力都收拢了，可代价却是自己疲于奔命。怪不得苍月公提出一切权力归于民众，把权力细化成无数，分散开去，赏优罚劣，如此才是共和真谛。只要渡过了这个难关，看来议府应该恢复才是……大统制不禁怀念起当初有郑昭主政、丁亨利主军的情景。那时他二人各司其职，各部有条不紊，自己也完全行有余力，还有空和妻子小酌闲聊，可现在，已经连着几个月连家都没回过。

不管怎么说，先渡过眼下这个难关再说。

他想着，又看起手头这份卷宗。这份卷宗是之江太守蒋鼎新写来的。蒋鼎新的卷宗还特别厚，其中对放跑郑氏一家自责不已。若是往日，因为这一过错，蒋鼎新这太守之位铁定已保不住了，但现在只能让他继续干下去。蒋鼎新大概也急着将功赎罪，唠唠叨叨地说了不少自责的话，但也汇报了不少有意义的事。其中一条，便是当得知郑氏一家夺取一艘螺舟渡江，邓沧澜当机立断，派出一支尖兵追击。虽然追击仍是失利，但错并不在邓沧澜。从这一点来看，邓沧澜目前还是靠得住的。只是大统制仍然有点怀疑，这会不会是邓沧澜的苦肉计？但再看下去，大统制便打消了这个念头。蒋鼎新说，邓沧澜收到自己的命令后，立刻把支配权全部交给了蒋鼎新，毫无保留，当中也完全没有与可疑之人联系过。

邓沧澜可用。

这是大统制好不容易看完卷宗后得出的结论。现在的问题，就在于邓沧澜能不能击溃五羊城了。按军区实力，之江军区并不能凌驾于广阳军区之上，现在派他出兵，会不会操之过急？

大统制权衡了一下，拉了一下唤人铃。这是召唤文书伍继周的铃，只不过片刻，伍继周的声音便在外面响了起来："大统制。"

"进来吧。"

门"呀"的一声开了，伍继周走了进来。

"大统制。"

伍继周从来不多说一个字，现在也一样。大统制斟酌了一下，道："继周，你去发一个委任状，委任火炮营组军赶赴东阳城。"

伍继周没有说话，因为他知道大统制定然会交代得一清二楚。此时大统制接道："委任状上，填发下将军甘隆。"

"是。"

甘隆当初是毕炜的得力副手，但在征朗月省前夕，有人告发他与当时盘踞在朗月省的五德营残部有联系，因为甘隆还在旧帝国时期，曾多次代表毕炜与五德营联系，关系不错。大统制得到这份告发后，即刻让南斗前去调查，南斗发回的汇报说这事纯属诬告，甘隆并无此事。虽然得到了南斗否定的汇报，但大统制仍是责令甘隆退伍回家。按年纪，甘隆现在亦不过五十来岁，正是年富力强之际，重新起用他倒也不奇怪，尤其在这个毕炜战死、他嫡系的火炮营群龙无首之际。让甘隆这个旧指挥官重披战袍，实可算上策。伍继周别的话也没多说，坐到一边小案上起草了一份委任状，递到大统制手上，大统制看了一遍，觉得文辞并无不妥，便签字画押，敲上了自己的图章。

邓沧澜有甘隆助阵，实力大增，应该能够对付五羊城了。只是要从东平城前往五羊城，可以走水路，也可走陆路。陆路行军失之太缓，走水路的话，粮草补给又有些问题。大统制想了想，又道："再写两张手谕，一张给邓沧澜，要他事不宜迟，即刻出兵。另一张，"大统制清了清嗓门，"给沙建侯，要他备齐粮秣，进行海上补给。"

沙建侯是海靖太守。海靖省，是东南海中的一个大岛，旧帝国时是孙氏世代所居。海靖因为孤悬海上，与中原向来联系不够。在共和军北上时，孙氏曾宣布独立于帝国，响应共和军，共和国成立后，名义上以奖赏孙氏大功，让他们这一族定居雾云城，其实就是夺取他手中权力的意思。孙氏始祖亦是名将，但到了这一代早成了只吃饭不干事的赘痈，只能听从，从此海靖省由共和军委派官员驻守。海靖驻军不多，因为与中原交通不便，向来比中原要落后许多。共和国成立后，海靖省大力发展农耕，实力大大增强，但这实力也只是自保有余，出击无力。虽然海靖的兵力派不上用处，但那儿积粮甚多，让邓沧澜即刻出击，粮草由海靖解决，进行海上补给，便可事半功倍。而抢在五羊城预料的日期之前，胜机也就更大一分。只是海上补给不是易事，万一失期，停留在海上的军队水米无着，战力非大大减退不可。不过，这一点大统制倒不担心，因为他相信以邓沧澜之能，肯定能做到这一点。

抢在五羊城有所准备之前，给他们一个雷霆之击，雾云城这边，再加紧整顿军务，尽快让三大军区恢复，事态仍然可以控制。解决了五羊城，五年之内第三次远征西原，彻底解决五德营，如此一来，共和国仍然坚如磐石，屹立不倒。

想到此处，大统制嘴角终于浮起了一丝笑意。

历史将证明，我是对的。他想着。共和，已经牢牢地建立了，不须再造。

给邓沧澜的这份手令五月十八午后便抵达了东平城。就在邓沧澜接到大统制手谕，正在书房中细看的时候，傅雁书拎着个包走到了大堂前。

大堂前，可娜夫人正在给一株盆景细细浇水。虽然傅雁书等如邓沧澜家人，穿堂入室不必禀报，但他还是站定了，轻声说了一声："师母，傅雁书求见。"

可娜夫人抬起头，见是傅雁书，淡淡一笑道："哟，雁书来了？你是来看阿容吧？不巧，她正好出去了。"

傅雁书一怔道："她出去了？"

"是啊。听说是个姓刘的琵琶高手经过，阿容说她不属穆曹两家，自有一功，所以早就吵着要去见她呢。这不，一早出去，现在还没回来。”

真是不巧。傅雁书心里有点遗憾。他时常驻扎在东阳城，只有这种轮休日才能过江来看望老师师母，偏生阿容今天不在，又得隔十几天才能见到她。他将那个包递过去道：“师母，给。”

可娜夫人接了过来，感觉颇有点沉重，不由笑道：“你又给她买了鸭肫肝？这回就一包吗？”

东阳城有一家叫“新昌记”的卤味店，是家老字号，做的卤味很是鲜美，他们出的鸭肫肝是可娜夫人和阿容母女两人最爱吃的零食，傅雁书每回过来，都要买上两包，这回却只有一包。傅雁书脸上微微一红道：“师母，这回我赶来得急，当时他们就这么点了，这是给您的，下回我多买点带给阿容。”

可娜夫人不禁一笑。丈夫的这个得意门生，相貌俊秀，温文尔雅，虽然没有过继之实，实际上也等如是自己的义子。她道：“那先给阿容吃吧，省得她回来嘟着嘴说当妈的跟她抢东西吃。”

傅雁书心里突然浮起一丝温柔之意。他母亲早逝，父亲没空管他，自幼就在军校中长大，年纪虽轻，却总是一本正经，甚至被人说成无趣，也只有在老师家中，才能感到家一般的温暖。他道：“老师在吗？”

可娜夫人道：“在书房呢。”

傅雁书向可娜夫人行了一礼道：“师母，那我过去了。”

他正待要走，却听得可娜夫人在身后忽道：“雁书……”他站住了，回过头道：“师母，还有什么事？”

可娜夫人的眼神有点游移不定，有些犹豫地说：“雁书，最近军中是不是有些不寻常的举动？”

傅雁书点点头道：“学习增加了不少。”他突然也压低了声音道，“是不是老师因为鸣雷的事受到大统制责罚？”

螺舟队潜虬号舟督宣鸣雷反叛，这件事说大不大，说小也不小，何况宣鸣雷也是邓沧澜的得意门生。出了宣鸣雷这事，之江军区守军上下都被责令要写出一份检讨，“务求深刻”，原来每周一次的大统制著作学习亦一下猛增到每天一次。傅雁书自己对这些事颇不以为然，因为这些举措已经影响到螺舟队的正常训练。但他自己是螺舟队十舟督之一，作为宣鸣雷昔日的直接同僚，自是检讨要得比别人更为深刻才行。这些天来，他一直担心老师会受宣鸣雷连累，被大统制严厉责罚。

可娜夫人摇了摇头道："这个倒没有。今日，大统制还发下一份手谕，我觉得，只怕将有大阵仗了。"

傅雁书心中微微一动。可娜夫人乃是女中豪杰，这话一直在暗里传播。据说，在共和国最为危急的时刻，正是可娜夫人挽狂澜于既倒，只手回天。当然，这些话只是私底下说说，傅雁书和老师一家的关系可谓密切，在这个温和的师母身上，从未发现过传说中的那个果敢决断的女中豪杰影子。但现在可娜夫人的眼睛，分明深邃得像两口深不可测的古井。他道："大阵仗？"

可娜夫人点了点头："五羊城公然反叛，这是心腹之患，定要速战速决。如果我没猜错的话，你们很快就要上阵。"

听到这话，傅雁书心里反倒平静下来。他最担心的，还是大统制要责罚老师，但师母如果猜得没错，那说明大统制对老师仍信任不疑。毕竟，老师和大统制之间的关系不同，大统制怀疑谁，也不会怀疑老师。他道："那我去看看老师。"

可娜夫人道："好吧。"她顿了顿，又道，"你见了他，安慰他几句。出了鸣雷这事，他这些天似乎老了不少。"

傅雁书和宣鸣雷二人，是邓沧澜最为得意的两个门生。邓沧澜甚至说过，这二人等如自己的两条手臂，有他们在军中，就算自己身遭不测，之江水军仍是水上至强。现在其中一条手臂居然毫无缘由地折断了，对邓沧澜的打击只怕不亚于致命一击。傅雁书不再多说，向可娜夫人行了一礼，转身向书房走去。

到了书房外，傅雁书深深吸了口气，定定神，才道："老师，傅雁书求见。"

"雁书，你来得正好。进来吧。"

房中传出了邓沧澜的声音。他又深吸了一口气，这才走上前推开门。门一开，只见邓沧澜坐在案前看着一份东西，见傅雁书站在门口，邓沧澜道："雁书，进来坐吧。"

傅雁书在邓沧澜面前的椅子上侧着身子坐下，轻声道："老师，听师母说，大统制来了份手谕？"

邓沧澜道："是。大统制命令之江水军六月初一出发，征讨五羊叛军。"

六月初一！傅雁书吃了一惊。之江水军有两万五千之众，大军要出发，准备工作就不是轻而易举的事。不说别的，单是辎重粮草的准备，一个月里肯定无法备齐，不然水军一走，之江的两万五千陆战队就只有喝西北风了。大军出征，后防如此脆弱，万一五羊城兵分两路，一路坚守，一路从陆路北上抄了水军后路，实力强悍的之江军区岂非要一败涂地？他皱起了眉头道："这么快？辎重粮秣怎么办？"

邓沧澜道："大统制这一点已考虑停当，他要我们只带十日粮草，由沙建侯太守在海上补给。"

傅雁书皱了皱眉。十日之程，从东平出发，最快也只能赶到闽榕省。他道："为什么不让南安城来补给？"

闽榕虽然远不及之江和广阳两省富庶，积粮亦不如海靖富足，但要补给东平水军应该并不在话下。从南安补给，要远比从海靖补给方便。邓沧澜叹了口气道："高世乾这人很不可信，我已听得密报，说他与五羊城达成密议，暗中支持他们。"

傅雁书又皱了皱眉。他是个水军中层军官，这等机密自然尚不能知。高世乾如果不可信，确实不能让他补给。一来可能会逼得他投向五羊城，二来他也可能阳奉阴违，在补给的淡水粮草中暗中下毒。他道："不能先拿下高世乾吗？"

"来不及了。而且，这是陆战队的事。"

傅雁书恍然大悟，点了点头道："不错。"

大统制自然不会只命水军出击，陆军肯定也要跟上。让水军先行出发，定然是要将五羊城叛军牵制在城中，然后陆军假道南安城南下，从闽榕获取补给，最后到五羊城会合，水陆齐下，一举击破五羊城。这个计划的确天衣无缝，但这样一来，水军就更为吃重了。他道："这确实未尝不可。可是，老师，若五羊城派水军拦截的话，怎么办？"

五羊城的将领不是易与之辈。只要他们听得之江水军六月初就出师，肯定会猜到这海上补给之计，也肯定会派水军出海拦截。海靖省粮草虽然富足，可兵力不济，自保固然有余，但要派出强大的护航队，沙建侯太守亦是力有未逮。邓沧澜道："我担心的正是这个。当初我在五羊城也待过几年，他们那儿七天将都是少年英才，肯定不会想不到这点。”

邓沧澜在驻守五羊城时，对后起的七天将青眼有加，特别是五羊城水战队的三将，更是尽心传授兵法。当时他想的只是为共和国培养后一代干将，谁知事态的变化远远超过了自己的想象，这么几年一过，那些自己曾经尽心栽培的年轻将领居然全成了敌人，实在让他有种造化弄人的感慨。也正因为他了解五羊城水战队的实力，所以对大统制这条计策的致命漏洞洞若观火。不能保证海靖补给船的安全，这次征讨就必败无疑。傅雁书听到这儿，已明白邓沧澜的忧虑，他站起身道：“老师，雁书不才，愿领兵前去接应。”

邓沧澜看了看他。之江水军，固然还有不少能干的将领，但其中翘楚非傅雁书莫属。由他去接应，当然可以放心不少，但他实在有点担心。五羊城当然体会得到这一战的胜负关键就在于此，派出的人肯定不是等闲之辈，而傅雁书前去接应，却不能带大部队，充其量只有两三千人，十几艘战船。他身上的担子之重，此行之危险，便是邓沧澜自己亦很忐忑。他道：“雁书，你有什么想法？”

傅雁书微微一笑道：“老师，雁书觉得，此行不妨施个欺敌之计。”

邓沧澜也会心一笑。他想的，其实也是欺敌之计，只是想听听这个弟子和自己的想法是不是不谋而合。他道：“你说说，怎么个欺敌法。”

傅雁书道：“从海靖省出发，抵达闽榕的石门岛，一般是十五日之程。但从东平抵达石门，一般也要十日左右，当中便要有五日的空隙，因此如果在石门岛会合，海靖的补给船就要先出发五日。但假如我们不在石门岛会合，而是铁门岛呢？”

石门岛是闽榕南部沿海的一个大岛，离岸不过三里之遥，是闽榕的南部海上门户。石门岛海上东北约摸五百余里，则是一个名叫铁门岛的大岛，岛上只有几百户渔民定居。从海靖出发，抵达铁门岛大约要九日，从铁门岛到石门岛则要六日，东平抵达铁门岛却也要十来天左右，日夜兼程，十天应该也能够到达。假如在铁门岛会合，补给船在海上航行则减少六天，危险性大为降低。邓沧澜道：“但九天也足够五羊水军发起一次致命伏击了。”

傅雁书道：“不错。所以这时就要欺敌了。如果从东平马上派出一支偏师出发，伪装成补给船，解决掉叛军的伏击，真正的补给船就能平安抵达铁门岛与水军会合。”

“但这支偏师从东平出发，万一被叛军看出来路不对，来个反伏击，岂不是弄巧成拙？”

傅雁书摇了摇头道：“偏师不是从东平出发，而是从海靖。”

邓沧澜的嘴角终于浮起一丝笑意。傅雁书虽然说得简略，但他自是明白傅雁书的意思。偏师并不是直接从东平抵达铁门岛，而是先东南航行，抵达海靖南端后再向西南进发，给补给船开路，抵达铁门岛。假如五羊城派出水军伏击，当他们遭遇这支偏师时，肯定会向这支偏师下手。但这样一来，不论胜负如何，真正的补给船就能瞒天过海，安全到铁门岛。换句话说，这支偏师不是用来护航，而是充当诱饵。这招欺敌之计五羊城定然看不透，也正是邓沧澜一直在心里斟酌的计划。这支偏师不但要绕道而行，还要在海上一战，吃重可想而知，在邓沧澜心中，能担起这一重担的，除了自己，就只有傅雁书。现在傅雁书所想与自己几乎一般无二，他的信心亦多了几分，点了点头道：“雁书，你已成了个大将之材了。”

虽然得老师夸赞，但傅雁书脸上仍没有异样，只道：“不管怎么说，这一趟势必凶险之极，老师，万一我回不来……”

不等他说完，邓沧澜已正色道：“什么回不来！雁书，你一定要回来。若你回不来，那就是失败！”

傅雁书心中一凛，也正色道：“是。”

老师的一条臂膀已经生到了对方身上，如果自己再回不来，老师的两条臂膀都要断了。他还想再说什么，邓沧澜已道：“雁书，你马上就把计划起草一下交给我，五天后你就要出发。”

傅雁书一怔，道：“事不宜迟，为什么要五天出发？”

两三千人的偏师出发，准备工作一两天便可完成，傅雁书想不通为什么要五天才出发。邓沧澜微微一笑道：“兵精器利，战无不胜。你记得当初你曾向我上书，要求开发舷炮吗？”

傅雁书心中一动。火炮是陆军利器，傅雁书一直有个想法，便是将火炮装到船上去，这样战船的攻击力将会大大提升。只是现在的火炮后座力太大，在船上装来，木制甲板经不起这等剧震，多开几炮，再坚实的战船也要散架。当初傅雁书还在军校时，曾写过一个舷炮的可行性建议书，但当时投上去便石沉大海，他自己都快要忘了。他道："舷炮终于造出来了？"

邓沧澜笑了笑道："那时我就是看到你这建议书，才将你提拔到士官特训班来的。这件事外界虽然不知，其实我早已上报给大统制，大统制亦觉可行，因此让工部司秘密研制，侥幸就在这当口上研制成功。大统制已特派一支火炮队增援，再过五天便能赶到。等他们一到，便是你出发的日子。"

傅雁书心里一阵激动。这次出征，虽然他说得头头是道，但心里实在也有点没底。不低估敌人，是他的信条，五羊城的水军不是容易对付的，自己率偏师充当诱饵，实是危险之至。但假如船上配备了舷炮，五羊城的水军便也不足惧了。他打了个立正，沉声道："遵命！"

他正要出去，邓沧澜叫住了他道："对了，雁书，你走前拿我手令去找许靖持，找他调一个人。"

傅雁书道："要调谁？"

"一个名叫黄深韬的翼尉。"

这人的名字傅雁书并不曾听过，他道："这人有什么能力？"

傅雁书现在的军衔亦是翼尉。翼尉是第六级军官，在除了副、偏将军档的十一级军官中正好居中，在之江军区有三四十个，傅雁书却不是很熟悉这个人。邓沧澜道："此人兵法不算如何出众，但他是海靖人，年轻时是个渔民，对海靖到闽榕之间的海上地形十分熟悉，这一趟对你很有帮助。"

傅雁书走后，邓沧澜心中却又有点不安。舷炮的发明，固然给之江水军的战力来了个极大提升，但当时提出开发舷炮的建议时，五羊城也是知道的，这个开发任务同样发给了设在五羊城的工部特别司。虽然特别司这两年交上来的成果报告中多半是些民用器械，但申士图所谋深远，安知他们会不会也已开发成功。

五羊城驻军中的年景顺，对自己极为尊崇，前两年年景顺来东平城，还专程来看望自己，闲聊五羊军方的新动向时，并不见他说起舷炮开发成功的事。那时五羊城并没有反叛，如果成功的话，年景顺也定不会隐瞒。只是，这到底已是前两年了。

邓沧澜心中的这点隐忧在第二天便已烟销云散。第二天，东平城里来了个特殊人物，却是北斗星君中的一个。此人先前与三个同僚受命潜伏在五羊城，得到年景顺之助，得知了郑昭在五羊城的下落，在五羊城叛反前夕发起了一次刺杀行动。结果，刺杀行动失败，也只有这一人逃出了五羊城，但也带来了不少五羊城的最新情况。据他说，余成功已死心塌地跟随申士图了，军中很难再离心，但五羊水军的战船上，并无舷炮。

得到这个消息，邓沧澜心中的隐忧终于尽消。傅雁书海上一战，已然胜机在握。当然，五羊城在傅雁书手上吃过这个大亏后，肯定也会加紧开发舷炮，但时间不等人，他们大势已去。至于年景顺，也许他还能有所帮助，但也不能寄予过多期望。也许这个人仍然心向北方，却也要防着五羊城在这个人身上施展反间计。不管怎么说，这一战，己方的优势已相当明显。毕竟，以五羊城一隅之地与共和国举国之力相抗，难有胜算。

破城后，定要向大统制提议，不能对五羊城滥加杀戮。邓沧澜此时已在构思这份上书的措辞。不能太强硬，以防大统制心中不快，也不能太软了。大统制对五羊城的反叛肯定极端恼怒，自己要做的，就是努力不让大统制的怒火无限制地发作，对五羊城来个血洗。毕竟，以人为尚，以民为本，战争的意义，最终就是不战。

邓沧澜和傅雁书这条秘计，五羊城里自然不会知晓。但东平城马上就要出兵，申士图在五月二十二便已知晓。

东平城的出征竟然如此之快！这着实出乎申士图的意料。当天他便召集城中首要聚议，商讨对策。

按常理，东平出征该是在七月中旬。但现在邓沧澜出师的时间表提前了一个多月，难道他们真个不顾一切，连后勤都不管了？众人商讨了半日，目光无不看向余成功。

余成功是广阳省的兵部长，军中之事，他自然最有发言权。北斗星君曾以年景顺为质，迫他合作之事，申士图并未公开，但他心里实有种不安。但申士图既往不咎，他对申士图感激涕零。见旁人的目光都看向自己，责无旁贷，他站起来道："申太守，下官以意度之，邓帅此举，应该是要沿途取得补给。"

申士图皱了皱眉道："是要高太守负责吗？"

虽然皱眉，但他心里已放宽了心。如果要高世乾负责补给，高世乾明面上自然依从，暗中却定会下手。克扣斤两，食水中下些泻药之类手段，也完全不会让人抓到把柄。这样，百战百胜的邓帅，这回也要吃个大苦头了。

余成功摇了摇头道："只怕不会让高太守负责。"

申士图一怔："为何？"

"行军之道，水陆相济。邓帅所率，乃是水师，但陆战队肯定也会相应出发。高太守暗中支持我们，下官想来，大统制只怕也不会不防，他很有可能就要向高太守下手了。"

这次会议，郑司楚虽然没资格列席，郑昭知道他年纪虽轻，兵法却颇有心得，自己对军事却知之不多，因此让郑司楚侍立在身后旁听。郑司楚听得余成功此言，心道："余将军坐在这位置上，果然也不是虚有其名。"

大统制出征，水陆相济。先以水军牵制住五羊城大军，陆军跟上解决掉高世乾，这样后防无忧，到时五羊城疲于对付邓沧澜，也无法接应高世乾，就相当于被大统制斩断羽翼。这条计策很是毒辣，破解之道便是要尽快击溃邓沧澜的水军，这样当北方的陆战队抵达南安城，要向高世乾下手时，五羊城就可以出兵解围，高世乾也将正式投入五羊城一方。余成功看到了这一点，可见他的谋略也已相当深远。申士图想了想道："但他们肯定要有补给才能进攻。从后方运来，肯定来不及，那么只有海靖这一条路了。"

余成功点了点头道："不错。这样绕过高太守，以安其心，只消邓帅兵锋直抵五羊城，高太守与我们的联系就被彻底切断。所以，此战的关键，便是伏击海靖的补给船队。"

郑昭看了看郑司楚，见郑司楚微微点了点头，心想："司楚也这样想，看来没错。"

邓沧澜这么快出师，势必只有从海靖取得补给。可惜海靖太守沙建侯是大统制亲信，无法拉拢，不然五羊城就真个立于不败之地了。天下事，没有事事称心如意的，这当然也没办法。郑昭插嘴道："余将军，要击破补给船，就要从五羊发水军出海。"

余成功道："郑公所言正是。海靖驻军不多，护航的战舰也不会有多少，何况他们的战力向来不值一提，所以伏击之策，可行性很大。下官建议，尽快选派一支精兵出发。"

申士图道："余将军觉得，在何处伏击最为上策？"

余成功道："邓帅与补给船会合的地点，不外乎石铁二门之一。从东平抵达石铁二门，都在十日上下，因此我们要抢在他们出发之前在铁门岛以外巡曳游击，一旦发现补给船，立即消灭。”

申士图道：“若要派水军巡曳，人数就不能太多，在海上待的日子也会很长，本身的补给又该如何解决？”

余成功道：“下官曾出海数次，对海上地形略有心得。铁门岛以西，礁岛甚多，以东就要少得多了，但还有几个较大的岛屿。因此下官提议，在其中选择数岛作为据点，在岛上屯上一批食水，这样这支伏击队在海上巡曳的时间便可大大增加。”

郑司楚听得更为心折，忖道：“我向来觉得兵法水陆相通，但海上作战到底与陆上作战大为不同，余将军这方法在陆上行不通，在海上却是个妙计。”内陆作战，设这么几个据点，等如自行分散力量，大增防守的难度。但在海上，这样却能收到狡兔三窟之效。他这些日子常向宣鸣雷和谈晚同讨教水军作战的精要，不过毕竟时日无多，理解的也不是太多。现在听余成功这般实际解释，果然正合水战之旨。

申士图听了亦甚是赞同，道：“果然。不过领兵之将，当选派精干之人。诸公可还有什么补充的？”

郑司楚张了张嘴，却没说话。郑昭小声道：“司楚，你是不是想说？”他对军中之事知之不多，但也知郑司楚所言多半有中，见他想说又不敢说，便问了一句。郑司楚点了点头，郑昭举起一手道：“申太守，小儿有几句话想说。”

申士图对郑司楚的能力亦大为赞赏，见他要说话，便道：“司楚，你有话要补充吗？”

郑司楚道：“申太守，军中要务，兵精器利为第一。东平水军极其精锐，不在我军之下，他们也未必不会想不到这一点。若他们派队前去接应，两相缠斗，海靖补给船就可趁机通过。”

余成功点头道：“此话也是至理。两军相遇勇者胜，这个时候，就要倚赖我军的英勇了。”

郑司楚道：“硬拼固然也是不得不然，但我军若能有凌驾于敌军的战具，便可大增胜算。”

这话其实是宣鸣雷说过的。当时宣鸣雷很忧虑，因为五羊城水军虽精，战具却不能比东平水军更精。这等缠斗，两败俱伤的可能性更大。对邓沧澜来说，这支护航的军队就算全军覆没，也无伤大局，但一旦被他们顺利补给，五羊城就要面临灭顶之灾。郑司楚最担忧的便是这一点，余成功的伏击之议虽好，但此计只能胜，不能败。

申士图看了看坐在边上的陈虚心，问道："陈司长，特别司有无一些新型战具？"

五羊城的吏礼兵刑工五部，与雾云城的五司相应，但陈虚心是工部特别司，比其余各部都要高半级，所以他是司长。陈虚心闻言道："前几年，大统制曾发文要我司研制舷炮，但特别司人手不足，一直没有进展。"

郑司楚插嘴道："特别司的展示厅里，有个战棋，那上面的小船上不是能装炮吗？"

陈虚心苦笑道："那是舷炮的雏形。不过要实用，还有距离。舷炮装得大了，后座力就太大，船身顶不住；若是小了，炮火的威力又不足，还不如用弩。"

郑司楚先前见战棋中的小船能打出炮石，只道这是从实际中来的，但自己进了水战队，见船上并无这等舷炮。他本想这是机密，自己尚不得而知，但听姨父这般说，才知道原来仅仅是个玩物，怪不得当初邓沧澜说这战棋是玩物丧志，无关实用。他皱了皱眉道："那，能不能换一个想法，将抛石器装在船上？"

申士图也不知郑司楚为什么和这舷炮干上了，陈虚心眼中却是一亮，叫道："是啊！我怎么没想到！"

抛石器因为威力不够，使用起来精度也不高，是种已被淘汰的战具。但郑司楚这般一说，陈虚心却也想到了，暗道："抛石器可没什么后座力。如果用抛石器投掷炸雷，确实可以装在船上。"虽然这种方法太过粗糙，但未尝不可，至少可以增加战舰的威力。他这人是想到什么就说什么，站了起来道："申太守，恕我告退，即刻便去试验。"

这等会议上突然自行告退，未免操之过急，但申士图知道陈虚心这性子，反正他也提不出什么军事上的建议，便点头道："好，陈司长请。"说着，又扫视了一下周围道，"还有什么补充吗？"

有郑司楚这先例，此时旁人也都大了胆子，有话就说，有个人甚至提出来要召集民间的法统人士，因为传说法统中人身怀异术，能够呼风唤雨，可借天力来打击敌方。这种无稽之谈申士图自然不会放在心上，但也任由人提出。现在不是指摘提出的建议荒诞不经的时候，而是提的人一多，自会有真知灼见。果然有人提出的几条诸如粮食可准备一些豆类，因为豆类易于发芽，可当新鲜蔬菜。海上待得久了，没有新鲜蔬菜吃，容易牙龈出血，豆类易储，而且发芽后量亦大增，这样很有效。这一条郑司楚听了亦觉得极为中肯。

这天会议结束，郑司楚回到水战队，谈晚同和宣鸣雷、纪岑、崔王祥诸人都围过来打听。他们都是中级军官，没有郑司楚这样一个父亲，尚无权列席会议，但这会议又肯定与自己切身相关，急着要问个究竟。郑司楚将会上的决议约略说了一遍，谈晚同听得点头道："不错。余将军看来是真心跟着再造共和走了。"

郑司楚急着要去看看姨父那种抛石器投掷炸雷的设施做得如何，说完了便赶到工部特别司去。一到展示厅，便见姨父和陈敏思父子两人围在水池边，水中是一艘较大的小船，船上装了一架极小的抛石器，一根细线拖了出来。陈虚心拿了块板写写算算，手上还有把尺子，又向陈敏思说两句，陈敏思听了一拉线，小船上一块石子抛出，陈虚心又拿了把石子量着落水的距离和小船后退的尺寸。两人忙得不亦乐乎，郑司楚也不打搅他们，站在一边静静看着。他两人干得全神贯注，也根本没发现郑司楚就在边上，一个拉一下，一个测一下，又互相说几句，陈敏思平时完全还是个半大少年，尚存淘气，此时却十分用心。弄了半天，陈虚心忽地将尺子在左手掌心一拍，叫道："成了！"

郑司楚听得，在一边插嘴道："姨父，行了吗？"

陈虚心和陈敏思这才发觉郑司楚在旁，陈敏思道："司楚大哥，你什么时候来的？"

郑司楚道："也是刚来。姨父，能装在船上了吗？"

陈虚心抹了把头上的汗，将手中写满字的板子交给陈敏思道："敏思，你去交给华哥。"又向郑司楚笑道，"应该没问题了。二十丈的距离，精度大约是一丈。"

海船的长度，不太可能不到一丈，所以二十丈以内足以百发百中，二十丈以外的命中率也不算太差。郑司楚此时也算放下了心，暗道："人各有所长。姨父别个不怎么样，但这一手实可算得当世第一。"宣鸣雷当初说要有凌驾于敌军的战具，取胜方有把握，现在果然已经有了。他心情转好，只觉身体也轻松了不少，便道："姨父，我去看看我妈去。"

郑夫人遇刺后，腹上连中两剑，齐大夫精心为她治疗，现在伤势渐好，但人还是很虚弱。这些日子，郑司楚不管每天训练有多忙，都要来看望母亲，今天当然也不例外。陈虚心道："好吧，希望大姐早日康复。"

郑司楚正待要走，又站住了道："姨父，这样一来，敌人应该对付不了我们了吧？"

陈虚心道："一般来说，他们的强弩应该不如这样威力巨大。"

郑司楚见姨父这般说，才算彻底放宽了心。陈虚心待他刚走出门，嘴里却又喃喃地道："只要他们尚没有舵炮。"

第十二章 碧波红血

五月二十三，五羊城水战队两千伏击队出发。伏击队主将纪岑，副将崔王祥，参谋宣鸣雷。人数虽然不多，但战舰士兵俱是五羊城水战队中精挑细选的精锐，三员将领中纪崔二人都是七天将中人，宣鸣雷的名声更在他们之上，这样的阵容，自是势在必得。

他三人出发时，年景顺带着陆战队的将领也来送行。在码头上，看着这支船队出发，郑司楚心里突然有点不安。

宣鸣雷他们三人能够成功吗？现在一般都觉得他们的取胜必然无疑，郑司楚也觉得应该不会有别的结果。可万一他们失败了，该怎么办？

未料胜，先料败，这是军中至理。假如觉得先作失败打算太让人丧气，那真正的失败往往就不远了。可现在五羊城对这次伏击的期望未免太大了，觉得这一战必定能解决邓沧澜来袭之忧。可万一邓沧澜水军顺利得到了补给，马上就要兵临五羊城下，那时五羊城还有什么对策？

在码头与年景顺诸人告别，郑司楚与谈晚同一块回营。路上，谈晚同见郑司楚脸上总有点忧虑，笑道：“郑兄，你不用太担心，阿岑跟阿祥两人都相当不错，何况还有宣兄相助，这一战胜定了。”

郑司楚摇了摇头道：“世上没有胜定了的事。两次远征西原，本来都觉得胜定了，结果两次全遭败北。谈兄，我只想问一句，万一伏击失败，邓沧澜顺利抵达城下，有什么对付的手段吗？”

谈晚同不再笑了，看了看前面，低声道：“当然有。”

谈晚同的话倒是让郑司楚有点诧异。他道：“是什么？”

谈晚同道：“水雷。万一阿岑和阿祥他们铩羽而归，我已备下了数万颗水雷，就用水雷将外洋尽数封闭。”

郑司楚一怔：“这么多？”

谈晚同道：“水雷是战舰的克星，所以我早就准备了。如果真有那一天，这些水雷就能让他们无法登陆，也就失去了用武之地。他们要以水陆并济，打断广阳闽榕两省的交通，那我也要用水雷打断他们水陆二队的联系。到时先专攻陆路，等邓沧澜排光了水雷，他们这陆战队也就被消灭得差不多了，那时再来水上决战。”

这就是打破敌人的联手之势，各个击破。这确是兵法中的高招，郑司楚本来还有点担心，见谈晚同其实也已未料胜，先料败，已做好了最坏的打算，他亦放下了心。

郑司楚放下了心，但一同出发的宣鸣雷却还是不够放心。

这次出海伏击，按计划，他们选定了两个小岛作为储备据点。每个据点可以储存十天的水粮，每隔十天，就有一批五羊城的补给船前来补充，这样水战队在海上的作战期限便能无限延长。这样以逸待劳，固然胜机极大，可宣鸣雷还是很担心。

这一次对上邓帅，或者更可能的，对上的是邓帅派出护航的傅雁书。对这个被自己取了个“傅驴子”外号的同门，宣鸣雷实是有种说不清道不明的感觉。不服，佩服，妒忌，样样都有点。他被称为水战天才，但傅雁书的天才却还在他之上。要击败傅雁书，宣鸣雷实是半点底气都没有。

他站在船头看着海风吹帆，纪岑走了过来道：“宣兄，想什么呢？”

进入实战后，宣鸣雷也要指挥一军，但现在他先留在纪岑的船上。听得纪岑的声音，宣鸣雷笑了笑道：“没什么。纪兄，你也没有实战过吧？”

纪岑道：“不能算完全没有。去年有支海贼叫麻天光的，劫掠沿海地方，我与谈兄、崔兄一同出发讨伐。虽然战事不算大，但他们也有好几百人，三十多艘船。”

宣鸣雷笑了笑道：“不瞒你说，我还没有经历过实战。”

如今天下承平，并无战事，若不是几场远征，陆军中也有一大半没经历过战事，更不要说水军了。纪岑道：“万事总有头一次。来，我们来加紧熟悉一下这抛石器的用法。”

抛石器在数十年前还广泛使用，但火炮发明后，抛石器一下就销声匿迹了。毕竟，这东西用起来麻烦，射程不算远，精度也不够高，携带更为不便，实在不适合用于实战。但装到船上后，倒异常地适合。船只自己在行进，不用拖动抛石器，而射程也不必过远，更关键一点，敌舰威力越大，个头也就越大，精度不高这一点也不成问题。

郑司楚这小子，脑子硬是比我要灵。

宣鸣雷一生之中，只佩服两个半人，但现在对郑司楚也已佩服了半分。

统领这支伏击队的三人都是水战能手，他们测试抛石器亦是有意选了不同的天气。水战队的战舰共有风、花、雪、月四等，其中风级是庞然大物，五羊城水战队一共也只有两艘，花级亦不到十艘，月级则不能出远海，充其量只能在近海巡逻，此次为伏击海靖补给船，出动的是二十艘雪级战舰。雪级战舰每艘载员一百余人，总兵力两千一百七十四。按每天一斤口粮计算，每日消耗两千多斤，淡水则更多，单靠战舰本身装载，自是远远不够。好在五羊城的水军向来实力雄厚，积粮也多，两个据点各储两万多斤粮食，其中有个小岛更是有淡水，随时可以补给，就算五羊城的补给船一时无法出发，伏击队也可以在海上支持近一个月。一般来说，这一个月里，足够完成使命了。

伏击队五月二十三出发，第一个十天很快过去了，他们已顺利到达预定地点。这时船上带的给养消耗得已差不多，虽然不知道邓沧澜出师的具体时间，想来也就在这几天之内，也就是说海靖省的补给船这两天肯定也要出发了。宣鸣雷他们知道现在已是关键时刻，因此去据点补给都采取轮班制。二十艘船，纪岑和崔王祥各指挥七艘，还有六艘归宣鸣雷指挥。三队中每次一队回据点补充给养，海上仍有两队巡逻。第一天是纪岑前去，到晚间便已回来。第二天是崔王祥出发。

这儿离海靖省大约三天路程。这个地方约略是海靖省与铁门岛的中间，选在这儿伏击，也正是算定了他们首尾皆不能顾。这地方有几处礁岛，因为寸草不生，渔民也不会来这儿，倒是个伏击的好地方。其中最大一个礁岛名叫指天礁，高达十余丈，顶端只有三四丈方圆，爬上去很不容易，却是个瞭望的好地方。他们已派了一个哨兵带了粮食淡水在那儿蹲点，其余船只则隐在礁岛后面，以防暴露行踪。宣鸣雷每天都待在甲板上，对船上瞭望台上望风的士兵更是严加督促，要他观察哨兵动向。好几次自己都爬上了瞭望台观察。只是这一天风平浪静，海面上只是一些细细波纹。

六月初三午后，宣鸣雷安排人手吃完了饭，准备等崔王祥一回来便去轮到自己一队去补给。其时艳阳高照，海风不起，平静得让人有点慵懒。就在这时，瞭望哨上那士兵忽然叫道："哨兵禀报，东偏北三十七，有帆影出现！"

东偏北三十七，那正是海靖的方向。宣鸣雷心头一凛，一跃而起，喝道："落帆！马上通知纪将军！"

偏生这时候来了，崔王祥却还没到。但宣鸣雷并不担心，那些补给船离这儿还有一段距离，等他们发觉有伏击的时候，崔王祥一队应该也已赶到。

落帆是为了减小目标，让敌人更晚一些发觉。宣鸣雷刚命令己队落帆，却见纪岑一队也已在落帆，纪岑的座舰上有水兵在打旗语通知己方。要消灭这支补给船队，就必须打他们一个措手不及，不然他们落荒而逃倒不易办了。

这时哨兵又打了一串旗语过来，宣鸣雷等不及瞭望台上的士兵通知，自己拿了个望远镜看去，一边读着旗语。

敌船在二十艘左右，吃水甚深，都是雪级战舰。海靖省驻军不多，没有风级战舰，花级战舰也只有一艘，雪级的倒有不少。宣鸣雷一边看着旗语，一边心想："沙建侯倒是不惜工本，用雪级战舰送粮。"

运送补给，渔船当然也可以。但渔船的航速到底不如战舰，所以沙建侯派出的全是战舰。宣鸣雷看过海靖省的资料，海靖驻军一共才五千人，雪级战舰一共四十多艘，沙建侯看来已是出动了一半。换句话说，将这二十艘雪级战舰尽数消灭，海靖若想再派补给船就只能动用渔船了，而自己锁住这条咽喉要道，沙建侯的补给船更难通过。

宣鸣雷嘴角浮起了一丝笑意。天下承平日久，沙建侯又不知兵，看来真的有点不知轻重。如果自己处在沙建侯的位置上，不会让雪级战舰充当运粮船的，顶多一半一半，一半满员水兵护航，另一半运粮，其余就征用渔船来运输。兵船护送首批粮船经过了这段最危险的水域，再返回来护送后者。即使是最坏的结果，五羊城的伏击也只能消灭一半，而海靖省足可发出第二拨补给，那时再由战舰护航，就算要损失一半，补给任务也能圆满完成，邓帅的舰队亦不会有绝粮之虞。

沙建侯真不知兵！

宣鸣雷脑海中这句话刚浮上来，却突然有点不安。沙建侯确实不知兵，但邓帅和傅驴子却不是不知兵之人，他们难道不防这一手，任由沙建侯独自承担这样的重任吗？

在邓帅面前，谁也不敢说实力强。

他想起了自己对郑司楚说过的这句话来。他是邓沧澜的得意门生，邓沧澜的本领他自是最清楚，同样，邓帅也很清楚自己的本领。五羊城会伏击补给船，邓帅绝对不可能不加防备。假如来的这支并不是海靖城的补给船，而是邓帅派出的护航队，他们的真正任务是来搜捕自己这支伏击队，那该如何是好？

想到此处，宣鸣雷只觉背后冒起了一股寒意。虽然艳阳在天，照得人都要出汗，可他却一瞬间如坠冰水。他转身对身边的传令兵道："立刻向纪将军发号，要他小心，一旦冲锋时对方不逃开，那就是护航队，千万要小心！"

就算是护航队，这一战也是在所难免，因为跟在他们后面的就必然是真正的补给船。宣鸣雷圆睁双眼，等那传令兵打下旗语，又道："密切注意指天礁上的哨兵动向，看那兄弟有什么最新情况通知。"

海上航行，最先看到的是帆尖，靠得近了才能看到船体，因为据说这世界是个球，大海则是贴在这球上的水，所以远处的船靠近时，仿佛是从海底升起来的。现在指天礁上的哨兵能看到对方，这儿却看不到船影，那对方也肯定不曾发现伏击队，所以不管怎么说，己方还是以逸待劳，占了地利。过了一阵，瞭望台上的士兵又叫道："指天礁有报，对方船队后方，又有一支船队。"

果然！宣鸣雷暗暗叹了口气。邓帅果然不会不做防备。他向传令兵道："通知纪将军，让过前方，伏击后方。"

现在己方船队隐身在礁后，敌明我暗，这个优势尚不能轻易放弃。算定了敌人前面的船队是护航战舰，就放过他们，攻击后方的补给船才是。不等那传令兵发旗语，纪岑座舰上的传令兵已打过旗语。

“放过前队，攻击后队。”

与宣鸣雷要通知他的一般无二。看到纪岑打来的旗语，宣鸣雷不由舒了口气，轻声道：“这小子，果然也有两把刷子。”

五羊城七天将中的“水天三杰”，果然名下无虚，纪岑看到了指天礁上发来的最新情况，同样猜到了这一点。宣鸣雷信心大增，忖道：“虽然崔王祥还没到，我们的实力不如他们，但打破补给船就是完成任务。等他们的前队发觉后队遇袭，转头攻击，崔王祥也该到了。”

同样是二十艘雪级战舰，但己方以逸待劳，到时打破了补给船后，士气也必然高涨，对方却纵然交战取胜亦无济于事，肯定无心恋战，这一战的胜券，己方已稳稳在握。宣鸣雷放下望远镜，下意识地摸了摸身上。手刚摸到银酒壶，还是放开了。

虽然喝上一口酒并无大碍，但现在要时刻保持清醒的头脑，这酒还是等凯旋的时候再喝吧。他看了看周围，低声道：“兄弟们，马上就要上了！”

纵然没有喝酒，宣鸣雷只觉浑身的血液都要沸腾起来。这是自己有生以来的第一场实战，这一战，“宣鸣雷”的名号必将响彻海上！

敌方的前队已缓缓通过了这一带，一切平静如常，艳阳高照，海风不起，水波粼粼。就在这前队刚通过的时候，傅雁书放下了望远镜，脸上露出了一丝笑意。

欺敌之策，已经成功了一半。

鸣雷，你上当了，这回你的性命大概也要丢在这里。

虽然这样想，傅雁书心中却有些不悦。虽然是同门师兄弟，但自己和宣鸣雷没什么交情，宣鸣雷对自己也是妒忌更多一些，但他知道，自己和这个同门之间，同样都有着对对方的敬意。虽然现在宣鸣雷已经加入了五羊城一方，成了自己的敌人，但这分敬意丝毫未减。

在军校的纸上演习，自己占上风的时候多，但实战是不是这样还不得而知。五羊城要伏击补给船，宣鸣雷当仁不让，肯定会在出击之列。他深知自己和老师都是谨慎之人，向不行险，而自己却是要从他这个根深蒂固的概念下手。

前方的二十艘雪级战舰，不折不扣是海靖省开出的补给船，后方的二十艘才是护航队。这与兵法上所云正好相反，兵法上说护航当承担开路之责，但眼下行驶在一条从东向西流动的洋流之下，如果护航队在前，当五羊城舰队攻击后方时，前方再转头便要耗费不少时间。而护航队在后方，就算前方的补给船遭到攻击，后方仍可及时赶上。纵然现在看不到叛军行踪，但他可以肯定，以宣鸣雷之能，铁定会在这里设伏，因此行险让补给船在前，自己在后押阵。

马上，这片平静的海域就要刀兵四起，血染海水了。他沉声对左右道："褪下炮衣，装填子药，时刻准备！"

共和二十二年六月初三，午后。

风平浪静。

但这是暴风雨即将来临之前的平静。

北军前后队之间，保持着一千步左右的距离。当后队抵达这片海域时，几个礁岛后面同时出现了一片帆影。

五羊城伏击队出击！

时为午后三刻。

伏击队出击的战舰是十三艘。虽然少于敌方，但由于来得突然，一时间似乎将海面都压得沉了下去。

宣鸣雷位于纪岑左翼，攻的是敌人前方，纪岑攻的是后方。因为洋流是从东向西，敌人船队排成一字仍在前进，他们从一侧攻其首尾，敌方想逃都来不及。

当船冲出去时，宣鸣雷已能想象出对方惊慌失措，纷纷转舵想要逃窜的景象。然而船刚驶出，他心头却升起了一片阴云。

对方的船只并没有惊慌，反倒迎了上来。他见到这样子，心里像是被什么扎了一下，扭头看去。

现在，敌人的前队已经通过这片海域。按他的估计，那支护航队见补给船遇袭，定会掉头回来救援，可是那支船队却似不曾发觉后方的异动，仍是全速前行。

这是怎么回事？

他的疑虑只是极快地闪了一下，马上就像挨了当头一棒。

肯定是傅驴子！上了傅驴子的当了！

宣鸣雷几乎要叫出声来，脸登时变得煞白。敌人的前队才是补给船，现在自己要攻击的，却是真正的护航队！一瞬间他就想明白了此中关键，也知道设下此计的，十有九成便是傅雁书。

“虚者实之，实者虚之。”他还记得刚进特训班时，傅雁书曾向邓帅提出过这个问题。说虚实之间，到底该如何把握？当时邓帅说，虚虚实实，不是一成不变，而是要根据敌方的情形来定。敌人冲击力强，则以虚兵引诱，折其锐气。或敌人生性多疑，则不妨以实兵假作诱敌，其实却是一股作气杀入，这便是虚实之理。傅雁书肯定也算定了自己猜他会来护航，却猜不到他竟然行险把补给船放在前面。

一定如此！他猛然嘶声吼道：“转舵，追敌人前队！快发号让纪将军转舵，追击前军！”

他刚吼出来，周围的士兵却是一声欢呼，那是纪岑一队中冲在最前的战舰投出一个炸雷。那炸雷不偏不倚，正中一艘敌舰，炸得那敌舰的船头都塌了半边。以抛石器投掷炸雷，他们虽然练习了许久，但这是第一个击中目标的炸雷，自然人人欢呼雀跃，谁也听不到宣鸣雷的吼叫了。

只是，不等他们的欢呼声落，从那艘受伤的敌舰上吐出一条长长的火舌，一个火球直飞过来，正中那艘刚击中敌舰的战舰。“砰”一声，那战舰冲在最前，火球正中船头，竟然也是半个船头都塌了，前进之势立刻受挫。两船受创，也是差相仿佛。

敌人的船上也有火器！不等五羊城水军惊呼声发出，从那艘受创敌舰上又吐出一条火舌，第二个火球飞出。这火球却是击中己舰船身，船身上立现一个大洞，整艘船也顿时向一侧倒去。船上的五羊城水兵无不惊呼，正待灭火，已有两艘敌舰赶了上来，护在受伤敌舰左右，同时射出火球。那艘战舰离敌舰已然不远，这两个火球齐齐击中，本来就已受创，这回船身更是破损加剧，火焰四起，引发了船中的炸雷，船体已开始沉没，船上水兵见大势已去，不少人跳水逃命，也有不少人倒在着火的甲板上，只怕已在先前这两轮攻击中送命。便是侥幸尚未死，船身已在火海之中，他们也难逃一死。

两军相接，一转眼间，已损一舰，敌人只是一舰受创。本来伏击队就只有十三艘船，损了一艘，更显得力量单薄。纪岑在座船上见此情景，眼睛已是一片血红，似要滴下血来。

本以为用抛石器投掷炸雷，己方的攻击力已能凌驾敌军，谁知敌军竟会在船上装备舷炮。而攻击的，哪里是装载粮食饮水的补给船，分明是整装满员的战舰。这一场伏击，已然弄巧成拙，难有胜算了。

现在该怎么办？纪岑在五羊城名列七天将，也是水战队“水天三杰”之一，深通兵法。现在中了敌人之计，已全然落在下风，上上之策自是马上认输逃走，对方的任务是护送补给船，自不会来追击。可这一战只能胜不能败，输了，也就是五羊城的末日到了。他咬了咬牙，喝道：“全军各自为战，猛攻敌人旗舰！”

北军竟会有了舷炮！这个失算，实是致命打击，但更致命的是这场伏击也搞错了对象。一错岂可再错，原本伏击队势可冲霄的战意此时已剩不到一半。但五羊水战队确是名不虚传的强兵，得了纪岑将令，立时按部就班，各在其位。敌人有舷炮，接舷战成了自寻死路，万幸船上还有抛石器，同样可以远攻，不然真是要任人宰割。最初的混乱一过，纪岑一队的六艘战舰已各自分开，从六个部位齐齐发射炸雷。一时间空中炸雷横飞，火舌乱舞，混战中伏击队又有一艘战舰中炮沉没，但敌军也有一艘战舰连中两颗炸雷，连甲板都被炸穿，同样侧向一边。

纪岑一队已与敌军短兵相接，宣鸣雷一队也已在攻击。当看到己方一舰马上被敌人击沉，宣鸣雷心头便已觉到了谷底。大势已去，敌人的补给船已逃出甚远，现在追都追不上了，而且若去追击补给船，反被敌军从后方攻击，更难抵挡。而且再不相助纪岑，纪岑那一队众寡悬殊，很快就会崩溃。现在他倒是有点庆幸方才自己这个转舵的命令未曾被传令兵听到，情形尚可支撑。

正想着，忽然“砰”的一声，一艘敌舰向他的座船开了一炮。只见炮口吐出一条长长的火舌，一个火球直飞过来。若是击中，他这船也要立受重创，逃都逃不掉，只能等死。宣鸣雷的心已提到了嗓子眼里，谁知那火球眼看就要飞到，忽地一落，却是来势已竭，掉进了海里。

敌军的舷炮厉害，射程却不及抛石器远！宣鸣雷心头忽然闪过一丝亮光。本来在他心中，“败了”这两个字已经浮了上来。有生以来第一仗，竟会是这般惨败。不过，这一场惨败大概也不会有什么人责罚自己了，因为接下来五羊城的覆灭已在眼前。可是看到这情景，他却又有了一线希望。

舷炮射程并不很远，而且舷炮能打到的有一个高度限制，不像抛石器，什么地方都能打到。只是，发射的速度抛石器却远远不及，抛石器抛出一个炸雷，敌人已打出了三炮。何况敌人数量上也有优势，数舰围上来齐发，己方一舰毫无还手之力。所以只消保持一定距离，敌人就无计可施。

想到此点，他沉声道："即刻传令，要诸舰依照我舰与敌舰距离，不可过于接近！"

那传令兵依言发下令去，宣鸣雷一队诸舰都已得令，但那传令兵苦着脸道："纪将军那边看不到了。"

现在空中炮火横飞，纪岑一队自顾不暇，自是看不到宣鸣雷的号旗，就算看到了，他已陷入重围，诸舰多已受创，也已无计可施。

纪兄，好自为之吧。宣鸣雷只是转过这般一个念头。现在纪岑的死活已顾不上了，只有自己勉力支撑，不让己方全军覆没。他从怀里摸出酒壶捏在手里，却不打开壶盖，只是沉声发令。

转舵，退后，退后，退后。在退后的同时，发射炸雷。此举果然行之有效，北军的舷炮大多打不到伏击队，纷纷落入水中。纵然伏击队用抛石器抛出的炸雷精度亦不甚高，但五六发中总有一发击中。敌舰见对方如此无赖法，奋起直追，可大海无边无际，宣鸣雷退到天边都没关系，双方都是雪级战舰，又是同一方向，他这一队越退越远，虽然狼狈不堪，可几艘战舰受创都不算重，反是北军战舰被他们的抛石器不时击中，已被击沉了一艘。但进退之间，他麾下也有一艘战舰被击沉，船上水兵纷纷跳海逃命，分散到其余几艘战舰上。

战势已成胶着之势。在北军阵尾，纪岑一队剩下的六艘战舰无一不伤，其中两艘伤势极重，岌岌可危，进退不得，只在苦苦硬拼；队首，北军诸舰追击步步后退的宣鸣雷一队，却成了任人击打之势。他们有心不追，可宣鸣雷还当真无赖，就是保持这样一个距离，敌若退，他就进，炸雷一颗颗不紧不慢地抛出。抛石器的发射速度虽远不及舷炮，可这样只有一方能击中，另一方自是大为吃亏。但北军若是一追，宣鸣雷又全军后退。他对水战极是谙熟，水战队又是精锐，指挥起来得心应手，另外几艘船跟着他保持距离，不住拉锯，北军护航队前队诸舟督全都叫苦不迭。

这情形，傅雁书也已看得清楚。傅雁书原本在最后押阵，纪岑的猛攻亦不易对付，但到了这时，纪岑一队被打得七零八落，海面上尽是五羊城水军浮尸，他已不像战事起始那样吃紧。而阵首的不利之势，也落到了他的眼里。他将望远镜一收，喝道："传令下去，阵尾诸舰继续攻击，务必全歼敌人，我舰上前！"

北军二十艘雪级战舰现在还有十九艘，阵尾十艘，阵前九艘，其中两艘重伤，一艘在阵尾，一艘在阵首。阵尾那艘有友舰保护已无危险，但阵首那艘却在遭五羊城水军的集中攻击。宣鸣雷剩下的五艘战舰发现了这艘敌舰受创甚重，全都攻向这艘，纵然炸雷命中率不高，可总是有一颗命中。再被击中两颗炸雷，这艘战舰定然沉没。傅雁书一边指挥座舰上前，一边发令道："传令下去，除了斩波号，其余诸舰分散，尽数攻上！"

斩波号便是受创最重那艘。阵首九舰得令，八舰上前，斩波号不动，伏击队见敌军上前，便纷纷后退，已击不中斩波号。宣鸣雷见敌人分散开来，皱了皱眉。抛石器的精度不够高，现在海上颠簸加剧，准确度更差。敌人围在一处时，打不中这艘，也多半要打中另一艘。现在敌舰分得散了，投出的炸雷无一命中，他便下令不要再投。船上炸雷毕竟有限，如果投光了，到时就算这无赖手段也使不出来，那才是真个大势已去。

此时伏击队不再投掷炸雷，而北军舷炮又打不到伏击队，阵首一时间静了下来。远处的阵尾却仍是爆炸声不断，纪岑还在苦战。

是傅驴子亲自过来了。宣鸣雷见到北军诸舰改了章程，心中便这样想。这时一艘北军战舰从阵尾劈波斩浪而来，快到近前时，突然停住了。宣鸣雷身边的传令兵叫道："宣将军，他们在发旗号！"

五羊水军和东平水军，本来同属共和国水军，旗号自然也是相同的。宣鸣雷看着对方的旗号，逐字认道："反、贼、宣、鸣、雷……"他苦笑道："是傅驴子，劈头就骂我一句。"

双方将领尚未通过名，但傅雁书和宣鸣雷本是同门，虽不曾真个交过手，可纸上演习不知有多少次了，各自对对方的手法烂熟于心。旗号劈头就骂"反贼宣鸣雷"，除了傅雁书还有何人？宣鸣雷道："兄弟，你也打旗号，回骂他'傅驴子，想死就上来'。"

那传令兵一怔，道："这样吗？"

旗号是以音韵字母为基础编制出来的，只要有音就能发出。可"驴子"这种词，在军中大概从来没用过，而且宣鸣雷要发的令未免太粗俗了。宣鸣雷怒道："这傅驴子骂我，你还跟他客气啥？"

传令兵被他一逼，苦着个脸，果然把这几字打了出去。那边船上的傅雁书本来亦并不能完全确定是宣鸣雷，见回来的旗号如此，心道："果然是这反贼！是你自己找死，就怪不得我了。"

补给船已经安然脱身，现在再打下去，已无济于事，只是徒增伤亡。因为就算把这伏击队尽数消灭，五羊城的实力却也没有什么大损。只是一知道对手就是宣鸣雷，傅雁书倔性也上来了。宣鸣雷称他为"傅驴子"，便是说他虽然生得文秀，性情却倔强之极，活像个驴子。宣鸣雷一时口快，让人旗语这般发出去，心想惹动了傅驴子的驴脾气，他可真要不依不饶地拿下我，低声对传令兵道："发令下去，等一下就主攻此舰，还是老套路。"

这老套路其实也就是纠缠不休，并不能对敌舰有致命打击，但敌舰想击破自己这种敌退我进、敌进我退的死缠滥打，也并不容易。宣鸣雷已然算定，就算傅雁书犯了驴脾气，毕竟不是个意气用事之人，当他发现并不能致自己于死地，再打下去实属无益时，便会走人。可万一傅雁书真个驴子脾气发作，不惜代价，全军冲上，现在纪岑一队已快被消灭，敌众我寡，他拼着几艘战舰被击沉，自己这五艘残兵败将也必将被他一扫而光。他命令刚发下去，边上的传令兵却有点惴惴，小声道："宣将军，我舰上炸雷已经不多了。"

抛石器的精度远不及舷炮，虽然陈虚心在测试时说二十丈之内精度可有一丈，可那只是在纸上算出来的结果。实战中，船只不住移动，而抛石器的发射速度又不及舷炮，离得越远，敌船便更有时间躲闪。打到现在，宣鸣雷这一队虽然一直没落下风，可炸雷却消耗了十之七八。宣鸣雷一听得，也忐忑不安，小声道："先别管这个，传下去。"心中却在忖道："傅驴子啊傅驴子，你别不知好歹，非要我和你拼个你死我活。"真到了这个境地，宣鸣雷也已打好了主意，就算自己这剩下的五艘战舰全都被消灭，总要叫傅雁书的旗舰也难逃一劫，而这手段，也就是硬撞上去同归于尽。

虽然宣鸣雷的座舰和傅雁书的座舰相距甚远，两人连对方的人影都看不清，但两个人都似乎感受到对方破空而来的隐隐杀气。

傅雁书兀立在甲边上，一边的副将黄深韬见他面色阴沉，心中不禁忐忑，小声道："傅将军，我们已经胜了，再战下去，已无好处。"

黄深韬与他同是翼尉，但黄深韬是陆战队军官，因为熟悉地形，才被邓沧澜调来做他副将。不过他也知道傅雁书乃是邓帅的爱将，虽然军衔与自己相同，两人的地位却不可同日而语，何况他也不谙水战，因此说得底气都不足。

傅雁书听黄深韬这般说，仍是动也不动，一时间边上的士兵也都连大气都不敢出。邓沧澜治军严整，水战队精锐无匹，“令行禁止，虽误亦行”。只消傅雁书发下令来，就算明知前面是刀坑火海，也得不顾一切地跳下去。但他们个个心中都在想：“别打了，别打了，我们都已经胜了。”

黄深韬见傅雁书不说话，心中更急。他纵然有点不敢，可这样子晾在那儿，他越发受不了，又小声道：“傅将军，这一战我们是胜了，可万一前面叛军还有伏兵，那可要功亏一篑啊。”

护航队的任务就是护送补给船。为了这次护航，傅雁书亦是耗尽了心思。本来护航队是在前方开路，但他在海靖省听得五羊城中派了宣鸣雷前来，心知这人心思实不下于自己，多半会料到自己以护航船开道的计策，便将计就计，索性让补给船在前，自己在后。本来他也有点担心，但结果是敌人一头扎进了圈套，补给船一艘都没能拦下，自己却几乎全军覆没。现在补给船已经安全行过这片海域，离邓帅的大部队也更为接近，但安知前面会不会还有伏击。傅雁书心下一凛，忖道：“以五羊城的实力，一般来说是派不出第二支伏击队的，但也不可不防。”想到此处，他手一挥，喝道：“保持现在队形，转舵。一旦敌军追击，便全军突击。”

护航队被宣鸣雷击沉了一艘，还有两艘受了重伤，但尚有十七艘战舰能战，五羊城一方纪岑已全军覆没，只剩下宣鸣雷的五艘伤船。到了这时候，宣鸣雷见傅雁书已要离开战场，只是暗自谢天谢地，给他一个胆也不敢去追击，他见傅雁书终于转舵走了，不由长吁一口气，抹了抹额头冷汗，心道：“我这般死撑，还是撑过去了，傅驴子到底不敢和我同归于尽。”

但这个庆幸的念头刚升起，转念又想：“这傅驴子放了自己一马，真是怕我与他两败俱伤吗？”自己连番死缠滥打，对付的只是前半支护航队，仅能击沉他们一艘本已受伤的船只。如果傅雁书全军压上，自己想要和他同归于尽，多半只能是想想而已。何况以傅雁书那种驴子脾气，自己威胁他，只怕他反而赶尽杀绝。想到此处，宣鸣雷脸已涨得通红，心道：“这傅驴子，他……他是觉得我根本不是个威胁！”

这才是傅雁书退走的真正原因吧。五羊城出动精锐，以逸待劳，战果却是险些全军覆没。固然是因为崔王祥一军没有及时赶到，可在傅雁书看来，自己这败军之将已不足言勇，根本算不上他的对手。这等屈辱感让宣鸣雷几乎站立不住，他一下拧开酒壶盖，往嘴里猛灌了一口烈酒，心里在嘶声叫道：“傅驴子，这笔账我定要你连本带利地还来！”

他是海量，不喝到大醉脸是不会红的，可是这口酒喝得猛，脸也红得像是烧熟了的虾子。正待再灌一口，边上的传令兵道：“宣将军，崔将军来了！”

宣鸣雷看去，却见东边海上，风帆聚起，正是崔王祥一队。傅雁书也许是看到了崔王祥的船，不知底细，只道那是五羊城援军吧。他苦笑了一下，心道：“崔兄运气可真好。”假如傅雁书一举将自己消灭，崔王祥赶上来，多半也要吃大亏，到时伏击队二十艘战舰真个要片甲不留。现在，好歹还剩了十二艘回去。他道：“快去，看看海里还有没有有救的兄弟。”说完这话，自己都觉得有点诧异。他在螺舟队当舟督时，除了阿力阿国几个与自己特别亲近的，从来没把别人当成兄弟过，却不知现在自己也说出这话来。

是沾染上郑兄那婆婆妈妈的毛病了吧？他苦笑着。但想到了阿力阿国，他也对他们的安危有点担心。阿力阿国也随他编进了水战队，阿力就在这艘船上，阿国他们现在却在另一艘船上。他叫道：“阿力！阿力！你还在吗？”

这时一个士兵在一边道：“大哥，阿力他……”说到这儿声音有点哽咽。这士兵也是当初潜虬号上的一个，宣鸣雷心下一沉，喝道：“阿力他死了吗？”

这士兵点了点头道：“刚才，有一炮打过来，阿力他正在船边，被扫到了，结果人摔进了海里。”

战事紧张之时，掉进海里的人定无生还之理，不要说还被炮火扫到。宣鸣雷的手一颤，什么话也没说，只是又喝了一大口酒，嘶声唱道：“快哉风！把红尘扫尽，放出一天空。”

现在并没有什么风，空中倒真是万里无云。这一场海战从午后三刻开始，到现在申时一刻，前后持续了一个多时辰。宣鸣雷想到仅仅是一个时辰前，阿力还是个能说能笑的活人，现在却是尸骨无存，就算他向来没把人性命看在眼里，但实战的残酷，还是让他胆战心惊。

人的生命，原来如此轻贱啊。

他又喝了一口酒。轻柔的海风拂面而过，却又带着硝烟的气息，锋利如刀。

崔王祥离得远远便听得这儿有炮火声。本来还以为那是抛石器抛出的炸雷炸得补给船片甲不留，心道："糟了，我误了时辰，这回功劳要被纪兄和宣兄抢光了！"他心急火燎地赶过来，但越走越觉得不对，海上漂满了木片和死尸，血水将海水都染作淡红，却没有发现有米粮浮在海上的痕迹。再赶过来，却见有一支舰队转身离去，只剩下五艘伤船留下，那五艘船才是己方的，他更是胆战心惊，忖道："难道……是败了？"

失败。这两个字在出发时他们根本想都没想过，现在却明白无误地横亘在眼前。就算伤亡惨重，假如能破坏敌人的补给船也是胜利，可他看来看去，根本看不到有补给船的迹象。赶到宣鸣雷的残舰跟前，他已急不可耐，跳上救生小艇过来，要问个究竟。一跳上宣鸣雷的船，却见他一身酒气，脸也通红，眼中隐隐更有泪光。他道："宣兄，纪兄呢？"

宣鸣雷道："纪兄战死了。"

这个回答其实崔王祥已经预料到了，可他亲耳听到时还是眼前一黑，身子都晃了晃。谈晚同、纪岑和他这"水天三杰"，在七天将中自成一个小圈子，纪岑一战身死，他着实受不了。宣鸣雷见他要摔倒，忙上前扶住，顺手给他灌了两口酒。崔王祥醒转过来，便是号啕大哭。

本以为十拿九稳的伏击，最终却彻底失败。而这场失败也预示着五羊城末日的来临。崔王祥虽然有水天三杰、七天将之一的名号，仍是连站都站不起来，坐在甲板上痛哭失声。宣鸣雷让他哭了一阵，待他止住哭声，沉声道："崔兄，眼下最要紧的，便是尽快回去，好让城中做好准备。"

崔王祥道："还有用吗？"

宣鸣雷喝道："只消你我还没死，就肯定有用！只有哭是没用的。"

崔王祥被他一喝，心下一凛，忖道："宣兄说得没错，不到最后关头，谁也不敢说必胜。"他抹去泪水道："好，我们即刻返程。"

宣鸣雷本来船上给养已消耗得差不多了，但现在他这队已损失了一艘，崔王祥却是装足给养回来的，足够使用。两队并作一队，扬帆向五羊城方向驶去。

邓沧澜的大军已集结完毕，顶多十来天工夫便可抵达五羊城。失败已成过去，现在最首要的任务便是尽快让五羊城里知道这个最不好的消息，不然等邓沧澜大军叩关，五羊城里还在翘首盼望伏击队凯旋，全然不备。

这趟回程倒是快得多，六天后，残兵回到五羊城，五羊城上下也都知道了伏击失败，邓沧澜大军已顺利进行海上补给，马上就要抵达五羊城。

听到这个消息，郑司楚马上就来看宣鸣雷。宣鸣雷、崔王祥已被责令禁足，等候处置。但谁都知道，现在应该不会有人去处置他们了，因为接下来他们仍将披挂上阵。最坏的局面已然形成，五羊城再造共和这旗号，不幸运的话，也许下个月就将不存于世，人人都忧虑万分。但五羊城毕竟还有五万大军，这般束手就擒那也真个无人愿意。

郑司楚赶到宣鸣雷住处时，才到门口便闻到了一股熏人的酒气。他虽然也是个好酒之人，但这酒气的味道可不好闻，他皱了皱眉，推门进去，只见宣鸣雷半躺在床上，一脚高翘，手上拿着银酒壶，一副悠然自得的样子。郑司楚心下不悦，上前一把夺下酒壶，斥道："宣兄，你难道真是没心没肺的不成？"

宣鸣雷被他夺下酒壶，人也忽地站起。听得郑司楚的指责，他的嘴唇突然动了动，沉声道："自然有心有肺，只是还不想死心。"

郑司楚听他这般一说，不由一怔，心道："是啊，要是他痛哭流涕，那我只怕更要看他不起了。"他道："宣兄，你和我说说，这一场仗到底怎么败的。"

宣鸣雷从他手里夺过银酒壶，又喝了一口，才将前因后果说了一遍。他虽然喝了不少酒，但说来仍是口齿清楚。郑司楚听他说到北军已有舷炮，失声道："什么？他们造出舷炮来了？"

宣鸣雷点了点头，苦笑道："还记得那回我跟你说的吗？要没有一样能够超越北军的战具，五羊城陷落，指日可待。可不妙的是现在他们的武器超越了我们。"

有了舷炮，在船上就可以直接轰城。郑司楚心中顿时沉了下去。他道："但是，你能脱身，他们的舷炮应该威力也不够大吧？"

宣鸣雷道："正是。轰船还行，要轰城头，我想还不足。不过，也不知还有多久，他们便能轰城了。"

舷炮的研究，北军已经走在了前面，接下来就是要增加威力。不过，近期应该还不会有。他道："你再说说，他们这舷炮是什么样的？"

宣鸣雷道："我看到过，放出一炮后，炮口会往回一缩。"

郑司楚记得姨父说过，舷炮的困难在于后坐力太大，船身挡不住。若是减小后坐力，炮火威力也相应要减少，就无济于事了。宣鸣雷说北军舷炮打出一炮后会向后缩，很可能是装在一个有滑轮的架子上，借此来消去后坐力。至于这架子如何，舷炮的威力以何为度，不然太大了，开出一炮后这舷炮竟从另一方射出去也有可能。这些事情姨父应该能够解决，这个思路告诉他，他加以试验，多半就能尽快复制出来。

宣鸣雷见他若有所思，叹道："郑兄，你还关心这些做什么？事有轻重缓急，现在最关键的，是接下来这一战。"

郑司楚点了点头道："是。"顿了顿，又道，"邓帅的水军快到了，那陆军肯定也已出发。如果不能尽快击溃邓帅，到时南安城被陆军拿下，他们这铁壁合围之势一成，就回天乏术了。"

宣鸣雷道："然也，所以定要速战速决。回来的路上，我一直在想，他们的舷炮虽然射程不太远，但近战好生厉害，根本近不得他们，想靠一般的接舷战，再多再精的兵也无济于事。"

郑司楚道："接舷战不利，还有一途。"

宣鸣雷看了看他，说道："是这个字吧？"

他在手上沾了点酒，往桌上写了个"火"字。这是宣鸣雷告诉他自己是狄人时，先写的半个"狄"字，这回却是写的"火"字。郑司楚道："水上火攻，正是此方。"

宣鸣雷摇了摇头道："谈何容易。邓帅最擅长的，正是水上火攻，你想攻他，门都没有。"

郑司楚若有所思地道："你们一走，我与谈兄就说起，万一你们失败，城中该怎么对付他们。"

宣鸣雷听得张口结舌，啐道："你这丧门星！原来早就做好了我失败的打算。"

郑司楚苦笑道："未料胜，先料败，这是兵法至理。不做最坏的打算，就没有最好的结果。只是这条计策我想还是瞒不过邓帅，接下来，我们再一同细细商议。"

宣鸣雷见郑司楚全没有伏击失败的阴云，仍是侃侃而谈，心道："这小子，真是非比寻常。谁要对付他，只怕在让他脑袋搬家之前，他都有办法先让你脑袋搬家。”但郑司楚的镇定让他也有了几分复仇的信心，他道：“好。”

郑司楚站起身道：“眼下还要再去核实几个数据，你先坐一会儿，少喝点酒。晚上我做东，我们边吃边商议。”

宣鸣雷更是诧异，问道：“郑兄，难道你真的从来不知害怕？”

郑司楚道：“我岂会不知害怕？但害怕也无用。知彼知己，方能百战不殆，我们先要对自己有多少家底弄个一清二楚，才谈得上下一步。”

第十三章 知彼知己

共和二十二年六月十一，邓沧澜率两万五千东平水军，在海上铁门岛补充给养，全速向五羊城进发。

六月二十七，东平水军抵达五羊城南门以外五里之处。但此时五羊城已在南门外密布水雷，封锁海上通路，东平水军只得暂停前行。五羊城是靠与海外贸易发家的，这般封锁海路实是断了自己财源，但五羊城积蓄极多，封锁海路在短时间里尚不足以对城中造成困扰。

六月二十八，五羊南门外海上突然出现无数竹筏。竹筏趁着涨潮之势滚滚而来，引发外层水雷。水雷不经受重撞是不会炸的，本来竹筏也顶多只能消去最外层的水雷，炸成碎片后仍然无用，北军要排除全部水雷，非得再弄十几倍的竹筏不可。但那些竹筏一被炸碎，从中却流出许多桐油来。桐油浮在海面上，遇火即燃，而竹筏的碎片更增火势，借着潮水，海面上火焰熊熊，水雷响成一片。半日间，五羊城苦心经营的数万水雷封海之计便被攻破，化为乌有。后来得知，邓沧澜要海靖省运送给养，淡水都是装在竹筒之中。到了此处，又将空竹筒灌上桐油，编成竹筏，趁涨潮时投入海里，破去了密密水雷。此时五羊城南门外门户大开，东平水军已能直抵城外港口。迫于无奈，五羊城烧毁沿岸港口，封闭南门。

此时，东平水军已将五羊水军压在南门外，五羊水军已无法出海增援南安城。接下来，从东平出发的陆战队肯定就要向高世乾下手。高世乾手头这点兵力，失去了五羊城的支援，根本不可能守住，他面临的也仅仅是一条路，就是俯首贴耳听命于大统制。听命的结果，最好也只能是被革职软禁。这一点高世乾自然看得清楚，当他得知五羊陆战队也即将出发时，就命密使前来向申士图告急，要五羊城援助。

如果五羊城陆战队能够在东平陆战队抵达之前将其击溃，闽榕全省便可平安。否则，唇亡齿寒，五羊城的陷落已经不远。申士图当然也明白这个道理，所以高世乾的密使一到，他马上就召开了再一次会议。

这一天，已是六月三十。六月的最后一天，天气苦热。南门外本以为固若金汤的水雷阵被全线突破，东平水军马上就要兵临城下，东平陆军也已迫在眉睫。要不要援救高世乾，众说纷纭。于情于理，闽榕若被大统制牢牢掌握，等如广阳省眼中被扎入一根尖钉，大统制能借闽榕作为跳板，源源不断地增派援兵，以前最令人担心的“以一省抗全国”的不利形势就要成为现实。可是要去救他，南门外邓沧澜水军马上就要抵达，自顾不暇，哪里还有余力去救人？救与不救，每一方都能说出道理来，而且这道理都能令人信服。这也使得申士图更难决策。

本以为举旗之后，得道多助，八方响应，可是五羊城真个举旗，周围诸省固然有表示同情的，可现在真正与五羊站在一处的，唯有一个残破不堪的南宁省。南宁省当初曾有五百万人口，首府高鹫城亦是十二名城之一。但高鹫城是共和军的发源地，曾被当时的帝国攻破后大肆屠城，后来又被蛇人攻破，盘踞多年。连遭大劫，岂独高鹫一城？如今南宁全省人口都不足一百万，元气仍然未复，西北相邻的朗月、秉德两省本来就是穷山恶水，唯有依靠广阳接济，因此，太守梁邦彦虽然与申士图同是一省太守，实际上却只算申士图下属。正因为南宁省地位如此低下，大统制对此省也根本不屑一顾，申士图也知道，梁邦彦是破罐子破摔而已，现在铁了心跟随五羊城。但只消五羊城一破，梁邦彦肯定会肉袒负荆，前去向大统制请罪，根本不能成为臂助。现在唯一能够相助的，只有这个明面上尚在大统制一方的高世乾。假如高世乾被拿下，广阳一省孤掌难鸣。从这一点上来看，闽榕又是不得不救。邓沧澜水军先至，击中的正是这个要害，现在救也不是，不救亦不是，当真是进退两难。

这次会议，五羊城里各部头面人物除了陈虚心，所有人都到了。一开始的讨论，各人议论纷纷，不是说要救，就是说不救，奇妙的是说要救的没信心，说不要救的同样知道不救只能苟延残喘，所以虽然意见相左，各持一议之人却并不针锋相对。

再造共和这面旗，也许打不了两个月了吧。

每个人都在这样想。申士图坐在上首，只是静静听着。等议论渐渐平息，他扫了一眼，沉声道："诸公，可曾定下主意？"

五羊城的刑部部长汪松劢和礼部部长权利明两人对视了一眼，不约而同站起身，躬身一礼道："吾等计议已久，苦无良策，还请申太守决定。"

广阳五部，地位最高的是工部特别司长陈虚心。只是陈虚心对政事提不出什么好计议，这一点人人都知道。兵部长余成功先前提出的派遣伏击队之计遭到了惨败，现在也说不出什么话来，吏部部长则由申士图兼任，所以汪、权两人已经是现在申士图以下五羊城官员之首了。他们提不出什么好计，要由申士图决断，申士图也不推辞，只是道："既然如此，但一人计短，二人计长。当此非常之际，须有非常之举。余部长，阁下以为如何？"

余成功被申士图点了名，忙站起来道："成功武人，深以太守为然。"

申士图看了看他道："先前伏击敌人的补给船，实是妙手，然天时不利，未能建功。如今敌军已迫在眉睫，余部长军中宿将，不必有所顾虑。"

话说到这儿，余成功不表态也不行了。他躬身一礼道："太守，成功以为，敌军欲水陆合围，剪除南安城后，铁壁合围之势便已实现，纵然五羊城积粮甚多，终难抗天下之兵，因此唯有出兵救援一途。"

五羊城的水军不亚于邓沧澜，邓沧澜一军虽然迫在眉睫，但想攻破五羊城，却也并不那么容易。这一点人人都这么想，听余成功这般说，便是说不能去救的也在想："余部长说得也有理。南门外要守几个月不在话下，邓帅纵强，也不能势如破竹。但高世乾一被解决，敌人的陆军不断前来，从闽榕可以给邓沧澜水军补给，陆军又源源不断而来，那时就真成了人为刀俎、我为鱼肉之势了。"

申士图听了余成功的话，只是道："余部长所言甚是有理。但还是那句话，一人计短，二人计长，我想请一位年轻人来说说看法，不知余部长以为可否？"

余成功一怔，心道："你要让哪个年轻人来说说看法？景顺吗？"五羊城的少壮将领中，以年景顺为首。年景顺是他外甥，也是他的得力助手，申士图看重他，余成功当然也不会有意见。他道："申太守卓见，成功岂敢有异议。"

申士图道："好。郑司楚将军，请出来吧。"

郑司楚这名字，这些官员约略也都听到过，知道他是郑昭的儿子。但这只是个二十多岁的毛头小子，他的名字只不过作为"郑昭之子"才被人听到，听申士图要他来发表意见，所有人都是一怔，余成功也是一怔，心道："太守这般看重郑国务卿？"

郑司楚夹着一个大卷轴从后面走了出来。走到近前，他先向申士图行了一礼，又转身向众人行了一礼道："小将郑司楚，见过诸公。"

这些人中，倒有一大半未见过郑司楚，余成功虽曾见过一次，却也没留下什么印象。现在看见郑司楚一身水军军服，英气勃勃，心中倒是暗暗喝了声彩，心道："郑公这位公子倒不比景顺逊色。听说他得过二等共和勋章，参加过多次实战，说不定真有什么好见解。"看到郑司楚的样子，余成功也不禁有种"老了"的感慨。

郑司楚行过礼，将那卷轴交给申士图的一个侍从，示意他挂起来。一挂起，原来那是一幅很大的地图，绘的是广阳和闽榕两省地形。卷轴里还有一支竹棍，他拿起竹棍，朗声道："诸公，五羊城再造共和，已至生死之际。如今形势，险恶已极。"

他一开口，声音清朗，不卑不亢。他现在只是个骁骑军衔，与列席的那些高官级别可谓天差地别，但说来坦坦荡荡，毫不怯场。权利明看了，心下已在想："郑国务卿虎父无犬子，只希望郑公子别是纸上谈兵才好。"

郑司楚指着南门道："东平水军，现在已在南门外，明日准已抵达。东平水军总数是两万五千，纵然他全军出动，五羊城水军亦足以匹敌，因此邓帅不会贸然攻击。他的主意，定然是在此缠斗，封锁五羊城的出海口，断去我军的海上后路。"

这一点自是人人都知道，但郑司楚口齿清楚，说得简洁明了，人们全都在颔首。郑司楚看在眼里，心道："父亲教我的主意果然有效。"

郑昭虽然对军事知之不多，但对如何说服旁人却是个行家中的行家。他告诉郑司楚，要抓住别人的注意力，最好的方法当然是语出惊人，一下震慑当场。但要这么做，必要有发言者本身的威望做底子方可，不然别人当你危言耸听，马上就抱不相信的态度。因此郑司楚这种年轻人初次露面，一开始不妨说出大家有共识的事，给人留下一个踏踏实实的印象，然后再提出自己的建议。现在郑司楚见自己一开口旁人就都在点头，心想父亲说得果然没错。他接下去道："北军打的是水陆并济的主意，接下来肯定要从陆上发兵，直攻五羊城。但陆军发兵，亦非易事，两月之内是做不到的。就算从五羊城举旗之日算起他们就开始准备，陆军出发，起码也是七月的事。加上路上耽搁，陆军要抵达南安城，应该是七月底的事。"

现在已是六月的最后一天，距七月底已不到一个月。听郑司楚这样说，余成功便在想："话是这么说，可一个月里，五羊城还能做什么？发兵出击，在南安城下和北军决一死战，就算胜了，回来也已筋疲力尽，而邓沧澜这一段时间的攻势，单靠水军接下来也要吃力得很。北军却不是只能发出一支兵来，万一南安城下战事一胶着，水陆两军都在缠斗，两边都居于弱势，那还能撑到几时？"

他想到这儿，还没说话，一边的汪松劢已道："郑公子，就算北军的陆军七月底到达南安城，时间上完全来得及，但我军若与敌军在南安城下战事胶着，高世乾又不能公然投向我们，水陆两军都打成了持久战，郑公子以为我军能支持得住吗？"

郑司楚想也不想便道："北军补给顺畅，我军纵然士气如虹，也难以与敌军相持许久，肯定撑不住。"

汪松劢虽不是武人，但他平时好读兵书，对军事也有些了解，本以为郑司楚会说我军定能取胜，心想年轻人到底年轻，不知好歹，一味迷信勇力，因此这般反驳。谁知郑司楚却是直承撑不住，他准备好的反驳便一句都说不出来了，便道："郑公子也觉撑不住，难道仍要坚持发兵吗？"

郑司楚摇了摇头道："北军的主意，其实正是希望我们发兵救援，这样好将我军分而破之。因此以小将之计，我军取胜之机，就只剩一途。"

这话一出，余成功、汪松劢和权利明三人全都不约而同问道："是什么？"

郑司楚指了指南门道："一月之内，击破水军。"

余成功心下一震，尚未说话，权利明已叫道："一月之内就要击破邓帅？不可能！"但说出口来又觉这话太丧气了，实属自毁信心，又摇了摇头道，"只是我军得道多助，三军得力，倒也不是完全不可能。"

“不是完全不可能”这话，意思就是基本上是不可能的。余成功心头也有点怒意，忖道：“你这嘴上没毛的小子，说得倒轻松！一个月击破邓帅，若是邓帅求胜心切，也许还有可乘之机。可邓帅不焦不躁，稳扎稳打，他的主意就是要打持久战，你想一个月击溃他，真是做梦！”

虽然三人同时打断他的话，郑司楚仍是镇定自若。待他们静下来，郑司楚突然道：“用兵之道，千变万化。敌军远道而来，我军背城一战，已得天时之利；城中给养充足，又得地势之利；三军士气如虹，我军得道多助，此谓人和之利。天时地利人和，三者兼得，岂可谓之不可能？”

余成功暗自苦笑道：“天时地利人和，拿来说说还行，但在实战中，这三句话其实都是空的。”五羊水军纵然不逊于东平水军，又依城作战，占了地势之利，可东平水军同样不逊于五羊水军，两军相持不下那是正常的，一方想要速胜，实是侈谈。余成功本来见郑司楚英气逼人，侃侃而谈，心想这年轻人果然出色，但听他这般说，又觉郑司楚固然英气逼人，却也难脱纸上谈兵之讥。申士图如此倚重这个年轻人，恐怕是看错了人。

余成功诸人的反应，郑司楚实亦在预料之中。他心想：“北军打的主意，就是要让五羊城兵分两路，分头作战。这虽是正途，但事缓从恒，事急从权，现在想要取胜，只有冒险用奇兵，否则全依正途，五羊城必败无疑。”余成功觉得他是纸上谈兵，郑司楚也已觉得余成功虽是宿将，却未免持重得过了分，拘泥兵法，食古不化。当伏击队一出发，他在城中就定下了几项策略，分别针对各种情况。最乐观的是伏击队得手，邓沧澜无功而返，那时就去伏击北军的陆战队，只消将其击溃，高世乾就肯定会公开与五羊城站在一处，南北对峙的大局也已基本实现了。不过这种最乐观的局面并不曾出现，面临的却是估计的最不利情况。好在他未料胜，先料败，对这等最坏的情况也已经有过打算，甚至，还想得最为周全。他曾与谈晚同、年景顺诸人商议过，屡经补充，觉得虽然不无冒险，但要打破五羊城面临的最不利情况，唯有此途。邓帅虽然强悍，却也不是不可战胜，西原楚都城就是一个最好的例子。他清了清嗓子，朗声道：“如今我军面临的，乃是绝境，正兵已不可能取胜。奇计虽不可恃，但这等情形之下，唯有以奇计破敌。”

“奇计不可恃”，郑司楚想起老师给自己的那本《兵法心得》中，这句话提了很多次。军校时，很多人都对奇计特别感兴趣。以奇妙的计谋欺敌，以寡胜众，以弱胜强，对于一个军人来说，这种诱惑不可谓不大，几乎有一大半人觉得，屡出奇谋便是名将。但老师给自己那本《兵法心得》中却说，奇计只能万不得已才能用之，以众击寡，以强击弱．才是兵法之正途，就算奇计也是以此为先决条件。敌人虽众，可以分而击之，这样纵然全局上来看自己居于劣势，在战役上却仍是以众胜寡，以强胜弱，而不是想一个匪夷所思的妙计，用明明的弱兵去抗击强者。

“奇计不可恃”这五个字，郑司楚也已有了切身体会。随毕炜远征那一役，薛庭轩算得是屡出奇计，可他在每一次攻击时，都是集中了相对的优势兵力，以至于后防空虚之极，险些被自己得手。后来的破三上将远征亦是如此。他练出的火枪骑实可算亘古未有的奇兵，但仅靠这一支奇兵，其实对远征军根本造不成什么实质伤害，他最终的取胜还是毁其辎重、断其粮道这两招。现在自己要用的，也只能是这两招。邓沧澜能力再强，本领再大，他终是远道而来，粮道同样是他的致命伤。所以他一是要从海靖获得补给，以后就要准备解决高世乾后从陆路补给。从闽榕获得补给，事实上就依赖于他在海上能控制住五羊水军，与他对峙得越久，五羊城的地利就越小，所以现在关键中的关键，就在于要速战速决，击败邓沧澜。

此时郑司楚在上面侃侃而谈。他平时也不算谈锋甚健之人，此时说来，却是口若悬河，旁若无人。申士图和郑昭已听他说过一次，现在虽是第二次听得，仍是觉得心惊，更不要说是余成功和汪松劢、权利明三人和列席的其余官员了。郑司楚的这个计划如此大胆，甚至可说狂妄，异想天开，但每一步又踏踏实实。每一步成了如何，失败又如何，虽是一计，实际上却繁复绵密，几乎将各方各面都考虑到了。余成功开始时还有点轻视，越听越是动容，听他说到最后，计已深入，连他都觉背后冷汗涔涔。

“歹毒！”

只能用这两个字来形容。郑司楚长得英姿勃勃，但想出来的计策竟是如此毒辣。如果计划顺利运行到此步，邓帅只怕亦无回天之力。这个年轻人，竟是妖魔转世吗？余成功第一次对眼前这年轻人产生了惧意。待郑司楚说完，权利明已率先长叹一口气，高声道：“少年英雄！真是英雄出在少年！”

旁人纷纷附和。邓沧澜，共和第三元帅，水军第一名将。水战无敌，这是对邓帅的公论。不论是不是军人，在任何人心目中，只消能与邓帅势均力敌，就可算得上绝世名将。可是这个年轻人想的，却是要将邓帅彻底击溃，杀个片甲不留。虽然心惊，但余成功心里仍有些忐忑。真能如郑司楚如言，计划顺利进行吗？变数随时存在，郑司楚虽然说得面面俱到，但他总觉得还是有点一厢情愿。只是现在群情激昂，全都觉得胜券在握，这句话他也说不出来。

但愿如此。毕竟，也没有别的良策。他想着。

在余成功想的同时，郑昭也终于舒了口气。

郑司楚这条计策固然奇妙，却也有个致命之处。但现在，他最终放下了心。

这条计策的第一步，已经成功了，接下来就看第二步。楚帅，你真生了个绝世之才的儿子。

对这个与自己并无血缘的儿子，郑昭心里一直有种说不出的感受。从最初的厌恶、沮丧，渐渐又生出了真正的父子之情，直到现在，几乎已不再想到他和自己并没有血缘上的联系。但此时，他又有点欣慰。假如郑司楚真是自己的亲生之子，定然不会有这等军事上的天才。

共和的信念，结果在你儿子手上延续下去，这是造化的讥讽吧？但在他的记忆深处，又觉得并不是如此。也许，那个人还活着的话，说不定也会与自己一样的想法。第一次，郑昭对昔年自己的决策有了一丝后悔。但那都是记忆深处永远不为外人所知的事了，现在，是一个崭新的时代。

这个崭新的时代，是属于郑司楚这样的年轻人的。

会议结束，郑昭特意与郑司楚同车，送他去水战队。在车中一坐下，郑昭微微笑道："司楚，你今天真是出色。"

郑司楚脸上仍有点不安，低声道："父亲，还有一点我最担心，若这消息传不出去该怎么办？"

郑昭道："放心吧，肯定会有人胆战心惊，想要转向的。"

郑司楚不知父亲为什么有这等信心，叹道："现在终究还不得而知。要是会议上的人全都没有二心，只能让阿顺去反间了。只是他去反间，我又怕邓帅起疑心。"

郑昭道："放心吧，这事我来安排，你就去执行此计。"

郑司楚暗道："父亲这般说，一定已有把握，我也不要多想了。"人力有限，自己长于军事，要安排合情合理地放出风声，实有点强人所难。但父亲长于政事，他会安排，肯定比自己做得好。他道："好的。"顿了顿又道，"这两天妈怎么样了？"

这几天郑司楚为策划此计，饮食起居都有点错乱，没空去看在特别司养伤的母亲。郑昭道："我昨天去看过了，她现在好得多了，已经有了知觉。"

郑司楚心下大喜，叫道："真的？"

郑昭道："我还来骗你不成？她让你先不必分心，等胜利后，你再去看她吧，让她也看看自己的儿子已经有多出息了。"

会议上那条歹毒的计策，其实纯属欺敌。这条计策虽然也有成功的可能，但可行性实在太低了，必须步步符合，不能有半点差错。郑司楚深通兵法，岂会看不到这点？军情瞬息万变，只消当中一步出现变数，后面满盘皆错。奇计不可恃，正在于此。单个的奇计还有可行，但这种环环相扣的奇计，实在只有纸上的价值。在会议上提出这条计策的效用，其实只有一个，就是让列席之人中有觉得五羊城已不可能取胜、想要转向到大统制一方的人传出去，这样才好隐藏掉真正的计策。这条瞒天过海的奇计，才是郑司楚真正的策略。他最担心的就是会议上没有这样一个充当反间的人，这样要执行此计还得另想他法。不过这一点父亲已经承担过去了，他也就不再多想。人力有时而尽，自己要做的，就是做好自己的事。人尽其才，物尽其用，这八个字同样是兵法至理。

车已到水战队营外，郑司楚跳下车，转身对郑昭道："父亲，那我走了。"

郑昭看了看他，低声道："司楚，好好保重。"说到这儿，他又笑了笑道，"我和你申伯伯，还有芷馨，都在等你的好消息。"

如果这一战胜利，也就马上要迎娶小芷了吧。郑司楚有点不好意思，心中却也有种说不出的甜蜜。

七月初一午时二刻，邓沧澜率领两万五千东平水军直抵五羊城南门。五羊城的南门外便是大海，说是南门，其实也偏向东南，差不多与东门是同一方向。因为南门上装置巨炮，东平水军不能在正对着城门处扎营，所以是在南门东北一里外的海湾里驻扎下来，五羊城生死存亡的揭幕之战正式开始。

看着舰队陆续进入营地，邓沧澜突然有种苍凉之感。

少年从军，在血与火中拼杀了大半辈子，老来却要与曾经的同袍血战。对于曾经驻防五羊城的邓沧澜来说，滋味更不好受。他站在船头看着五羊城方向，见五羊城南门外樯橹如云，严阵以待，忖道："这些小子，当真不错。"

五羊城七天将，全都曾来听过邓沧澜教导。那时邓沧澜对这些后辈将领甚是爱护，知无不言，恨不得自己在兵法上的心得尽数传授给他们。现在，这些年轻人就要拿自己的本事来对付自己了，真是造化弄人。不论杀了哪一个，都让邓沧澜痛心。

箭在弦上，不得不发。可是，共和国就是这样子的？他心里又有了一丝疑惑。第一次听可娜说起共和的前景时，他就无比憧憬，觉得那才是自己理想中的乐土，甚至不惜裹胁毕炜一同反叛帝国。共和国成立初始的滥杀让他曾有过一点担心，然而当共和国根基已稳，随后的蒸蒸日上又让他觉得自己并没有做错。只是现在，他越来越有种隐隐的悔意。

早知如此，又何必多造杀孽？

现在想这些也没用了。平息了五羊城的叛乱，无论如何不能再来一次那样的滥杀了。不过现在共和国的高官有很大一部分都是广阳省生人，他们也不会同意对五羊城进行滥杀的，所以这一点自己并不用过于担心。现在要操心的，便是用尽可能小的代价取得胜利。可是要达成这个目标，即使被称为水战第一的自己，只怕也很难吧。

当船只全都就位后，中军许靖持过来道："邓帅。"

邓沧澜转过身道："许兄，派人去下战书吧。"

这也是大战前必不可少的手续。许靖持来，正是为了此事。他递过一份文书道："请邓帅过目。"

邓沧澜看了看，见战书上倒也文从字顺，只是称五羊城一方为"叛匪"，他道："战事尚未开始，也不必如此剑拔弩张，称'南'即可。"

许靖持犹豫了一下道："可是……这是大统制文书中定的性，改称不太好吧？"

大统制看来是根本没考虑过招安。邓沧澜道："既然是大统制的意思，那就这么办吧。"顿了顿又道，"海靖的后继补给如何了？"

"海路顺畅，请邓帅放心。"

消灭了五羊城派出的伏击队，现在可以正常派出护航队了。五羊城的水军大部都已被逼在港口，不可能再派出大批伏击队去断绝粮道，所以这条运输线已然无忧。等下个月陆战队解决了南安城，陆上补给线也打通了，就更加没有顾虑。这一战，看来已是胜券在握。他正想着，边上一个护兵过来禀报道："邓帅，傅雁书将军到。"

傅雁书是螺舟队舟督，但这次出海远征，螺舟却不能在外海航行，因此螺舟没有带来，傅雁书也转统战舰。不过对这个弟子，邓沧澜极是放心，知道他文武兼备，胜任有余。他道："请傅将军过来。"

护兵下去，傅雁书已走了过来。到得邓沧澜跟前，傅雁书立正行了一礼道："邓帅，末将傅雁书有礼。"

邓沧澜道："雁书，铁脚木鹅都已布置停当了？"

傅雁书道："一切顺利，已布置大半，明天就能布置完整。"

邓沧澜笑了笑，却又轻声叹道："可惜了鸣雷。"

如果宣鸣雷也在自己麾下，有这两个得意门生辅佐，事情更加顺手，他直到现在也想不通宣鸣雷为什么会莫名其妙地反叛。傅雁书道："邓帅，鸣雷已叛，不必多想他了。"

邓沧澜看了看他，心道："其实，你到底也留了点情分。"他听傅雁书说起，伏击补给船的正是宣鸣雷。那一仗宣鸣雷一败涂地，但傅雁书最终没取他性命，可见傅雁书虽然与这个同门不睦，到底也不忍斩尽杀绝。他道："雁书，你觉得，五羊城会如何对付我们？"

这个问题傅雁书想也不想便道："火攻。"

水上火攻，极不易用，但用好了也无往不利。邓沧澜淡淡一笑道："所以，你也准备火攻吧？"

傅雁书道："确有此意，只是此计只怕行不通。五羊城诸将都非易与之辈，想要火攻，若无内应，定难有效，而且眼下风向不对，所以要防的，首先就是他们的反间计。"

五羊城里也定然猜得到自己最想用的是什么计。他们最可能的，便是将计就计，派一将诈降，然后用小船满载引火之物来火攻。火攻的话，不比先前破去他们的水雷阵，定要有天时照应。现在正值南国夏日，南风大起，自己扎营在北面，五羊城的火攻自然要顺手得多。他道："那你有什么打算吗？"

傅雁书道："无论如何，定然要先行一战。邓帅，末将想请命，前去打仗探路。"

邓沧澜道："好。首仗必要见功，你去准备吧。"

不论敌人要用什么计，这第一仗总是避不了的。这是双方互相试探实力的一仗，规模不会很大，但会影响到士气。现在军中有过实战经验的将领并不很多，傅雁书虽说实战经验不多，但护航一战已证明他不是个纸上谈兵的人物，他确是首仗的不二人选。

战书的批复很快回来了。不出所料，申士图拒绝了邓沧澜的招降，共和二十二年七月初一黄昏，战事率先打响，南军谈晚同，北军傅雁书，各统一支舰队。

虽说这只是试探性的一仗，双方的大部队都在后方押阵，谁都不想这么快就卷入全面决战，但真个交上了手，战况仍然极为激烈。因为知道了北军船上装有舷炮，谈晚同将船上的抛石器增加了一倍，准备以数量上的优势扳平威力上的不足。这一仗时间不长，从酉时一刻打到了三刻，双方各自损失一艘战舰，兵力损失也大致相当。经此一战，双方对对方的实力都有所了解，傅雁书也明白，五羊城水军得享大名，确是名下无虚。

酉时三刻，双方鸣金收兵，各自解救落水士兵，打捞战死的士兵安葬，然后各自退去。双方都知道，接下来就该是主力的大战了。

七月初一，戌时一刻，借着夜色，一艘小船贴着岸驶向东平水军的大营。这是艘小渔船，船上只有一个摇桨之人，别无他物，自然不会是什么想下手的人。这人说自五羊城而来，有机密事要面见邓沧澜大帅，东平水军搜检过此人身上，见没有武器，便带他上了邓沧澜的座舰。邓沧澜的座舰是艘风级巨舰，载员两千余人，听得五羊城有人要见自己，马上召见来人。

进了邓沧澜的座舱，那人躬身一礼道："邓帅，下官奉广阳吏部秦融主簿之命求见。"

主簿是广阳各部部长之下的主事官员，地位已然不低。五羊城的吏部部长是太守申士图兼任，秦融对申士图大权独揽，本来就有所不满，现在东平水军大兵压境，秦融觉得事已难成，暗中早已有离心，昨天的会议上听郑司楚提出此计，认为立功的机会到了，就派这心腹之人借夜色来与邓沧澜联系，密告五羊城动向，身边携带的正是郑司楚在会议上提出的计策。

郑司楚在会议上提出，要破北军，唯一可行的便是火攻。但寻常火攻难有胜算，最好的办法便是用飞艇队出击。只是北军势大，这水阵扎得也大，飞艇队的轰击范围却不够大，而且一旦攻击开始，北军定有防备，所以务必要一击成功，所以飞艇队将是自杀式攻击。选派死士，抱着必死的信念，飞艇上装的却不是炸雷，而是桐油之类遇火即燃之物，这样就算飞艇被击落，那些引火之物仍会落到北军头上，再派死士驾驶小艇，混在攻击的舰队当中突入阵中，到时北军营地将陷入一片火海，再无回天之力。

听得这消息，邓沧澜亦是吓了一跳。他打发走了此人，马上召集麾下要将前来商议。当傅雁书听得南军竟有这等计划，亦是怔忡了半晌，好一阵才道："真是歹毒。"

邓沧澜哼了一声道："雁书，你觉得此计可行吗？"

傅雁书想了想道："应该也不是没有成功的可能。只是，这样一来，南军的调度就要精确无比，必须要掐稳时机。否则，仍是一场空而已。"

这样的攻击确是歹毒，但各部的配合极为重要，时机的把握不能稍有错讹。从飞艇上运来的引火之物洒下后，确是无法抵挡，但假如己方用沙土及时将洒下的桐油之类引火之物清除掉，落于水中的油污尽早分割成数片，就算敌人的海上死士冲进来引火，也引不起一场燎原之火。更何况，做这种事是准备了有去无回，就算他们能找到这么多抱着必死信念的死士，这些人也肯定是临时召来，不会是些能手，他们准备了半天，很可能仍要功亏一篑。

邓沧澜道："我也这么想。"

傅雁书道："所以我觉得有点奇怪，这种纯然行险的计策，就算会成功，也不无侥幸。邓帅，您说过五羊城的七天将年纪虽轻，却不是易与之辈，难道他们会想出这种计策来？会不会是反间计？"

邓沧澜道："若是反间计，那他表面上应该提出一个更切实可行的计策来，这计策却未免过于离奇。我也问过了。那人说，此计并不是水战队提出的，而是郑国务卿之子提出来的。"

傅雁书呆了呆道："郑司楚？"

邓沧澜有点诧异，问道："你知道此人？"

傅雁书道："听说过。这个人参加过远征朗月之役，当时很活跃，还被授予二等共和勋章，但后来跟从毕将军远征西原，因为畏缩不前，避战潜逃，事后被开革出伍。"他顿了顿又道，"如果是此人提出的，倒不是很奇怪了。这人一向在西北陆军，对水战并不是谙熟，可能仅仅生搬兵法才想出来的。只是我没想到他这人如此歹毒，竟不把士兵的性命当一回事。"

邓沧澜平生，最不喜那些要动用死士之计。在他看来，人的性命都是最可宝贵的，不把别人的性命当一回事，这种人本身就算不得什么上等人物。而动不动要用亡命之徒来以命搏命，实是玷污了"兵法"二字。傅雁书受他影响，也是这么想。

邓沧澜道："你说得倒也有理。不过，雁书，无论如何，不能轻视敌人。此人虽然不谙水战，但提出这么个匪夷所思的计划来，倒也不可不防。何况，秦融只是在会议上听他说过一个大概，并不知晓其中细节。也许，他还有别的补充策略来推进，不能不当一回事。"

傅雁书心下一凛，躬身道："邓帅教训得极是，雁书知错。"

邓沧澜道："这样吧，不管是不是反间计，在各船舱顶增设射天弩，然后要各船将压舱的沙包搬上甲板，随时听用。"

海船都有压舱物，一般用的是沙包。因为海船要防人火攻，而沙子正可以灭火，这也是一物二用。沙包平时都放在底舱，因为船只已经停泊在水营中，压舱物的作用已经不大了，若是真个甲板上起火，有可能底舱会被烟火封住，到时再搬上来就来不及了。射天弩则是一种专门对付空中之物的弩箭，和战舰上那些主攻的平射弩箭其实是一种东西，只不过移动不易，改装也很麻烦。射天弩是防备飞艇这些战具，不能用来对付面前的敌人，飞艇却是共和军的独得之秘，所以射天弩平时没多大用处，设置得并不多。现在要防备敌人的飞艇，势必要将平射弩改装到舱顶去了。好在现在战舰上已有威力大了许多的舷炮，强弩本来用处就不是太大，改成射天弩也不会影响战舰威力。傅雁书听邓沧澜提出的两条都是对付之策，心道："邓帅果然不凡，任叛军的奇计再匪夷所思，恐怕也翻不起大浪来。"只是想想敌人这条计策当真歹毒，假如被他们真个实现，水军舰阵陷身火海之中，确是难办。

秦融所报是真是假，也马上便可知端的。邓沧澜将羽书发出后，心中想着。大统制早就安排在五羊城里的北斗星君接到自己的命令，肯定很快就会发密报过来。

东平水军已在做准备，此时的五羊城里，吏部主簿秦融却是坐立难安。

向邓沧澜告密，是他想了半天才下的决心。但要去告密，终究逃不了“吃里扒外”这个罪名。他正在惴惴不安，忽然听得外面有响动，心想定然是派去的人回来了，连忙要去开门查看。谁知他还没开门，门已先行被推开了。进来的，是两个持刀的汉子。这两人生得极是精悍，一进门，便持刀架在秦融脖子上，押着他坐回椅子里。这一下秦融完全傻了眼，心道：“走了风了？那，邓帅得知了消息没有？”

又有几个汉子走了进来，一般持着刀。随着这些人进来的，却是申士图。一见申士图，秦融的心一下沉到了谷底，想道：“完了！完了！”

这么快就走漏了风声，他实在想不到。秦融自觉这事做得极为隐密，不传六耳，连妻子儿女都不晓得，但申士图竟然这么快就上门问罪来了。他一下子面如死灰，身子不住地颤抖。申士图看着他，不禁微微一笑，轻声道：“秦主簿，恭喜你立下首功。”

这句嘲笑让秦融反倒有了勇气。他挺了挺脖子道：“申太守，你既然已来了，别的话我也不好说了，还请你放过我妻小，他们是不知情的。”

申士图摇了摇头道：“秦主簿啊秦主簿，共和的信念，乃是以人为尚，以民为本，一人犯罪，一人当之，不及妻孥，你难道还不知道这点吗？”

秦融听申士图答应不伤害自己家人，却也放宽了心，笑道：“既然如此，那就行了。请申太守下手吧。”

申士图笑了笑道：“只是我还有点不明白。秦主簿，你在五羊城里资历不浅，也是我一手提拔上来的，为什么要叛我？”

秦融不知申士图怎么会如此快就探听明白了，听他这般说，朗声道：“申太守，共和乃是以人为尚，以民为本，但你竟然要让无辜士卒前去送死，我虽受太守知遇之恩，恕不能认同。”

申士图道：“你是觉得，我准备派出众多死士，以命搏命，求取侥幸之胜，大为不仁是吧？”

秦融心想你还不是这么想，任你再说什么，反正事已至此，索性就硬到底了。便道："正是。佳兵不祥，不得已而用之。但要士兵以明知是死路还要去送死，是为不仁，那是独夫民贼，人人得而诛之！"

他已抱定了死念，也再不退缩，干脆破口大骂。申士图却不说话，待他骂完了，才摇了摇头道："可惜，可惜。你想错了。"

秦融一怔，问道："想错了？"

申士图笑道："这条计策，名谓瞒天过海，香饵钓鱼。会议上郑将军提出的那个计划，其实便是香饵。你本来也是个很有能力的人，却不够聪明，一口把这香饵吞了下去。"他看了看边上那持刀的汉子，沉声道，"断士，将秦主簿押入天牢，战后再行处置。此间人等，一律不许出门。"

那侍卫断士答应一声，押着秦融出去。一路上防备他说话，给他嘴里塞了团布，手脚也已绑了起来。秦融的家人不知出了什么事，全都吓得不住发抖，不敢出来。申士图又看了四周一眼，这才出去。

门外，停了两辆大车。申士图进了自己的车，车中郑昭已然端坐于内。见他进来，郑昭道："士图兄，将秦融拿下了？"

申士图叹道："郑兄，你真是明察秋毫，果然是他。"

郑昭心想若不是他就怪了，嘴上却道："好在此人手脚倒也麻利，我还有点担心他权衡之下，不敢送出信去。"

申士图道："其实，也难怪秦融。郑兄，我若不知这是令郎设下的计谋，也不会同意此计。"

郑昭道："所以也不能多责怪他。士图兄，你准备如何处置？"

"我想，若我们输了，他在牢里就成了对面的功臣。若我们赢了，到时虽不能用他，但还是把他放了吧。"

郑昭点了点头道："士图兄果然仁心。其实我倒觉得，到时再用他也不妨。"

申士图道："这事以后再说吧。"他顿了顿，又道，"郑兄，你觉得令郎此计，到底有多少把握？"

郑昭笑了笑道："不是我癞痢头儿子自己的好，这些年轻人，就放手让他们一搏吧。余成功已是暮气沉沉，难堪大用，而这些年轻人却有闯劲。大江之浪，后浪推前浪，总有一天他们要赶到我们前头去。共和大业，都着落在他们身上才是。”

申士图也笑了笑道：“是啊。算起来，要多谢郑兄给我生了这般出色的一个女婿出来，哈哈。”

郑昭脸上虽然也有点笑意，心中却有种说不出的忐忑。郑司楚此计，的确极是高明，但邓沧澜殊非弱者，最终能不能成功，仍是一个未知数。虽然第一步的欺招已经顺利放了出去，邓沧澜是否上当却还不知道。好在消息马上就会传来，这第一步是否成功，马上就能知晓。

他们刚回到府邸，派去打探消息的细作已前来禀报，说东平水军连夜从底舱搬运沙袋上来，船上工匠也在连夜改装弩箭。这一步，正是郑司楚真正计划中提出来的。郑司楚说，邓沧澜雷厉风行，出手极快，一旦知晓，肯定马上就会实行。

有朝一日，当邓沧澜发觉自己实是中了郑司楚之计时，他会怎么想?

郑昭心里想着，嘴角已浮出一丝笑意。

水军第一名将邓沧澜，并不是绝对不可超越的。邓沧澜，你很快就会知道，五羊城再造共和的少年英雄们给你布下的这个圈套的滋味了。但心里这么想，他仍然在心底对自己说：“不可大意，千万不可大意。”

第一步虽然成功了，实是有赖于自己的秘术。己方的动向，自己能够明察秋毫，但对方自己却无法知之。他想起郑司楚常说的一句话：“知彼知己，百战不殆。”

他们带走秦融不久，一只飞鸟从五羊城里飞出，直向海上的东平水军驻地飞去。

那正是潜伏在五羊城里、一直监视申士图动向的北斗星君发出的。这封羽书上，带着一条极端重要，或者说，他自以为极端重要的情报。

秦融被捉拿，但派出之人并未被捉，显然申士图未尝发觉秦融已经发出密报。

这是五羊城中潜伏的细作送出的情报。这人本领不小，连这种消息也这么快就打探到了。只是，他却不知道，他送出的这条情报实是郑司楚刻意要他送出去的。

第十四章 决死冲阵

七月初二，未时，邓沧澜正在座舰听取各舰舟督及配合作战的火炮营下将军甘隆的汇报，五羊城方面突然金鼓齐鸣，一支舰队出来挑战。

这支舰队只有十余艘，全是快船。当东平水军出阵迎战时，这支舰队却并不接战，一直保持在舷炮射程以外，但又不退去，只是不住纠缠。

看来，南军是自觉船上没有火炮，是想将己方引到他们大队之前，准备以数量弥补精度的不足，用抛石器发射炸雷攻击。迎击的诸位舟督都是这么想的，因此并不追赶，只在海上对峙。

傅雁书此番并未出击，他还留在邓沧澜的座舰观看战况，见此情景，嘴角浮起一丝笑意。邓沧澜见他的样子，也淡淡一笑道："雁书，你猜到他们的用意了吧？"

傅雁书躬身行了一礼道："邓帅，雁书以为，他们定是准备用螺舟攻击。"

螺舟不能出海，因此东平水军的螺舟没有带来。但这儿是近海，五羊水军的螺舟却还是可以驶过来的。因为五羊水军船上的炮火根本不能与东平水军相提并论，为了扳平这劣势，他们肯定准备以螺舟攻击，水面上这支舰队，无非是佯攻而已。邓沧澜点了点头道："我也这么想。"

如果五羊水军要用螺舟攻击，这回却堕入了自己的计策。正因为料到了五羊水军有螺舟的优势，所以邓沧澜并不急于进攻。就像一个拳头，收回来是为了击出有万钧之力的一拳，而不是连连击打，却没有一拳打到实处。他道："你马上与甘将军配合，给他们一个下马威。"

这一点因为早有预料，所以邓沧澜也早已安排下对策。如果五羊城是以战舰正面猛攻，得手的可能性还更大一些。如果用螺舟，却真个要有去无回。傅雁书会心地点了点头，又躬身一礼道："遵命。"

鸣雷，你又要败一次了，这是你自找的。

傅雁书想着，心里却有点忧伤。宣鸣雷同样长于螺舟，他很可能也在这次攻击的阵列之中。要是他这次战死，连尸身大概都收不回来。虽然傅雁书心中多少有些忧伤，但仍是沉声道："准备深水雷。"

正如邓沧澜与傅雁书所料，海面以下两丈深处，五羊城的螺舟队正在暗中潜行，宣鸣雷也正在其中一艘之上。只是并不似邓傅二人估计的那样是想要袭击，而是承担着执行郑司楚瞒天过海之计第二步的任务。

螺舟不能在水底待得太久，过一程必须浮上水面换气，因此这一次出发的只有两艘，螺舟上也尽是精挑细选的精兵。所以人数虽然减少了一半，仍是能达到一般的速度，而且人数少了一半，潜行的航程也就多了一倍。

虽然航程多了一倍，时间仍是极其紧张。宣鸣雷虽然惯用螺舟，掌心仍是沁出了汗水。他一边从潜望镜中看着前方，一边沉声发令。

邓帅会不防吗？他想着。螺舟也是共和军的独得之秘，所以如何对付螺舟，几乎从来没人去考虑过。一般来说，要对付螺舟，在江底打入木桩，便可阻其行程。但这儿是海底，范围极广，邓帅想在水营周围打木桩，应该是不可能的。但他肯定不会不防，到底会是什么对策？

正在想着，潜望镜里突然出现了几条黑色的细线。潜望镜是用水晶磨石，清晰度并不很高，但至少可以看到外面。而且这儿已是海上，水底比大江中要亮得多，看得也要更清楚一些，但这些黑线仍是十分模糊。

这是什么？宣鸣雷怔了怔，马上发出了停止的号令。他看上去有点粗豪，其实心细如发，加上对邓帅和傅雁书又是万分忌惮，所以越发小心。他仔细调着潜望镜，找着一个能够看得更清楚一些的角度。现在可以看到，这些黑线其实相当多，密密麻麻，到处都是，从海底直直伸上，随着水流还在不住地晃动。

是海草吗？

看上去的确很像是海草，但宣鸣雷还是相当不安。如果是海草，不应该如此直直地伸上来。他又下了个慢速上前的命令，让螺舟以半速靠近，一边睁大了眼，生怕看漏了一点。

越来越近了。虽然潜望镜不够清晰，但还是可以看到，这些黑线像是从海底生出来的，就是这么直直一根，绝无旁枝，顶端却是个圆圆的东西，几乎浮出水面。

天底下，绝没有这么奇怪的海草！宣鸣雷刹时想通了，这定是邓帅布下的水底防御工事。

那是一些细铁链。下端是重物，上端那圆球定是浮子。海底无法打木桩，但这些带浮子的铁链却可以随时抛下，在海中布成密密麻麻的一片。螺舟想要驶入北军水营之下，肯定要碰到这些铁链，敌舰上的人也马上就可以知道水底有人来了。

真不愧是邓帅啊。宣鸣雷暗中咋舌。知彼知己，百战不殆。邓帅对这句话，亦是步步落到实处，一点漏洞都不留。只是这样一来，郑司楚的计划岂非执行不下去，要前攻尽弃？他沉思了半晌，一个领头摇桨的水兵见他久不下令，忍不住道："宣参谋，不向前了？"

螺舟在水底能待的时间有限，过一阵肯定要浮出水面。如果现在多耽搁，到时在水底憋不住，岂不是要在北军阵营中浮出水面？那时候可真成了找死。宣鸣雷咬了咬牙，正待下令不顾一切前行，这话已到唇边又吞了回去。

进，是冒险。退，则前功尽弃。到底哪一步才更合适一些？他想了又想，又是拿不定主意。那水兵见宣鸣雷仍然不发令，急道："宣参谋，再不进，深锐号就要抢功了。"

东平水军的螺舟是以"潜"字打头，五羊水军的螺舟则都以"深"字打头。宣鸣雷指挥的是深锋号，另一艘一同出发的叫深锐号，指挥的是五羊水军螺舟队翘楚岳振。两艘螺舟一同出发，只消有一艘完成使命，此行即是胜利，两舟水兵当然暗中也在较劲。那水兵见宣鸣雷一直不下令前行，深锐号只怕已深入敌阵，再等下去，深锋号只能无功而返，心中自有些着急。宣鸣雷道："等一下。"

先看看深锐号的行踪。就算邓帅知道了水底有螺舟潜行，但假如他没有切实有效的应付手段，那这回硬干一下也未尝不可。他想到此处，便转动潜望镜，观察深锐号行踪。扫了一遍，从水底看过去，已能看到一个深深的影子在前方数十丈外。也亏得现在天色很是明亮，不然真看不清。深锐号现在已进入北军阵营，不出所料，周围那些带浮子的铁链已被深锐号碰得如同大风中的树枝般不住摇晃。但这些细细的细链对螺舟造不成什么实质性伤害，岳振可能尚未发现，也可能发现了也觉得无所谓吧。

他正想着，水波突然发出了一阵异样的波动，在深锐号的地方，更是冒出了一大团气泡。宣鸣雷不由一怔，心也刹时一沉。

深锐号遭到了攻击！

他尚不知道潜行于海底的深锐号是怎么遭受攻击的，但显然已经遭到不测。看这样子，竟似炸雷在水底爆炸一般。他眨了眨眼，再定睛看去，却见水底已是尘沙扬起，深锐号已失去了影踪。

毫无还手之力！宣鸣雷的心一下沉到了谷底。邓帅不愧为邓帅，根本没有留下一个破绽。用螺舟，是绝对不可能完成这任务的。他仍不死心，生怕自己看错了，还在仔细看着。此时尘沙已经又沉了下去，看过去，那些直直的铁链还在晃动，但深锐号却真个已不见了。往上看去，却见海面上多了不少木板碎片。

深锐号被击毁！这螺舟上岳振以降十来个水兵自是全无生还的希望。宣鸣雷终于颓然道："任务失败，返航。"

"返航？"

那领头水兵还道自己听错了。宣鸣雷扭头道："返航，除非你活够了想要送死。"

此时东平水军阵中，傅雁书还在仔细观察铁脚木鹅的动向。

铁脚木鹅本是开河时为测试河床深度用的工具，邓沧澜为了对付五羊水军的螺舟，将其改制了一下，将这铁脚木鹅遍布水军营阵的水底。傅雁书生怕敌人的螺舟仍有漏网，指挥各部水兵以小舟巡视。因为事先测试过多次，若是寻常大鱼碰到了，也只是微微一晃，但螺舟比什么鱼都要大得多，木鹅晃动的程度要大得多，十分明显。看了一整圈，仍然未见有异样，这才确定真的只有一艘螺舟冲了进来。

他巡视完毕，这才回去缴令。上了邓沧澜座舰，五羊水军的舰队也已退去，出击的诸舟督正在缴令。傅雁书向邓沧澜行了一礼道："邓帅，雁书缴令。"

邓沧澜道："深水雷建功了？"

傅雁书道："是。"

深水雷亦是邓沧澜亲自下令，新近造出来的，本来傅雁书多少对其有点担心，可实战证明，深水雷确是螺舟的克星。当初他对邓帅下令研制这种对付螺舟的战具还有点不解，因为螺舟是共和军的独得之秘，造出深水雷，难道想要对付自己不成？当时邓沧澜对他说，天下万事万物，都是相生相克，不能有一样独大。螺舟横行水底，若是无敌，其实对自己亦无好处，因为敌人可能也会造出这种战具。自己能抢先拥有，未雨绸缪，总比临渴掘井要好。这话是前两年说的，没想到这么快就应验了。

现在，大概就大统制是天下无敌，一人独大吧。傅雁书突然有点自嘲地想着。

虽然破解了敌人的一次攻势，邓沧澜仍然有点不悦，沉声道："雁书，将敌军的死尸收了，派个人送回去，把他们入土安葬吧。"

傅雁书没说什么，只是道："是。"

送还敌人的死尸，这是邓沧澜的仁心，但谈晚同接到了北军使者送来的那些死尸时，眼里都要喷出火来。压下心头怒火，打发走了北军使者，他回到了营中。

现在水军营里，郑司楚、宣鸣雷和崔王祥这三个水军主要将领都已聚在一起。这一步已告失败，但计策仍要执行，必须尽快想出补救措施。但北军的水营守得真如铁桶一般，水底不能去，难道只有动用飞艇队吗？只是飞艇队已是用在了诱敌计中，如果现在动用飞艇，肯定会招致邓沧澜怀疑，这一步是成了，上一次却要前功尽弃。他们想了许久，也想不出一个万全之策。

郑司楚之计，一环扣一环，这一步无法执行，到时下一步也就执行不下去了。他们想了半天，仍然没有个好主意。倒是宣鸣雷说北军有了能在水底炸开的炸雷，就算用螺舟队去硬攻，也定然有去无回，反而让五羊水军的最后反抗手段也用不出来。

"大概只有用铁来造螺舟才行了。"

宣鸣雷说完了，这样感叹一声。但用铁来造螺舟，以现在的工艺，根本达不到，大家都知道这只是句气话。待商讨到天已擦黑，宣鸣雷忽然一击掌，喝道：“水底潜行不成，那就从水面硬干！”

郑司楚道：“怎么硬干法？你没冲到他们阵中，他们的舷炮就把你打成筛子了。”

“假如迫使他们不动用舷炮呢？”

谈晚同诧道：“他们怎么会不用舷炮？今日我们不敢太过逼近，要靠近了，他们准会万炮齐发。”

宣鸣雷“嘿嘿”一笑道：“那是你要用战舰攻击。假如是去向他们接舷单挑？”

这话一出，郑司楚也吃了一惊。水军作战，固然也有接舷短兵相接的，但那种情况相当少，往往是战到不可开交之时。崔王祥道：“他们会接受吗？”

“傅驴子心高气傲，邓帅也有点假道学，我用快舰冲阵，他们觉得用舷炮胜之不武，肯定不屑于动用舷炮。我只消冲到他们阵中，并不是真个要和他们白刃接战。”

谈晚同正待说这怎么行，郑司楚却沉吟道：“也许，这是眼下最好的办法了。宣兄，明日我同你一起去。”

宣鸣雷露齿一笑道：“你去？郑兄，不是看不起你，你去了只会碍手碍脚。”

现在郑司楚在跳板上练习已经相当熟练，其实也不会太碍手碍脚。但他是定下全局之计之人，谈晚同也道：“郑兄，你不要去了，还是我和宣兄去吧。”

这样去搦阵单挑，就算不死，被活捉的可能也很大。宣鸣雷道：“你们都不必去。我去，他会觉得我是走投无路，想要孤注一掷，你们去了，反而让邓帅多疑。”

郑司楚知道宣鸣雷说的亦是实话，他点了点头道：“只是，宣兄，若你被他们捉住了，怎么办？”

宣鸣雷又是一笑道：“不会被捉住的。”

谈晚同和崔王祥看向宣鸣雷的眼神一下充满了敬意。郑司楚的意思，其实是宣鸣雷若被活捉，万一经不起拷问，将此计交代出来，那五羊城就真个再没有分毫胜机了。而宣鸣雷所说，却是自己宁死也不会被人活捉。只是他要逃归的可能性微乎其微，所以他可以说是必死无疑。郑司楚心里不由苦笑，忖道：“我不想动用死士，可看样子，宣兄仍然要不得不充当一回死士。”

宣鸣雷还怕郑司楚要阻拦，对谈晚同道：“谈兄，你去征集一些敢死之士。不过也要向他们说明，邓帅不是个小人，到时应该不会向他们发难的。”

宣鸣雷的意思，他们都懂。当宣鸣雷觉得逃不出来，在敌军阵中自尽，另外那些士兵邓沧澜应该会放他们回来的。但这样其实就是说，宣鸣雷已下定了必死的决心。郑司楚心里有种说不出的难受，站起来道：“宣兄……”

宣鸣雷道：“我意已定，不用多说了，今晚我要早点歇息，有什么话，明天等我出发时再说吧。”

他已出言逐客，谈晚同和崔王祥对他更加敬佩，齐齐站起来，向他行了一礼道：“宣兄，天下豪士，以君为首。”

“水天三杰”中，纪岑已经战死。本来三人以谈晚同为首，但现在他二人已将宣鸣雷补入了三杰之中，且甘愿奉宣鸣雷为首——只要宣鸣雷能回来的话。

七月初三，申时正。

随着一声号炮，五羊水军又有十余艘战舰驶出驻港。对于五羊城这种骚扰，东平水军也已惯了，兵来将挡，东平水军也派出了十余艘迎战。

肯定还是老样子，保持在射程之外不敢进前，只想诱敌。只消不进，封锁住港口，便是东平水军胜利。东平水军出击的诸舟督都这么想着。但这一次有点不同，五羊水军虽然停在了射程外，其中却开出一艘月级快船。这快船的帆上，一边写着“以待”两字，另一边写着“师尊”二字。

“以待师尊？”

没等东平水军诸舟督明白这四个字的含意，那艘快船已到得近前，甲板上一人身披软甲，手持快刀，高声喊道：“宣鸣雷在此，只求与邓帅面见！”

月级战船船速虽快，船体却小，根本装不了抛石器。诸舟督见宣鸣雷要见邓帅，便以旗号向邓沧澜请命，看是否将宣鸣雷击沉。回音很快来了，说放他进来，看他有何话要说。

月级战船只有十多个人能坐，在海战中基本上只是担任斥候巡视之用，根本装不了什么东西，也不用担心宣鸣雷是舍命要来炸船。诸舟督闻令，便让开一条路，让宣鸣雷过去。

此人是来送死的。

人人都这么想。宣鸣雷本来就是东平水军中人，名气也不小，他们都知道宣鸣雷与邓帅的关系。也许，宣鸣雷反叛后，觉得走投无路，来向邓帅请罪，想要再次倒戈都说不定。十个东平舟督中，倒有七八个这么想，但傅雁书根本不相信宣鸣雷会来投降。

虽然宣鸣雷不会来投降，但他还当真想知道宣鸣雷反叛的原因。宣鸣雷的反叛，全无征兆，也没听说过他和郑昭一家有过什么联系，为什么他甘愿放弃在共和军中的大好前程，和郑氏一家逃难？禀报了邓沧澜后，傅雁书驾着一艘雪级战舰迎了上来。

雪级战舰是三等战舰，比月级要高大得多。傅雁书待战舰靠近了宣鸣雷的船，自己走到船头，高声喝道：“反贼宣鸣雷！”

他的声音清朗，说得倒也很响。宣鸣雷仰头看去，见傅雁书一身白色战甲，在夕阳中亮得耀眼。他双手抱刀，拱了拱手道：“傅兄。”

他和傅雁书虽是同门，两人却向来不睦，见面也说不上几句话，背地里宣鸣雷更是总以“傅驴子”相称，傅雁书也知道。见他现在倒还客气，傅雁书便还了一礼道：“宣鸣雷，你有何话要说？”

宣鸣雷道：“我要见邓帅，有句话要说。”

傅雁书“哼”了一声道：“你有什么话，与我说亦是一般。”

宣鸣雷哈哈一笑道：“与你傅驴子可没什么话可说的。你若不愿我见邓帅，就一炮打过来吧，宣鸣雷一身在此，二十年后又是一条好汉。”

他说得已几近无赖，傅雁书心下着恼，忖道：“你当我真不会下令开炮？”这个距离，舷炮要打中宣鸣雷还当真不是很容易，但他已在己军阵中，撞也要将他撞得粉身碎骨，实在有点胜之不武。他扭头向身后的传令兵道：“向邓帅请示，宣鸣雷定要见他。”

号旗发了出去，只不过片刻，回音就来了：“让他过来。”

邓帅也想问问他反叛的原因吧。傅雁书心中想着，知道自己问他，宣鸣雷是死活也不肯说的。宣鸣雷说自己是驴脾气，其实宣鸣雷自己的驴脾气更甚，更有点亡命之徒习气。反正现在己方将他团团围住，他死活都出不去。于是他下令让开一条路，让宣鸣雷进来。

见傅雁书让开了路，宣鸣雷又是哈哈一笑，高声道：“傅驴子，小师妹现在可好？”

傅雁书听他居然说到小师妹，更是着恼，理也不理他，便走下船头。宣鸣雷也不以为忤，将船驶进大阵。

没想到这么容易。当初他说邓帅有点假道学，其实他对邓沧澜敬佩得无以复加，此时更然。但进来容易出去难，宣鸣雷扭头向身后摇桨的水兵道：“加把劲，不要让人看轻了！”

这些水兵都是精挑细选出来的，每个都力量沉雄，胆量过人，但现在进入敌军的万军阵中，他们亦是吓得有点手脚发软。听得宣鸣雷这般说，这些人心道：“宣参谋都不怕，我们只是些当兵的，怕个什么？”想毕，人人用力，这艘战船本来船速就快，现在越发快了。

前面，便是邓沧澜的座舰摇光号。摇光号乃是巨舰，长在四十丈以上，宽也超过了二十丈，这样的庞然大物与宣鸣雷那艘月级战舰相比，简直一个在天，一个在地。宣鸣雷却让自己的船靠近了摇光号才停。摇光号的甲板出水足有两丈多高，从宣鸣雷这边看过去，非要仰头不可，几乎与城下看着城头一般。

邓沧澜走上了船头。看着下面这个得意弟子，邓沧澜心头又是一阵异样的滋味。

宣鸣雷和傅雁书，这两个性情完全不同的弟子，是他一生中最为欣赏的两个。甚至，他还有过要招宣鸣雷为婿之意，只是现在都已不可能了。他朗声道：“鸣雷，别来无恙。”

宣鸣雷也已看到了邓沧澜走上船头。仰面看去，邓沧澜的样子高高在上，却又如此平和。宣鸣雷抱着刀深深一礼，高声道：“师尊。”

对旁人，他可以大模大样，毫无礼节，但对邓沧澜，他从不敢缺了半分礼数。即使现在已是敌人，在五羊城里，他说到邓沧澜，亦向来以“邓帅”相称。邓沧澜看着宣鸣雷，微微叹了口气，又道：“鸣雷，你到底因为何事要反叛共和？”

宣鸣雷道：“师尊，鸣雷并不曾反叛，是大统制背离了共和。”

大统制背离了共和？邓沧澜没有说话。共和是什么样子，以前谁也不知道，但大统制治下，共和国这些年来蒸蒸日上也是事实。虽然并不是人间乐土，但共和国的国力要远超昔日帝国，子民也远比帝国时期安居乐业，那都是事实。只是邓沧澜不想说这些，他只是道："各执一辞，自是仁者见仁，智者见智。鸣雷，你回来吧，我保你不会有事。"

邓帅直到现在仍想将自己召回麾下！宣鸣雷险些要落下泪来。旁人的话他不敢信，但邓沧澜的话，他知道只消一出口，定不会有差错。就算自己有滔天大罪，邓帅要保自己，自己就铁定不会有事。只是，邓帅不知道，自己已经不可能回头了。他笑了笑，高声道："多谢师尊美意，只是鸣雷有难言之隐，恕不能从命。"

邓沧澜哼了一声，喝道："什么难言之隐？"

"恕鸣雷尚不能相告。"

邓沧澜见他仍然不愿回头，心头越发酸楚。宣鸣雷到底有什么秘密，竟然要铁了心跟着五羊城走到底？他不知道。也许，人都有秘密，自己岂不是也有？可就算自己能理解，但宣鸣雷这么说，他也不好再说什么，只是道："鸣雷，你主意已定？"

宣鸣雷手持快刀，忽然一刀斩断了船头缆绳，高声道："鸣雷心念已定，已如此绳。"

缆绳被斩断后，一下滑入海中。看着船头那半截断绳，邓沧澜只觉与这个弟子的最后一丝维系也被他一刀斩断。他冷冷道："那，鸣雷，你此番前来，到底意欲如何？"

宣鸣雷一抱刀道："意欲一战。"

邓沧澜倒是有些诧异，说道："一战？你想如何战法？"

"鸣雷愿与傅兄白刃相接，短兵一战，身死无憾。"

傅雁书在旁边战船上，也已听得宣鸣雷的挑战。他心下大怒，忖道："原来你是破罐子破摔，仗着你刀法拳脚，想要和我决一死战吗？"

他二人同在邓沧澜门下，兵法演习时，自己是胜多负少，但刀法拳脚，却也知道宣鸣雷此中造诣极深。若是单论刀法，大概连邓帅都未必是他的对手。不过兵法有云，为将者不逞匹夫之勇。双方将领，以勇力决胜负的机会其实少而又少，特别是当敌人处于劣势，提出单挑，若是答应下来才是笨伯。果然邓沧澜也有点不悦，沉声道："鸣雷，为将者不逞匹夫之勇，难道你忘了？就算你能以白刃胜过雁书，又能如何？"

宣鸣雷大笑道："不为如何，只是若不能压过傅兄，鸣雷如此身死，心有不甘。"

傅雁书听得这话，心中更是恼怒，心道："好像你觉得你其实在我之上，只是我仗势欺人一般，真以为我怕你？"虽然宣鸣雷的拳脚刀术极佳，但单兵作战，亦是将者必修课，傅雁书本身的刀法也相当好，不会比宣鸣雷逊色多少。听宣鸣雷这般说，他气头上差点就要向邓沧澜请令接下来。哪知他还没说话，旁边一艘战船上发出了一声暴喝："大胆反贼！邓帅，末将于力东请命，誓斩此獠！"

于力东，裂风号舟督。此人在东平水军中以勇力闻名，当初宣鸣雷还在东平水军集训时，曾与他有过一次刀法切磋，那时两人平手告终。正因为曾与宣鸣雷交过手，自知敌得过他的白刃战，因此请命应战。宣鸣雷听于力东要求应战，心里却在叫苦，心道："要你斜刺里杀出来作甚？我只是以退为进，邓帅不答应，我就告退。"

出来时，他说得慷慨激昂，这一趟也确是凶多吉少，但宣鸣雷到底不是亡命之徒。他是算定了邓沧澜心性平和，不会在这种事上硬要取下自己性命，只要防他生擒自己。反正现在任务已经完成，说几句场面话僵住邓帅，让他放自己回去，这趟就算功德圆满。哪知这于力东却跳将出来，横插一杠，他还没说话，邓沧澜已是朗声笑道："于将军战意可嘉，那就去切磋一下吧，点到即止。"

邓帅是想擒住我！

宣鸣雷心头雪亮。邓沧澜虽然心性平和，却也不是无原则地纵容自己。要众将一拥齐上将自己活捉，那当然不费吹灰之力，可这话邓沧澜到底说不出来。但于力东自行请命，他正好顺势答应。只怕，就算自己击退了于力东，接下来还会有人上前，非把自己累得筋疲力尽，被生擒活捉不可。

师尊也不是那么假道学。

宣鸣雷已在暗暗叫苦，嘴上却道："于兄要指教，那当然好。只不过，于兄冲得太急，生擒宣鸣雷之功只怕就要让给后来者了。"

于力东性如烈火，听宣鸣雷说起来自己是必败无疑一样，更是着恼，喝道："我捉不住你，你就回去吧！"

傅雁书已知师傅之意，却被于力东抢先说了，心里也在叫苦，骂道："于力东，你来胡扯什么？”他正待接着说就算于力东败了，自己也要上前挑战。自己声名事小，捉住宣鸣雷却足可告慰师傅，但邓沧澜已道：“鸣雷，若于将军留不下你，你便走吧。”

傅雁书一听，却是一呆，心道：“邓帅还是心软了！”真要弄死宣鸣雷，当真不费吹灰之力，四周船上只消万箭齐发，非把他射个千疮百孔，连舷炮都不必用。他已知邓沧澜见宣鸣雷豪气逼人，想起他在自己门下之事，终究还是不忍心。想到此处，傅雁书心下也有点软，忖道：“其实，那回在海上我何尝也不是心软了？能斗得过于力东，就让他走吧，反正他只不过多活几天而已。”

宣鸣雷水战之才，确属难得。但他本事再大，到底不过是一个人，现在东平水军已将五羊水军牢牢压住，宣鸣雷是生是死，无关于整个战局。想到此处，他也不再说话，只是站上船头，看着于力东要与宣鸣雷接战。

于力东的船也是雪级战舰，比宣鸣雷的船大不少。他不愿占这个便宜，换了艘与宣鸣雷的船相当的月级战船。两船渐渐靠近，宣鸣雷见于力东手持长刀立在船头，心道：“老于力量不小，不易对付。又不能杀了他，不然他们同仇敌忾，非杀我泄愤不可。”想定了，手持战刀，双脚踏稳甲板，静静看着于力东前来。

两艘战船越来越近。这等水上单挑，尚是第一次，周围战船反倒平静下来，全都全神贯注地看着。此时五羊城水军出击诸舰还在与东平水军对峙，谈晚同立在船上，他在这儿看不到对方阵中之事，已是心急火燎，小声对边上的郑司楚道：“郑兄，宣兄会不会有事？”

郑司楚也猜不出宣鸣雷在对方阵中已怎么样了，只是小声道：“静观其变。”

宣鸣雷自是凶多吉少，但他并不是真个要去和对方拼个你死我活。他知道宣鸣雷看似粗豪，其实人精细之极，不然邓沧澜也不会如此欣赏他。宣鸣雷此行，是为了完成自己所定计策的一环，只要完成了便可出来。以宣鸣雷与邓沧澜的关系，邓沧澜很有可能让他全身而退。只是算来算去，照理现在该出来了，却不知为何还没出来。他虽说静观其变，但心中着急，不在谈晚同之下。

正在这时，东平水军阵中突然发出一声轰雷般的欢呼。一听这欢呼，郑司楚脸色一变，低声道：“糟了！宣兄只怕不妙！”

敌人在欢呼，宣鸣雷自是不妙。谈晚同脸上也升起一片阴云，喃喃道：“不知宣兄有没有完成任务。”

宣鸣雷的性命，十成里已去了九成。但只要他完成了任务，那他的战死也是值得的。他们正在商议，边上有个水兵叫道：“回来了！他们回来了！”

郑司楚和谈晚同不约而同地抢上一步，只见对面水军阵中，那艘快船已疾驰而出。远远望去，也看不出宣鸣雷是不是还在船上。也许，宣鸣雷已经死了，或者被活捉了，这些水兵却被郑沧澜放了出来？他们都有这个想法，但边上有个眼尖的水兵已叫道：“宣参谋在船上！他在船上！”

船已靠近，这回谈晚同和郑司楚都看到宣鸣雷还在。宣鸣雷倚在桅杆上，本来他穿着深色软甲，这回软甲却成了红色，鲜血淋漓。谈晚同急急叫道：“接宣参谋过来，马上回兵！”

宣鸣雷被接上来时，脸已如白纸，连嘴唇都失去了血色。一上他们这大船，五羊城水军便掉头回去。东平水军倒不追赶，亦回本队。谈晚同和郑司楚都担忧宣鸣雷，一把他接上船，两人都迎上去叫道：“宣兄！”

宣鸣雷已几乎站立不起来，由两个水兵一左一右扶着才能站立。见郑司楚和谈晚同，他淡淡一笑道：“幸不辱命。”

谈晚同道：“快去救治！”定睛看去，却见宣鸣雷肩头伤口已经包扎过了。宣鸣雷道：“皮肉伤，不碍事。”

回程中，宣鸣雷已昏了过去。同去的水兵将经过跟他们说了，却是于力东应战，与宣鸣雷单挑。两人就在甲板上白刃战，于力东虽然不会宣鸣雷的斩影刀和斩铁拳，刀法却极是了得，而且力量更在宣鸣雷之上。宣鸣雷屡攻不克，久战之下，肩头中了于力东一刀，但宣鸣雷却也抢到了于力东背后，将刀架在于力东颈后。这一刀下去，于力东自是要身首异处，但宣鸣雷却叹了口气说：“同袍之情，终不能忘。下一个谁来？”此时他身受重伤，就算是个寻常水兵应战也能要了他的命。见宣鸣雷放过了于力东，纵然人人知道他是以退为进，以此来换取自己一命，但东平水军诸将也都感慨于他的豪勇，对他“同袍之情，终不能忘”这句话亦大感同情，谁都不愿上前。于力东也掏出金创药来给宣鸣雷敷上，这才回去向邓沧澜请败战之罪。结果便是宣鸣雷虽然命在顷刻，但东平水军仍然放了他出来。

听完那水兵的话，郑司楚和谈晚同都不胜感慨。如果不去虑及东平五羊敌对的立场，邓沧澜麾下当真无虚士，个个都是值得尊敬的精兵强将。待回去，这一晚郑司楚、谈晚同和崔王祥感念宣鸣雷舍命完成任务，三人都整夜陪在他养伤的屋外，一直不曾离去。后半夜，宣鸣雷才醒了过来。他一醒，三人就急着去看他，宣鸣雷重伤之下，精神倒还好，只要他们各自回去歇息。

离开了宣鸣雷住处，郑司楚和谈晚同崔王祥走在一处。一出门，谈晚同便叹道："真是君子可欺之以方。郑兄，我怎么越来越有种对邓帅的不忍之心。"

如果不是邓沧澜的大度，宣鸣雷完成任务的可能性几乎没有，生还的指望更是微乎其微。郑司楚苦笑道："两军交战，无所不用其极，想当滥好人，就是把脑袋送给对方。"

崔王祥道："是啊。谈兄，不要忘了阿纪的事。"

纪岑在海上伏击补给船，傅雁书动手时也丝毫没有留情，纪岑尸骨不还。谈晚同道："是。只是这战事，唉，我怎么越来越觉得毫无意义。"

郑司楚不禁苦笑。的确，他也觉得这战事毫无意义。从个人的人品来说，邓沧澜以降北军将领，只怕全都是豪勇仁义的战将。就在几年前，东平水军和五羊水军若有交流，双方将领亦是言谈甚欢，可一旦敌对了，又都是毫不留情地要取对方性命。

这就是战争吗？他想着。不知为什么，又想起老师曾对他说过的那句话：将者，不失仁者之心。

要保持仁者之心，可真是难。他想着。

由于宣鸣雷的努力，郑司楚所定瞒天过海之计第二步顺利完成。到了七月初五凌晨，从北面海上来了一艘大渔船，被东平水军截住。

傅雁书听得这艘大渔船自称是五羊城的，亲自过来盘查。他心思细密，察颜观色，见船上的十几个人个个身体黝黑，手上遍是老茧，却不是握惯武器生出的老茧。他盘查了一阵，见并没有可疑之处，便问道："老乡，你们为何现在才回来？难道不知五羊城已有战事？"

那些渔民互相看了看，一个老者上前道："长官，我们真个唔知。一个月前出海，看到有个地方海蟹多得都叠了起来，就想多捉些回来好卖大价钱。你看看，好犀利！船上都快装不下了。"

船舱里也真个装满了海蟹，并无他物。傅雁书心想："战事真是无意义，害得这些老实巴交的渔民也要血本无归。”只是身为军官，执行的是封海之命，就算他同情这些渔民也无计可施，便道：“老乡，眼下不成，不能回五羊城了。你们北上吧，去刺桐港卸货，那边还没事。”

一听要去刺桐港，那些渔民都叫了起来，说刺桐港还有十几天路程，海蟹运到这儿已经不容易，在船上再待十几天非全臭了不可。那老者苦着脸道：“长官，你们打仗归打仗，我们打鱼的靠海吃饭，要是这船蟹死光了，今年下半年怎么活？还求你发发善心，让我们过去吧。”

傅雁书听他们说得可怜，心头已有些松动，暗想：“这些渔民也没什么可疑，真要他们去刺桐港，只怕这一船蟹真个要死得七七八八。”只是不管怎么说，军命难违，他想了想道：“这样吧，此事我也不好自专，还去请示一下元帅再说。”

那老者见他说要请示元帅，苦着脸道：“长官，你不好做主吗？那去请示吧。多待一阵，这蟹要多死几只了。”有些渔民脾气不好，更在骂骂咧咧。

傅雁书忖道：“这一时半会儿的，会多死几只蟹？”只是邓沧澜治军严整，向来秋毫无犯，他更是个模范军官，虽然这些渔民说话不好听，他仍是和颜悦色。上了邓沧澜的座舰，他向邓沧澜禀报此事，邓沧澜沉吟半晌，道：“真是渔民吗？”

傅雁书道：“应该是。我问了问，他们说得头头是道，不是老渔船船上真正的渔民，是答不上来的。”

邓沧澜想了想，又道：“纵是渔民，也难免会是细作。既然封了海，就不能放出一个漏洞。”

傅雁书心下一凛，忖道：“邓帅说得是。就算他们真是渔民，现在战事连绵，也只能狠狠心了。”但要狠心让这些渔民血本无归，他仍是有点不忍，便道，“邓帅，能不能……”

邓沧澜道：“什么？”

傅雁书道：“邓帅，我想我军在海上反正也要补给，就不妨向这些渔民将这些海蟹买下来，也好给军中弟兄们改善一下伙食，如此岂非一举两得？”

买些海蟹充作军粮，虽然有点异想天开，倒也不是不可行。邓沧澜笑道：“这样便是最好。你去吧，不用太苛刻了，价钱上给他们多一点也无妨，他们出海捕鱼亦不容易。”

傅雁书见这事完满解决，大感快慰，便回到渔船上。此时那老者还在等着，见他回来，便上前道：“长官，能让我们过去吗？”

傅雁书道：“元帅有令，封海之际，一律不得放行。”

一听不得放行，这些渔民又鼓噪起来，傅雁书伸手止住他们的鼓噪道：“我们也知道诸位老乡辛苦，所以就干脆将你们一船之蟹都买下来。老乡，请你报个价吧。”

这话一出，这些渔民全都不说了，看着那老者。那老者看了看傅雁书，显然也不曾想到傅雁书有这提议。半晌，忽然一口痰吐在甲板上，骂道：“你们吃得起吗？”

傅雁书听他出言不逊，不由一愣，心想：“你这人脾气真够坏的，大概以为我要压价买你。”他陪着笑道：“老乡，您误会了，我是说由您开价，您说多少就是多少。”

谁知他说得客气，那老者更为恼怒，指着傅雁书道：“丢你妈！你们这些北佬，来我们五羊城舞刀弄枪，还想吃老子的蟹？老子就是死也不卖给你们！”

傅雁书见自己一番好心反被这老者一顿破口大骂，不由觉得委屈。但他仍是陪着笑道：“若老乡不卖，那也无妨，去刺桐港发卖便是。”

老者听了更是跳脚骂道：“刺桐刺桐，运到刺桐，一船臭蟹卖给谁去？”他转身对别的渔民道，“把船卸了，全丢到海里，就当放生了，也不给丢他妈的北佬吃！”

这老者脾气如此之坏，傅雁书当真始料未及。待见他们果然把一船海蟹卸进了海里，看着那些肥肥大大的海蟹全都没入海水，周围水兵不由暗咽口水，心道：“打上来也不容易，能卖给我们多好。”可是这些渔民死也不卖，东平水军治军又是严厉，谁也不敢阻止。等这些渔民卸完了蟹，那老者还在骂骂咧咧，说道：“叫你吃！叫你吃！长官，你要跟我们一块儿去刺桐港不成？”

对于这些渔民的无理，傅雁书心中颇为恼怒。但他深知军令森严，自己也不能真把他们如何，只是陪着笑道：“老乡，那请自便。但请不要回五羊城，否则就不要怪我军不客气。”

丢完了蟹，那些渔民骂骂咧咧地掉头北去，定然暂居闽榕省去了。傅雁书要防的是这些渔民乃五羊城派出的耳目，回去定要报信，见他们既然转道北上，便概不留难。

这件事只算得一个小插曲，但就算邓沧澜和傅雁书，也猜不出这其实是郑司楚计策中至关重要的第三步。

第一步，是反间计，借秦融之口来欺敌，让东平水军将押舱沙包搬上甲板，全力防御空中攻势，第二步便是宣鸣雷的冲阵。本来郑司楚计划是用螺舟潜入东平水军脚下，在邓沧澜的中军下定位，但邓沧澜用铁脚木鹅守住了阵势，螺舟无法进入，所以宣鸣雷只得孤注一掷。他真正的用意，正是在邓沧澜的座舰前砍断的那根缆绳。

看去只是平平常常的缆绳，其实水底系着的是一块数百斤重的极大米糕。米糕为蟹类喜食，渔民捕蟹就都用米糕为饵，郑司楚小时候住五羊城，也曾经带块米糕去海边钓蟹玩。用线丢一块米糕下去，捞上来就是好几只海蟹。宣鸣雷将米糕沉到了邓沧澜座舰之下，正是为了引诱海蟹过来。只是近海的海蟹越来越少，因此郑司楚早在那一回伏击队出发之后就已着手此事，交代了一批渔民出海捕蟹，要他们尽量多在海上逗留，非要七月之后方归。因为他算定，邓沧澜在六月底应该能够抵达五羊城，这个时间一定要拿捏住，不能早也不能晚。

海蟹是为了定位。因为接下来的第四步，乃是最关键和最艰难的一步。在东平水军未至之时，海面如此宽广，谁也说不清他们会在何方海域扎营，只有等他们到了扎下了营，才能实行下一步。从七月初五晚开始，每天入暮，五羊水军开始连番攻击。这次的攻击目的只是吸引北军注意力，不让他们注意身下，但攻击仍是扎扎实实。就在水面激战的同时，五羊城螺舟队尽数出发，在水底潜行到东平水军阵前。

这是最难的一步。五羊城地气和暖，竹子生得又粗又大，郑司楚已经准备了大量粗竹，将竹节打通，外面再缠以带胶布匹防裂，成了无数水管。这些管子由螺舟队拖至海底，再由水鬼队铺设成长长一根。因为五羊城紧贴大海，渔业极为发达，陈虚心当初曾将螺舟改良，建成一种螺屋。这种螺屋下设出水口，渔民可在水底出入，相当于在水底设了个换气点，这样可大大增加捕捞效率。郑司楚在展示厅看到这螺屋时，便想到了可用于此计，这样水鬼在水下作业，就可以直接在水下换气，不必浮出水面。但饶是如此，此行仍是既危险又艰难。从七月初五开始，距东平水军大阵三百步外开始铺设，水鬼队全力出动，至七月初八，铺到了东平水军阵下。

接下来就越发艰难，因为不论是螺舟和螺屋，被东平水军的铁脚木鹅挡住，都不能进入，水鬼队只有从阵外换气，然后轻身游过去。这一趟真是艰辛无比，数百水鬼脚绑重物，在海底拖着竹管潜行，又不能被上面的东平水军发觉，不然深水雷就要投下来了。直到七月十五，才铺成了五条通道。本来郑司楚想铺七条，但水鬼队损失实在太大，有的气憋不上来，活活溺死海底，这十天作业，五百人的水鬼队竟然损失了一百余人，而且时间也要来不及了。海面上这等交战，本来只为吸引对方注意力，可战事却不由人控制，越打越激烈，海面战舰还不能随意脱身，结果虽然互有伤亡，但五羊水军的损失要大得多。

七月十五，郑司楚决定，就以这五条通道对接，接下来便等着天时相助，发动最后一波攻势。

这也是决战的时刻。

第十五章　燃海之火

共和二十二年七月十六晚，海风猎猎。月上中天，海风越来越大，天上浮云被一扫而空。

这一天，宣鸣雷的伤势已经好了许多。他这些天一直在养伤，好在申芷馨常来看他，陪他弹弹筝，说说话，倒不寂寞。这一晚见海风大起，宣鸣雷心绪已然大佳，道："申小姐，走，我们出去坐坐。"

申芷馨正在给他剥荔枝，见他要出去，便道："宣将军，现在风这么大，不要紧吗？"

宣鸣雷笑道："好风正当时，不在此刻一观，抱憾终生。"

申芷馨抿嘴一笑。宣鸣雷走到外面，见海上风浪渐起，更觉快意，指着海面道："申小姐，五羊城转危为安，就在今日。"

申芷馨虽知他们在谋划攻击北军之事，但见他心情这般好，也受他感染，笑道："那全是宣将军你的功劳。"

宣鸣雷摇了摇头道："不然。此番战事，全是郑兄之功，我不过是个走卒罢了。"

申芷馨撇了撇嘴道："司楚哥哥就会板着个脸。"

她也去看过郑司楚，但郑司楚这些天忙得焦头烂额，去了三次，三次全没碰到，她就索性不去了。宣鸣雷披襟当风，只觉胸中豪气似要裂胸而出，长声笑道："申小姐，如此良夜，不高歌一曲，真是枉为人一世。"

申芷馨道："你还会唱曲子？"

宣鸣雷笑道："是啊是啊。申小姐，麻烦你帮我把琵琶拿过来吧。"

申芷馨转身进屋拿出了那面琵琶，宣鸣雷拨了两下弦，高声唱道："快哉风！把红尘扫尽，放出一天空。银汉崩流，惊涛壁立，洗出明月如弓。会当挽、轰雷掣电，向沧海、披浪射蛟龙。扳倒逆鳞，劈残螭角，碧水殷红。"

这半首《一萼红》在这大风之夜里唱来，极是应景，除了天上是一轮明月，而不是明月如弓。申芷馨听得圆睁杏眼，心道："宣将军看似粗豪，原来多才多艺，而且，他对音律如此精通……"她自己极好音律，郑司楚的笛子吹得好，她对郑司楚的好感也大为上升。但郑司楚也仅是笛子吹得好而已，对音律远不如宣鸣雷这般一法通万法通，样样拿得起来。就说这唱曲，要郑司楚唱来，虽然他说话亦是清亮，但开口一唱，准是一副破锣嗓子。

宣鸣雷刚唱得半首，身后却响起来郑司楚的声音："宣兄，好兴致！"

申芷馨一听郑司楚来了，脸不由微微一红，低声道："司楚哥哥。"宣鸣雷却笑道："郑兄，你来得正好。邓帅现在应该已将战船连接起来了吧？"

海上扎营，船只一多，若不相互连接，风浪大时就会互相撞击，伤损不可收拾。何况，东平水军底舱压舱的沙包全搬到了甲板上，底盘既轻，颠簸更甚，因此这种大风天只有相互连接一途。郑司楚道："细作来报，正如宣兄所料。"

"攻击何时发起？"

郑司楚眯起眼看了看天道："看样子，到今晚戌时，他们将连接完毕，到时就是进攻之时。"

这半个多月以来，死伤了不知多少将士，为的正是这一战。宣鸣雷道："还有，断去海靖粮道一事办得如何了？"

郑司楚道："我来便是告诉你好消息，孟啸将军不辱使命。"

上次海上伏击海靖补给船失败，宣鸣雷引为毕生之恨。他回来便说，要破对方护航舰，螺舟实是最佳战具。但螺舟无法驶到铁门岛这么远的地方，宣鸣雷提议，化整为零，将两艘螺舟拆散了运到当初的据点去，在那儿再装配起来。然后从据点出发，封锁住海道。在大海之上，东平水军无法用铁脚木鹅封海，就算有深水雷，也难有效用，这一点郑司楚与谈晚同深为赞同，虽然水军一次伏击失败，但五羊城富庶之极，再派出一支也并不为难。趁着邓沧澜水军尚未抵达，这第二路伏击队便已出发，派出的是五羊水军螺舟队的深火号和深烈号。深火号舟督孟啸，与岳振并称为五羊水军螺舟队翘楚。孟啸领命，马上出发。当时的据点准备的是二十艘战舰所用积粮，这回只是两艘螺舟，那些积粮足够他们数月之用，索性让他们在据点修整巡逻。螺舟外海作战，尚是第一次，十分危险，但正因为危险，也为敌人所不防。就算东平水军吃过一次亏后会有防备，但时间不等人，他们不会再有第二次机会。孟啸临危受命，就在昨日发来羽书，说遇上了海靖第二批补给船队。海上一战，护航舰被击沉两艘，二十余艘补给船却被击沉了十多艘。虽然也有七艘漏网，但七艘补给船已不够东平水军几天之用。等东平水军遭到一场大败，又遇乏粮之苦，邓沧澜再不退却，势必要全军覆没。如此，五羊危难便已解决，接下来就可以全力赴援南安，解决东平陆战队。北军的水陆并济，双管齐下之策已被打破，这回轮到五羊城的水陆并济，到时高世乾脱险后易帜归附五羊城，南造共和的初步局面就已达成。

自七月初一邓沧澜大兵压境以来，主动权第一次握到五羊城手上，郑司楚脸上仍是镇定，心中却是说不出地兴奋。宣鸣雷朗声道："好极！郑兄，你笛子在吧，我们合奏一曲吧。"

郑司楚摸出了铁笛，笑道："是那《一萼红》吧？"

《秋风谣》太过悲凉，现在却是意气风发之时。郑司楚将铁笛举到唇边，吹了个音，却是他以笛子吹奏过门。这一段过门结束，宣鸣雷琵琶声一响，又唱道："快哉风！把红尘扫尽，放出一天空。"

这支曲子此时听来，直欲冲霄直上。甚至，在一里多外的东平水军阵营里，也隐隐约约听得了几声。此时傅雁书正在检查诸船连接情况。虽然战船连接在一起，颠簸大为减轻，但他心头仍是极其不安。

战船连接，可抗风浪，但也失去了机动性。按当初秦融密报，一旦五羊城发动火攻，己方战船相连，那真是要大势去矣。他检查完，便直接去了邓沧澜的摇光号复命。此时战船相连，已能从跳板上直接走过去，他到了摇光号上，在门前顿了顿，沉声道："邓帅。"

"进来。"

傅雁书走了进去。邓沧澜此时正坐在案前看一张海图，见傅雁书进来，他道：“雁书，检查过了？”

“是。”傅雁书说着，又顿了顿道，“邓帅，今夜天气如此之坏，当加倍防备。”

邓沧澜道：“是。我已拿令加了一倍的瞭望哨，也时刻关注南军动向。好在过了不多久，陆战队也要赶到了，那时便是总攻。”

陆战队一到，水陆并济，五羊城指日可破。傅雁书道：“是。”但他心里仍是极其不安。这种天气，大风无雨，刮的又是南风，最宜火攻。他道，“邓帅，我想，今晚传令诸军不得休息，全军戒备，一时遇袭，立刻散开战船。”

邓沧澜点了点头道：“不错。抵达五羊城下以来，今晚最为凶险。但全军上下全都不休息，也不是个事，让他们轮班吧，另外，战船连接处都派专人看守，一旦有变，可以立即拆除。”

因为防备五羊城火攻，所以连接的绳索铁索用的都是活扣，解开很容易。但再容易，一旦真遭受火攻，也不可能立刻解开。傅雁书答应了一声，又道：“邓帅，雁书还有一事不得不禀。”

“什么？”

傅雁书咽了口唾沫，才道：“我军已全力防备敌军自上火攻，但万一他们自水下攻来，又该如何？”

战船连接，船与船之间空隙小了，铁脚木鹅的动向也就难以观察。如果这时候五羊城的螺舟队全军攻来，一时间察觉不出，只怕真要被他们得手。邓沧澜听他这般说，点了点头道：“发一支偏师，加强营前巡逻。”

傅雁书道：“邓帅，我想，在前方再布一片铁脚木鹅可好？”

虽说铁脚木鹅构造简易，但越在外围布防，面积也就越大，所需也多，而铁脚木鹅总有破损，要替换的其实没那么多。只是傅雁书这般说，邓沧澜也点了点头道：“好吧，非常之时当有非常之举，最多事后多费一番力气回收。”

要在这种风浪天去阵前布铁脚木鹅，奉命的几位舟督全都暗暗叫苦。但平时多流汗，战时少流血，这句话他们也知之甚稔，所以心里在抱怨，手上却不慢。只是，要在外围布防，所需铁脚木鹅太多，布不了那么多，结果只是在郑司楚先前于海底铺设的管道之处，只薄薄铺了一片，另外铺在了别处。

共和二十二年七月十七，子时一刻，大风更紧，海浪加剧。更不巧的是，一片厚云被大风吹过来，遮住了月亮，一时间海上漆黑一片。

就在这千载难逢的一刻，五羊城里，两架飞艇升空。但这飞艇只是承担诱敌之计，真正的攻势还是来自水面。

五羊城剩余的七艘螺舟尽数出动，护送着两艘大船驶出港口。这两艘大船满载桐油，承担第一波攻击之责，后方，几乎所有战舰都偃旗息鼓，向海中进发。

百舸齐发，压住了波涛。只是在东平水军阵营里，风涛仍是极大，有半数水兵不得休息，又累又困，倒有一大半在打盹。

就在此际，五羊水军对水军第一名将邓沧澜所统东平水军的致命一击发出了。

时共和二十二年七月十七，子时一刻。

五羊水军正中的两艘巨舰，正是仅有的风级战舰。在整个共和国，也只有四艘而已，东平一艘，雾云一艘，五羊城则是两艘，因此五羊城水军虽然人数并不是最多，但公认为天下之冠。

这等巨舰，就是任由北军舷炮轰击，也不是一时半会儿能轰沉的。只是体积庞大，自然有转动不灵之病，因此一旦出击，必须要由重兵护航。现在五羊城里几乎所有战舰都已出动，围在这两艘巨舰边上。

这支庞大的舰队抵达距东平水军阵营大约五百步的地方，月亮仍然被乌云遮着。因为今晚风浪太大，在外围巡逻的东平水军战船并不曾发现，仍在布铁脚木鹅。其实，此时五羊舰队前锋离东平舰队巡逻队只有二百余步而已。

二百步，在陆上的话简直就是一蹴而就的距离，在海上因为无遮无挡，更显得近。雪级战舰，船头到船尾也有四五十步，也就是说，现在双方之间，顶多也就是四五艘雪级战舰。但仅是这样的距离，双方居然都没有发现。倒是东平水军阵中，因为瞭望哨增加了一倍，虽然天色黯淡无光，但还是有个哨兵发现了从五羊城头升起、向此间逼近的飞艇。

来了！

这报告很快就到了邓沧澜这里。此时他觉得，正如秦融先前所报，五羊城的攻击开始了。他马上下令，各部全力戒备。一时间所有人都登上了甲板，舱顶的射天弩边更是密麻麻麻立满了人。现在对付飞艇，唯一有效的就是射天弩，东平水军自是极为看重。而这局面，也正是郑司楚想要造成的。

甲板上人一多，声息也就更杂乱，北军发现真正的攻击来自下方也就越晚，这样五羊城获胜的概率也就越大。他此时正站在两艘巨舰其中之一的文曲号上。五羊城的两艘巨舰一名文曲，一名武曲，形制一模一样。虽然体积上较邓沧澜的摇光号稍小一点，但摇光号建成已经有不少年头了，文武二曲却新得多。

水鬼队已翻身入海，开始做进攻前的最后准备。这里共有七根竹管直通东平水军大营，但东平水军营中却只有五根。所有的管道都已连接在一起，连接在文武二曲船身边挂着的一个大斗之上。水鬼的动作非常麻利，现在也不须潜入太深，因此到子时三刻稍过一点，连接已经完毕。

因为是夜间出击，不能用灯号联系，所以商定的时间是丑时整灌注。此时乌云仍然将月亮遮得严严实实，周围只有风浪之声。

冥冥中，天公也站在自己一边。郑司楚暗暗舒了口气，边上宣鸣雷过来低声道："郑兄，时辰已至，开始了吧？"

虽然宣鸣雷伤势尚未痊愈，但他坚持也要出击。郑司楚和谈晚同知道若不让他此番出击，只怕要抱憾一世，便也同意了。宣鸣雷和郑司楚都在文曲号上，宣鸣雷虽然肩头带伤，可精神百倍，双眼亮得吓人。郑司楚点了点头道："好。"他向左右沉声吩咐道，"时辰已至，开始灌注。"

船上的士兵立刻将一个个木桶推到舷边，拔掉塞子。随着塞子拔掉，里面刺鼻的桐油味就直冲过来。现在刮的是南风，这股味道很快对方也会闻到，但等他们反应过来，良机定已错失，接下来的东平水军营地，很快就要陷入火海之中。

郑司楚的嘴角终于浮起一丝笑意。

此时的东平营中，仍在全力戒备从五羊城里飞近的飞艇。

飞艇携带的炸雷有限，所以他们若以炸雷轰击，对东平水军造不成什么实质性伤害。但据密报，那两艘飞艇上带着全是桐油，一旦燃起来，风助火势，却也不易对付。因此所有东平水军都不敢稍有疏忽。因为飞艇想洒下桐油，自然不能升得太高，否则这么大的风，桐油洒下，不知会被吹到哪里去。可假如他们降低高度，只消进入射天弩的射程，万弩齐发之下，这些飞艇根本逃不掉。而射天弩的弩头上，都会涂上桐油之类引火之物，放出的乃是火箭，飞艇一中火箭，先要变成一团火球不可。

很快，就可以看到一团巨大的火球在天空中坠落的奇景了。所有东平水军都在这么想。这时候，谁也没有发现，在他们脚下的海底，有五个管口正不断涌出桐油。桐油开始还少，浮上水面就变成薄薄一层，沾在船身上。船只本来就要刷一层桐油，何况海风也大，气味更是一下被吹散，因此谁都不曾察觉。

海底的桐油汩汩而出，很快就在摇光号周围积成一片。更不幸的是，傅雁书派出巡视四周的小船是最先在摇光号附近巡视，此时已巡视到外围去了，根本没发现水营的正中已发生了异变。

最早闻到桐油味的，是正在外围布防的一艘东平水军雪级战舰。那舟督站在船头，督促水兵观察水面铁脚木鹅有无异动，一阵风吹来，他闻到了一股淡淡的桐油味。一时间，他只道是自己船上的，并不曾在意，还往船头走了走，想走到上风去，避开这股不好闻的味道。

然而，他走到上风头，桐油味却更重了。可上风处并无友舰活动，这是怎么回事？这舟督诧异地看向南边，想找出这股桐油味的来源。就在这时，遮住月亮的乌云被大风撕开了一条小缺口，一绺月光直射下来，映得海面灰蒙蒙的。虽然这一线微光很快就又消失不见，但借着这转瞬间的一亮，他看到了就在几百步外，黑压压一片船队的影子。

五羊水军大部队！

这舟督只觉身上像是突然间爬上了千万只小虫，激灵灵打了个寒战。敌人竟已如此之近！居然还一直不曾发现！他嘶声叫道："发警报！"

这船上的传令兵已听得他的声音，急急忙忙去点燃油灯，便要发号。水军发令，白天用旗，晚上用灯，这传令兵也是个老行伍，本来点灯是要在下面点燃后带上去，但这传令兵情急之下，先爬上了瞭望哨，才发觉灯尚未点亮。待他打着了灯，正要发令时，一支箭突然破空而来，"啪"的一声，将他钉在了桅杆上。他惨叫一声，号灯也直直摔下，在甲板上摔个粉碎。

那支箭，是武曲号上的谈晚同以强弩射出的。五羊水军因为尚无舷炮，所以船上的弩箭尚未撤销，武曲号这种巨舰之上，强弩更是设了不少，谈晚同站在舱顶指挥，边上正有一支强弩。方才突然一缕月光映下，他也看到了就在不远处有一艘敌舰，与那个东平舟督一般，他也吓出了一身冷汗。

虽然迟早要被北军发现，但越迟被他们发觉，己方的胜机也就越大。他马上就站到了弩弓前，单足一踏，挂上了弦。

谈晚同的箭术，在五羊水军中数一数二。但现在风太大了，就算用这种强弩，他也没把握能一箭射中。现在也来不及多叫人，他只是命令同在舱顶的几个水兵立刻也抢到弩前，准备射击。

月光转瞬即逝，北面又沉入黑暗之中。待黑暗里突然亮起一点灯光，越发显眼。谈晚同扣上了扳机，心里道："三清在上，保佑我一箭成功，事后我必定三牲还愿。"

还不等他许愿完，几支弩箭同时射出。这强弩的最远射程可达千步，现在这两三百步已是在有效射程之内，但还是有点远，能不能射中他也没底。只是，那点亮光只是闪了一下就消失了，谈晚同心知定是有人射中，也不知是哪一支，但中了就是中了，心中一阵狂喜，人却一下瘫坐在甲板上。

虽然敌军肯定还会发出警号，但现在这一点宝贵的时间已经争取到了。他马上翻身站起，喝道："快灌！快点灌！"

甲板上，士兵川流不息，一桶倒空了，另一桶马上跟上。同时有六七个大桶在倒油，谈晚同仍嫌太慢。这些大桶每桶重达一千多斤，只不过短短一刻，已有十几桶油倒了下去。这些桐油流过水底的管道，已尽数到了摇光号附近，而此时的摇光号上，士兵们仍在全神戒备飞近的飞艇。

傅雁书也在看着飞艇，突然皱了皱眉。

虽然看不清楚，只能约略看到一个影子，但看上去，飞艇升得太高了。在这高度，射天弩是射不中它，但飞艇上想往下洒引火之物，也根本不可能，只怕未到半空，便被海风吹得四下散开，根本造不成威胁。

这算是死士？他想着。难道五羊城叫来的死士，临阵时还是胆怯了，不敢降低高度？或者，他们是准备在摇光号的正上空下降，这样就算射天弩将他们射下来，也正好压在摇光号上？

傅雁书摇了摇头。虽然他是水军，但对飞艇亦有所了解。飞艇的缺点是速度慢，上升时可以抛掉重物，下降时却只能放气。就算敌人不惜一死，在这样的高度将气囊一下破坏，整艘飞艇直直摔下来，可这样的大风中，想取准头也太难了，更可能落到一半就被大风吹到几里以外去。

难道，真如自己先前所料，五羊城召来的死士只是些亡命之徒，并非能手，所以才有这种莫名其妙的举动？

他想着，又摇了摇头。

不会。这样的大风天，飞艇升空飞行亦不容易，但他们还是直直到了己方上空，分明在上面驾驶的是一些能手。那么……

他突然心头一凛，喝道："来人！马上检查海面！"

虽然傅雁书尚不清楚敌人会采取什么样的攻势，但他已隐隐察觉到，这飞艇可能只是个诱饵，真正的攻击可能还是来自身下。一瞬间他想起了当初秦融前来告密时，自己向邓帅说的话来。

"这人一向在西北陆军，对水战并不是谙熟，可能仅仅生搬兵法才想出来的。"

那时自己是这么评价郑司楚的，心里也确实是这么想，认为郑司楚这人纸上谈兵，仅仅是照搬几条兵法而已。现在，他却觉得自己实是被郑司楚摆了一道。

秦融的告密，其实是条反间计，就是要让己方认为对方的攻势来自天上，实际上却从海底来犯。

尽管傅雁书仍然想不出郑司楚到底会怎么从海底来犯，但他已如冷水浇头，打了个寒战。

绝对不要轻视敌人！

他想起邓帅常说的这话。可事实上，这话看似寻常，但自己，也包括邓帅，还是轻视了那郑司楚。以此人之智，恐怕……

第一次，傅雁书心里升起了败北的恐惧感。

他就在摇光号附近，刚放下小艇，下去的水兵就失声叫道："傅将军，是油！海面上都是油！"

这话像是一个巨锤，重重打在傅雁书前心，傅雁书甚至站着都是一个踉跄。他嘶声叫道："解开绳索！各船分散！"

只是，他要自己这船解开绳索还容易，要把这命令一下传遍诸营却是不可能的。他船上的传令兵正在向摇光号上发出信号的时候，"咚"的一声，从南面的海上，大风卷来了一声炮响。

那是最先发现敌船的舟督发出的。此人见传令兵被一箭射死，心中已是乱成一片。敌人就在眼皮底下，可这消息竟然传不出去！但此人也是水军强将，见一时间发号已来不及了，索性下令开炮。虽然现在敌船还在舷炮射程以外，但他的用意并不是要击中敌舰，而是要向友舰示警。虽然傅雁书听到的只是一声，其实却是这船上的两门舷炮同时发射。

两个火球直射而出，但并不能击中敌舰就落入了海里。此人心下大急，喝道："冲锋！冲上去！"

现在敌人还在射程以外，而且势大，冲上去等如送死。但船上水军闻令，仍是不折不扣地执行。可他们要冲锋，却是逆风而行，速度自是跟不上。才上前没多少，风中已响起了破空之声。

那是五羊城水军抛出的炸雷。抛石器的射程本来就在舷炮之上，何况五羊城水军又处于上风头，炸雷飞得更远。虽然准备不及，但现在五羊城水军几乎已全部压在了前沿，这船放出舷炮后又暴露了位置，离得最近的十几艘五羊战舰同时抛出炸雷。

每艘五羊战舰，都有四架抛石器，同时发射，足足有四五十颗炸雷。但风太大了，他们的准头也并不好，这四五十颗炸雷绝大多数落入了海中，只是，还是有两颗炸雷正中敌船。

"轰轰"两声，这两颗炸雷几乎同时爆炸。由于一中船头一中船尾，这艘东平战舰几乎就在一瞬间丧失了战斗能力，化作一团在海上熊熊燃烧的烈火，慢慢下沉。

这团大火也照亮了四周。正在外围布防的还有七艘。方才虽然见那船上的号灯亮了一下就灭了，但海风太大，他们并没有听到被射死水兵发出的惨叫，所以全都没有在意，只以为可能是大风将号灯吹灭了。这突然起来的交火却让他们如梦方醒，这才发现，就在南边不远处，五羊水军竟然黑压压一片，樯橹如林，仿佛将大海都压低了。

敌军来犯！

此时东平诸船已准备结阵抵抗，但五羊水军已不给他们这个机会。几乎同时，从五羊城阵势中，无数快船如飞射出，围向东平战舰。

那是些小快船。海上伏击失败，郑司楚和谈晚同听宣鸣雷说了东平水军舷炮的厉害，觉得这种战具威力已远在己方之上，短时间里不可能赶上。为了扳平这个劣势，就只有另想奇招。谈晚同定下的，便是这个群狼食牛之计。

所谓群狼食牛，原先是五羊水军对付海贼所用的一个计略。五羊城靠海，因为从海外来五羊城做生意的商船络绎不绝，这些没什么战斗能力的商船在海贼看来实是一块块大肥肉，常常在海上抢掠。为了保障商船安全，五羊水军剿灭海贼自然义不容辞。去年便出了个海贼麻天光，据说本是退伍军人，颇通兵法，加上海贼常年在海上讨生活，水性极佳，而且他们的船也不小，船速更不下于五羊水军战船，往往一见水军前来，便四散逃开，等水军一退，他们便又跟上，用的正与先前宣鸣雷伏击补给船时的策略相仿。五羊水军开始很是叫苦，但马上就想出了对策，在大船出击之时，派出无数小快船先行出击。这些小快船每船只坐两人，速度极快，到了海贼船前，也不攻击，就是将那些小快船钉在敌船之上。海贼的船被钉上了这么多小船，等如人脚上被系上了重物，哪里还能动弹，这时五羊水军便上前猛攻，海贼长于接舷战，却没有正规水军那么精良的战具，结果往往一击而破，最后麻天光也被击斩。至于出击的小快船，因为原本每船只坐两人，便分散到其余小船之上返回。这些小快船既小又简易，虽然也要与敌船同归于尽，但造这种小船简单之极，五羊城船厂里的熟练船工一个人一天就可造出一艘来，与剿灭海贼的成果比，成本几乎可以忽略不计。正因为五羊城水军用了这个群狼食牛之计，海贼一时间望风而逃，航线上安全多了。当谈晚同听得东平水军舷炮如此厉害，便觉群狼食牛也可以一用。这些小船本来都装载在文曲、武曲两艘巨舰之上，一入海，如鱼得水，不等那七艘东平战舰结成阵势，七八条小船便已靠到近前，船上水兵马上乒乒乓乓一阵乱钉，将小船钉在了敌舰船身之上。东平水军还没经受过这种攻击，虽然船身甚厚，敌军一时间根本凿不透，可船上多了这七八个累赘，哪里还驶得快，想要开炮，小快船却几乎是紧贴水面，速度又极快，放了二三十炮，打中的还不到两艘。而船的机动力一弱，五羊水军投掷炸雷的精确度自然也相应提高。只不过片刻间，又有三艘战舰被击破，其余四艘见势不妙，纷纷逃回。虽然他们每只船上都被钉了七八艘小船，速度大为减慢，可五羊水军也不敢过于接近，加上他们一分散，抛石器的准确度也就差了，于是不再发射炸雷，只是全军压上。

只要突入东平水军阵营，此战就基本上成为定局。此时五羊水军上下士气如虹，似乎胜利已唾手可得。

离东平水营，只有两百余步了。再往前一些，抛石器的炸雷就可以打进敌人阵中，那时海上将会燃起一片熊熊大火，敌人插翅难逃。正在五羊水军兴奋之极的时候，东平水军阵营外围忽地左右一分，站开了一条道，远远望去，已能看到邓沧澜的摇光号就在正中。

“砰”的一声，一团火球从摇光号船头喷出，直冲而来。这团火球的来势比舷炮急得多，又极为精准，一艘五羊战舰冲在最前，见这火球飞来，连躲闪都来不及，船头被轰掉了一半。

那是摇光号上的大炮放出的，放炮之人正是火炮营下将军甘隆。

摇光号是巨舰，除了一般舷炮以外，还配置了一前一后两门大炮。这两门大炮虽然尚不及陆战队所用的巨炮，却也比一般舷炮大得多。这一炮轰出，摇光号亦是晃了晃，激得船身下油花四溅。但这一炮之威，仍是让五羊水兵的攻势为之一挫。

文曲与武曲两艘巨舰上，虽然也装有大炮，但威力不及摇光号上的大炮，而且文曲、武曲两舰仍在不住倒油，一时间还上不来。方才五羊城水军势如破竹，连破敌舰，可自己的战舰也被敌舰一炮击中后，几乎所有人都生了惧意。

东平水军，纵然已处绝境，仍然不可轻视！

指挥进攻的，乃是崔王祥。崔王祥也冲在前面，见最前的战舰被击中，诸舰竟有畏缩不前之意，他站在船头，嘶声喝道：“生死存亡，在此一举，冲锋！”

他的喊声虽大，但在大风大浪中，谁都听不到。但这艘战舰迎头冲上，也是人人都看到了。见崔王祥冲了上去，人人血为之一热，心想：“生死由命，管他的。丢他妈，冲吧！”

布置外围防御的，正是傅雁书。当傅雁书发现船身下竟然全都是桐油时，就知道事情紧急。若不能及时分散，等火头一起，东平水军将要全部卷入火海。只是要解开绳索，又谈何容易，到现在只解开了外围十几艘而已。见敌军已冲到近前，他心知若被敌人冲进来，点燃海面桐油，那就大势已去。现在无论如何，都要将敌军挡在外围。他立刻传下令去，已解开的战舰立即冲上前去，等后面的战舰一解开，马上跟上。不惜伤亡，无论如何都要挡住敌军。

他是这样下令的，自己也是这么做的。他这船解开得最早，虽然船身上沾了不少桐油，但已被清理掉许多，而外围战舰沾上桐油的并不多，此时有十几艘战舰齐齐冲来，一下挡住了崔王祥的攻势。

这已是真正的血肉之争。东平水军知道只消退后一步，己方灭顶之灾也就要近一步，而五羊水军也知道若不能再前进一步，本来已将到手的胜利也将更远一步。这个机会是不知多少人殚精竭虑，用血肉换来的，若是错失，五羊城在劫难逃。双方都没有了退路，双方原本都不想用死士，可现在无形中人人都成了死士。

崔王祥身先士卒，冲在最前，可是傅雁书的守御却也如铜墙铁壁。他麾下此时有十几艘战船，却死战不退，就算五羊水军用群狼食牛之计，可他本来就不想退，一边指挥士兵以舷炮还击，一边让人将缆绳垂下，清理船身。有弓弩的士兵都全冲到前方，以弩箭射杀冲上来的小快船。几乎每一刻都有人死去，每一刻都有烈火燃起——只是，火只在东平阵营的外围，烧不进里面。

最初的锐气渐渐消去的时候，崔王祥亦有了一丝绝望。眼前这支东平水军的偏师，简直像在海底生了根一样，现在五羊水军因为冲得太急，损失已远远大于东平水军。再这样打下去，若被敌人守住，那一切的准备都将白费了。崔王祥的眼角都已快裂开，他冲到抛石器边喝道：“来人，给我一个炸雷，够胆的，给我划船！”

边上一个士兵吓了一跳，叫道：“崔将军，你要做什么？”

“炸他娘的！”

那士兵一怔，却叫道：“我去！”扭头道，“兄弟们，我叫林满辰，老娘就托付给大家了！”说着，抱起一个炸雷，抓住缆绳溜下甲板，跳上了边上一艘小快船。

他是要舍身去炸毁敌舰！

听到他叫喊的水军，不论是东平水军还是五羊水军，都有些震惊。战事到了这程度，就算不用死士，死士也自行出现了。此时小快船已大多靠不上前，傅雁书见又有小船冒着箭雨冲来，他从边上一个士兵手上拿过弩箭，对准了小船。

虽然不智，仍是可敬。这一箭，既是送你归天，也是表达一番敬意。

他的弓弩之术甚为精湛，何况那小快船还是自行冲上来。待估量着箭矢能及，傅雁书一弩射去，箭锋正中那林满辰前心。林满辰本来正要将炸雷掷出，当胸中了一箭，人一歪，倒掉进了水里。在他后面划船那士兵见势，伸手一把接住了炸雷。他接是接住了，可是东平水军的箭矢也更密了，他才接到，背上已密密中了十几箭，几乎一个脊背都插满了箭枝，这人哪里还掷得出去，身子一歪，亦摔进了水里。

虽然林满辰与这士兵功亏一篑，但见此情景的五羊城水兵全都一声吼叫，一时间竟有几十艘小快船冲了过来。本来傅雁书调集弓弩手防御，小快船往往到不了近前，船上水手就被射杀，群狼食牛之计已然被破。可林满辰与那水兵之死，似乎把人们心中那一点最原始的疯狂都挑了起来。明明是充当死士，就算炸了敌舰，自己也死定了，可这些水兵似乎全都想不到这点。

见一下来了这么多小船，傅雁书脸色微微一变。不是害怕，而是为了这些人的疯狂而震惊。这种死士突击，其实只是起到一个震慑的作用，成功的机会微乎其微。可这些士兵到了此时，似乎根本想不到这一点，仍是冲上来送死。

战争，真的会让人疯狂吗？

傅雁书想着，心里直如刀绞样疼痛。东平水军弓弩手在船上放箭，居高临下，水中的小快船纷纷翻倒，海水一时间也已染成了淡红，可这样子几乎不是在战斗，而是在屠杀，只是对方却似已忘了生死有什么不同，仍在冲锋。

也许，应该退伍了吧。第一次，傅雁书有了这样一个想法。

傅雁书牢牢守住外围，此时的摇光号上，邓沧澜也终于产生了一丝焦虑。

竟然被郑司楚那小子摆了一道！但他心里，并没有对郑司楚的怨恨，只是有点自嘲。

名将之号，看来也是一个束缚。自己正是背负着“水军第一名将”这个称号，纵然从不轻视敌人，却也在无形中有了一点大意。

此战若败，大统制会原谅我吗？他想着。水军第一名将邓沧澜，在水战中被几个后起年轻将领击败，甚至可能会全军覆没，以后多半会沦为笑柄吧。但这个念头邓沧澜马上就丢到了脑后，他站起身，喝道：“已经解开了多少？”

摇光号是阵营的中心，系在摇光号上的战舰也最多。虽然战事仿佛持续了很久，其实却并没有太久。战事大约是丑时打响，傅雁书发现有异，要全军解开绳索亦是此时，现在却顶多只是丑时两刻，已经解开的战船不过二三十艘。

现在摇光号几乎已浸在了一片油海之中，桐油味升腾起来，几乎让人窒息，连船上的油灯也都有专人看护，生怕有谁不小心，把火星掉下去引发一场大火。就在不远的外围，厮杀声越来越响，那里不住有火光升起。

五羊城到底是用什么办法把这么多桐油灌到这里来的，邓沧澜至今也想不出。从这一点上来看，郑司楚这年轻人之智，实是可畏之极。自己偏生对这个少年有了轻敌之心，这一场败北实属不冤。但这么多年的戎马生涯，让邓沧澜心底仍似有火焰喷出。

不，我还没有败！

这时，边上有士兵突然叫道："投了！投了！"邓沧澜抬头看去，却见天空中有几点亮光正飘摇而下，那是飞艇投下的火球。

看来，飞艇虽是诱敌之计，却也不是完全诱敌。但这样的高度，就算那火球中间是铁块做重物，海风又如此多变，火球要么在半途被吹灭，要么被风吹到别处，正中目标的可能性微乎其微。他喝道："不要多管，加派人手，去解开绳索。"

他下完命令，与几个亲兵大踏步向前走去。船头上，下将军甘隆正守在大炮之前，见邓沧澜过来，他行了一礼道："邓帅。"

方才有了个缺口，甘隆放出一炮，但现在缺口已被傅雁书堵上了，他也无法再放出火炮。邓沧澜向他还了一礼道："甘将军，此间你多费心了。"

甘隆面无表情，只是点了点头道："职责所在。"

下将军甘隆，曾被人诬告说私通叛军，勒令退伍，此次因为精于火炮的毕炜战死，大统制才重新起用了他。只是，他重披战袍的第一仗，居然打成了这等窝囊的样子，甘隆心里自是不舒服。

邓沧澜看了看他，小声道："甘将军，雁书马上就要挡不住，你还是先退吧。"

甘隆吃了一惊，道："什么？"

现在傅雁书打得极其出色，虽然他远不及对方势大，可守得严密之极，明明敌军就要突入阵营，再掷出炸雷必将引燃海面的桐油，可这么多敌军就是突不破傅雁书这二十余艘战舰。甘隆虽不长于水战，但看战局，亦知傅雁书游刃有余。随着解开的战舰越来越多，傅雁书的实力在不断增强，敌人久攻不下，士气却越来越弱，看样子虽然己方被打了个措手不及，但兵精将勇，应付得当，并不至于一败涂地，反而有反败为胜之势。可是作为傅雁书老师的邓沧澜却说他快要挡不住了，甘隆亦不由吃惊。

邓沧澜苦笑道："别忘了，他们也有两艘巨舰。"

五羊城的文曲、武曲两艘巨舰虽然比摇光号稍小，威力也定不及摇光号，但毕竟是巨舰。人力有时而穷，傅雁书纵有通天的本领，当这两艘巨舰上来，他也一样无能为力。邓沧澜惯于水战，虽然现在海风呼啸，浪涛不断，但他还是听出了南方敌军阵中的响动已有了微妙的变化。很快，那两艘巨舰就要开上来了。如果摇光号能够活动，以自己之能、甘隆火炮之利，以一敌二亦不为难，但摇光号直到现在仍然被死死地锁住。

现在未能把摇光号解开，也就是大局已定。敌人的飞艇掷火，无非只是疥癣之疾，根本不用顾及，文曲和武曲这两艘巨舰却是心腹之患。敌人尚未出尽全力，己方已疲于奔命，战事胜负，可想而知。

甘隆不再说话。邓沧澜只道他已惊呆了，低声道：“甘将军，这全是我一人之罪，与甘兄无涉，我会留书给大统制说明的。你现在换到已解开的船上去，尽快退走，尽量不要声张，以免军心浮动……”

他还未说完，甘隆已笑道：“邓帅好意，甘某心领。军人不死阵前，当死何处？甘隆既负守炮之责，这门大炮便与我共存亡。”

邓沧澜吃了一惊，看了看他。甘隆又道：“邓帅，请你下令。未到最后一刻，岂可轻言胜负？甘隆在此，敌军若来，定要让他尝尝我炮火之威！”

邓沧澜看着甘隆，眼里隐隐已有泪光。他与甘隆昔年交往不多，只知他是老友毕炜手下第一干将，只是和五德营关系过于密切，以至于受大统制猜忌。直到今日，他才知道这甘隆实是自己生平难得一见的真正军人。他向甘隆深深一揖，笑道：“多谢甘兄恕我以厥词相犯。”只是心里，却也更加绞痛。

这个英勇无畏的军人，却曾受过无妄之灾。这个共和国，真的是以人为尚，以民为本吗？大统制拥有绝对的权威，和过去的帝君相比，有过之而无不及。就算政策已大有不同，可仅以大统制而论，他就是一个变相的帝君。

这些，都已经是题外话了。现在自己的责任，就是努力抓住渺茫之极的胜机，尽量多保存一些士兵。

正如邓沧澜所料，此时文曲武曲两艘巨舰已将桐油灌注完毕。现在的东平水军营地，已几乎全都浸在了油海之中。

只是，火势怎么还没燃起？难道崔王祥遇到了难以逾越的障碍？郑司楚皱了皱眉。本来也有以寻常船只运送桐油的提议，但权衡之下，别的船根本不能与文曲和武曲相提并论，而海上灌入桐油，争的是时间，旁的船根本不像文武二曲那样得力；再说风浪这么大，船只若是乱晃，万一把管道弄断了，那就前功尽弃，所以最终还是决定以文曲和武曲来运送桐油。文武二曲既然担此重负，率先突击就只能依靠那些小一些的船只。崔王祥担当先锋，吃重也大，本来若宣鸣雷无伤，有他相助，可以更增把握，但看宣鸣雷这种伤势，实在难以独当一面。结果，就是崔王祥啃上了硬骨头。

很可能，挡住崔王祥的，就是宣鸣雷说的傅雁书。对傅雁书这个未曾谋面的敌人，郑司楚有种异样的好奇。还是在逃离东平城的时候，正是傅雁书率先派人出来追击，现在又是他几番差点破了自己的计略。虽然不曾见过，但郑司楚心底已把这人视为平生大敌。

好在宣兄在我这一边。不然，他和傅雁书都在邓沧澜手下，我只怕也无法得手。

他看了看边上的宣鸣雷，不由这样想。宣鸣雷自不知道他想这些，见郑司楚看了看自己，小声道："郑兄，崔兄一定碰上了傅驴子，我去会会他吧。"

郑司楚摇了摇头道："不用多此一举。他本领再大，文武二曲一上，他肯定也不是对手。"

能对付文武二曲的，只有摇光号，或者多艘下一级的花级战舰。但这种大风天气，越大的船只，系得也越牢，崔王祥攻势未减，既是说明他啃上了硬骨头，也说明东平水军直到现在仍没有解开大部战船。否则以东平水军整体实力，已远在崔王祥之上，他应该败退下来才是。胜券在握，就不要节外生枝了。

宣鸣雷见郑司楚否决了自己的提议，没再说什么。文武二曲卸下了满船桐油，轻了许多，船速自然也快了许多。这时传令兵道："郑参谋，谈将军发来号令，要我们全军擂鼓，以助声势。"

擂响战鼓，既是鼓舞军心，也是告诉崔王祥，胜利马上就要来了。郑司楚道："好，擂鼓！"

鼓声响了起来。文武二曲上各有八面大鼓，那八个鼓手全是膀大腰圆的汉子，一擂起来，当真有如雷鸣。听得鼓响，还在猛攻的崔王祥心神一定，忖道："我急什么？气急败坏，只能坏了大事！"

先前他见久攻不下，情急之下要舍身去炸毁敌船。虽然许多士兵被鼓舞起来，可是在对方的严防死守之下，这些死士无一成功，反倒让全军士气降低了不少。待听到鼓声，他终于定下了神。

不焦不躁，方是取胜之道。他定下了神，喝道："传令下去，攻击两翼，让开中央。"

他水战亦是能手，本来有点焦躁，发令也不免有些乱了方寸，但现在一镇定，发下的命令正打中了傅雁书的要害。此时傅雁书手头还有三十余艘战舰，牢牢守住缺口，可南军其实并不要击溃他，只要突入即可。从两翼进攻，傅雁书要么也兵分两翼迎敌，但那样一来两边都要薄弱，就要被各个击破。若是不分，就要正对文武二曲两艘巨舰的正面进攻。

傅雁书已无回天之力。虽然他支撑到了现在，但东平水军之败，终于还是不可避免地来了。

第十六章 血染朝阳

文曲和武曲是两艘姊妹舰，形制既相同，大小也一般无二。当这两艘巨舰冲上来时，不仅是东平水军，连傅雁书也脸色煞白。

虽然文曲和武曲不及摇光号庞大，可与傅雁书现在指挥的雪级战舰相比，已不可同日而语，就算是东平水军第二档的花级战舰，也必要三艘才比得上这一艘。只是，现在东平水军阵营中，摇光号和花级战舰全都不曾解开，解开的，仅仅是三十几艘雪级战舰而已。

完了！

傅雁书心底终于升起了绝望。这不是怯敌，而是双方根本不可能匹敌的力量差距。如果不是因为阵营中四处遍布的桐油，东平水军结成的这个坚阵其实牢不可破。外围雪级战舰游击，当中诸舰可以大炮还击，文武二曲虽然庞大，一样要无功而返，迟早会被击沉。但现在东平水军已浸在了油海里，情形岌岌可危，不论是谁，都无法挽回败局。

傅雁书看着文曲和武曲庞大的船身逼近，立在甲板上动也不动。这时一个传令兵上前道："傅将军，邓帅有令，命诸舰立刻展开，以避其锋芒。"

闪开的结果，自己是可以逃生，但敌军一突入，后面的大阵马上就要陷入火海。傅雁书回头看了看，眼里流下了两行泪水。

老师，非战之罪。

他想着。自己已想尽了办法，也几乎把每一步都防到了，可最终，仍然还是失败。其中固然是那郑司楚的能力，但若非今天这种大风天气，乌云遮日，也不至于落到现在这地步。虽然现在火尚未燃起，但在傅雁书眼中，那场冲霄之火已在燃烧。

烧在了他的心里。

这一败已无法避免，但一定要将老师解救出去。傅雁书知道，以老师的“水军第一名将”之号，他肯定要和战舰共存亡，不肯退却。他道：“号令诸舰，立即退却。”

他刚发下令去，文曲和武曲上同时响起了炮声。五羊城水军尚无舷炮，这炮其实也是陆军火炮，若非这等巨舰，根本承受不住。这火炮的威力远不及甘隆设在摇光号上的两门，但东平水军还不曾尝过炮火的滋味，两炮齐发，东平水军队列最后一艘战舰闪避不及，被打了个正着，一个船尾几乎被打碎了，甲板上也已烈火熊熊。

傅雁书听得炮声，回头看去，见己方一舰中炮起火，心中一沉，忖道：“没办法救你了，好自为之吧。”到这时，他想救也没办法救，上前阻挡，只能同样被击沉。此时五羊水军见这个原本牢不可破的缺口终于裂开了，齐齐发出一声欢呼。这声欢呼响彻云霄，便是五羊城里，也有半个城的人听到。

五羊水军今晚发动攻击，是机密中的机密，城民没有一个人知道，所以听得这声欢呼，他们从睡梦中惊醒，也不知发生了什么事。此时在城中高处观战的申士图和郑昭两人对视了一眼，两人都不说话。侍立在边上的申芷馨想要开口，但也没有说。

这儿离交战处很远，看过去，只能偶尔看得到一点点亮光，预想过的火光冲天直到现在还没出现，他二人不免都有些焦急。郑司楚一月之内破敌之策，也是五羊城唯一的生机，不能击破东平水军，当东平陆军也到来的时候，一切都再无可挽回。当他们听得这声欢呼，却仍不见火光，两人都已把心提到了嗓子眼里。

是五羊水军被击败了吗？五羊水军，号称天下至强。当然，这仅仅是个称号而已，东平水军就根本不比五羊水军弱。两强相遇，谁胜谁负都不意外。正因为不意外，所以他们更加担心。

"三清庇护，佑我生灵……"

听得申士图突然念叨起来，郑昭笑了笑道："士图兄，你笃信法统吗？"

申士图也淡淡一笑道："纵然不信，此时也要求求了。"

法统的最高神名叫老君，据说是个骑着青牛的老者。这老君神通广大，无所不能，护佑众生。法统两派，向来举国之人信奉，虽然共和国成立后法统势力大不如前，但信奉此教的还是有不少，甚至远播西原。申士图虽然一向信奉求人不如求己，但情急之下，也念叨起法统的祈祷之语来。他正说着，边上申芷馨突然叫道："阿爹，起火了！"

申芷馨的纤指所指的，正是东平水军的营阵。此时那里已有一点红光，这红光马上就越来越亮，渐渐蔓延，片刻间就成了长长一条。海上起火，当真是亘古未见的奇景，申士图只觉胸口像有什么堵着，眼里已落下泪来。

郑昭的眼里也在落泪。这片火光宣示五羊城背城一战已然得胜，再造共和的旗帜也将能够打下去了，不会和民间传说的那样，到了八月，五羊城头将挂满申士图以降五羊城官员的人头。

司楚，好小子。

郑昭想着，抹了抹泪，见申芷馨也在流泪。他笑道："芷馨，我们赢了！"

申芷馨脸一红，也抹去泪水道："是啊，郑伯伯。"

申士图笑道："芷馨，这回，阿爹要假公济私，给你在凯旋的功臣里挑一个做夫婿可好？"

申芷馨的脸越发红了，叫道："阿爹，你胡说……"说到这儿又顿住了，似乎怕父亲误会自己真个不愿。申士图看在眼里，既是高兴，又是有点伤感，心道："人说女大不由娘，芷馨的娘早就去世，女大也不由爹了。"郑司楚风华正茂，英姿勃发，此战得胜，连邓沧澜"水战第一名将"的称号也要被他夺了过来，想到有这么一个女婿，申士图实是欣喜万分。

他们在这儿兴奋无已，此时的海面上，五羊城水军也全都在欢呼雀跃。

文曲武曲两艘巨舰一到，一锤定音，东平阵营里的桐油已被引燃。当初东平水军用桐油破去五羊城的水雷阵时，五羊水军全都惶惶不安，甚至有人连桐油都恨上了。这回东平水军也是败在桐油之下，却也有种报应不爽之感。

那些桐油一燃起，东平水军尚有大部船只未解开。虽然现在火势尚未波及甲板，但那些水兵纷纷逃命，哪还有工夫再去解开。摇光号这艘巨舰连接了十几艘大舰，其中包括六艘花级战舰，根本动弹不得，船尾处先已烧着，船上的水兵惨叫连连，有些已被火势封住去路，想逃都逃不掉，眼看就要被活活烧死。郑司楚看得有些不忍，但也无计可施。

这把火是自己放出来的。当初他想的只是如何取胜，但胜利真个来到的时候，他看到的却是如此惨不忍睹的一幕。郑司楚只觉胜利的喜悦全然不存，剩下的只是恐惧和悲哀。

这是我造的杀孽啊！

他想着。老师常常挂在嘴边的那句“将者不失仁者之心”又在耳边回响。自己只成了一个成功的将领，却也成为一个屠夫！他再支撑不住，脚一软，跪倒在地。

宣鸣雷见他突然倒下，不知他出了什么事，忙扶起他道：“郑兄，你怎么了？”

郑司楚看了看他，低低道：“宣兄，能不能救救这些东平水军？”

宣鸣雷犹豫了一下道：“不成。这么大火势，根本靠不近。”

这时一艘东平战舰突然动了动，竟然向前驶出。宣鸣雷大吃一惊，喝道：“转舵！”

那艘战船原本被锁在摇光号上，解也解不开，但火势一大，已将连接的铁索都烧断了。只是铁索都已烧断，这船自然也是陷身火海。火海中，却听有个人嘶声喊道：“邓帅，为我们报仇！”

那是船上未能逃走的水兵在喊。虽然邓沧澜已竭尽全力指挥水兵逃出，可毕竟还有人来不及逃走。郑司楚听得火焰中传来这个惨叫，更是心痛万分，左手紧紧抓着右手，指甲已陷入皮肉之中，鲜血都流了出来，可他恍若不觉。

这个声音，也许将要成为我永久的噩梦吧。

他想着。如果要我再选择一次，也许，我不会提出这样的计策来……

那艘满是烈火的船只向前驶了没多久，就已散了架，里面的人也定然已化成一片枯骨，永远沉到了海底。这时有个水兵突然叫道：“那边！有人要逃！”

郑司楚闻言，抬头看去，却见火光中，有艘雪级战舰靠到了摇光号边上。和摇光号相比，雪级战舰实在不值一提。但也正因为体形较小，反倒在火海中穿行自如。只是这艘雪级战舰有路不逃，反而靠近摇光号，真不知是怎么回事。郑司楚看了看宣鸣雷，却见宣鸣雷喃喃道：“是傅驴子！是傅驴子啊！”

是那傅雁书吗？郑司楚看去。火光中，只见有个身着白色盔甲的将领，从摇光号上扶下了一个老将。他们一上这雪级战舰，便马上离开。这时边上的传令兵又道："郑参谋，谈将军发来号令，说那是邓沧澜，要我们拦截！"

真要生擒邓沧澜？郑司楚还没说，宣鸣雷已喝道："我去！"他一下冲到船边，抓住了一根缆绳，叫道，"宣鸣雷在此，这船归我接管了！"

宣鸣雷的名声，如今在水战队中极响，他跳过去的这船也是艘雪级战舰，舟督名叫赵西城。这赵西城是崔王祥表兄，能力不及崔王祥甚远，但也知道连表弟都极推崇这宣鸣雷，忙迎上来道："宣将军，你怎么跳到我这船上来了？"

宣鸣雷喝道："快去追击那边的船！"他见旁边已有战船也要出发去追击，更是着急，叫道，"发号下去，说那船是我宣鸣雷的，谁也不准动！"

他发下的号令，傅雁书也已看在眼里。本来对救出邓沧澜，他心里实是毫无把握。从火海中救出邓帅，外面却是密密如云的五羊城水军，哪里还能逃得脱？但见宣鸣雷发旗号说什么"是我宣鸣雷的，谁也不准动"，他心下着恼，忖道："你这反贼，来得正好！"

宣鸣雷既然已经发下这等号令，旁边船只见了也就由他，崔王祥也想："宣兄为了此战，冒了奇险，偏生最后一战时不能冲锋在前，一定一肚子不满。这个功劳，便让给他吧。"因此谁也不去拦截傅雁书，除了宣鸣雷一艘船。

傅雁书的船已然受伤，驶得不是太快，赵西城这艘却是毫发无损，自然快得多了。但眼看要追上，宣鸣雷忽然下令道："放慢速度，保持距离。"

赵西城吓了一跳，心道："我也是贪功心切，忘了他们还有舷炮了。"他让士兵放慢速度，又道："宣将军，是不是投出炸雷？"

宣鸣雷道："现在不要投，要捉活的。"

赵西城一怔，心道："既要保持距离，又不能投炸雷，想抓活的，这怎么抓得到？"但他听表弟说起宣鸣雷之才，当真是佩服得五体投地，自己是不知道，宣鸣雷一定有办法，所以索性不想，一切听从宣鸣雷指挥。

傅雁书的船上，其实舷炮早已放完。他见宣鸣雷紧追不舍，却又不上前，想射死他都没办法，气恼之极，伸手夺过传令兵手中的号灯，在空中挥了几下。他是水战天才，发号也比那传令军更利落，发的却是"反贼宣鸣雷，我舰已无炮火，想要我命，便上前来"。

这号令赵西城看得摸不着头脑，他道：“宣将军，他为什么说已无炮火？”

宣鸣雷道：“这分明是他的诱敌之计！你别上他的当。”

赵西城点了点头道：“哦，是诱敌之计。”

又追了一程，前方突然出现好几艘东平战船。赵西城吓了一大跳，叫道：“不能再追了！”

现在己方已经落单，对方却有援兵，再追下去，反而主客颠倒，自己非要被他们活捉不可。他还怕宣鸣雷不同意，宣鸣雷却点点头道：“是啊，真是倒霉，到手的大功溜走了。”

赵西城笑道：“宣将军你别这么说。追他这一程，也已把他们的胆都吓落了。”他觉得自己居然也有把水战第一名将邓沧澜追了个魂飞魄散的一天，以后吹牛都有资本，实是说不出地高兴。

那边傅雁书见宣鸣雷不追了，恨恨地一拍大腿，骂道：“反贼！”

这时一个亲兵过来道：“傅将军，邓帅醒了！”

邓沧澜指挥摇光号上的水兵大部撤离，这才离船而走。他年纪已大，被大火一烧，更是呼吸艰难，晕了过来。傅雁书听得老师醒来，忙过去道：“邓帅。”

邓沧澜的一副花白胡子现在也被烧掉了一半。他看了看傅雁书，叹道：“雁书，都是老夫无能，害死三军将士。”

傅雁书道：“邓帅，胜败乃兵家常事，不必挂心。”他又道，“方才，那反贼宣鸣雷居然又追了上来，真是无耻之尤！”

邓沧澜吃了一惊道：“他追来了？”

“是。”

傅雁书将方才宣鸣雷追击的情形说了说，邓沧澜叹了口气道：“雁书，你是错怪了鸣雷的好意，他是要来放我们走啊。”

傅雁书一怔。他对宣鸣雷已恨之入骨，心里想的全是宣鸣雷想把自己生擒活捉之事，但回想起来，宣鸣雷阻止旁人追击，自己追上来又一直保持距离，完全是要放走自己的意思。他精于兵法，岂有不知？只是当局者迷，被邓沧澜一提醒，便全然明白过来。但他仍是怨恨宣鸣雷，心道：“老师也是心太软了，若不是这反贼告以虚实，这一败哪会如此之惨。”其实他这也是推过于人了，宣鸣雷虽然熟知邓沧澜和他的用兵方略，他们岂不也深知宣鸣雷的本事？只是傅雁书恨极宣鸣雷，自然什么错都是他的。

邓沧澜这时看了看左右，道："雁书，甘将军未下船吗？"

傅雁书一怔，说道："邓帅，我救你下船时，并不曾见甘将军。"

甘隆，你定是要与船共存亡了。邓沧澜眼里突然满是泪水。如此惨败，士兵死伤无数，他都不曾落泪，但这时却再忍不住。

甘隆确实还在摇光号上。

大炮中已装满了子药。甘隆将麾下尽数遣走，自己却仍然留在船上。

此败已不可收拾。若这样回去，大统制对火炮营的责罚将极其严厉。也许，只有如此，才能平息大统制的怒气。

他想着。尽管火光熊熊，但大火一时尚未燃到摇光号船头，他仍然如鹰隼般透过火光盯着外围。

只有一击。但这一击，要挽回大统制对火炮营的恼怒，如此，败退回去的士兵也不会受到太大的不公。甘隆自己受过太多不公，明明不愿背弃帝国，偏生主将要倒戈，他也只能跟随。倒戈以后，尽心尽力，却又有人诬告自己。弄到最后，真个两头不是人。

还能如何？身为军人，以服从为天职。但即使自己事事服从，仍然不为人信任。他自己不受信任还罢了，但实在不忍心麾下士卒也受自己连累。

此番大统制重新起用自己，他心里对大统制充满感激之情，但也知道大统制并不是真的完全相信自己。这一回战败，毫无疑问，肯定会谣诼四至，仍会有人说自己私通南军，而第二次受这种诬告，大统制肯定也不会再像第一次那么客气。在甘隆心里，只剩下以死明志这一条路可走。

战死在疆场之上，让大统制明白，甘隆并不曾有过二心，即使当年和五德营相处甚欢。

因为只有一击之力，他要打的，便是五羊城里的两艘巨舰。文曲和武曲。只是，透过火光，他也不知道自己瞄准的是哪艘巨舰。

火已越燃越近，甘隆头发都已蜷曲起来。他把火把往边上的火焰上一伸，这火把本已烤得焦干，一下就燃起，他点着了引线。

"轰！"

这一炮击中的，正是武曲号。

谈晚同看到有人将邓沧澜救下了船。若此行能将邓沧澜生擒活捉，实可谓不世之功。他实在忍受不了这样的诱惑，虽然见宣鸣雷已经出发，说别人不要上前，他仍是要武曲号转舵，前去追击。只是武曲号这等庞然大物要转舵谈何容易，刚掉过个头来，耳畔听得一声巨响，简直要把耳朵都震聋了，身子一震，人已伏倒在地。

武曲号中炮！

在这个时候还中炮，谁都不曾想到，包括郑司楚。郑司楚见武曲号受创极重，船体已然进水，这么大的巨舰，在这当口根本不可能救回来，只能张罗着救他。他心中又是后悔，又是诧异。看摇光号的模样，谁也不相信那儿还会有人，不但有人，还有人开出一炮来，此人之坚忍，实已难以想象。

武曲中了一炮，谈晚同先是震惊，又是恼怒，继而却是佩服。

那是必死的一击啊。他见武曲号上的水手心有不甘，要掉转炮口也还敬一炮，忙制止他们道："别白费劲了，快去逃生。"

放了这一炮的人，已根本不可能再活命。而这么近法，摇光号上的大炮威力更在武曲号的大炮之上，怪不得一炮就把武曲号击沉。虽然这一炮使得五羊城这一场辉煌的胜利抹上了一个无法遮掩的污点，但谈晚同心中剩下的，仅仅是对一个军人的敬意。他站在船头高声道："对面北将，请问尊姓大名。"

"火军团，甘隆。"

火军团这名字闻所未闻，谈晚同不由一怔，心道："这是个什么番号？我怎么从来不知道。"

他自是不知道，在甘隆生命的最后一刻，他想到的自己并不是一个共和国军人，而是许多年前，曾经纵横天下的四相军团之一，火军团的名字。在甘隆此刻的心中，自己仍是火军团的一员，正在与地军团一同征战沙场，为了人类的未来殊死一搏。

火焰已经燎着了甘隆的衣服，将他笼罩在一片奇彩之中。甘隆像铁柱一般站着，高声唱道：

"身既死矣，归葬山阳。山何巍巍，天何苍苍。山有木兮国有殇。魂兮归来，以瞻家邦。"

这首歌，是昔年帝国军的葬歌，却总是被人当成战歌来唱。很久以前，甘隆就是唱着这首歌冲向战场。当时代转到了共和国后，这首歌被禁了，但甘隆临死前，这首歌的歌声却响在耳畔。仿佛许多年前，那些曾与自己一同出生入死，最终却先自己倒下的战友们又来到自己身边。

魂兮归来，以瞻家邦。

他想着。烈火，将甘隆卷入，吞没，冲上云天。

甘隆，昔年帝国火军团最后的宿将，战死于共和二十二年七月十七凌晨。

这一日，正是共和国的建国节，孩童课本上说的“七一七，铸剑为犁四海一”。共和国南北分裂的第一场战争，以南方大胜，北方惨败结束。

当舰队回到港口，五羊城上下官员，包括陆战队的所有军官们，以及不知多少好事者，将南门外挤个水泄不通。

天光已经隐隐放亮，一轮红日正蓄势待发，很快就要跃出海面。在这个时候凯旋，任何人都觉得那是个无比的佳兆——预示着再造共和的大业必将成功。的确，东平水军的实力完全不在五羊水军之下，邓沧澜更是有“水军第一名将”之号，在几乎所有人的想法中，五羊城水军能够支撑下来就是辉煌胜利。五羊水军带来的这场胜利，已远远超过所有人的预期，难怪那些人都欣喜若狂。

作为此战的第一功臣，郑司楚一夜之间从一个名不见经传的无名小卒成为尽人皆知的人物。五羊城有众多郑司楚这样的少年军官，何愁大事不成！人人都这么想，也几乎所有人都想去见见郑司楚，与他握个手，似乎握手后连自己都了不起了。也不知道是谁，喊出了“水军第一名将郑司楚”。大概觉得，先前的“水军第一名将”邓沧澜被郑司楚击败，这个名号当然顺理成章要归于他了。他一喊，别人便跟着喊。因为这几个字有点绕口，喊着喊着，成了“水战第一郑司楚”。

没有人知道郑司楚此时心中的想法。自己是第一次参加水战，居然被看成水战第一。郑司楚的心里，那种忧伤依然未去，头脑也越发清醒。如果真要论水战，宣鸣雷、谈晚同、崔王祥三人，哪一个不远在自己之上？但对于一般民众来说，他们不需要这些，他们需要的只是一个信念。有了一个信念，然后相信，这似乎就是他们的一切。

怪不得有人说，愚民愚民。所谓民心，原来如此靠不住。

郑司楚心里更加忧伤。他还记得，就在前几年，自己刚被开革出伍时，在澡堂子里就听得素不相识的人在那儿骂自己和程迪文两个大少爷贪生怕死，害惨了毕炜上将军。自己就是自己，并不曾像澡堂子里的人说的那样贪生怕死，也不像现在正在朝自己欢呼的人说的那样是水战第一。

我会永远清醒的。他想着。但这当口，他突然想到，大统制当年是不是也曾这样想过？

大统制明察秋毫，连父亲也对他极为敬佩，说平生最佩服的人，一个是大统制，剩下的数来数去，只有半个，不过并不是丁亨利。大统制最初，也根本很清醒地认识到自己，只是，在那些无穷无尽的欢呼中，他终于迷失了自己。当别人说他无比正确，永不犯错，他就真以为自己无比正确，永不犯错，结果是一错再错。

郑司楚思绪万千，旁人见这个此战第一功臣取得如此辉煌的胜利后，居然连一点喜色都没有，更觉此人年纪虽轻，却稳重无比，更显得高深莫测，充满了吸引力。人群中还挤了不少少女，嘴里尖叫道："郑司楚！"在她们心目中，无不在幻想这位英姿勃发的少年将军突然在百千万人中看到自己，眼前一亮，不顾一切走过来将自己揽入怀中的场景。只是，这仅仅是幻想而已，郑司楚在申士图派来的侍卫簇拥下，走过了人群。

那是个临时办起的庆功会。虽然郑司楚将计划说得头头是道，可申士图自己，对这场胜利也不曾预料到，所以根本没准备庆功会。好在五羊城富庶为天下冠，临时办上几桌酒宴，那是轻而易举的事。这酒宴上，郑司楚和谈晚同、崔王祥以及几个水军上级军官坐成一桌，申士图亲自作陪。申士图口才极佳，说了一通，将五羊水军赞得绝无仅有，其中对郑司楚更是不吝赞词——虽然郑司楚自己都觉得过誉。

庆功会十分冗长。郑司楚也不知接受了多少官吏的敬酒。他酒量虽好，这回也喝得有点晕晕的，说不出地难受，只是机械地酒到即干，脑海中想的，仍是海上的爆炸与火光，以及火光中走投无路、绝望的士兵。迷迷糊糊中，只觉有个人又走到近前，他忙端起酒杯道："多谢，多谢。"

"司楚，你喝太多了，回去歇息吧。"

是父亲的声音。郑司楚一怔，却见郑昭站在他跟前。他忙道："父亲。"

郑昭的眼里，尽是慈爱。他拍了拍郑司楚的肩，小声道："回去歇息吧，明天，我就带你去向申伯伯提亲。”

这个消息总算让郑司楚那种不快消散了许多。小芷，终于要和你成为一家人了？他想着，微笑道：“好的。”

“回去歇息吧，这儿我帮你们挡着，你们都去歇息吧。”

郑昭见向郑司楚敬酒的人没完没了，心里极其心疼，已要为他挡驾了。郑司楚也当真已喝得有点受不了，一边的谈晚同和崔王祥更是喝得脸像刚煮熟的虾子，见郑昭让他们先行告退，忙道：“多谢郑公。”

郑司楚一离席，才发觉少了一个人，问道：“谈兄，宣兄怎么没来？”

谈晚同舌头都有点短，哼哼着道：“他说，他是伤兵，不能喝酒，先行告退。”

宣鸣雷居然如此恬淡，不居功自傲，郑司楚倒有些意外。他道：“我们去看看他吧……”他还没说完，谈晚同已笑道：“不成了，明天吧，我得回去睡觉去。”

这一晚都没有睡，心也悬在半空，现在终于放下，倦意就无法抵挡。他还能说话，崔王祥在一边却站着就睡着了。

我还是要去看看他。郑司楚想着。不仅是与宣鸣雷说一下胜利后的喜悦，也是想问问他，他是不是有意将邓沧澜放走。他并不想去责备宣鸣雷，如果自己是宣鸣雷，也许也会这么做，只是，他想去问问。

宣鸣雷的住宅离海边甚近。他喜欢清静，这儿离营房也有些距离，远远望去，便见他屋里点着灯。郑司楚独自走在路上，一边斟酌着要问的话，耳边忽然传来了几声低低的唱：“呀，这也不是江水，是流不断的英雄血！”

这声音沙哑苍老，想必是哪个老者在家中唱两句。只是传入郑司楚耳中，却有种异样的滋味，仿佛眼前又看到了被鲜血染红的海面。

英雄血吗？他想着。这一战死里求生，终于获得了辉煌战果，可是他却并没有预料的那样兴奋，倒有点悲哀。他摇了摇头，加快步子向前走去。走得近了，便听得宣鸣雷屋里叮叮咚咚传来几声琵琶声，柔媚无比。郑司楚一怔，心道：“我只道宣兄的琵琶全是天风海雨，慷慨豪迈的，原来也有如此婉媚的调子。”

这调子优美动人，仿佛一个少年初次看到了意中的少女，欲言又止，却又不肯放弃的模样。郑司楚生怕打断了他的雅兴，站在门外待他弹完。一曲终了，正待敲门，却听得有个女子道："鸣雷哥，你这支《凤求凰》原来也弹得这般好。"

那是申芷馨的声音！郑司楚的手指一下僵住了。申芷馨现在还在宣鸣雷房里！这些天他一直都在全力进行计划的实施，根本没去见过申芷馨，但在记忆中，申芷馨对自己说话从未如此软媚可人过。

宣鸣雷嘿嘿一笑道："好吗？我可是曹氏三才手嫡传，不是假的。"

"鸣雷哥，现在他们说司楚哥哥是水战第一，其实该是你的吧。"

宣鸣雷叹道："不，水战第一，仍是邓帅的。郑兄天才，也远非我所能及，给郑兄亦是实至名归，我算什么。"他顿了顿又道，"芷馨，你阿爹和郑公都想让你嫁给郑兄，你为什么还是选了我？"

申芷馨道："难道是做生意吗？这事是勉强不来的。司楚哥哥对我是很好，可我对他总是没办法亲近起来。你呢，"说到这儿，她娇声道，"你不算什么，那就不算什么。反正我也不要这个名头，水战第一给司楚哥哥好了，我只要你。"

这话仿佛一把刀子，深深扎在郑司楚心头。如果知道萧舜华有男友时，这把刀子在他心头划了个伤口，现在却已是将他的心扎得千疮百孔。

破门而入，指着申芷馨问道："小芷，我可是和你自幼一块儿大起来的，为什么你要他不要我？"说罢，一拳把宣鸣雷打翻在地。但这个念头只是闪了一下，他还是忍住了。

这些事，确实勉强不来。

他想着。慢慢地，转身离去，一声未出。

我得到了胜利，却失去了恋情。他自嘲地想着，又回头看了看宣鸣雷窗上的灯光。

小芷，宣兄，祝你们幸福。

他想着，看着海面。此时海上红日已现出一线，映得满天俱红，如泼鲜血，连海水都似染了鲜血一般红。仿佛，这一场大战，死去的那么多人的血，都流在了水中。

流不断的英雄血啊，不论属于哪一方，血都是红的。

图书在版编目（CIP）数据

地火明夷. 3 / 燕垒生著. — 北京 ： 北京联合出版公司，2013.12
ISBN 978-7-5502-2477-3

Ⅰ. ①地… Ⅱ. ①燕… Ⅲ. ①长篇小说－中国－当代 Ⅳ. ①I247.5

中国版本图书馆CIP数据核字(2013)第310808号

地火明夷. 3

作　　者：燕垒生
选题策划：北京磨铁图书有限公司
责任编辑：张　萌
封面设计：宋晓亮
排版制作：刘珍珍

北京联合出版公司出版
（北京市西城区德外大街83号楼9层　100088）
北京慧美印刷有限公司印刷　新华书店经销
字数292千字　710毫米×1000毫米　1/16　19印张
2014年1月第1版　2014年1月第1次印刷

ISBN 978-7-5502-2477-3
定价：33.00元

地火明夷

三

五一五，
砺锋扬旗卫国土；
七一七，
铸剑为犁四海一。